完全版

十字路が見える

Ⅱ

西陽の温もり

完全版

十字路が見える

西陽の温もり

Ⅱ

北方謙三

岩波書店

目次

第二部　生きるべき場所 …… 149

装丁　水戸部　功

第一部　荒野に立てば

また君との散歩からはじめるか

月を捜していた。

細い月が、東から出てきたばかりだった。宵の口である。夜道の散歩をすることはあまりないが、用事に手間取ると、腰をあげた時、外は暗くなっていることもある。それでも、レモンは私の書斎の前にじっと座っている。

死んだ小政は、躰も大きく、時間になるとドアに体当たりをしたりしたものだ。座っているか腹這いになっているか、とにかくレモンは静かに私を待つのである。小政は、十年以上生きた。そして、レモンも十歳を超えた。顔に白い毛が増えているが、それ以上に年齢を感じさせるところはない。

うむ、寒いな。外はこんなものか。

私は、長袖のTシャツ一枚である。擦《す》れ違う人は、みんなコートを着てマフラーを靡《なび》かせ、マスクなどもしている。寒いのは、最初だけである。十分も歩くと、寒さは感じなくなってくるのだ。

横を見ると、君がいる。おう、と声などをかけてみる。また、一緒に歩くかい。いいだろう。君に見えているものを、時々、私に教えてくれよ。

誰に喋っているのだと、前を行くレモンが見あげてきた。頭の中は、まだ物語でいっぱいなんだよ。レモンは、いい聞き手である。なにより、利いたふうな返事をしない。ちょっと耳を動かすぐらいだ。頭に物語があることと、実際に書くこととは、別のことだからな。書く力が、まだ充分にあるのかな。それとも、尽きかけているのか。

いま、私はそういう自問の日々にいる。書く以上は、未完で終らせたくはない。新たなる物語の地平。あそこへ、行き着けるのか。

しかし地平など、どこまで行っても地平のままではないか。未完で終るのは読者に申し訳ないと思うが、地平が見えている間は、どこまでも歩き続けるべきではないのか。

レモンにむかって、そんなことを呟《つぶや》いている間に、なにか、少しずつ見えてくるような気がする。

物語に、終りはない。本を一冊書きあげて、この物語はすべて終った、と思ったことが、一度でもあるか。どこではじまり、どこで終るかもわからない、長いとさえ言えない物語の輪廻《りんね》の、ほんの一点を切り取って、本が一冊と言ってしまうのではないのか。

永遠の物語の流れの前に、作家はいつも立っている。そのはずだ。同意を求めても、レモンは当然、返事をしない。老犬だが、運動能力はまだ衰えておらず、いつまでも弱りそうにない。それでも、二十年は生きないだろう。犬とは、そういうものである。

街には、デヴィッド・ボウイの訃報が流れている。昔、よく聴いた。変容し続けるアーチストという感じだが、最近は、わかったような気分になって、ほとんど聴かなかった。私と同年なのだ。それは知っていて、だからまだ死ぬ年齢ではないのだ、と勝手に思いこんでいた。不意討ちであったな。なんでもかんでもやるのだ、という印象があったが、ほんとうは、魂はひとつだっただろう。亡くなってから、そんなことを感じるのも、なにか悲しいものがある。

同年といえば、友人の柳ジョージが亡くなった時は、私は彼のCDをひと晩聴いていた。作家が亡くなると、その著書を数冊、読む。このところ、作家の訃報に接することが多く、弔いの読書をどれぐらいしただろうか。

デヴィッド・ボウイで思い浮かべるのは、八〇年代の終りごろの、東ベルリンである。西ベルリンで屋外コンサートをやり、その音が壁を越えて流れてくるのを聴くために、かなりの数の青年たちが集まってきた。そして、警官隊の介入を受けた。私はその場にいたが、デヴィッド・ボウイの屋外コンサートだと知ったのは、逃げ回ったあとであった。音楽は、なにかメッセージ性を持っている、と思ったような気がする。警官隊が介入し、逮捕されるかもしれない場所に集まってきた、東ドイツの青年たちも好きになった。

あの直接的なメッセージというのは、小説ではできないな。表現というのは、実にさまざまにあるものだ。

東西ベルリンの話は前にしたが、デヴィッド・ボウイの追悼である。重複していたら、かんべんしてくれ。それで私は、どういうアルバムを聴いたのであろうか。君はそれを、いろいろ想像してみるだけさ。私は、言わない。追悼は、ひとりでやるものだよ。君がＣＤを持っていないなら、どこかのショップに飛びこめばいい。追悼コーナーがあるさ。三枚、できれば五枚ぐらい買ってみろ。ボウイは、年代に分けてそれぐらい聴かないと、その全貌は摑めない。いや、ほんとうの全貌など、摑むのは至難であろう。ただ、君のボウイは感じられるさ。

おい、レモン。呼びかけると、レモンがふりむく。どんなにすごいやつだって、死ぬ時は死ぬんだ。自分に関係ないことだと思ったのか、レモンはまた前をむいて歩きはじめる。私は、呟き続ける。死ぬ時は死ぬのだから、それまでやれることをやりたいようにやればいい、と思えてきたよ。次の物語を、考えはじめてもいいのではないのか。やるかやらないかより、はじめてみることではないのか。

ふり返ると、これまで自分はそんなふうに生きてきた、と私は思った。きちんと終れるかどうかより、はじめる時ははじめる、という覚悟が大切なのだ、と思ってこなかったか。はじめるからこそ、前へ進める。走れる。

十字路を、真っ直ぐに行こうか。声に出した。レモンが、またふりむく。真っ直ぐだ、と私は言う。はじめたら、五年、十年かかるぞ。レモンは、もうふりむかない。

迷っている間、人はほんとうに生きてはいない。迷いが、常に人生を左右する。迷うのは、ひと時でいい。生きている時間には、かぎりがある。ほんとうに生きるとは、前に進むことではないのか。

いやあ、うつむいてうろうろしている小僧のようなことを、書いてしまった。

君よ、嗤《わら》うことなかれ。私には、五十一巻まで、読み続けてくれた読者がいるのだ。私の人生の中で、最も大切な存在で、だからがっかりさせたくなかった。私は、また走るぞ。

冬の陽溜りはいいものだ

冬の海は、夏の海とはずいぶんと違う。

まず、水温だな。しかし船に乗っていると、計器が水温を伝えてくるだけだ。私は、船底に当たる波の硬さで、冬を感じている。

夏は、多少波立っていても、当たりがやわらかい。冬は、小波《さざなみ》でもどこか硬いのである。舵輪を握っていると、それをはっきりと感じる。ちょっと荒れた冬の海に船を出すのが、私は好きだ。波が、ある高さ以上になることは、あまりない。

これが夏だと、沖で突然、荒れ狂う。船全体が波を浴び、しばらく視界もないという状態になる。一時間で行き着いた釣りのポイントから、戻るのに四時間かかったりする。

冬でも、魚を釣ろうと思う。しかし沖へ行けば行くほど、魚群探知機に映るものはなくなる。岸寄りに戻ってくる。しかし、釣れない。粘り強い性格というわけではないので、私は海底の形状を確かめて、投錨を決断する。錨を打てば、あとはのんびりである。船は風にむかって舳先を立てるので、後部甲板《アフトデッキ》は風も当たらず、陽射しがあると暖かいほどである。

私は、ファイティング・チェアの背もたれを倒し、昼寝の態勢に入る。ファイティング・チェアは、文字通り大物とファイトする時に腰を据える場所だが、冬にそういう機会が訪れることは皆無である。水温が低い時、鮪《まぐろ》などは、きっと太平洋の真中にいるのだ。ビリークラブと呼ばれるバットとか、大型の魚に打ちこむためのギャフとか、厚い革製のグラブとか、そんなものをいつも用意しているクルーも、諦め顔で、私の昼寝につき合うことになる。

彼は、どれほどの大物を上げたかが、船の勲章になると思い定めていて、たえず大物を狙うことを私に強要するが、錨を打つと、諦めてくれるのである。

音楽を流す。相模湾では、よく護衛艦が訓練をしているので、オーディオの音量を最大にして、並走したことがある。別の時、オート・パイロットを作動させて、一直線で護衛艦に舳先をむけたこともある。後者では、点滅するライトで、近づくなと警告された。

まあ、両方とも馬鹿だと思われて、しかし、船腹に張った船検番号をしっかりと読み取られ、またあいつか、と呆れられているのだろう。車のナンバーと同じようなものが、船腹に張られている。ＰＣで私の名前を割り出し、把握するまで、一、二分である。当直士官の、苦虫を噛み潰した顔が見えるようだ。

こら海軍、などと言っていると、海上保安庁の船に捕まることもある。私は、浦賀水道と呼ばれる公的航路の、最大速力十二ノット制限の海域を三十ノットぐらいで航走《はし》り、捕まったことがある。罰則はなかったが、保安庁本部に呼び出され、こってりと搾られた。見えないが、海の上にも線はある。

餌を付けた竿を、ホルダーにセットしておく。なにかかかるかもしれない、というさもしさはいつも失わない。いる魚は、カワハギぐらいだが、それには大きすぎる餌を付けている。

毎年暮にやる、夢枕獏とのカワハギ対決は、昨年は惨敗であった。なんと獏ちゃんは、『汐よし』の和竿を出したのである。一昨年から私は和竿で、おのれ、獏、真似をしたな。それにしても、自分で持っていてもそうだが、隣で見ていても、釣れた時の和竿の躍動感は素晴しく、ほとんど生きものだ。

晴れている。風が遮られる後部甲板は、気持のいい陽溜りであった。

冬の錨地は、これがいいのだ。竿には、なんの反応もない。私は笠井紀美子をやめて、青山テルマを聴きはじめた。以前、よく聴いたのだが、新しいＣＤが出たので、何気なく聴いてみた。これが悪くない。特に、バラードがいい。やるじゃないか、テルマ。最初に聴いた時に、思わずそう言ったが、テルマ君と面識があるわけではない。

彼女を聴きはじめたのは、トリニダード・トバゴ人の血が混じっている、と誰かに教えられたからだった。私は、トリニダード・トバゴが、ものすごく好きな国というわけではないが、南の岬で何時間か海を眺めていた時、すぐ前に拡がっている陸地が、なにかかぎりないほどの空想をかき立ててきた。

あの時、ひとつの目標を持った旅が、終ろうとしていた。私はカリブ諸島を点々と旅することを試みて、諸島という感じで繋がっている島々から、キューバ、ジャマイカ、プエルト・リコなどもさまよい歩いていた。

一年に二、三週間、長くてもひと月で、四年ほどかけていたのだ。それは、諸島の南端のトリニダード・トバゴで、完璧にはほど遠くても、終りであった。むかいにある、偏平な、しかし奥深さを感じさせる陸地は、南米大陸の北、ベネズエラである。次は南米をさまよい歩こう、とその時思ったのだ。

テルマで思い出したが、『テルマ&ルイーズ』という、女二人のロードムービーがある。これは、悪くなかった。極端な女の友情のようなところに行き着いてしまうが、ブラッド・ピットが小悪党のチョイ役などで出ている。ブラッド・ピットが、きちんと名前が出るようになった、最初ぐらいの作品ではないかな。女の友情では、『フォーエバー・フレンズ』という、ベット・ミドラーが出ている作品があるが、彼女の唄だけがいい。

観た人は非常に少ないようだが、『フローズン・リバー』という映画があって、女の友情ものとしては、私の評点は高い。友情など扱うと、妙にねちっこい情念が剝き出しになったり、お涙頂戴になったりするが、これはかなりハードボイルドであった。

観ていない映画が、たくさんある。観たものも、忘れている場合が多く、なにかきっかけがあると、連鎖的に思い出す。テルマのバラードは、なかなかだぞ。

不意に、竿がふるえた。私は弾かれたように立ちあがり、竿にとりついた。

かなり大きい。鮃《ひらめ》が釣れる海域だが、動きが違う。海面に出てきたのは、甘鯛であった。クルーは昼寝をしている。私は、そばにあった攩網《たも》で掬《すく》おうとした。その時、竿から命の感触が消えた。逃がしたのである。

まあ、こんなものか。君の人生に似ていないか。いや、私か。

喰いすぎて胃の上がよじれた

海の基地の庭で、私は相変らず刀を振っている。
巻藁《まきわら》を立て、むき合い、それが自分に見えた時に、抜き撃ちに斬る。左右の上腕二頭筋を断裂してしまっているが、二頭のもうひとつ残った方を鍛えて、筋力は以前の七割というところであろうか。

不思議に、以前より鮮やかに斬ることができる。力に頼らず、呼吸で斬る。まあ、タイミングと言った方がいいのか。私の船のクルーは、力でぶった斬る方だから、見ていると迫力がある。練習熱心で、暇だと自分の刀を振り回している。

私には、練習という気はない。はじめから勝負で、斬れなければやめてしまう。

さまざまなことを考えるが、鯉口を切って柄に手をかけた時から、数歩踏みこみ、巻藁を二つか三つにし、退がり、納刀するまで、無酸素運動なのである。練習で無酸素運動をくり返していたら、体力が奪われてしまうのだ。私のような年齢だと、有酸素運動の方がいいのだが、刀はそれほど悠長ではない。私は、一瞬の勝負を、いくつか重ねるしかないのである。

剣豪の映画は、好んで観たような気がするが、よく憶えていない。『大菩薩峠』は剣豪映画か。片岡千恵蔵の机龍之助が、やたらこわかったという、小学生のころの記憶がある。市川雷蔵のものを観たのもすぐあとだが、監督は内田吐夢、三隅研次であった。市川雷蔵といえば『眠狂四郎』があるが、それよりも『剣』という作品が印象に残っている。これは大学の剣道部の学生が主人公で、原作は三島由紀夫だった。

それにしても、昔の俳優は、歩き方からして違っていたような気がする。数年前だったか、竹光で切腹させられる武士の映画を観たが、タイトルは忘れてしまった。身のこなし、挙措なども、昔の様式美などなくなってしまったのが、竹光の切腹でよくわかった。痛そうだなあ。

巻藁に自分を見て斬っていると言ったが、毎度のことではは、見ているつもりの自分は、ほんとうの自分ではない、という気もしてくる。ある時、生身を斬りたくなった。剣呑《けんのん》な話ではあるが、斬った。念のために言っておくが、生身と言っても、人間ではないぞ。犬猫でもなく、すでに死んでいる魚である。ワラサなどという、鰤《ぶり》の小型が何匹も釣れた時、庖丁ではなく、刀で斬ってみたくなったのだ。私は、凧糸《たこいと》で木の枝から魚をぶら下げ、しっかりと構えて斬った。切り身をいくつか作るつもりだったが、厚さが違うものを量産し、食うのに手間がかかった。

血も出るし、生ものを斬る感覚は独特なものだったが、うっとりしている自分を発見し、恐ろしくなってやめた。うむ、あのころは、いくらかおかしかったのかもしれない。

つらいなら、腹を切れ。いつでも介錯してやる、などと誰彼構わず言っていたのも、そのころだ。本気でこわがった人も、いたかもしれない。原稿の量が、毎月四百枚を超え、アドレナリンが出っ放しという時期だった。

君は、限界を超えて仕事をしたことがあるか。私はあるぞ、と言いたいところだが、やっている最中はずっと限界だと思い続けても、終るとそうでもないのか、という気がしてしまうのだ。

限界など、追わない方がいいと、高齢者になって私は思っている。本気で追うと、死んじまうぜ。

刀の話になったから、珍事件について耳打ちしておこう。これは、大事件ではなく、珍事件で済んだということで、下手をするととんでもないことであった。

ある流派に、燕返《つばめがえ》しという技がある。小説の中ではなく、ほんとうにあるのだ。構え、真正面から斬り降ろし、そこで刃を返すと、真上にむかって垂直に斬りあげる。相手の顎から眉間までを断つ、荒技である。薬丸自顕流《やくまるじげんりゅう》の猿叫《えんきょう》にも負けないほどの、すさまじい気合も発する。そんな技を遣うやつとは、立合いたくはないな。その技を、私はクルーと二人で、スローモーションでやってみて、ちょっと危険そうだから、実際に巻藁を斬るのはやめておこう、という話になった。

しかし、昔だったら介錯人になれそうな、彼の剣に対する執着と探求心は、話だけでは済まなかった。ひとりの時、実際に巻藁を眼の高さに置いて、やってみたのである。横に置いた巻藁は、裂帛《れっぱく》の気合とともに、二つになったらしい。それを見た彼は、会心の笑みを浮かべたのか。刀は、当然、頭上に振りあげたかたちになる。

そして、彼は気づいた。掌の中に、刀がない。その瞬間、去来した思いは想像してみるだけだが、意識が上にむいた時、背中になにかが当たった。

そして刀が、足もとに落ちた。危なかったなあ、と思いながら落ちた刀を鞘《さや》に納め、斬った巻藁を拾い集めはじめた。腰のあたりが、濡れているような気がした。汗か。腰にやった手を何気なく見たら、真っ赤であった。

そこで気絶しなかったのは、生きることについての執念が相当に強かったのだろう。背中から腰にかけて濡れているのが、血なのだと何度も確かめ、車に飛び乗って病院に駈けこんだ。本日の診療は、いま終了しました、と病院では言われたらしい。そこでがっくりきていれば、不運な男なのだが、日本刀で背中に怪我をした、と叫び続けたらしい。

斬ろうと思っても、自分で背中など斬ることはできない。その筋の人の抗争で斬られた、と思われても仕方がないのだ。当然、警察だ、という騒ぎになった。

失血であの世に行ってしまうことに怯えながら、彼は何度も何度も情況を説明した。やがて医師が嗤いはじめ、縫う処置をしてくれた。それで、彼はいまも生きている。

頭上に舞いあがった剣が、首筋にでも落ちてくれば、海の基地の庭で、何日も屍《しかばね》を晒していたかもしれない。周囲に、まったく人がいない場所なのである。未熟者め。愚か者め。これからの命は、天に与えられたと思うのだぞ。

私は、嗤い倒してやったが、ひとりの時にちょっと試してみて、頭上で握力が緩むことがよくわかった。

君も嗤っているだろうが、無謀はひとりでやってはならないのだ。剣だけではない。

人生ってやつが、そうなのだぞ。

歩きながら考えた些細なこと

枯葉が舞う。肌に当たる風が、冷たい。人の声が、耳に入る。そして、花粉まで漂っている。しかし私は、三日に一度ぐらい、都会の道を歩く。

ホテルの仕事場にいる時の、散歩である。

雑用が多く、散歩の時間さえ取れないこともあるが、できるかぎり歩くようにはしている。音楽は、聴く時と聴かない時がある。街の喧噪も、また悪くないとも感じられるのだ。

レモンがいないので、無言である。坂の多い地域なので、たえず登ったり下ったりしていて、息があがる時もある。少しずつコースを変えるが、行く場所は決まっている。

いいぞ、私の散歩コースは。行き着くところが映画館で、そこで次にかかる映画を確認すると、戻ってくるのである。時間がなく、誘惑を断ち切らなければならない時が多いが、かかっているものによっては、一本だけ観たりする。往復で五十分だが、ゆっくり歩くと一時間以上かかるだろう。

いつも映画は二本かかっていて、それには映画館のコンセプトがきちんと感じられる。父と息子の物語が二本とか、そんな感じなのだ。『目黒シネマ』という。ロードショウから少し遅れたぐらいのものが多いが、時には古いものもかかっている。

いいなあ。頑張ってくださいよ。私はシニア料金で入れるが、一本観るだけで、じっと黙して通常料金である。それぐらいの応援しか、できないのだ。値段が二倍になったっていい、と思う。

そこからもう少し脚をのばせば、マイルス・デイビスが柿落《こけらおと》しのコンサートをやったライブハウスがあるが、マイルスの時以来、行っていない。

線路沿いに、次の駅まで行けば、葉巻や煙草の品揃えが豊富な、有名な煙草店があるが、行かない。映画と違って、葉巻を買うのに時間はかからないのだ。何箱も買ったりしたくない。第一、私のポケットには、小銭しか入っていないのだ。

散《ばら》売りもしているので、一本だけ買って吸口を切り、葉巻用のマッチで火をつけて、粋に煙をくゆらせながら歩くのもいいか。パリのビクトル・ユーゴ通りに、そういう煙草屋があって、のべつ男たちが寄って買っていた。そこでは、登録しておくと、パイプ煙草のマイミックスチャーも気軽に売ってくれたものだ。

しかし、煙を吐きながら歩いていると、叱られるらしい。消えた葉巻をくわえて歩いていたら、罰金を払えと言われたことがある。私はかっとして、掌に押しつけ、火はついてないのだよ、と大声を出したことがある。

葉巻というのは火をつけると厄介で、収《しま》うところがないのである。耳に挟むには太すぎるし、ポケットに入れたらあっという間に毀《こわ》れる。くわえているしかないのだ。だから消えた葉巻をくわえて、移動する。文句あるか。そう嘯《うそぶ》いていたら、李下に冠を正さずですよと、利いたふうなことを言ったやつがいる。うむ、確かに、李下で冠を正しているか。

私が、歩きながら煙を吐くことなど、決してない。スモーカーは、きちんとルールを守っている。なのに迫害されている、という被害者意識のようなものが、私にはある。

バーで葉巻を喫《す》っていて、消してくれと女性に言われたことがある。ここはバーだぞ、と私は逆上した。煙草は躰に悪いでしょ。こういう人と、議論しても無駄である。困ったような薄笑いを浮かべてうつむいている連れの男を、私は外へ引き摺り出そうと思った。しかしそれも呑みこみ、私がバーを出た。追ってきたバーテン君が、しきりに謝ったが、ただ客をなくしたくないだけだったのかもしれない。

タクシーに乗った。煙草、消してよ。運転手にも言われた。とっくに火は消えている。火はついていない、と私はうつむいて言った。それきり、運転手はなにも喋らなかった。

君は、煙を吐かないのだろうな。喫煙率は著しく低下し、肺癌の罹患率は著しく上がっている。この因果関係を、誰か説明してくれ、と声に出すのもむなしい。

散歩の話だった。しかも、快適な散歩の話だ。『目黒シネマ』で、私は見逃していた『アメリカン・スナイパー』を観た。散歩のおまけである。数カ月前のことで、それ以来、小屋の階段の下を覗くだけで、私は帰ってきている。散歩もままならないほどの、忙しい日々が続いたのだ。

いま私はとても不機嫌で、それが顔にも出ているらしく、みんな避ける。花粉が舞っている間、私はこの状態なのだ。気をつけろよ。そして、腹の立つことよりも、嬉しかったことをできるだけ思い出そう。

ここで何度も書いた、『クリシーの静かな日々』の七〇年製作のものを、誰かがアメリカから取り寄せてくれた。字幕はないが、ヘンリー・ミラーの原作を何度も読んでいたので、よくわかる。

『太陽の誘い《いざな》』のDVDを、ある社の編集長が届けてくれた。彼からは、写真集も貰ったのだった。そして彼の上司が、『司祭』と『プレイス・イン・ザ・ハート』のVHSをDVDに変換したものをくれた。うむ、おかしな出版社だが、私は本業で大変な世話にもなっている。

三本とも、実にいい映画なのだ。レンタルがないのは、ツタヤさんの責任だぞ。DVD化されていないものは、ほかにもかなりある。しかし、ひとつずつあげると腹が立ってくるので、この三本の映画を、じっくりと観直すことにしよう。

ここで、なにがなんでも観たいとほざいただけで、こんなにDVDが集まってくるとは、私はなんという幸せ者なのだろう。以前、『赤い薔薇ソースの伝説』を送ってくれた読者もいた。

しかし、観たい観たいとここで言い募るだけで、手に入ってしまう人生が、ほんとうに正しいのだろうか。私は、ふと考える。恵まれすぎていたら、報いはある。私が受ける報いは、どういうものなのであろうか。君は、人生の報いについて、考えたことがあるか。私は、いま考えた。そして、すぐに結論を出した。つらい思いをすればいいのだ。つらい思いをして、いい小説を書けばいい。

そういうのを、男の報いと言うのだ。

いま天敵を吹き飛ばそうとしている

ブルースを聴いていた。

チャーリー・パットンという、デルタブルースの歌手である。ブルース・ミュージシャンはやさぐれが多く、喧嘩や麻薬や過度の飲酒で、のたれ死にもよくあった。チャーリーも、その口かな。ちょっと迫力のある濁声《だみごえ》で、私は好きだ。

デルタブルースは、ブルースの発祥のころで、ミシシッピから拡がり、やがてカントリー、シティとなり、シティ・ブルースがロックンロールとロカビリーに分かれる。こんなことを書いても、大して意味はなく、君は関心も持っていないだろうな。時には古いものもいいぜ、とだけ言っておくか。

私が言おうとしているのは、映画のことだ。チャーリー・パットンを聴いていて、不意に『ブラック・スネーク・モーン』という映画を思い出し、観たくなった。しかし、ツタヤにはなかった。なぜだ、いい映画だぞ。

私はセルＤＶＤに走り、数日後に手に入れた。パッケージを見て、呆れた。これじゃ、まるでＳＭじゃないか。黒人の男が、太い鎖で白人の女を縛っている。まあ、内容に関係なくはないが、やり過ぎはいかんよ。欠点や弱さを持つ人間たちが、それぞれに生きることの意味を発見していくという、どこかしみじみといい映画なのだ。

主演のサミュエル・Ｌ・ジャクソンは、かつてブルースメンであったという役だ。女の子に、ギターを弾きながら、ブルースを唄ってやるシーンが、実にいい。きのうあったことを、いま心にひっかかっていることを、即興で歌にする。それは現在でも、南部の小さな街でやっていることだ。クラークスデイルという街で私は何度かそれを聴いた。

最初に観た時は見逃していたが、ボトルネックという奏法もやっている。これはボトルのネックだけを切り落とし、弦を押さえる指に差して擦り動かし、音を泣かせる方法なのである。これが、いかしたやくざな演奏になるのだよ。

　そういえば、ブルースをやっている日本人の青年が、七味唐辛子の瓶を遣ってやっているのも見たことがある。声が、ブルースにしては清澄だったが、悪くなかった。彼は、どうしているのか。応援できるほど見えるところには、出てきていない。

　映画の中で、ウイスキーを飲んでいる。無色透明のコーンウイスキーで、これは強烈である。しかも、蜂蜜の瓶に入っているのだ。私は、その瓶に入った『ジョージア・ムーン』というコーンウイスキーを、なぜか南部のGSのショップで見つけ、二本買った。散々苦労してひと瓶は飲んだが、もうひとつはまだ持っている。君と飲む時、封を切って、でかい蓋を開けてみるか。映画の瓶には、ラベルさえなかったがね。

　この映画は、若い人たちが観るといい。欠落と脆弱さを抱えてのたうち回る姿に、なにか見つけられるかもしれない。若い弱さに手を差しのべるサミュエルのやさしさは、多分、私にはないな。ないからこそ、それがいいとも思える。黒い蛇の叫びという歌が、いつまでも心の中に谺《こだま》していたよ。

　音楽を描いた映画はさまざまにあるが、『ヘドウィグ・アンド・アングリーインチ』というハードロックを扱ったものがある。これも、若い怒りの滑稽さと真摯さを、面白く見せてくれる。ロックンロール好きの若者には、受けているのかもしれない。

　『クレイジー・ハート』というアル中の歌手の話があったし、『扉をたたく人』という大学教授がパーカッションかなにかを叩く映画もあった。『はじまりのうた』も思い浮かんだな。音楽ということに関連づけただけでも、さまざまな映画が出てくる。

　私は、静かな時間の中にいるはずだった。そこで、音楽を聴き、かつて観た映画を思い出したり、心が揺さぶられるいい小説を読んだりするはずだった。そうではなく、どこか忙しないような日々になっているのは、私の天敵の花粉が舞っているからだ。のべつ洟《はな》をたらし、くしゃみをくり返し、鼻の奥がつんとした時は、血も出てくる。

眼が痒くて、引き摺り出して思う存分に掻きまくれば、さぞ気持がいいだろうと、ちょっと自虐的なことまで考えたりする。

私の躰には、アレルギーの反応体があるに違いない。喘息だって、ちょっと複雑なメカニズムがあるにしても、アレルギーに起因している。この時季に書く原稿には、たれた洟によるインクのしみが、いくつもあったはずだ。

去年までは、頻繁に洟をかむ時間も惜しいほど、忙しかったのである。忙しさで、花粉を吹き飛ばしている、というところがあった。

今年は、丁寧に洟をかむ。切迫した締切は、どこにも見当たらないからだ。

この時季だけは、生活に対処のしようもないつらさが、滲み出してくるよ。時には、それ一色になる。減感作療法なるものがある、と友人の医師は言ったが、ずいぶんと時間がかかるらしい。花粉の最中は、その療法を受けてみようかと真剣に考えるが、花粉が消えると、その考えも拭ったように消える。

君は、花粉に反応しているか。私は自分の過剰反応を、なんとかプラスの方向にしてみたいと考え、くしゃみをするたびに、漢字をひとつ、雑記帳に書くようにしている。それも、できるかぎり馴染みのないものをだ。

雑記帳には、それこそ数えきれないほどの漢字が書かれている。日本語というのは、素晴しいぞ。漢字はひとつひとつ意味を持っていて、平仮名は音を表わす。ふたつを組み合わせることによって、日本語の文章は実に繊細で深いものになり得るのだ。

花粉が消えた時、私はじっくりと雑記帳を眺め、一字一字から立ちあがってくる意味を捉え、新しい小説のヒントぐらいは得られるかもしれない。

いまはそう思って漢字を増やしているが、洟もくしゃみも出なくなった時、私は雑記帳になにを見るのだろうか。思い出せば、去年も、その前の年も、同じことをやった。そして数カ月経って、漢字を書いたことさえ忘れてしまうのだ。

これも人生ってことだろうか。

まずは行ってみることだ

友人が、ラオスへ行った。

中学、高校時代を、ともに過ごした友人である。一度、仕事をリタイアし、大学で教えたりしていたのだが、シニアの海外協力隊に応募し、ラオスに配属されたのだ。私は、彼がどこかに缶詰になって、ラオ語の集中講義を受けるという少し前に会い、お互い下手な歌をカラオケで唄いながら、朝まで飲んだ。

知っているラオ語を、いくつか教えた。勘定とか、トイレはどこだとか、君はかわいいねとかいうものだ。もともと、語学の才能に恵まれた男だったので、無駄なことをしているという気もしたが、ラオ語をいくつか知っていることを、自慢したい気分だったのである。

ボディ・ランゲッジだったよな、いつもおまえは、と彼は苦笑していた。

専門は観光学のようなものだったので、それを生かすために、ラオスでも観光開発のアドバイザーのようなことを、二年間やるらしい。私はまた知ったかぶりをし、ラオスの観光資源になりそうなものを、いくつか教えた。彼は、赴任先がラオスと聞かされているだけで、まだ白紙の状態であった。私の言うことが頭に入ったのかどうかわからないが、そこはまったく構わなかった。

ルアンパバーンなど、すでに観光地である。ナイトマーケットは素朴すぎるが、世界遺産の街並みは、まあきれいだ。ほかに観光資源があるかと考えると、あまりない。

私は記憶をふり搾り、コーンパペン滝とジャール平原をあげた。コーンの滝は、それが障碍となりメコン河が水上交通の要にならず、フランスが制圧を諦めたという過去がある。いや、コーンの滝は、歴史上、ラオスの純粋性を守り続けた、と言っていいだろう。瀑布と言うほどではないにしても、充分に魅力的な場所である。

ジャール平原は、ベトナム戦争時のホー・チ・ミン・ルートがあったとも考えられ、いまだ不発弾などが出てくるかもしれない。どれだけ歳月を経ようと、戦争の残したものは大きい。しかし土地の人々は、爆弾の残骸の筒を、上手に植木鉢などに遣ったりしていて暗くはない。

　ホー・チ・ミン・ルートは、いわばベトコンの兵站《へいたん》路《ろ》なのであるが、そんなことを言ってわかる若者はいるのか。ベトミン戦争など知りもせず、ベトコン戦争の後に生まれた世代が、社会の中堅である。パテト・ラオなどと言ってもわかるまいな。そういうことを説明するのを、私は諦め気味である。知りたかったら、本はいくらでも出ているぞ。

　本で思い出したが、二、三年前、ビエンチャンには書店が二軒しかなかった。メーターのついたタクシーも数えるほどで、バイタクと言ってバイクの後ろにしがみついて乗るか、トゥクトゥクという三輪タクシーである。それに較べると、ミャンマーのヤンゴン市内には、数メートルおきぐらいに書店がある通りが、それこそ何本もあった。本を持っている者は、みんな道端で売っているのである。

　ポル・ポトを生んだカンボジアの熱帯雨林とも違い、ラオスは風景は平穏であり、人は穏やかだ。大部分がラオ族で、部族対立がないのも、平和の一因なのかもしれない。

　飲んで唄いながら、私は山中の塩田を思い出した。赤い土が続き、そこはナミビアの砂漠の色にも似ていて、そして風景が開けると海浜にあるのとそっくりの塩田があったのだ。作り方も、日干しである。

　なぜ内陸に塩田があるのか。塩分濃度の高い泉があるのだ。うむ、あそこは観光資源でもあるな。熱帯雨林の中の塩田なのである。私は得意げに、その塩田のことを教えた。

　それから、旅とは移動だ、という私の考えを開陳した。ビエンチャンからルアンパバーンまで、街道がある。それは山中を通る幹線道路であり、生活道路であり、一部の人間の旅の道路にもなっている。

　山賊が出るのではないかという道を、丸一日走り続ける。途中には街や集落があり、人の営みがある。そこを数日かけて移動すること自体が、素晴しい旅であり、それは観光にも重なる。あの道路を、きちんとしよう。

ビエンチャンの北にあるバンヴィエンという街は、いくらか白人の旅行者が増えているが、川沿いに洒落た、あるいは怪しいゲストハウスが点在していて、なかなかのところなのだ。あれは、川沿いのリゾートになる。できるかぎり、いまあるものを毀さず、ちょっとだけ清潔にして、と私はまくしたてた。

それは、おまえがやれ。俺は、ラオス政府の命令で動かなければならないのだ、と彼は言う。だから、おまえが政府を説得してそうすればいいのだ、と私は言い募る。疲れてくると、カラオケである。

あの夜、私は夢を見、彼は現実を見ていた。

おい、ラオスは、俺の知るかぎり、最もいい国なのだぞ。貧困でも、人は家族を、友情を、村や集落を失っていない。人としての暮しの場所がきちんとあるのだ。そして、自分のためではなく、そこにいる人々、そこを通る人々のための、ささやかな夢ぐらいは、実現できる場所なのだ。

私の熱弁を、彼は時々反論しながらも、本気で聞いていた。彼には、実際に自分が行くという現実があり、それは私も認めざるを得ない。そういう状態でも、夕方から明け方まで、語って飽きるということはなかった。次はビエンチャンで会おう、と別れ際に彼は言った。近いうちに行こう、と私は思っている。

君は、私たちのような年配の人間が、若い者に遅れをとらずなにかやろうとしていることを、どう思う。余計なお世話かな。それならそれでいい。実績がすべてなのだ、ということは、若い者の十倍以上は知っているつもりさ。そしてなにかやり遂げる執念も、失っていないのだ。

君にその気があるなら、一緒にラオスに行こう。彼に会わせてやる。そして君は、休職して、半年でいいから彼の手伝いをするのだ。仕事がなにか、人間がなにか、見えてくるかもしれないぞ。

そうやって戻ってきた君となら、私は夕方から明け方まで、語り続けてもいい。

腐った蟹から眼をそらすなよ

ある男のことを、思い出した。友人が、海外協力隊でラオスに行ったからかもしれない。彼は、青年海外協力隊の出身であった。

私は中米ホンジュラスのテグシガルパという首都にいた。二度目で、はじめての時は、大半をカリブ海の島などで過ごし、首都には一、二泊しかしなかった。面白かったという印象はなく、その時も一泊しただけで、車で南へむかった。二十年以上前の話で、そのころホンジュラスの治安は悪くなかった。恥ずかしいことだが、ホンジュラスの治安がどうやら世界最悪に近いらしいと知ったのは、『闇の列車、光の旅』という映画を観てからであった。

こんなになってしまっているのか。ホンジュラスからメキシコを経由し、アメリカへむかう、不法移民を乗せた貨物列車が主人公のような映画なのだ、と私は思った。ギャングはいるが、メキシコはまだホンジュラスよりましという感じだった。しかし、そんなにアメリカがいいのだろうか。

私が旅行していたころは、貧しかったが人は素朴で、険しいものにはあまり接しなかった。それはグアテマラも同じで、危険とされていたのはエルサルバドルぐらいだったのだ。ただ、アメリカに頼り切りだったのだろう。

旅行だけで深いところまでわかりはしないが、USドルが一般的な通貨になっていることで、それが感じられた。アメリカに頼り切ると、碌なことはないな。首都にはカジノがあり、最初の旅での同行者はバカラかなにかをやりに行き、夜中に生きて帰ってきた。

だから二度目の時も、私は危険だとはまったく感じず、それについて考えなければならない事態にも出会わなかった。のんびりと車を転がして、太平洋側に出たのだ。

小さな村で、日本人の男に会った。青年海外協力隊で行っていたのは、別の国のようだったが、国名は言わなかった。内戦で危険になったので、こちらへ来たと言っていた。協力隊にいたのは、かなり前だったらしい。現役の隊員なら、内戦が激しくなれば帰国だよな。私は、その村で一番豪華な、それでも百円ぐらいの飯を二度奢ってやり、夜中まで喋りながらラムを二本空けた。

彼は、マグロ船の船員だったのだ。それでスペイン語を覚えたのだろう。世界各地の港町で、丸だなとよく言われた。日本船には丸という船名がついているので、マグロ船の乗組員のことを丸と呼ぶのだ。ずいぶんとすごいところまで来ているのだなと思ったが、彼らは内陸まで入ることはない。

酔ってくると、ようやく喋るようになり、四年船に乗っていて、結婚して家を買うために働いていたのに、帰国したら恋人が別の男と暮らしていたのだ、と言った。よくある話だが、スペイン語と漁労の技術があるので、協力隊の試験にも通り中米に派遣された。その時のあてどない気持は、自棄とはちょっと違うようだった。

地方の村へ行くと潟湖《ラグーン》があり、男たちが一日座って、蟹を一匹獲っていた。家族の食事なのである。いくらなんでも効率が悪すぎるので、山で竹を切ってきて籠を作り、それを沈めておく方法を教えた。村人は大喜びをし、感謝し続けたが、村の家々の前には獲れた蟹が山積みになり、腐っていたのだという。

自分がなにをしたのか、腐った蟹の山を見て思い到り、はじめて本気になった。覚えてしまった籠漁を、村人はやめてくれず、しかしひとつの家族に蟹が一匹あれば充分なのだ。腐った蟹の山は、彼の不誠実と無思慮の山でもあった。

俺、蟹をなんとかしないかぎり、村を出られないと思った。風力発電で電気を起こせないかと考えたり、冷凍庫を作れないかと試みたりしたらしい。一日の半分は停電しているようなところである。試行錯誤の途中で任期が切れ、帰国して一切の私有物を処分し、自費でまたやってきた。獲った蟹を、役立てる方法を模索している間に、内戦に巻きこまれた。

ほんのちょっとだけ村を豊かにすることなのに、それがここでもできない。酔って、愚痴るような口調で言った。駄目なやつなんだよ。テグシガルパにトラックを通わせたいのだが、それも難しいという。

君は、彼を駄目なやつだと思うか。

その時、私の心に湧いてきたのは、彼に対する微妙だが尊敬に似たような気分だった。高が蟹だが、彼は人生を賭けたのである。熱帯では、仕事で来てその地に魅せられ、居着いてしまった人間にも、よく出会ったが、それとも違っていた。

この国もいる人間も、嫌いなのだという。赴任していた国でも、多分、同じだったのだろう。腐った蟹を、彼は見過せなかっただけだ。冷凍庫ができるとか、輸送方法が確立されるとか、そうなった時も、まだここにいるのか、と私は訊いた。

大手を振って、日本に帰るね。それから、またマグロ船に乗り組むよ。男は、仕事しなくちゃならないからよ。男。そんな言葉が、まだ生きていたな。いや、いまも生きているぞ。自分が男だと思った時、やらなければならないものに、ぶつかることがある。その時、人生を賭けられるか。それができたかどうかで、その人間の生きていた意味の有無を、私は言おう。

それにしても、ふた晩、酒を飲んだあいつは、いまどうしているのだろうか。いつか行ってみよう、と心の中のどこかでは思っていた。忙しさにかまけたり、新しい土地を求めたりしている間に、ホンジュラスの治安は、想像できないほど悪くなってしまった。

あいつは、もう少し平和な国に流れて行ったのか。それとも、土地の女を嫁にして、子供を作り、毎日、蟹を食っているのか。あるいは、すべてを諦めてマグロ船に乗ったか。どれも、人生である。腐った蟹とともに、あいつが生きている意味はあるのだ。

ラオスへ行った私の友人は、大丈夫かな。二年経ったら、帰ってくるかな。その前に、私はもう一度、ラオスへ行くつもりである。腐った蟹の話を、友人にはしていなかった。それができるだけでも、私の旅は意義があるかもしれない。

君も一緒に行くか。蟹ではなく、でかい鯰《なまず》を獲ろうか。鯰も、置いておくと腐るぞ。

ふりむけばそこにあるもの

喋る鳥と、むき合っていた。パナマのキャナルゾーンであった。運河地帯などと訳されることが多かったが、要するに運河の両岸一帯が、アメリカという国なのだった。

つまらない旅だった。運河はある意味、軍事施設でもあるので、やたら撮影についてうるさく、いくつもの許可を取ってレンズをむけられる場所は、シャッターを切る意欲の湧かないところばかりだった。一緒だったカメラマンは、空ばかり見ていたものだ。

そこの食堂のようなところに、インコがいたのだ。なにか、スペイン語を喋っていた。私は丸一日、そこにいたので、いくらか鳥と親しくなり、卑猥な日本語を覚えさせようと努力した。

キャナルゾーンの中には、米軍の特殊部隊の訓練地があるはずだった。ベトナム戦争のための、ジャングル戦の訓練である。ベトナム戦争はとっくに終っていたので、その時、まだ存在していたかどうかも、わからない。

米軍の訓練は、砂漠戦中心に転換され、それは中東の戦争を想起させるものでしかなかった。実際、いまは砂漠戦が中心ではないか。訓練も、砂漠の国でやっているのかもしれない。よその国で訓練をし、よその国で戦争をする。あの国は、ずっとそうだったな。

いまあの国では大統領選挙というショーの最中だが、私はヒラリー・クリントンが勝てばいいと思っている。政治的な理由は、なにもない。ヒラリーという女性が、私と同年同月同日の生まれなのだ。大統領に立候補する人もいる。つまり、私の年齢もまだ老いこむには早すぎるということか。

喋る鳥を、私は小学生のころに飼っていた。おはよう元気、とそれをひとつの言葉のように喋ったが、明瞭な発音であった。

教えたのは私だが、成鳥を持ってきたのは親父だった。船で飼っていたが、飽きたのだろう。船長室に鳥というのは、定番のようなもので、貨物船の船長室で二度見たことがあるし、数年前、大型客船の船長室でもカナリアが唄っているのに出会った。

　私のインコは人に馴れきっていて、籠から出すと、腕を伝い、肩にやってきた。そうやって散歩をさせるのが、私は得意であった。友人が五、六人、後ろをついてくる。絵本に出てきた、帆船の船長の姿をよく思い浮かべた。

　私がなにかを食っていると、首を曲げて唇の中に嘴を突っこんできた。親父が、そういうのも仕込んだのだ。インコの舌は、先が球状になっていて、それが私の口の中でチロチロと動く。舌を絡ませるキスを、考えてみれば私はそのころ覚えたのだ。

　それにしても、オウム熱などという危険な病気があるのに、よく平気でそんなことをやったものだ。知らないというのは、恐ろしいな。

　しかし私のインコは、数カ月でよそへ行くことになった。夜明けに、すごい声で啼くのである。ジャングルの中にいる、という気がしたほどで、当然ながら近所から苦情が出る。デパートの動物売場に行くことになった。

　係の人の肩で、おはよう元気、と言い続けるので、マスコット的な存在として、かなりの人気を博したようだ。どういう状態か、写真を添えられた手紙が二度ほど来た。それから先のことは、わからない。私は、会いに行くことはしなかった。

　君は、動物を飼ったことがあるか。私がなぜこんなことを書くのかというと、人生で接してきた動物は決して忘れないということを伝えたかったからだ。

　犬を飼い、猫を飼い、ほかにもさまざまなものを飼った。それは、私の作品の中で蘇り、それで自分自身の人生をふり返ることにもなったのだ。犬はもとより、これも親父の持ち帰りだが、ポケットモンキーと呼ばれる小型の猿も飼った。動物とは、どこかで通じる。薄い縁でも、なぜかはっきり憶えている。

　その時にむき合った動物は、多分、自分自身でもあったのだな。前をむいているのはいいことだが、時々、ふり返ると道筋がよく見えて、これもまた悪くない。

前ばかりむいていると、方向が誤っていることに気づかなかったりする。

前をむけだの、一心に駈け続けろだの、私はよくここで君に言うが、人生はふり返ってみることも必要さ。そして私の場合、接していた生き物が、その契機になることが多かった。生き物との関係は、切なさが伴っているな。淡い切なさが多いが、強烈なものもいくつかある。

自分の人生が、こんなにも切なさに満ちていたのだと考えると、過去がいとおしくなったりもする。

私は、十六年の歳月にわたって、長い物語を書き続けてきた。出てきた動物で私が飼ったことがないのは、虎、猪、馬ぐらいのものだろうか。兎も、飼ったことはある。山羊は、農家の友人の家にいて、よく一緒に遊んでいた。そういうことで、動物の習性を覚え、それは執筆の際にずいぶん役に立った。

たとえばインコは、移動する時、嘴を最初に目的物に当て、それから足を出す。手に来させる時は、嘴が先に来るので、嚙まれるのではないか、という気がするほどだが、馴れてしまうとなんでもない。からかって怒らせると、眼が白くなる。実際は、瞳が縮んで小さな黒い点になるのだが、怒りの表現としてはきわめてわかりやすい。そんな描写をしながら、私はかつて親しんだ動物と、もう一度付き合っているような気分になった。

これが人間相手なら、なかなかつらいのだ。だから人間は、記憶というものだけに限定し、できるかぎり言葉による素材として、小説に役立てる。

こんなことを書くと、ずいぶん厳密に過去を解析し、小説に役立てているのだろう、と君は思うだろうな。実際は皮膚感覚なのだ。なにかが肌に触れてくる。それが私に、過去の一場面を切り取らせる。

情景が見える、人が、動物が見える。それが小説として文字化されていくと、また別のものになっている。小説と過去の関係は、切っても切れないが、折々で程度の差は出てくる。人によっても、違うだろう。

私と君は、過去と未来を結ぶ点、つまりいつまでも現在にいるのさ。またな。

ケンゾウのはずなんだけどな

名前を、呼ばれた。しかも、親父の名であった。

二十年近く前の、九州の故郷での話である。私は筆名ではなく本名で仕事をしていて、しかし下の名前だけで呼ばれることは少なかった。親戚関係ぐらいであろうか。

故郷の村は同姓が多く、苗字で呼ぶと誰だかわからないところがある。しかし、親父の名である。波止場に立っている時で、背中から声をかけられたのだ。

私はいささかぞっとしてふり返り、父は十数年前に亡くなりました、と立っていた二人の老人に言った。そいは知っとっと、と返ってきた。親父の伜が立っているのはわかったが、なんと呼んでいいかわからず、思わず親父の名が口を衝いて出てきたらしい。ちょっとだけ、私は安心した。親父の幽霊と、間違えられたわけではなかったのだ。

中、高、大学を通じて、謙三と呼ばれることは稀にだがあった。おい、ケン坊と呼ばれることもあり、それは年長者が少なくなったので最近ではない。

ライブへ行った。六本木の劇場で、かなり大がかりなライブであった。私がひそかにオヤジロックと親しみをこめて呼んでいる、石橋凌のライブである。ステージでは、石橋は相当の迫力を見せる。

人出は多かった。劇場の入口で、読者らしき人から声をかけられた。緊張しているようだったので、握手などを交わした。思い切ったような表情で、息子に会っていただけませんか、と言われた。奥さんと息子さんの三名で、ライブに来ていたようだ。

息子さんは十歳ぐらいで、しっかりと私を見て、ケンゾウです、と自己紹介した。おや、そうなのか。同じ字です、と父親が言った。あまりに小説が好きで、同じ名を息子につけてしまったのです、と恐縮したように言った。それは嬉しいが、面映ゆくもある。握手を交わして、会場に入った。

六本木のその劇場は、昨年、マイケル・ブーブレがライブをやるというガセネタが流れたところで、それ以来、私は足をむけていないが、ブロードウェイの劇場みたいに客席に高低差があって、いい劇場なのだ。私は二階の関係者席に案内されたが、謙三君一家の席は上から見えるところであった。一家で、石橋凌の大ファンでもあるらしい。

数曲唄ったあと、石橋凌は明るくなった場内にむかって、トークをはじめた。おっ、君は若いね。謙三君が、そんな声をかけられた。会場の平均年齢が高いというわけではなく、十歳ならどんなライブ会場でも若い。名前、なんていうの。ケンゾウです。謙三君は、私の席に聞えるほどはっきりと、そう言った。なに、ケンゾウ。石橋凌は、そう言って言葉に詰まった。二階にいる私の顔を思い浮かべてしまったのは、想像に難くない。一瞬の沈黙のあと、まるで違うところに話題を振っていた。

惜しかったなあ。ちょっと歳は食っているが、同じ名前の友だちが二階にもいるぞ、とでも言ってくれたら、私は手ぐらい振ったのに。いや、私が手を振っても、別に会場が沸くことはないか。

とにかく、エネルギッシュなステージに、一瞬だけ訪れた、私にとっては笑える時間だった。謙三君も、存分にライブを愉《たの》しんだようだ。どこかでまた、会えるという気がする。新しい友だちができたのだな。

君は、こんな邂逅《かいこう》をどう思う。ありそうもないことがあるのが、人生なのだ。それで、石橋凌との出会いは、どんなだったのか。石橋は亡くなった松田優作の弟分のようなもので、私は優作に請われ、『檻』という作品の映像化権を預けた。優作はそれを抱いたまま亡くなったと思ったので、死後数年間、映像化の話に私は乗らなかった。

ロックンローラーとしての優作は、私の大学の同級生がやっている下北沢の『レディ・ジェーン』というライブハウスをフランチャイズにしていて、そこで出会った。

うむ、しかし石橋凌とどこで会ったか、定かではない。気づくと友人で、かなり長い歳月が過ぎている。いま石橋凌は『水滸伝』のラジオドラマを、数年間にわたってやっていて、それは魂としてはロックンロールである、と私は思っている。

ケンゾウは、たくさんある名前なのか、どうなのか。西表島《いりおもてじま》にあるミニホテルに、ケンゾウという名の犬が飼われはじめた、と聞いたのは十年ほど前だった。経営者は知り人である。行ってみようかなと言った私に、いま行かれない方がいいと思います、とそれを教えてくれた編集者が言った。飼ったばかりで、躾の段階である。こら、ケンゾウ、駄目だ、ケンゾウ。そんな声が飛び交い、犬のケンゾウは毎日ポコポコやられているに違いないのだ。

おい、ケンゾウ、暑い島だ。犬にはつらいだろうが、頑張るのだぞ。

身近で、ケンゾウという名だった者がいる。私の下の娘である。倉庫会社に入社した時に、同じ苗字の作家がいるね、という話になったらしい。娘は、そうみたいですね、と言った。

翌日から、娘の綽名《あだな》がケンゾウになってしまったのである。電話取れ、ケンゾウ。この書類はなんだ、ケンゾウ。ちゃんと仕事しろ、ケンゾウ。それがある日、ぴたりと熄《や》んだ。私はそのころ、飼っていた黒いラブラドールの小政とともにテレビ出演し、マセラッティ・スパイダーに乗せて、いろんなところで撮影した。娘は娘で、会社で犬の話をよくしたらしい。放映日にそれを観た人がいて、ぴたりと一致してしまったのである。いかん、許してあげてください。娘は嘘をついたわけではなく、多少名が知られている父親のことを、ちょっと照れてしまったのです。私は、そう思いたい。

ところで、私の名前には、三という数字が入っている。三番目。普通だと三男の名だが、私は長男である。うむ、どこぞに一と二がいるのか。ひそかに親父に訊かなければならないと思っていたら、いきなり亡くなってしまい、三の真相は不明のままである。謎が少しあった方が、人間らしくていいか。

そういえば、あの謙三君も親子三人でいて、ひとり息子という気配だった。謙三君、名前に負けてはいかんぞ。そして、喋っている君は、口を閉じるのだ。

いつかここで泣くのだろう

海の基地から、私は福岡に飛んだ。

夏樹静子さんの、御葬儀である。通夜からだと時間的に楽なので、そうした。終わると知り合いの和食屋でひとりめし。語る相手が板前だけで、二人で献杯した。仕事を抱えてきていたが、ホテルへ帰る気にならず、西中洲で飲み歩いた。午前三時まで飲み続けていたので、どうしようもない酔っ払いである。一度飲みはじめると、私にはそんなところがある。翌日起き出すと、告別式であった。私は、酒の臭いを気にしながら、参列した。

ホテルへ戻ると、しばらく仕事をし、夕方、知り合いのバーマンを呼び出して、夕食をともにした。夏樹さんの作品を数冊読んでいて、献杯からである。彼は、銀座にいる伝説のバーテンダーと呼ばれる、毛利隆雄の弟子であり、西中洲の、同じ弟子がやっているバーを紹介してくれた。女性がひとりでやっている店であった。同席したほかの客が夏樹作品に詳しく、みんなで献杯となった。

私はそこでも飲み続け、夜中に銀座の毛利に電話を入れたりした。博多であんまり暴れちゃ駄目だよ、と驚きながら毛利は言った。なぜ博多にいるのかと問われたが、夏樹さんの御葬儀だと言うと、しばし黙りこんだ。彼も、博多の近くの八女《やめ》というところの出身である。

その夜も私は三時まで飲み続け、翌日、迎えに来てくれた人とともに、寿司屋へ行き、昼間から飲みはじめた。ウイスキーと日本酒に浸けこまれたような状態で、唐津にむかった。九州さが大衆文学賞の授賞式があったのだ。私はその賞の選考委員で、持ち回りの当番で、私が出席することになったのだ。

夏樹さんとは、二十年もその賞の選考をやっていて、この回も、しばらく前に選考会をやったばかりなのだ。夏樹さんは、いつもとなんの変りもなかった。急死だった。告別式の翌日が授賞式というめぐり合わせが悲しく、式での私の話は、夏樹さんのことに終始した。この賞からは、流行作家も、直木賞候補作家も出ていて、地方の文学賞としては稀有の存在になっている。夏樹さんを失って、どうなってしまうのだろうなあ。

唐津は、故郷である。酔っ払って足もとをフラつかせながら入るという、情無い状態だったが、夜中に波の音を聴いたりしていると、父祖の地にいまいるという思いは、いやでも募ってきた。私は、この波の音を聴きながら、少年期を過したのである。

故郷とは、なんなのだろう。

空、風、匂い、唐津弁。すべてが懐かしい。懐かしいだけでなく、どこかにかすかな痛みも伴う。ここで享《う》けた生を、私は充分に生かしたのか。私でも、時々はそんなことを考えるのだよ。数年ぶりの故郷なら、なおさらである。

自分の裸が見えてしまう土地が、君にはあるか。故郷の地に立つと、私の躰からは一枚一枚、衣服が脱げ落ちて、気づくと裸になっている。なんの衣服であろうか。人生で着こまざるを得なかったものが、多くある。自己保身か防衛か、とにかく自分で着こんだものもある。生きる上で、それは無用のものなのか。いや、必要だから、着こんだのだな。そんなものを多くまとった自分を、私はいやだとは思わない。生身のまま裸でいたら、私などとうに消滅しているさ。

それにしても、裸が見えてしまうというのは不思議な感覚で、喜びと哀しみが同時に、いやもっと複雑なものが、湧きあがってくるのだ。人生をふり返ってしまうのだろうか。若いころよりも、そういうことがずっと強くなった気がする。

なんとか酔いが醒めはじめ、私は深夜のビーチを歩いた。ホテルの明りが見える。沖には島の灯もある。闇の中で、打ち寄せる波は見えないが、音は間近に感じる。私は、自分に問いかける。卑怯なことをしてこなかったか。友だちを裏切らなかったか。無用に人を傷つけなかったか。

恥の多い人生で、そんなことを普通の時には考えない。考えると、仕事などできなくなる。この世から、消えてしまいたい気分になる。だから、いつもは心の奥底に、しっかりと収《しま》いこんで、鍵をかけているのだ。

故郷というものには、どうも解錠の作用があるのかもしれない。ちょっと涙ぐみながら、私は幼いころ、子供特有の残酷さで、栗鼠《りす》のような動物を追いつめ、棒で殴り殺してしまったことまで思い出した。友だちをいじめたこともあるな。いじめられたこともある。いま懺悔したところでどうにもならないから、そんなことはしない。私は、自分が通り過ぎてきた過去を、風景のように眺めるだけだ。

人生の風景というのは、実にさまざまにあるものだな。死ぬ時は、そういうものが走馬灯のように自分の周囲をめぐるのだろうと考えるのは、スノッブな感傷なのだろうか。

死ぬのなら、もっと別のものを思い出したい。書いた本の山、積みあげた原稿用紙。それもまた、無理な話か。私はまだ死ぬつもりはないので、どうも想像だけが先走ってしまう。

打ち寄せてくる波を見誤って、足を濡らしてしまった。海水は、結構冷たい。ちょっと冷静になって、私はホテルの部屋へ帰った。酒を飲み直しながら、届けられている新聞を拡げると、明日やることになっている講演の記事が出ていた。唐津で賞の授賞式をやるのははじめてで、それは嬉しいのだが、講演もセットにされてしまったのだ。長く会っていない同級生たちも、きっと聴きにくるのだろうな。当然ながら、みんな老人である。

君に、私の故郷の海を見せてやりたい。砂は、白というより、人の肌の色である。首都圏の海のように、黒っぽくはない。海水は澄んでいる。いま、流れ着いたペットボトルなどが見当たらないのは、人々が清掃に気を遣っているからなのか。

私が幼いころは、浜に流れ着いているのは、千切れた海草や、死にかかった鯨や、水死体ぐらいのものであった。水死体は、長い旅の果てという感じで、奇妙な存在感があったものだ。

ふるさとは、遠きにありて、だけではないな。君の故郷も、どんなところか、そのうち私に教えてくれないか。

躰が喜んでいるんだよ

野菜を食っている。

これまでも食ってきたが、摂取すべきものという意識がどこかにあった。

まず食物繊維をなどと、料理や味とは関係ないことを考える自分が、ある日いた。そんなのでいいのかと自己嫌悪に陥りながらも、やはり続けている。熱を加えたりしても、調理の方法は大してない。いや、真剣に考えようとしてこなかった。

海の基地では、スーパーで買ってきた野菜で、毎日サラダを作る。ありふれた野菜である。

洗ったあとの水を切るために、把手をぐるぐると回すと、遠心力で水が切れる、という装置を買った。それ以上の熱意はない。

ドレッシング代りに、オリーブオイルをかけ、バルサミコを加える。それだけではもの足りないので、すり胡麻をかける。それでも足りず、ハードボイルドエッグを、フォークで押し潰して加える。蛸《たこ》などがあれば、ブツ切りにして放りこむ。さらに、肉用に作っておいたニンニクチップを、ごそりと入れる。鶏胸肉を焼き、裂いて加えることもある。

それでも、サラダはサラダなんである。私は肉が食いたくて仕方なくなっていて、肉を焼きながら、立ったままサラダを口に押しこむ。肉は、丁寧に、放置せずに焼かなければならないのだ。途中で、二度ほど休ませる。決して強い火では焼かず、そっとそっと、いとおしさをこめて焼くのだ。肉によっては、アルミホイルで包むこともある。

私の肉は、焼くまでにかなりの手間がかかっているのだ。こんな言い方が、自慢しているように聞えることもあるようだが、自分ではただの物好きだと思っている。買ったばかりの肉は、まずすぐには焼かない。吸湿性のある調理用のペーパーで包み、数日置く。この肉はいいなと思ったら、それから真空パックをすることもある。

つまり、私なりのエイジングである。真空パック機も、買ったのだよ。海の基地のいいところは、興味のあるものはなんでも買ってきて、遣えるところである。

エイジングを終えた肉は、ワインに丸一日浸けこむ。ワインだけではないな。あらゆるものに浸けた。黄金比率などと呼んで、自分の特製のタレを作ったこともある。やり方が間違っているとは、言われたくない。私がやり、私が食うのである。どれほどまずくても、泣きながら食う。野菜だって、食っている。いろいろなものが、放りこんであるがな。

放りこむといえば、ハードボイルドエッグが面倒である。というよりも、私を苛立たせる。殻が、うまく剝けないのだ。塩を加えた水で茹でたりしても、新しい卵は剝けにくい、という気がしてならない。

ある料理人が、たやすく剝ける方法がある、と教えてくれた。掌の中で揉むようにして、細かい網目になるまで亀裂を入れる。それから頭のところの殻だけ剝き、流水に晒すと、すっぽりと剝けるというのだ。これはいいというので、やってみた。

剝けない。剝けないではないか。水圧があった方がいいというので、蛇口全開で何度もやったが、飛び散る水で、私は水浸しになるだけである。なんということだ。普通の剝き方でやると、殻に分厚く白身がついている。勿体ないから口に放りこむが、こいつはまずいぞ。

君は、うまい剝き方を知らないか。知らないだろうなあ。なら、殻剝き名人を知らないか。一度、潰した卵を入れたサラダを食うと、卵なしではとても淋しい気分になる。だから苛立ちながらも、ハードボイルドエッグは作り、殻を剝く。白身のついた殻は口に放りこみ、私は人生のつらさとともに嚙みしめる。

ところが、卵を入れなくなったのである。卵だけでなく、蛸も鶏肉も入れない。オリーブオイルと、バルサミコだけである。そして私は、きちんとテーブルに着いて、サラダを食う。なぜなら、野菜をうまいと感じたからだ。

スーパーで買った物ではない。道路脇の、直販所のようなところで買った。そこを教えてくれたのも、流水卵剝き法を伝授しようとした料理人だったから、私ははじめ疑ってかかった。それでも、通りがかりにちょっと寄ってみた。気紛れである。

箱に入れて、無造作にかなりの種類の野菜が置いてある。ばあちゃんがひとり、座って店番である。ポトフを作るんだけどさ。はあ。煮こむんだよ。なら、そのカブ。ばあちゃんが言ったのは、子供の頭ほどのカブであった。煮崩れがせず、じゃがいもよりうまいという。半信半疑だったが、私はそれを買った。静脈血のような色の、人参も買った。

基地へ帰り、巨大なカブを庖丁で割り、煮てみた。じゃがいものような食感で、味もそれに近く、しかしやはりカブなのであった。面取りをしなくても、崩れない。なにより、うまい。人参を切って生で齧ってみたら、なんともいえずこれもうまい。

私は人参を半分ほども生で齧ってから、もう一度、サラダの材料を買いに走った。それからしばらく、私はサラダと煮こみに熱中したのだ。

ばあちゃんは、いまだにポトフがなにかわかってくれないが、煮こむならこれ、と言って勧めるものに間違いはなかった。

三浦半島の農家では、大根とキャベツと西瓜《すいか》しか作っていないのだ、と思っていた。それが名産だし、どこへ行っても相当な規模の畠が拡がっているからだ。

その直販所には、かなりの種類の野菜が置いてあり、私が知っているキャベツやセロリやレタスとは違うのであった。こういうことをしている、農園もあるのだ。ただ、私はまだ、野菜の名前を覚えきれていない。いいのだ。うまければいい。その直販所を教えてくれたので、流水卵剝き法を、これだという顔で伝授しようとした料理人は、許してやることにする。もう、ハードボイルドエッグはいらないしな。

なあ、君、野菜のうまさとはなんだろうな。甘いとかなんとかいろいろと言うが、私はまず、みずみずしい歯触りだと思っている。馬のように、生の人参が好物になった。カブを煮こむのも、好きになった。

野菜をうまいと思って食うと、躰が喜ぶ。それだけで、幸福だと思わないかね。

鮫などいらない釣りの日

深海釣りをはじめた。私はトローリングをやることが多かったので、対照的な釣法になるだろう。トローリングでは、海面あたりで擬似餌《ルアー》を引っ張る。鰯《いわし》などと思わせて、魚を騙すのである。いくらかルアーを沈めようと錘《おもり》をつけても、せいぜい十メートルほどの深さである。深海釣りでは、二百メートルから三百メートルの水深を狙う。場合によっては四百メートルを超えることもあるらしいが、いまのところ私は三百メートルである。

深海のイメージは、暗く重い。光量の少なさと、水圧である。海面のキラキラしたイメージとは、ずいぶん違うな。自分が潜ることなど、当然、私には想像できない。しかしカメラなどでは、もっとずっと深いところも捉えられていて、そこにも気味の悪い魚はいる。私が釣ろうとしているところは、うまい魚の宝庫である、と信じた。

まず、道具から揃えた。電動リールと、腰の強い竿。太いライン。ネムリ鉤《ばり》。これは眠りとも言うらしく、かかったら容易にはずれない、ちょっと残酷な鉤なのである。でかい錘も用意した。

頼りはGPSと海図である。トローリングでは、大型魚が小魚を追い、海面に出てきた小魚を鳥が狙う。つまり、海上に鳥の山が出現し、そこにルアーを流すと、小魚だと思って大型魚が食らいつく。豪快な釣り方であるが、鳥山がなければ僥倖を待ち望んで、ただ流すしかない。鳥が頼りの釣りとも言えるのだ。深海釣りにある目安は、水深だけである。一千メートルの水深があるところで、三百メートルを流しても、魚はいない。魚は、大抵は海底にあるなにかを食っている。だから水深三百メートルの海域で、錘を着底させるのだ。潮流などの影響で、四百メートル出しても届かないことがある。五百メートルまでは、耐えて出し続ける。錘が着底すると、ラインの張りが弱くなる。ラインの落ちている角度を調節するために、船を操る。ほぼ三百五十メートルで垂直になる。

はじめての深海釣りでは、錘を着底させて、待つこと三十分。なにも反応がないので、高速で巻き上げた。しかし、魚がついていたのだ。目玉が、飛び出している。出目金さながらだが、おかしな体形をした五十センチほどの魚の、飛び出した目玉というのは異様である。ゴルフボールより、いくらか大きかった。そして、瀕死である。ギスというその魚に、私は苦痛しか与えなかったのだよ。

うむ、こんな釣り方ではいかん。魚にも、闘う余裕を充分に与えるべきである。私は、沈思黙考した。なにしろ、三百メートル下の海底である。想像しにくいが、想像してみる。

赤い魚がいる。これは、通常、うまいと言われている魚である。黒いやつでも、黒ムツなどというのがいる。そのほかに、思ってもみなかった魚がいるはずだ。なかには、不気味なやつもいるだろう。最初に釣ったギスなど、まともなかたちの魚であるが、練り物に多用される。

竿をやわらかくし、アタリを取りやすくした。なにしろ、東京タワーのてっぺんから、地上の魚を狙っているようなものである。水圧は、気圧とは較べものにならない。光がほとんどない世界でもある。ドラッグを緩くし、三キロの力がかかると、ラインが出ていくように調節した。

電動リールのモーターのサポートは、時間のかかる中層だけにし、それも三キロを超えない。

魚との、五分の勝負の条件を整えて、再び私は深海釣りに挑んだ。狙っている対象魚は、いくつかある。いずれも、魚屋に並ぶことがあったら、超高級魚である。さらに私は、深海で棲息している、だらしのない名前の魚も狙っていた。居眠り鮫という。もともとは、ネムリ鱶《ぶか》というのだが、もっとだらしなく呼んでいるのだ。

鮫で連想するものというのは、第一に大沢新宿鮫である。私のまわりにちょろちょろとついてきて、大沢小判鮫と呼ばれることもある大沢在昌は、ほんとうは仕事中に居眠りをしている。それを釣りあげ、逆さに吊していたぶるのである。ほかの魚にはやさしい私も、鮫と名がつけば容赦がなくなる。私のいたぶりに音をあげたら、肝臓を搾って肝油を作り、よれよれになったところで放してやる。深海で、再び肝臓を蓄えたら、また私に釣られればいいのだ。

私は、海図上三百メートル水深の海域に船で行き、大きな錘に餌をつけて、投入した。着底するまで、私は竿を逆様《さかさま》に持ち、ラインを押さえてブレーキをかけ、水中で決して餌が踊らないように静かに落とす。それから、待つのである。

三百メートルの深度にいる魚のアタリは小さかった。しかし、はっきりとわかった。アワセをくれ、私は少しずつ巻き上げ、中層からはゆっくりとモーターで巻いた。時間がかかる。魚が、逃げようと暴れているのもわかる。五十を切ってくると、再び手巻きである。魚の動きは、伝わってくるのだ。瀕死ではなく、目玉も飛び出していないはずだ。

黒い魚影が、海面に近づいてくる。なんだこれは。海面で掬《すく》った。黒く長い魚体で、炭焼と呼ばれるカマスの一種であった。こいつは、顔が不気味である。特に、ずらりと並んだ歯が異様に長く、正面から見ると恐竜の顔そのものである。

次に落とした時も、はっきりしたアタリがあった。そして重い。強い引きにも、重厚な感じがある。慌てずにゆっくり巻き、近づいてくると海面を凝視した。赤い。大きい。そして一荷のようだ。一本のラインに鉤が三本以上つけてあるが、二匹以上かかると一荷という。海面。赤い色が見えた。アコウ鯛か金目鯛。私は慎重に掬った。赤ムツではないか。日本海だけでなく、太平洋にもいる。こいつはノドグロとも言い、食らうと最高にうまい魚だ。

私の頭からは、鮫を苛《いじ》めることなど吹き飛んだ。でかいノドグロがいる。釣った魚の口を開いて覗きこみ、ノドが黒いことを確認すると、私は次の釣りに没頭した。

鮫を苛めて欲しかったか。それは次でいい。その時は、君も参加させてやる。そして、肝油のひと粒ぐらい、やるよ。

なんでも貫き通してみればいい

地図が大好き、という男を知っている。地理学的に好きなのではなく、じっと見つめているのが好きなのだという。かなり克明な地図でなければならない。等高線を見つめていると、地形が立体的に思い浮かぶらしいのだ。

それだけでも大変な能力だが、女体の曲線と重なり、躰の一部がはっきり見えるということになれば、その想像力を評価すべきであろうか。山が二つ並んでいたら、完全に乳房が浮かび、勃起までするという。

参るね、まったく。私にはそんな能力はなく、彼を羨しいとも思わなかった。ヌード写真などより、地図の方がずっと官能的だと嘯かれても、私は必要でないかぎり、ヌード写真を眺めている方がいい。

なかなかの編集者であった。そんなおかしなやつが、最近は少なくなったなあ。ファッキンなどと、開高健氏にニックネームをつけられ、それは自慢げであった。あのファッキン、いまどうしているのだろう。会ったら、立体的な地図の見方を、伝授して欲しいものだ。というのも、私は海図とGPSを睨み、海底の形状を読み取ろうと、かなりのエネルギーを割いているからだ。

深海釣りをしているが、三百メートルの水深に餌を落とせばいい、というものではない。陸上で言うと、平野は駄目である。緩やかな斜面も、可能性は少ない。急峻な斜面は魚がいることは考えられるが、群れなど恐らくピンポイントである。山と山の間の、つまりは谷の地形。谷底に餌を落とすのである。根がかりをする危険はあるが、そういう谷には魚がいるようだと、私の乏しいデータの中でもわかってきた。

根がかりを、どうやって防ぐか。一度ひっかかれば、これは地球を釣っているようなものだから、容易には抜けない。運まかせのところがあるのだ。運が悪ければ、数百メートルのラインを失う。

それでも私は、釣果があがるので、海底の谷に挑戦し続けようと思っている。錘《おもり》が底に着く。それは竿先で感じるので、数回巻きあげる。ずっと底に着かなければ、逆に落とし、底に達した刹那、数回巻く。錘が底に着くのは一瞬ということになるので、根がかりの確率は低くなる。

そんなシミュレーションをやりながら仕掛を作っていたら、指先を鉤《はり》で刺した。鉤に糸をつけるのにも、集中力は必要なのである。血が、丸い玉になって出てきて、私はそれを舐めとった。

釣りの最中に、鉤を刺したことはないが、深海釣りは錘が重く鉤も大きいので、刺したらとんでもないことになりそうだ。刺さった鉤を抜いてやったことは、何度かある。大抵感謝されたが、一度、ひどいと言われたことがある。

滅多に人の通らない基地の前の小径を、男女四人が通りすぎていった。一時間ほど経った時、女の子が蒼い顔をして飛びこんできた。消毒液を貸して欲しいと頼まれた。友達が鉤を指に刺したのだという。傷口は舐めてりゃいいんだ、などと言うには、女の子の表情は真剣すぎた。病院、とも口走っている。鉤は抜けていないようだ。連れて来い、と私は言った。前の小径は行き止まりで、それほどの距離はない。すぐに、四人がやってきた。

掌から、切った糸がぶらさがっている。そして鉤は人差し指の付け根に刺さり、かなり大きかった。湾の中には対象魚はいないだろう、と思えるほどだ。それに較べて、竿とリールは玩具に近いものだった。飛びこんできた女の子が竿を振った時、ひっかけたようだ。それで蒼い顔をしていたのだろう。

抜こうとすると、痛いのだ、と青年は言った。あたり前だ。かなり深く入り、カエシも肉の中である。カエシとは逆鉤と書き、鉤先と反対方向にむいた棘のようなものである。説明するのは、面倒だな。つまるところ、カエシがあるので、抜くのは困難だということだ。

責任を感じているのか、病院に行こうと言いはじめた女の子に、大丈夫だと青年は強がっていた。一度突き通して、カエシを皮膚の外に出し、その部分をペンチで切り落とす。するとたやすく抜けるのである。そう言ってやったが、女の子は病院と連呼しはじめた。やってみろ、と私はペンチを出して言ったが、その度胸は出ないようだった。私は青年の手をとり、ぐいと鉤を動かし、皮膚から出てきたカエシの部分を、ペンチで切り落とし、抜いた。

その間、三秒ぐらいのものだ。ひどい、と女の子は言った。私が、ペンチで強引に抜いたと思ったようだ。ひどい、ともう一度言ったが、青年が頭を下げたので、黙った。

釣りは遊びだが、こんなこともある。私は抜いてやり、ひどいと詰《なじ》られ、病院に行っても同じことをするのだと思いながら、四人が立ち去るのを見送った。すると女の子が、じゃあね、おじいさん、と言ったのである。くそっ。ペンチで、尻の肉でも挟んでやりたくなった。

釣りには、小さな怪我はつきものである。手当ての方法を知っていればいいのだ。魚の種類も、知っていた方がいい。ハオコゼなどを釣って、小さくて赤くてきれいだな、などと思って触れると、とんでもない目に遭う。ハオコゼは一時間ほどで毒は消えるが、ゴンズイという鯰のような魚の毒は、強烈である。そんな時も、熱いお湯に三十分ほど手をつけていれば、毒は消える。知識を持っているかいないかで、大きな違いが出てくるのだ。

それにしても、私をおじいさんと呼んだ小娘は、ハオコゼとゴンズイとオニカサゴに、同時に刺されればよかったのだ。いくら痛いと泣き叫んでも、私は毒の消し方は教えてやらない。

ある時から、老人扱いされることを、私は許さなくなった。許さないどころか、復讐も企てる。若さを幼さとみなして、すぐには立ちあがれないほど、言葉で攻撃をするのだ。泣いてしまった、若造がいたな。泣こうが喚こうが、私はやめないぞ。一対一なら、決闘も辞さない。昔と違うので、必殺技をほんとうに必殺に遣う。

君も、言葉には気をつけろ。老人は、老人と言われると、理由もなく怒るのである。

蹴飛ばすと眼を閉じるもののあわれ

海の底がどうなっているのか、しばしば想像する。十メートルぐらいの水深なら、砂でも岩でもよくわかる。素潜りをよくやっていたからだ。その深さでも、光量はいくらか少ないような気がするが、確かめる余裕はなかった。水を掻き蹴って浮上しても、水面はかぎりなく遠く感じられ、行き着く前に、息が絶えるのではないか、と思うほどなのだ。

ほんとうに死ぬかもしれないので、いまは二メートルぐらいしか潜らない。

釣りにおける深海は、二百メートル以下とされているが、ほんとうに深いところは一万メートルもあるらしいのだ。海は、深いところがほとんどだという。二百メートルなど、海面のすぐ下である。深海は、光合成をする光量がないので、海洋植物などもないらしい。海底の荒野と思えるが、うまくイメージは湧かない。

私が深海釣りで狙う三百メートルも、暗い荒野で、魚だけが泳いでいるのだろうか。

竿を出している間、懸命にイメージを浮かべようとする。錘《おもり》は大きく、糸は張っている。錘が底に触れると、すぐに竿先が動く。アタリも、小さいが明確にある。常に、錘が底から五十センチというところを保持しようと、集中するのだ。

根がかりをすると、仕掛けを失うことになる。したがって、錘を着底させては、少し巻くことのくり返しである。

竿先が、ぐっと海中に引きこまれた。腰の強い竿である。ノドグロぐらいでは、こういうことにはならない。しまった、と私は思った。根がかりである。しかし、なにかおかしかった。

横に動いたような感じだったのだ。私は、その状態でしばらく耐えた。少しラインが引き出されたが、その出方もおかしい、と私は思った。巻いてみる。少し巻きあげると、ラインが引き出される。リールのドラッグは、四キロほどの調整である。うまくやれば、十キロの魚とも闘える。巻き、引き出されることをくり返し、私は少しドラッグを締めた。そして、巻いた。生きているものが、間違いなく竿から腕に、命を伝えてきた。しかし、なんなのだ。魚がかかっているのは確かだが、仕掛けやラインは保つのか。ドラッグをそれ以上締めるのは、危険だった。竿やラインの限界を超える。時に空転するハンドルを、私は根気よく巻き続けた。時々、魚は怒ったように暴れたが、私は竿を抱いて耐えた。

リールの深度計は、遅々として縮まらない。五十メートルを巻くのに、十五分はかかった。しかし、徐々に大人しくなってきた感じもある。

二百を切ったところで、ひとしきり暴れ、私は汗を垂らしながら耐えた。動きが鎮まると、巻いた。魚も、疲れているのだ。百メートルあたりでまた激しく暴れたが、苦し紛れだと私にははっきりわかった。海面に近づいてくるまでも暴れたが、弱々しいものだった。

鮫だ、と攩網《たも》を構えたクルーが叫んだ。掬ったが持ちあげることができず、私も竿を放り出して、二人がかりで甲板にあげた。

一・五メートルにも達しようかという、褐色の深海鮫である。眼が、特徴的だった。不気味と言えば不気味だが、大きく、美しく、幻想的でさえあった。エメラルドグリーンの、作り物のような眼なのだ。

鮫なのだから、私は、こら大沢などと言いながら、鼻面を蹴飛ばした。すると、鮫はその眼を閉じ、開いたのである。魚は、眠る時も眼を開けていると思っていた。瞬きを見たのははじめてだが、鮫はやるらしい。もう一度やってみろ、大沢新宿鮫、と言いながらまた蹴飛ばしたが、二度見ることはできなかった。

鮫と名のつく魚を釣った時の私の喜びが、君にわかるか。鮫を釣ったら、八ツ裂きにして、刺身で食らってやろうと思っていた。一度嚙むたびに、思い知ったか、大沢、と言い続けるのである。しかし、私の知識にはない鮫だったので、念のために海洋研究機関のようなところに電話した。そのまま持ち帰ってくれれば、ありがたいということになった。

めずらしいので、標本にするらしい。深海のものを空気中にあげたのだから、リリースしても無事でいるとは思えないが、行先が決まり、その姿は留めることになるので、成仏してくれよという気分である。

鮫も、いろいろいるものだ。私は葦切《よしきり》を釣りかけたが逃がした。以前、パラオで三メートルを超える、頰白鮫《ほおじろざめ》を釣ったこともある。頰白の暴れ方は、大変なものだった。首と尻尾にロープをかけ、男三人であげようとしたが、手に負えなかった。パラオ人の漁師がナイフを持って飛びこみ、腹を裂いて心臓を摑み出した。その時はもう、十数頭の鮫が、下を泳ぎ回っているのが見えた。

慌てて漁師を引き上げたが、鮫はまだ暴れていて、それでも心臓がある時よりはずいぶん大人しく、なんとか甲板まで運びおおせた。まだ鮫は暴れていて、危なくて近づけなかった。隙を見てさらに腹を裂き、内臓を全部出してしまうと、ようやく動きは緩慢になった。

その場で皮を剝ぎ、男四人で生肉を食らった。それは刺身ではなく、生肉そのものだったな。切り分けた肉を氷で冷やし、顎の骨はそれだけ取り除いて数日陽に干した。歯が異様に並んだその顎骨は、いま海の基地の壁にある。

あの時は、棄てたものはほぼなかった。生肉は、市場で売ってクルーたちの小遣いになったし、山葵《わさび》を擦るわけでもあるまいに、皮もどこかへ持っていった。内臓も骨も持ち帰り、棄てたのは心臓だけだった。

鮫の生肉は、それはそれでうまい。まだ痙攣《けいれん》をくり返すほど、新しかったのだ。

私の釣った深海鮫は、モミジ鮫という名があるらしい。肝臓は取り出し、煮つめて肝油にされただろう。そしてその全身は、標本としてある場所に展示されている。どこだか教えてやるから、君は行ってこい。そして、標本にむかって言うのだ。大沢先生、おいたわしいお姿になってしまって。これもケンゾウの野郎の仕業なのですね。諦めてください。あんなやつと友だちだったんですから。私は、新宿鮫のファンだったことを、告白します。

君、私の本も読むのだぞ。

時には鼠の食らい方を考えよう

鮫は、山陰地方の山中の街で食った。刺身である。アンモニアがあり、腐敗が遅いので、古来食われていた。

山陰ではワニと呼ばれていたな。『因幡の白ウサギ』で皮を剝いでしまうのがワニだが、これは鮫のことなのである。日本海に鰐《わに》はいないだろう。鰐も、ラクダも、海外では食ったことがある。昆虫食のあるところでは、それも食う。日本のイナゴの甘露煮も、昆虫ではあるのだ。

鼠も食った。サハラの街の市場では、でかい猫のような鼠の開きを、よく売っている。結構な御馳走らしく、食ってみてもなかなかうまい。私は、砂漠でアグッチと呼ばれる鼠を捕まえ、自分で調理して食らうことをやりたかったが、狩は失敗であった。アグッチは、猫をひと回り大きくしたほどなのだ。原地の人たちは、巣穴をよく見分ける。

カンボジアのプノンペンの酒場で、棚を疾走する巨大な鼠を見かけた。捕まえて食らおうよと提案した私に、酒場にいた人間は全員反対した。プノンペン市街にいる鼠は、食用にならないと言うのだ。熱帯雨林の中では、鼠などあたり前に食っているぞ。都会では、悪いもの食っているから。人が出した残飯とかね。それなら、栄養状態はいいではないか。森では、虫や蛇などを食っているのだ。

みんなが食糧を求めたポル・ポト政権のころは、鼠など貴重だったはずだ。そして、多分、人の肉を食らって大きくなっていた。ポル・ポトが虐殺した自国民は、数百万と言われている。熱帯雨林が生んだ政権で、虐殺の大部分も、森の中で行われた。銃弾が無駄になるというので、鉈などで打ち殺したことが多かったのだという。

しかしそういう事実を、若いカンボジア人は知らない。教育から、ポル・ポトの名は排除されている。いまの政権だって、ポル・ポトと関係があった幹部が多いらしい。二十世紀の三大虐殺者のひとりが、まさか歴史から消えていくことはあるまいが。

椰子の実がトタン屋根に落ちてきてすごい音がし、大きな鼠が三匹、店の中を駈け回った。

捕まえろと叫ぶ私を、ほかの客は笑いながら見ていた。サハラのアグッチよりひと回り小さいが、猫ぐらいはあった。結局、プノンペンでは鼠は食らいそこなった。

君は、鼠を食ったことがあるか。アグッチはうまいという話はした。普通の恰好をした、鼠らしい鼠も、なかなかうまいのである。

ラオスの山村では、子供を抱っこしたお母さんが、鼠二匹の尻尾を摑んでぶらさげ、今夜のおかずなんだよ、と嬉しそうに言った。

ミャンマーでは、道端に皮を剝いだばかりでまだ生々しい開きを、紐でぶらさげて売っていた。

椅子もなにもないが、そこは食べ物屋で、頼むと調理もしてくれた。調理といっても、フライパンで焼くだけだった。火がよく通っていないところからは、赤い血が滲み出してきたりするので、もう少し焼いてくれと言うと、その血のところがうまいのだ、という顔をされた。口に入れ、骨だけ吐き出すと、そばをうろついていた軍鶏《しゃも》が素速く食ってしまう。

飲みものは、スカイビアというものである。一応ビールだと言っているが、油椰子という極端に高い椰子の木のてっぺんあたりに、バケツが縛りつけてあり、そこで樹液を採るのだ。集めたものは、ひと抱えもある木を刳り抜いたものの中に、無造作に入れてある。勝手に発酵し、わずかだがアルコールもできる。それは自家製の蒸留酒の原料になっていたが、ビールと称してそのまま飲んだりもする。当然ながら、ゴミや虫はかなり入っていて、色が変ってしまった竹のぐい呑みのようなもので飲む。液は、白く濁っている。うまいわけないなと思ったが、私は飲み、やはりうまくなかった。ただ、予想したほどの酸味はなかったので、腐ってはいなかったのだろう。

調理をし、スカイビアを出してくれた鼠屋の女主人は、腰が高く、ウエストは締っていて、出るところは出たいい躰をしていた。肌の色が白い。その婀娜《あだ》っぽい女主人は、私が日本人だと知ると、露骨にいやな表情をした。日本人は、銃の先に剣をつけて、それで突くと言うのだ。おい、いつのことだよ。私は抗議したが、祖父《じい》ちゃんがそう言ったらしい。昔話が、彼女の中で生きているのだ。私は説明を試みたが、通訳がうまく伝えられなかった。ビルマ語をあまり話せず、通訳君は部族語に詳しくなかった。彼女はビルマ族ではなく、山岳の方の少数民族のようだった。

　ミャンマーは、相当な数の多民族国家であり、軍事政権が武力で押さえこんでいなければ、内戦がくり返されただろう、という意見も耳にしたことがある。民主的な選挙をやり、国会が機能しはじめたのは、最近のことではないのか。軍政にはそれなりの意味はあったという意見で、一面的には正しいのかもしれない。しかし地方の街などにいて、観光よりも一、二歩深いところに踏みこもうとすると、みんな頑に殻の中に閉じこもってしまう。そんなところに、軍政が与えた恐怖というものが、いまも少し見える。それは、いささか不気味な感じがするものだ。

　大抵の場合、ミャンマー人が日本人にむける眼は暖かい。嫌われていると感じることは、きわめて少ないと言っていいだろう。かつて日本軍の将校だった人が、杖をついてミャンマーへ行ったら、ホテルに退役した軍人から現役の将軍までずらりと並んでいて、直立して敬礼し、教官殿、お久しぶりであります、と明瞭な日本語で言ったのだ、と私に教えてくれた人もいる。だからといって、私が生まれる前の戦争に、大義があったことにはならないだろう。いつの時代にも戦争に大義などはなく、しかしどうしようもない悲しい現実として、世界各地で、いまも戦争が行われている。

　人間は、鼠の食い方を考えたりしている方がいいのだ。虫だっていい。そうやりながら、生きることの意味を、嚙みしめればいい。私は小説家だから、無駄に死ぬことの、どうしようもない悲しみは、物語として書くが。

　君は、なにを見て、なにをする。気軽にでいいから、たまにはそんなことを考えてみろ。

山に籠ってなにができるのか

日本には国境というものがないが、島国でなければ、大抵は国境線がある。

川や分水嶺が国境線となっていることが多い。時には山中に国境がある、とだけ聞かされることもある。

アフリカの直線を引いたような国境は、統治した国同士の都合で作られた理不尽な国境線で、紛争の大きな原因のひとつになっているのだ。

東南アジアの山中に、国境線として眼に見えるものがあるのかどうか、わからない。川の対岸が違う国というのは、ずいぶんと見かけたが、特になにかあるわけではなかった。街があると橋があり、両端が検問所のようになっている。しかし人は荷物を担いで平気で往来しているので、それに紛れて渡れば、咎められることは少なかった。密入国のようなものだが、心理としてはすぐに戻りたくなる。ただの橋だと思って渡ってしまった、という言い訳を考えたりするが、戻る時もなにも言われない。

タイの山中の、国境の近くまで行ったことがある。北がミャンマーとの国境で、東はラオスとの国境だという。電気などはなく、斜面にへばりつくようにして、集落があった。チェンライというところから四駆と徒歩で行ったのだが、集落から先へ進むことは許されなかった。国境になるというのが理由だったが、罌粟畠《けし》がまだあるのかもしれない、と私は思った。この一帯は、罌粟の栽培をやっていたはずだ。

村に留め置かれたので面白くはなく、翌日には引き返した。周辺の山地の光景に、どこか既視感があり、すぐに『ランボー　最後の戦場』という映画を思い出した。軍政下のミャンマーが舞台だが、そこで撮影ができるわけもなく、タイの山中で撮ったという話だった。一連のランボー作品と較べると、なかなかいい出来だった。スタローンは嫌いではないのだ。

もうだいぶ前になるが、チェンライから同じように山に入ったことがある。やはり急斜面にある集落で、住んでいるのはアカ族であった。食糧を担いで行ったからか、そこでは友好的に迎えられた。急斜面に住むのは、水で一族の悲劇があり、代々水をこわがるようになったからだ、と族長は解説してくれた。だから躰も滅多に洗わない。見ると垢だらけの人ばかりで、アカ族の名はそこから来ているのかと、本気で考えたほどだ。

その村の印象は、いまもまだ強く残っている。族長の家だけが、かなり立派だった。電気はなかったが、ガスボンベがあり、電球に似たものが着いていて、火を入れると明るくなるのだった。

ほかの家は、闇でほとんど見えなくなる。月が昇ってようやく明るくなり、山に抱かれている粗末な屋根の連なりがぼんやり見えてくるのだ。

われわれは七百年前に雲南省を出て、いまここにいる、と族長が酔って説明した。定住するように政府に指導されているようだが、流浪することを選ぶつもりだ、とも言った。流浪の民なら、国境もないのだろうな。

族長の家には、かなり上等のウイスキーが大量に置いてあり、毎晩気前よく飲ませてくれた。身なりもいい。使っているライターは、デュポンであった。肌は黒いが、垢まみれではない女性が二人いて、食事の世話もしてくれる。

村の女性たちは、垢まみれであるが、肌は白かった。雲南をルーツにする人たちなのだ。そして、お手伝いさんかと思ったが、実は族長の愛人に違いない二人の女性は、タイ族なのであった。つまりそんなことができるほど、族長は金持なのだ。

村をいくら眺めたところで、金が溢れているようには見えない。それに女性の姿が多く、昼間は族長の家で働いたりしているのだ。みんな寡婦で、男は銃撃戦でよく死ぬ、と酔った族長が洩らした。

戦争の気配は、勿論ない。私が連想したのは、罌粟畠の奪い合いによる、銃撃戦である。男たちは寝転んで暮らしていて、働くのは女性ばかりである。罌粟畠の奪い合いになった時に、寝転んでいる男たちは闘いに赴くに違いない、と思った。山の畠に一度連れて行ってくれと頼んだが、それは断られた。神聖な場所だ、と言った。

村の裏側には、山にむかって小さな鳥居のようなものがあった。ほんとうは、そこが村の正面玄関なのである。鳥居の上には、山にむかって男根を突き立てている木の人形が飾ってあった。そこを潜《くぐ》るのは死者だけだ、とも言われた。やはり罌粟畠があるのだと、私はなぜか人形を見て強く思った。しかし確証はなく、それを捜すこともできなかった。村人の女性は、鳥居を迂回するようにして、山に入っていく。毎日、それを見送った。

そろそろ街へ降りろと言われたのは、一週間ほど経ったころだ。街にある俺の家に泊めてやる。族長は、街にも家を持っているのだった。私は、なぜか族長に気に入られた。一年ここで暮らすと、いくらかかる、と私は訊いた。本を読み、山を眺める。それならただだが、と族長は言葉を濁した。銃撃戦には出なければならない。いや、彼は私が阿片に耽溺《たんでき》することを心配したのか。村の男たちは、朝になると、寝たまま女房にぴしゃぴしゃと顔を洗って貰い、歯も磨かせていた。ようやく上体を起こすと、なにか煙を吐いている。それが阿片だとしたら、銃撃戦の恐怖など麻痺してしまうだろう。

街の族長の家には、関心が起きなかった。一年という時間を取るのも、無理だ。私は山を降りることにした。金を包んだが、それは受け取らなかったよ。私はこういうところを旅しても、ドラッグ系には絶対に手を出さない。旅そのものが、私のドラッグのようなものなのである。

それにしても、あの村はよかった。君を、一度連れていってやりたいぐらいだ。しかし、あの場所にまだ村はあるのだろうか。七百年かけて、流浪している一族である。なにか食っていると、黒い豚が寄ってくる。それは小石を投げて追い払う。ある日、それが肉になって出てくる。まるで、人の営みの裏と表みたいだったよ。

旅をするのだ、君も。私はもう、厳しいところには行けない。行けるのが、若さだぞ。

五十年前の口笛が聴えてきた

厳しい旅を、しなくなった。このまま進むと、命ぎりぎりという場所に突っこむぞ、と考えることがなくなって、十年以上は経っているような気がする。そうは言っても、進んでみると、身体的にも情況的にもまだ余裕はあって、大袈裟《おおげさ》に考えすぎていた、と思ったりしたものだ。

ただ、確実に駄目なものというのはある。高山である。四千メートルぐらいのところで、高度順応のために休まなければならない。

あと五百メートルなのに、躰が動かない。それどころか、奈落の底にいるような気分になるのだ。ちょっと下がって、数日寝ている。そんな悠長なことがしていられないスケジュールだと、諦めて下山せざるを得ないのだ。

私は本格的な登山をやっているわけではなく、高地で暮らす人々のところへ、行こうとしてきただけである。ペルーアンデス、天山山系などだが、もう行けないだろうなあ。

私は文字盤が四つ着いている腕時計を持っていて、ひとつは日本時間だが、残りの三つは、もう一度行きたいという土地の時間に合わせてあった。ブルキナ・ファソ、タクラマカン砂漠、そしてペルーアンデスである。

男は、腕に時間を巻くのではない。夢を巻くのだ。そんなふうに嘯《うそぶ》いていたが、見果てぬ夢になってしまったではないか。ペルーアンデスの、ケチュア族の集落には、高度順応に時間がかかりすぎて、行けない。ブルキナ・ファソ、タクラマカン砂漠は、ともに政情が厳しく、立ち入れない。

歳ふるごとに、私の世界は狭くなってくる。そんなことを考えていたら、あっさりと五千メートルを超えるところへ行って、戻ってきた友人がいる。夢枕獏である。ちょっとばかり、エヴェレストの撮影につき合ってきてね。おまえには行けないだろう、という顔をしながら、猊ちゃんはそう言った。くそっ、行けない。そんなことで競《せ》ると、高山病で死んじまうよ。前にも何度も行っているはずだが、猊ちゃんはいい歳をこいて、なにをしに行ったのだ。撮影。そうか、映画か。『神々の山嶺《いただき》』。む、映画の方は、頭にエヴェレストとついている。

猊ちゃんは見物だが、撮影隊は決死だっただろう、と私はスクリーンを観ながら、いじけて呟《つぶや》いた。そして、泣いていた。いい映画なのだ。しかし私は、これまでの人生で、登山に意欲を湧かせたことはない。ただ山に登るのだぞ。人はいないのだぞ。

観終ったあと、私は別の映画を思い出した。まあ、登山の映画なのだろう。高校生のころ観て、つまらなかったと思いながら、なぜか音楽だけは耳に残り、それを口笛で吹くのが、一時、癖になった。曲は明瞭で、映像は忘れ、しかし私はタイトルを思い出そうと、呻吟した。そして、『太陽の誘い』というスウェーデン映画に出会った。似たタイトルだったが別の映画で、私はそれを好きになれた。スウェーデン映画も、やるではないか。

いい映画に出会ったからよしとしていたが、いまも口笛で吹ける曲の映画のタイトルを、突然、思い出したのだ。『太陽のかけら』。いや、呻吟してみるものだな。事務所の女の子に頼みこんで、いろいろ検索して貰ったが、いまは曲だけが流布しているらしい。やはり、いいものは残るのだよ。というわけで、私は半世紀以上も昔の曲を、再び耳にすることになった。そして、私の口笛が、ほとんど間違いがない、ということも確信した。君、私の音感を疑うな。

人生ではじめて、音感に自信を持った私が、寝ていたソファからとび起きた。自宅の居間である。思わず、これはなんだ、と大声で言った。NHKの大河ドラマの、初回の挿入曲であった。それが『太陽のかけら』であったかどうか、私は自信がなくなった。大河ドラマを観る習慣はないが、多分、戦国末期の映像であった。誰か、あれとこれが同じ曲だと、調べて教えてくれないか。同じだったら、私は再度、自分の音感に自信を持ち、違っていたら、やっぱりとうなだれる。

それにしても、世の中にはあらゆるものが溢れているな。五十年以上前、ヒットもしなかった映画のサントラだって、ネットでたやすく聴くことができる。海の基地の、ひとり映画館状態の部屋で、ＤＶＤを入れずにプロジェクターを作動させると、スクリーンにいくつか項目が出て、インターネットに接続などというのがある。もしかすると、接続したら無数の映画のタイトルが出てきて、それを観ることができるのかもしれない。それは魅力だが、インターネット接続など、碌なことはないので、私は相変らずＤＶＤを捜しまわっている。うむ、のどから手が出そうだが、接続は碌なことにならない。

私のスマホには、特別なことをなにかやったわけではないのに、ウイルスに感染して、バッテリーが破壊される恐れがあります、という表示が出た。

それを解決するにはというところに従って操作していたら、字が非常に読みにくいものになった。

それでもなんとか解決したつもりになったが、数日後に、バッテリーが破壊されています、という表示が出た。

どうなっているのだ。なんで破壊されてしまうのだ。ずっと電源を切っていれば、そういう危険は防止できたのか。しかし、電話も切っていることになり、さまざまなところで不都合が起きるだろう。

私は、開き直った。そのまま使ってやる。破壊されたといっても、爆発するわけではあるまい。破壊されたはずの私のスマホのバッテリーは、きちんと充電できて、普通に操作できる。

しかし、最近になって、バッテリーの電力消費が、早くなった気がする。満充電が、あっという間に半分になる。これが、破壊なのか。電力消費を抑える方法というのが出たので、それに従っていろいろやると、写真などが全部反転して、モノクロのようになった。ロック解除のパターンまで、いまは違うものになっている。

結局、なにが起きたかわからないが、こういう機器と私は相性が悪いのだと、はっきりわかった。

もう知らない。爆発するまで私は待ってやる。

時には心に火をつけてみろ

かなりの数の、ライターを持っている。

高級品もあるが、自分で買った物ではない。数として多いのは安物のオイルライターで、そっちはほとんど自分で買っている。ジッポは、まるで消耗品のように使った。荒っぽく使うと、蓋のところの軸が曲がる。時には切れてしまう。私が小学生のころ、休暇で家にいる船乗りの親父が、得々としてジッポを使うと、そばにいた人にそれをあげるというシーンを、何度も目撃した。だから、自分で使う前から、消耗品だと刷りこまれていたのだ。私は、あげたとしても、これまでに三つか四つだ。

ロンソンに、スタンダードという、一九四〇年代の、大ヒット品がある。

私はそれを、いくつも集めた。私の現代物の作品で、老いぼれ犬という刑事が出てくるシリーズがあり、着火の悪いオイルライターを執拗に使う。そのイメージが、ロンソンだったのだ。状態のいいものが、なかなか見つからなかった。レプリカは、やがて出回ってきたが、使わなかった。古道具屋のようなところを、日本どころか、海外でも捜し回った。

私は、スペインのマラガにしばらく滞在したことがある。ピカソが生まれたところである。そこから地中海沿いに西へ車を飛ばすと、二時間ほどで、アルヘシラスという港町であった。そこから、モロッコのタンジールへ行くフェリーが出ている。その船に、三度ほど乗った。船中で、出入国の手続きなどしてしまえるので、一時間ちょっとでアフリカなのだ。ヨーロッパ大陸からアフリカ大陸に、昼めしを食いに行く、などと気取っていた。タンジールの昼めしは、魚が多く、かなりうまかったのだ。

もっとも、モロッコであるから、隙を見せれば、ぼろうとしてくる。メモ用紙に註文したものを書き、そこに値段を入れさせるぐらいのことは、必要であった。ぼったとしても、百円が五百円になるぐらいだが、まあいいか、と味をしめさせてはいけない。私は、一品一品値切って、九十円ぐらいにはしたぞ。それでも、かなり高いと思う。

タンジールには、泥棒市と呼ばれる市場があった。実にくだらないものを売っている。靴の片方、毀《こわ》れた防毒マスク、片方のつるがない眼鏡、泥まみれの外套《ジュラバ》、入れ歯。

少しは手入れしてから売れよ、と言いたくなるぐらい、どれも汚れきっていた。拾い集めたものを売っている、としか思えないのだ。私はそこで、泥まみれのロンソン・スタンダードを見つけた。二十円ほどの値がついている。あのころ、一ディルハムは十円ぐらいであった。私は一ディルハムを掌でもてあそび、これなら買うと態度で伝え、誰が売るか、と横をむくことでむこうは応じてきた。

私は、次の男のところへ行った。そんなライターを買うやつはいないだろうと思ったので、気にしなければならないのは、アルヘシラスへ行く、最終の船便の時間だけだった。駈け引きをする余裕は、充分にある。

さらに次の男と行っていると、そいつがやってきて、私の腕を摑んだ。十円で、商談成立である。

どうせ使いものにはなるまいと思い、私はバゲージの中にそれを放りこんでおいた。帰国して出てきた時には、まわりの衣類などに擦られて、かなりきれいになっていた。アルコールで、隅々まで丁寧に汚れを落とした。それから白い布を拡げ、分解できるところはすべて分解した。オイルをしみこませる綿の部分は、ほとんど密閉されているので、想像以上にきれいだった。発条《ばね》の鋼は磨きあげて油をくれた。発火石を押しあげるスプリングは、しばらく油に浸けこんだ。螺子《ねじ》の溝は、小さなブラシできれいにする。特に念入りにやったのが、発火石を擦る鑢《やすり》の清掃である。ライターの感度が悪くなるのは、そこに発火石の滓が溜って鑢を鈍くしている場合が多いのだ。

組立てると、新品のようなライターになった。修復しようのない傷などもついているが、それはそれでいい味だった。

そして、見事な着火だった。何度も、カチカチとやる必要はない。

最初の儀式として、私はコイーバのエスプレンディドスに火をつけた。普通、こういうライターで、葉巻に火をつけることはない。小さく、上品な炎なのだ。ジッポの炎の大きさぐらいなら、葉巻に対応できるが、オイルの臭いがつくと言って、嫌う人もいる。

私は、念入りに火をつけた。小さな炎でも、火は火なのだ。煙を吐く。終ったばかりの、ひと月ほどの旅を、私はちょっとだけふり返った。以前は、実によく旅をしていたな。そして、ふり返る時間も、しばしば持った。

コイーバの煙が、躰を包みこんでくる。こんな時は、やはりハバナ産だ。ダビドフなど、作りは見事な葉巻も悪くはないが、ハバナ産には、どこか心を写しこむようなところがある。たとえば、灰だ。二センチほどで落とす。かたちがまったく崩れず、見つめていると記憶そのもののような気分になる。灰の堅牢性は、ハバナ産なればこそなのだ。私は、葉巻を一本喫《す》い終える間、かたちがそのまま残った灰を見つめているのが好きだ。

新品に蘇ったロンソン・スタンダードは、一年ほど使って、実はなくした。どこでなくしたかは、皆目わからない。心当たりは捜し回ったのだ。どこの店でも、使ってたよ、と言われた。家に戻ってからも、使ったような記憶があった。シガリロを一本喫い、ベッドに倒れこんだのだ。翌朝は、見つからなかった。どういうことなのだ。私の、ロンソン・スタンダードの蒐集は、それから意地のようなものが加わってきたが、あれほど程度のいいものは見つかっていない。

たかが火だ。されど火、とも言うつもりはない。君は嗤《わら》うだろうが、私はただ、そうやって手に入れたライターで、葉巻に火をつけてみたかっただけだ。

小さな意味はある。男のやることには、どこかに意味は潜んでいる。他愛なくても、意味は意味なのだ。

どんな意味だか訊きたい、だと。それを私に訊くか。なら、一度だけ教えてやろう。葉巻ではなく、自分に火をつけたかったのさ。

君は、自分の尻に火をつけろ。

言語が美しかったころに

この原稿を、私は手で書いている。

小説も、手書きである。キーボードを打てないのだろうと思われるのは業腹なので、なにげに速く、ブラインドで打てることは、教えておこうか。

手紙などはそうやって打つことがある。しかし、描写の文章を書こうとすると、指が動かなくなるのである。別に手で書くことに痛痒はなく、むしろキーボードより速いぐらいだから、あえて指先を鍛えようとは思わない。

それに、手で書くと、生原稿というやつがあるんだぜ。捨てるわけにもいかず、私はトラック一台分ぐらいの生原稿を抱えている。

時々、古書店などで作家の生原稿を売っていることがあり、かなりの値がついていると、頭の中で思わず計算してしまう。自分の生原稿の山は、いくらぐらいになるのか。いくらなんでも供給過剰だから、うむ、二束三文なのかなあ。

私は、キーボードを打っている作家より、多分、漢字をいっぱい書ける。辞書を頻繁に遣うこともない。薔薇とか炬燵とか、難しい字もすらすらと書ける。筆記用具は、万年筆である。以前、大きなキャリーバッグに、蒐集した数百本の万年筆を入れて、見せてくれた男がいる。涎が出そうな逸品が揃っていたが、私自身に蒐集癖はない。

あの男は、私の万年筆のペン先をルーペで見て、うむ、筆圧が強いのだなとか、作家の万年筆なのだな、とか呟いていた。私は二、三十本は持っているが、実際に遣うのは三本ぐらいである。

井上ひさしさんから、ペリカンを十本近く貰ったのではないかな。経緯は忘れたが、私は毎月井上家へキムチを送っていて、数カ月に一本ぐらい、お返しとして送られてきたのである。まさに海老で鯛を釣るというやつで、私は恐縮して何度も辞退したが、神田金ペン堂の親父の注釈付きで、亡くなられるころまでそれは続いた。万年筆の話は、またすることにしよう。

いま語りたいのは、字についてである。漢字を見つめていると、不意に不確かな思いに襲われ、間違って書いたのではないか、と思ったりするのだ。それで、私は漢字一字につき、その意味や由来などについて、考えるようになった。だからこそ、誤字をどうしても直せない場合がある。もどるを漢字で書けば、戻、になる。しかしこれでは、分解してもよく理解できない。戸に大。どういうことなのだろう。戸を戸口、もしくは家と解釈すると、大の方はもっとわかりやすい字がある。犬、である。犬は家にもどってくる。他愛ない話だが、私はそれで納得できたので、もどるの漢字はいつも点がひとつ多い。犬と書くのが誤りだと、どうしても思えないのだ。

ほかにも、意味を考えるがゆえに、間違ってしまうものがある。旅をしていて、日が西に傾くと、とまるよな。晒と書いて、とまるになってしまうのだ。水でさらすと、白くなるよな。泊と書いて、さらすになってしまう。この二つは、伝承の途中のちょっとしたアクシデントで、入れ替ったに違いない、と半ば本気で考えている。

こんなことを考えるのが、締切の直前だというのは、困ったものだ。締切をクリアしてから考えようとは思わず、その場でやってしまうのだ。

晒すと泊るは、入れ替ってしまったのだと、君、調べてみてくれないか。無理か。漢字なのに、日本語の感覚で私は考えているかもしれないのだ。そうだよ、漢字というのは、大陸から伝わってきたのだよな。ひとつひとつに、意味があった。つまり、表意文字である。それを万葉仮名あたりから表音文字の方でも試みをし、それが仮名になった。五十音を覚えれば、音として日本語を伝えることができる。その中に、意味を持つ漢字が、ぽつぽつと入る。

表意文字と表音文字の組み合わせで成立する言語が、日本語以外にあるのかないのか、知らない。中国語は、漢字である。漢字の数を知っているだけ、表現は深くなる。知らなければ知らないで、読まず喋っていればいい、と考えられているのだろうか。数には限界があるが、五十音は無限である。そこに漢字を加えて、意味を伝わりやすくした日本人は、捨てたものではないのだ。なんという創意を、われわれの先祖は持っていたのだろうか。

しかし、その文化をぶち毀している政治家を、しばしば見る。くびちょう、などと得々として言っているのだ。この見知らぬ奇怪な言葉が耳に入ってくるようになったのは、いつごろからだろうか。一部では、普通の言葉として、なんの疑問もなく遣われるようになっている気配だ。

くびちょう、だと。首長。これを、くびちょう、と読むか。しゅちょう、だろう。そのうち、くびなが、などと読みはじめる愚か者が出てくるかもしれない、と私は本気で心配している。

首長と市長では音が似すぎているから、奇怪な読み方を考えたのか。ならば、橋と箸と端も、それぞれ読み方を変えろ。首長と市長は、似ているだけで音は違うのだぞ。

政治家は、くびちょう、とよく言う。テレビで、数えきれないほど、使用現場を目撃した。それを流しているジャーナリズムも、同じ遣い方をしているのか。少なくとも新聞や雑誌は、首長、である。そして私はそれを、しゅちょう、と読む。

書いているうちに、腹が立ってきた。政治家には、魂はないのか。マニフェストとか、コンプライアンスとか、本質をぼんやりさせるものでしかない。なぜ横文字にする。マニフェスト違反は、公約違反より、私にははるかにぼんやりしたものとしか感じられない。君はどうだ。経済のファンダメンタルとかなんとか、時には括弧して日本語訳がついていたりするぞ。

私は、外来語を片仮名で書くことは認めているが、このところ増えすぎである。日本語表記できるものは、そうする努力はしようよ。

文芸関係でも横文字は多く、私も煙に巻くために遣ったりするので、似たような愚か者ではある。だから自戒をこめて言うのだが、横文字は美しくないぞ。

言語まで美しかったこの国のことを、君も私も考えよう。

強い酒で焼きを入れられた

青い炎が、揺れている。

深夜のバーで、私は火遊びをしていた。カスクストレングスと呼ばれるウイスキーの種類があり、一時、私はそういうものに凝っていたのだ。樽から出してそのまま瓶詰めにした、という程度の意味で、御大層なものではない。

ただ、アルコール度数を調整していないので、かなり高い。ものによっては、六十度近くある。ちょっと揺らすと、火がつくのだ。消す時は、グラスの上にコースターを載せる。すぐに飲んではならない。グラスは、火傷するほどに熱くなっているのだ。

ちょっと困ったような表情のバーテンダーが、なにも言おうとしないのは、そんな飲み方もあるからだ。焼きを入れる、というらしい。コニャックやカルバドスなどは、グラスの内側を丁寧に焼いてから、注いだりする。

大した芸当ではないぞ。河豚屋の鰭酒《ひれざけ》だって、火を入れたりするではないか。とにかく、焼きを入れるのは、私にとっては遊びであった。味や香りの変化を期待しているわけではなく、周囲にいる女性の眼を惹きたくて、やっているだけだ。誤解するなよ。俺はこんなに簡単に火はつかないぜ、と言ったことも一再ではなかった。

プエルト・リコという島がある。アメリカ合衆国の自治州で、州都はサンファンである。私は、その街が好きだった。特に、オールド・サンファンと呼ばれる旧市街の、中米らしい乾いた雰囲気が好きだった。小さなバルがある。そこの肌の浅黒いママとは友だちになっていて、アメリカ人の客がどかどかと入ってくると、私はロン・リコ七五を頼む。

ママはにやりと笑い、ロックグラスで出す。私はそれに、焼きを入れるのである。なにしろ七五度あるのだから、簡単に燃える。店内に溢れてカリブ海にまで流れ出しそうな、テキサス訛りの英語が、一瞬、鎮まる。

私がコースターで火を消すと、ママはでかい氷をひとつ放りこむ。焼けた酒に放りこんだのだから、氷はすぐに半分ほどまで解ける。私はそれを叩り、これがプエルトリカン・スタイルだと呟く。ママが大声で笑う。

私がなぜそんなことをするかというと、アメリカ人が傍若無人に、訛りの強い英語を喋りすぎるからだ。プエルト・リコは、七割以上の人が、英語を理解せず、スペイン語だけである。そういうところに来たのだから、註文ぐらいおずおずとスペイン語で言ってみろよ。自分ちの庭だ、などと勝手に思うな。確かに合衆国の一部だが、合衆だろうが。ネイティブから移民まで、挙げきれないほどの人種が混在している国であることを、思い出せ。ま、私が言っても仕方がないのだが。

などと書いていたら、『レジェンド・オブ・フォール』という映画を、いきなり思い出したぞ。アンソニー・ホプキンスが、やはり名優だと再確認でき、ブラッド・ピットがナイス・ガイだと思える映画さ。そして、インディアンの存在感が、身に迫ってくるような映画だよ。ネイティブ・アメリカンについて考えさせるし、男と女の情愛のありようも心に痛いのだ。合衆国として近代史からしかない、浅薄な感じがする国であろうと、短く激しいがゆえに、屹立した表現者も輩出している。『カラーパープル』なんて、白人から見た黒人のパターンだが、拍手したくなるような映画だな。ブルースもジャズも、そこで生まれた。

私が最初にそのバルで、ロン・リコ七五を註文した時、一メートルぐらいありそうなバストをカウンターに載せて身を乗り出し、あんたお金無いように見えないけど、とビッグママは言った。七五は、貧乏人が早く酔うために飲むお酒よ。財布にドルはあるが、心は貧乏なのさ、と私は日本語で言い、なにか感じたのか、ママは黙って七五を出してくれた。それからの、友だちである。

アメリカ人を、眼の敵にしているわけではない。しかしサンファンの港には、アメリカのクルーズ船が頻繁に入り、上陸用舟艇さながらに、次々と車を吐き出す。合衆国内の感覚なのである。少しぐらい、スペイン語を勉強して来い。速く走れない現地の車を煽り続けて、クラクションを鳴らすな。つまり、遠慮だ。アングロ・サクソンに欠けている感覚は、遠慮だと言うと、地球上から賛同の拍手が起きるのが、私には見えるようだ。

オールド・サンファンのシャワーしかないホテルで、ダニに齧られるのがいい、と言っている私のような旅行者もいれば、高級レストランで、氷の器に入ったガスパーチョを啜り、豪華なホテルに併設されたカジノで、バカラをやり続けているアメリカ人もいる。自分たちだけがすべてと思わなければ、どちらでもいいのだよ。

君も、カリブの島国に行けば、わかるものはあるはずだ。ネイティブ、黒人奴隷、フランス、スペイン、英国。人はさまざまで、文化も多様なのだ。プエルト・リコは右側通行で運転し、ジャマイカでは左側通行だったような気がするし、トリニダード・トバゴは間違いなく左側通行だった。

国によって通行帯が違うのも、日本人の眼から見ると不思議だぞ。君が行くカリブと、私が行くカリブも、また違ったもののはずだ。

なんの話だったかな。そうだ、酒に焼きを入れるのか。私は、葉巻を喫っていたら消してくださいと言われ、それは禁煙ということではなく、火気厳禁の酒を出す、という意味だった。

スピリタスという、ポーランド産の酒である。私は、少量を口に入れた。飲み下そうとしても、なにもなかった。つまり、口の中で気化してしまったのである。九六度。ほとんど純粋のアルコールだが、私のようなやつを脅かすためだけに、こんな酒を用意している店もある。口から噴き出して火をつけるなどということをやると、気道から肺まで焼ける可能性があるので、厳禁だった。放っておけば、私はやりそうだよな。

君は、強い酒に関心があるか。私はストレートとオン・ザ・ロックは控えるようになった。食道が灼ける、と友人が真顔で止めたからだ。若いころは、灼き続けていたぞ。

ついでに、心まで灼いていた。

左右どちらも駄目な人生かな

車に、なぜ右ハンドルと左ハンドルがあるのか。いや、そもそもなぜ、左側通行と右側通行があるのか。その真相を探るために、私は二度、旅に出た。

一度目は、もう四半世紀も前になる。あのころ私はよくテレビに出ていて、番組で真相を探ろうとしたのである。かなり熱心にやり、イギリスやフランスの歴史学者まで訪ねたのだが、結局はわからなかった。だから、その目的で再び旅に出るのは、いささか不毛な感じもあった。具体的な目的を持たないと、なかなか腰があがらなくなったのは、いつごろからだろう。不毛なところは眼をつぶって、とにかく目的を持つ。行ってしまえば、現地で面白いと感じたことしか、私はやらない。腰をあげるきっかけになれば、それでいいのである。

二度目も、私は車を転がし、フランスのカレーからイギリスのドーバーへ、フェリーで渡り、左右の違いを殊勝にも体感したりした。あのフェリーは、乗る時と降りる時で、左右の通行の違いがある。

車を載せている人は、そんなことは馴れっこで、降りたところで渡される、ヘッドライトのカバーも無視して走り去ったりする。ヘッドライトは、センターラインの方に向くように作ってあるので、通行が左右違えば、道路の脇を、つまり街だと舗道を照らしてしまうのだ。それで、ライトを一部遮るために、カバーをかけるのである。合理的と言えばそうだが、もともと左右の通行の違いがあるので、煩わしいことをしなければならない。

しかし、北へむかって走りはじめると、私の頭からは、なぜ通行の違いがあるのかなどは、ほとんど消えかけていた。ドーバーからロンドンを避けてひたすら北へ走ると、当然ながらスコットランドに到る。

うむ、いいウイスキーがあるぞ。ちょっと甘味を感じるバーボンより、愛想のないスコッチの方が、私の好みなのである。この時になると、私はアイラ島まで行こう、と思いはじめていた。薬っぽい味だなどとよく言われるが、私はアイラのモルトが好きなのだ。ストレートかオン・ザ・ロックで飲むなら、絶対にアイラを選ぶ。

　君は、ウイスキーはなにが好みだ。これだというものを、持っていた方がいいぞ。酔って選択能力がなくなった時、好みを飲んでいれば、まずおかしな酔い方はしない。

　というわけで、その時の私の旅の目的地はアイラ島になってしまったのだが、途中にいろいろな街がある。『マンチェスターとリバプール』などという古い歌を大声で唄いながら運転していたので、その二つの街には寄ることにした。それでイングランドとおさらばして、グラスゴーにむかう。そしてアイラ島。旅としては、完璧ではないか。

　私は『蛍の光』を唄いはじめた。これはもともとスコットランド民謡ではないか、と思ったからである。なにを唄おうと、密室でひとりきりの時、私は世界一の歌手なのだ。思いつくかぎりの歌を、大声で唄う。ちょっと寂しい、と友人に言われた。私も、時々そう思う。

　マンチェスターやリバプールの郊外に、バックヤードビルダーと呼ばれる人がいる。要するに、自宅の裏庭を工場にして、自動車を作っているのだ。クラシックカーの復元をしたり、独創的なスタイルの車を作ったりなのだ。

　私は関心があり、何軒かを訪ねて工場を見せて貰ったが、お洒落だがいい加減というようなところはなく、螺子《ねじ》ひとつきっちりと作っていた。道楽というか趣味というか、そんなものなのだから、百メートル走ったら部品が落ちて停まってもいいから、恰好よさだけを追い求めるビルダーを捜したが、いなかった。

　工学的な話などあまり聞きたくなかったので、私は例の質問を連発することになった。車にはなぜ、右ハンドルと左ハンドルがあるのか。

　運転でもマニュアルミッションが好きなヨーロッパ人は、こういう話題にはすぐに熱中する。しかし、信念に満ちた解答は、いい加減であった。騎士が槍で決闘をする時、心臓ができるかぎり相手から遠くなるように、右で馳せ違った。馬車の御者は右手で鞭を遣うので、右側に乗った。馬車のブレーキは、車体の外の左側にあったので、右に乗るようになった。ほかにもいろいろあったが、忘れたな。イギリスでは、左側を走るのが正しいのだろう。英国圏、たとえばオーストラリアは、左側通行である。しかしヨーロッパ大陸は、右側通行ではないか。馬車もあった。決闘もした。しかし、他国のことは関係ないのだ、と強く思っている。思い返せば、ヨーロッパ大陸では、イギリスのことは関係ない、と言っていたな。

　四半世紀前の旅では、私は自動車会社も訪ねた。メルセデス・ベンツの工場は、ドイツのシュツットガルトである。そこでも、いろいろなことを言ったが、そんなことより、私は百周年記念のために、博物館にある二輪の自動車を動くように手入れをしているところに行き合い、乗ってみないか、と勧められたのだ。ダイムラーの、最も古い内燃機関で、乗った感じは馬の鞍であった。長い点火棒で、後部からエンジンに火を入れる。尻に火がつくというやつだな。テレビカメラが回っていたので、そんなことをさせてくれたのかもしれない。

　古い車といえば、ブガッティの古いスポーツタイプの車で、パリの凱旋門をぐるりと回る試みをやり、私は渦に巻きこまれたように、門の真下近くまで行ってしまった。博物館にあるような車だから、強引に渦から出ようとすると、みんな笑いながら道を空けてくれた。

　そうだ、あの車はアクセルがボタン式で、そしてなんと、右ハンドルであったぞ。

　右ハンドルで右側通行をした時代も、ヨーロッパにはあった。

　もう、なにがなんだか、思い出してもわからない。つまり、どうでもいいことだったのであろう。

　私は北上し、グラスゴーへむかい、そしてアイラ島に渡った。酔ってしまうと、すべてがどうでもいいことだ、と思えたよ。

　またな、わが友。

孤独と料理は両立するのか

牛スネ肉の、いいものが手に入った。私はこれで、大抵はポトフを作っている。煮こみに時間をかけるが、趣味だからいい。ただ、同じものを作るのに、飽きてきた。趣味だから、どこかに新鮮さも必要なのだ。

私は、肉を見つめ、どう捌《さば》くべきか考えた。そして、ポトフ製作過程でかなり方向を変え、濃厚なシチューにすることに決めたのだ。

肉を二時間ほどトロトロと煮つめ、アクを取り、さらにスープだけ裏漉しにして別鍋二つに分け、ウスターソース、醬油、みりんなどを加え、十種類ほどの野菜をジュースにし白ワインを加えて水分を飛ばし、ペースト状にしたものをいくらか加えた。それから、ひとつの鍋には赤ワインをかなりの量注ぎこみ、水分を飛ばした。煮こんだ肉は鍋を分割した時に取りあげてあり、ホールトマトなどとともに入れる。くつくつ煮こんだ。ワインの味の強いトマトソースになっていくだけで、なにかひとつ足りない。足りないものがなにか、わかってはいたのだが、それを遣わずにやろうと考えたのである。

無理があったのかなあ。私は濃いだけのソースにまみれ、半ば繊維質化した肉を黙々と食らった。肉の味はしっかりする。ソースも、ひたすら濃く、ワインが強い。

ひと口目に躰がふるえなかったので、失敗である。私は肉に、粒マスタードを載せ、ようやく四百グラムを食い終えた。

君、料理に失敗するのがどういうことか、わかるか。躰も反応しない。唾液をはじめとする消化酵素も出ず、胃の中でいつまでも肉がわだかまり続けるのである。自分が作ったものは、残らず食らい尽さないとな。料理をしていて、それが最もつらい時もある。

さて、もうひと鍋、フォンドボーがある。野菜のペーストを溶かしこむ。それから私は、足りなかったひとつを、思い切って加えることにした。デミグラスソース、ひと缶である。最初は、頼りない。煮つめながら、赤ワインを少しずつ加えていく。隠し味に、ウスターソースと醬油少々。このソースは、スーパー特選太陽ソースという、値は張らないが稀少品である。ほかに、波照間《はてるま》という島の黒糖を加える。煮つめながら、赤ワインを加えていく。

うむ、よさそうだ。途中で肉も加える。匂いからして、いいではないか。色は、濃い、黒っぽいほどの茶色である。しかし私は、成功を確信するに到っていない。

完成する前の確信など、大した意味はない。充分にソースが煮つまり、肉は繊維質だけになるかなり手前である。火を落とした。

白い皿に肉を出し、ソースをかける。ソースは、皿に拡がることはない。最後にバターを加えるべきだったかどうか。途中では入れた。生クリームを、ソースの上にたらたらと垂らす。そして私は、ナイフとフォークを握って、皿とむかい合った。ひと切れ、ソースをまぶして、口に入れた。嚙む。

躰が、ふるえた。それで、私は充分なのである。船のクルーをやっている友人にも食わせてみたが、そんじょそこらのレストランでは、絶対に食えない味だと、おべんちゃらなのかどうか、そう言った。

もうひとつの私の料理の基準は、皿を洗うところにある。湯で流せば、たちどころに真っ白になる。洗剤など必要ないぐらいだ。そういう流れ方をして、私はほぼ全面勝利を確信するのである。あとはソースの粘度の調整で、思いついたものをさまざまに加えていくつもりだ。私は、鍋半分ほどになるソースをまとめて作り、瓶に入れて保存した。小出しにして遣えばいいわけで、これは悪い方法ではないと思う。寝かせることで、味もどこか深くなる。

釣ってきた魚を煮魚にする時も、私はこれでいいと思える煮汁を作っておき、瓶に保存するのだ。カサゴを二尾、鍋に入れる。これぐらいの汁があればいい、と思える量を入れ、あとは水を加えて、落とし蓋をし、加えた水が全部飛ぶところまで煮こむ。煮汁の中には、魚のエキスが滲み出し、魚によって状態は違い、それも愉《たの》しむのである。

私の煮汁は要するにつけ汁であり、飲んだりはできない。酒と濃口醤油とみりんを中心にした比率があり、うむ、それは教えないぞ。

しかし私は、料理をしているのであろうか。完成したと思ったら、関心が失せてしまう。完成してから日々作るのが、料理ではないのか。そこにも細かい変化はあって、単純作業ではないはずだ。だから、完成と言っても、一応の納得という程度なのだ。料理をする資格など、ほんとうは私にはないのかもしれない。どこか、料理の本質とははずれているような気がするのだ。

試行錯誤をくり返し、ようやく納得すると、それきり作らなくなった料理もあり、日が経って作ろうとすると、なにをどうしたのか、ほとんど忘れていることがある。レシピを記録しようという気がないのは、どういうことなのだろうか。

さまざまなバリエーションのソースを作り、冷蔵庫で保管する。煮汁を作り、保管する。そんなことも考えたが、私の性格では、冷蔵庫が満杯になりそうである。パスタのソースなども、同じであろう。私は大量の野菜を煮こんで、ミキサーでジュースにし、水分を飛ばしてペーストというか、小さな塊にする。野菜の煮汁は裏漉しして煮つめ、ともに冷凍保存する。私の料理の基本はその二つで、フォンドボーなどその場で作り、ひと晩冷蔵庫に入れて、表面で白くかたまった脂を除去して遣う。

こんなふうに書くと、私の料理など単純なものだな。さまざまな香料も遣うが、岩塩と黒糖は常に備えてある。そして私は、料理の最も根本的なことを、忘れているのである。欠落している、と言ってもいいであろうか。

誰に食べさせたいのか。その思いが、決定的に欠けていて、孤独に自分の舌とやり取りをするのが、私の料理なのだ。たまたまそばにいた人間には、無理に食べさせることはある。しかし海の基地で、ひとりで作り、ひとりで食らっていることが多い。

君、たまたまそばにいてみるかい。

絶対に食えないものがあるのだ

腹が減っている時に、食う場面を書くと、うまそうに感じられるらしい。私の小説の話であり、ものを食うシーンは少なくないと言われている。自分では、そんなに意識していないのだがな。

小説は、言葉による描写である。五感のすべてを、描写に遣えるのだ。それでいて、私の場合は全部を描写することはない。うまそうな匂いが流れてきた、などと極端な書き方だけで済ませることもある。書きたいことが、ほかにあるからだ。登場人物は、唇を脂でてらてらと光らせながら、別のものを見、別のことを喋っていたりするのだよ。料理そのものを描いた小説がないわけではないが、映画と較べると少ないと言っていいだろう。

料理が描かれた映画は、ちょっと指を折っただけでも、十本以上は思い浮かぶ。料理全体を見せることができるのは、描写として楽なのかどうか、よくわからない。ただ私は、料理映画は、かなり愛してきたような気がする。『リストランテの夜』というのがあった。アン・リーが監督をした、『恋人たちの食卓』というのもあった。『マーサの幸せレシピ』は、ドイツ女優のマルティナ・ゲデックの主演だが、相手役のセルジオ・カステリットの料理とものを食うシーンが、ほんとうにうまそうだった。ただ、私はこれは心理映画で、料理映画とは思っていない。カステリットは、『赤いアモーレ』という作品の監督主演で、ペネロペ・クルスがいい役どころだ。

いかん。映画のことを書くと、次々にタイトルが浮かび、みんな語りたくなってしまう。このところ、記憶がスムーズに出てきて、こんなにいっぱい映画を観てきたのか、と私は思うのだ。

映画は、ネタバレまで書くのは反則だから、退場を命じられるのを警戒して、筆が鈍くなる。まあ、節度を持って、書いてみるか。

料理が全部映る。厨房の火や汚れなども、あたり前に映ってしまう。だから大抵、料理映画の厨房はピカピカに磨きあげられている。そうでなければ、うまそうにも見えない。しかし、粗末な、古い厨房で、立派な料理を作る映画もあり、私はこんなのが好きだ。助手が十人からいる厨房は、自分には無縁だと思ってしまうのだろうか。

天井の低い、ただの民家の厨房で、超一級の食材を遣って、一流レストランの料理を作る映画がある。『バベットの晩餐会』である。古いデンマーク映画だが、料理は古くならず、バベットの食材集めなどには、ある痛快感さえある。料理は人を幸せな気持にするという、あたり前のテーマが、ダイレクトに伝わってくる映画だね。

もうひとつ、『赤い薔薇ソースの伝説』という、メキシコ映画がある。これも革命前後で、厨房は必ずしもピカピカではない民家のもので、調理器具も古色蒼然としている。おいしいというより、命に直結する料理というところがあり、これはちょっと感動ものであった。昔、観て、また観たいと思ったが、ＤＶＤがなく、ここで文句を言ったら、ＤＶＤ化されたと読者が贈ってくれたことは、前に書いたか。食物は、料理は、人の存在と直結するものだから、映像は決して古びない。

料理に熱というのは重要な要素で、中国料理なども、炸と炒の火力が遣い分けられるようになった宋代に、大きく発展したという話を聞いた。薪、炭から、石炭、コークスに燃料が変ったという説もある。

私の厨房は、いつもどこか汚れていて、毎日きれいにする余裕はなく、まとめてやろうと考えてしまう。そして、火がないのである。つまり海の基地はオール電化で、燃料は暖炉の薪だけなのだ。うむ、火がないというのは、やはり相当のハンディキャップか。煮こんだり、じっくり焼いたりするのにはいいが、どんと強い火力で衝撃を与えることはできない。ま、そんなふうに造ってあるので、仕方がないのである。停電になれば、料理はできないが、暖炉で寒さはしのげるのだ。風の強いところだから、台風で電線が切れることがある。大雪で、大木が倒れて電線にかかり、停電することもある。私は強力な野営用のランタンを持っているので、停電の時、対岸の友人が自家発電を備えたのだ、と思ってしまったこともある。

停電になると、一帯が闇である。葉巻の火も消して、テラスに寝そべってみれば、空にふだんは見えない星が散らばっているのがわかる。それは、砂漠の空を連想させるほどだな。雲がかかっていると、雲の割れ目から月の光が射しこんできて、海面を照らし出し、その光がさらに雲を照らすという、幻想的な光景も見ることができる。青臭い文学論などしたくはないが、そういう時は詩や小説について語る相手が欲しいとも思うよ。

料理の話だったのか、映画の話だったのか。色というのも大事なものだが、燻製《くんせい》で発色剤と呼ばれるものがある。劇薬で、微量しか遣えないのである。見た眼はうまそうな肉の燻製ができあがるが、私は遣わない。劇薬を遣った肉など、ペンキを塗った燻製のようなものではないのか。

日本にも、料理の映画はかなりある。監督が知り合いだったり、友人が出演したりということがあって、うまく書けない。料理映画にかぎらず、邦画はそんな場合もあり、洋画の方が自由に書けるというのはあるようだ。

料理の映画が好きだと言っても、決定的に満たされないものが、私にはひとつある。君にもわかるだろう。スクリーンの中の料理は、どうやったって食えないのである。小屋を出て、レストランに飛びこみ、似たような料理を頼んでみても、スクリーンの中の料理を食したことには決してならない。それは、恋愛映画で、魅惑的な女優と抱き合えないこととも、アクション映画で相手を見事に倒せないこととも、次元が違う、という気がする。そこが食の不思議さだろうか。いや違う。料理のスチール写真を見ても、私の食欲は刺激されないのだ。これは、映画の不思議さ、というしかないのだろうか。それとも私が、食いしんぼうなのか。食べ物の夢では、口にする前に眼が醒めるというが、私は咀嚼《そしゃく》している口の動きにしばしば気づくぞ。

君の夢は、どうだ。殴られて、痛いか。

なんでも受け入れようと思った

職業には、いや仕事には、さまざまある。

私が、ジャマイカにいたころのことだ。ホテルゾーンと呼ばれるリゾート地域は、安全で清潔だった。雰囲気もある。テラスレストランの日陰の席で、見事な銀髪の白人の老婦人が二人、テーブルを挟んでダイスを振っていた。服装からいっても、ここは高級リゾートだ、と思えるような品の良さだった。

ところが、街から帰ってきた私が、コーヒーカップに口紅がついていると文句を言うと、ボーイよりも先に二人の老婦人が飛んできて、平謝りに謝った。彼女たちはホテルの従業員で、高級な雰囲気作りが主たる仕事だったのだ。

ホテルゾーンを出て、たとえばキングストンの下町を歩くと、相当に猥雑である。どこかに引っ張りこまれそうな気配もしばしばあり、ガンジャを買えよなどという言葉は、のべつ飛んできた。ガンジャとは、大麻のことである。私はポケットの方々に、五米ドル札を入れていたが、襲われることはなかった。食堂に入ると、崩れた英語が飛び交い、マドロス帽に横縞のシャツを着た男が、三人ばかりの子分に飯を食わせている。主食は、ココナッツミルクで炊いた米で、仕方なくスプーンで口に押しこむような代物だった。肉なども単純な焼き方で、それはそれでいいのだが、質はホテルゾーンよりずっと劣った。郊外に行くと、もっとひどくなる。家もトタンの壁で、ハリケーンで吹き飛ばされても惜しくない、というように見えた。

私のわずかな経験から言うと、かつて英国統治だった国は、食事に多様性がない。東南アジアでも、インドシナ三国やタイはなかなかうまいのに、ミャンマーはピーナッツオイルを多用したカレーばかりだ。フランス統治は、搾取もしたが文化も愉しんだというところがあり、スペイン統治は、快楽だけ残したのではないか、と思うほどである。血の混交もその順番だから、ジャマイカにもミャンマーにも、混血の美人は少ない。

スペイン統治だったキューバやプエルト・リコには、混血美女が列をなしてるぜ。

　ジャマイカの滞在はひと月ほどだったが、キングストンの下町の宿屋と各地のホテルゾーンで、半々ずつぐらい過ごした。当然、キングストンの下町の方が、部屋は不潔で、油断すると荷物を持っていかれかねない危険に満ち、スリリングで面白かった。ホテルゾーンの方は、どこもアメリカ人の金持の旅行者が主であった。

　一度、ブルーマウンテンへ行った。クレイトンハウスという、コーヒー農園の統治者が持っていた古い館があり、そこで純粋のブルーマウンテン・コーヒーを一杯だけ飲ませて貰った。世界中、どこへ行っても純粋のブルーマウンテンは飲めないらしく、貴重なものであった。農園の所有者が日本の企業になっていて、そんなことが可能だったのだ。塩をひとつまみ入れて飲む。得難い体験ではあったが、実際のところ、香りがとてもいいという記憶ぐらいしか残っていない。猫に小判というやつだったのか。

　ホテルゾーンにはすごい部屋もあって、床がすべて大理石で、裸足で歩くと心地よく、若いメイドが二人ついていた。広い部屋が三室あったから、私のように貧乏性の人間は、隅っこで起居するという具合であった。ブリーフを脱ぎっ放しで釣りに出かけたりすると、夕方にはきれいに洗濯され、きちんと畳まれてベッドに置いてあったりするのだ。ありがたいが、人に下着を洗われるのは、かなり恥かしいものであった。

　モンティゴベイという街の海際のホテルに数日いた時、ロビーテラスの端でハンモックに揺られている老人が、気になって仕方がなかった。白いシャツにベージュの半ズボン、頭髪も髭も白い白人であった。

　黒縁の老眼鏡をかけ、分厚いハードカバーの本をいつも読んでいた。手をのばせば届くサイドテーブルには、ラムコリンズが置かれていて、ボーイが一時間おきぐらいに、新しいものを運んでいくのである。

　文豪という風貌で、もっとはっきり言えば、ヘミングウェイにとてもよく似ていた。私は、釣りに出かける時に、敬意をこめて挨拶した。戻ると、釣れたか、と訊いてくれて、私はうつむいて首を横に振るのだった。

ジャマイカでは、なぜか魚が釣れず、三日船を出して、バラクーダが一匹釣れたぐらいだったのだ。

明日はほかへ移るという日の夕方、私は顔見知りになったホテルのマネージャーに、あの老人と飲んでみたいのだが、と遠慮しながら声をかけた。直接声をかけるのは憚《はばか》ってしまう、悠然とした存在感を、老人は持っていた。マネージャーはにやりと笑い、私にウインクすると、しばらくしてその老人を連れてきた。この人はコニャックが好きだ。マネージャーはそう言い、立ち去った。

私は老人と二人でバーへ行き、高いコニャックを註文した。老人は、ほんとうにヘミングウェイに似ていたが、眼鏡をはずすと、どこか下卑た眼がむき出しになり、そのあたりはヘミングウェイではないな、と私は思った。

二杯目を飲みはじめた時に、私は老人の正体に気づき、いくつか質問した。ホテルの雰囲気を出すために、老人は文豪風に振舞うのが仕事だったのだ。つまりホテルに雇われている酒好きの老人で、終日ハンモックに揺られながら、ラムコリンズを十杯飲むのだ。それ以上のペイはないという。

なるほど、ヘミングウェイ屋か、と思うと私は故もなく嬉しくなった。いかがわしいことこの上ないが、発想は面白い。誰かに迷惑がかかったわけでもなく、老人はちょっとばかり本を読む恰好をしただけである。ヘミングウェイみたいだと思ったのはこちらの勝手で、マネージャーだって、あそこに作家がいるなどとは言わず、私を見てにやりと笑っただけだ。

三杯目を飲むかと言うと、老人は大きく頷いて笑った。居心地の悪かったホテルゾーンが、不意に愉しいものに思えてきた。明日からまたキングストンだと言うと、老人はグッドラックと呟き、ちょっと肩を竦めた。

翌日、ヘミングウェイ屋は見送りに来ていたよ。君もやってみるか、ケンゾウ屋なんてな。雰囲気は、まあよくはならないか。

雲のように生きたいと思った

髭面同士で一献傾けよう、と言われ、飲んだことがある。その人の髭は蓄えたという感じで胸のあたりまで達し、白いものがかなり混じっていた。

壮大なことを言い、昔、壮士と呼ばれた人々は、こんなふうだったのだ、と思わせるところがあった。それは風貌まで含めてだ。しかし喋ることは細かく厳密で、水温が一度下がると、稲がどういう影響を受けるとか、林檎の受粉の時季を数日ずつずらすとか、そんな話が多かった。

壮大なものは、その先にあり、実り豊かな高地を作るということであった。その高地はネパールであり、その中でも辺境の中の辺境と言うべき、ムスタンである。ある時期まで鎖国であった地域だから、チベットの昔の文化がそのまま残っているが、発展からは取り残され、貧しいままである。そこに農業の可能性を求め、私財を処分して移り住んだ。

その非現実に近いような夢を抱いた男は、近藤亨という。痛快な爺さんで、もう二十年以上も前になるか、文化関係の賞が贈られることになり、帰国した。久しぶりに日本の地を踏んだ人間に、ああ悲しい国だなと感じさせてしまうのは、文化人と呼ばれるあなた方の責任でもある、と贈呈式の聴衆を前に言い放ったのである。

ヒマラヤで仙人のようになり、これは死なないのではないかと私は心配していたが、先日、亡くなった。九十代の半ばであった。

喋っていると、面白かった。私の本も時々は読んでいるらしく、なぜか万年筆を一本くれたりもした。

自分がやっていることを決して自慢しない、しかし成果には率直に喜ぶ男であった。私は自分でやろうとは思わないが、男の正しい人生を見る思いもあった。

農作の話には熱情がこもっていたが、半分以上私は理解できなかった。もともと、農作の専門家であるのだ。私が飽きたような顔をすると、旅の話をしろと言った。旅ったたって。

それで私は、砂漠の話をした。夕陽はどこがきれいだと訊かれ、それは海の方で、アフリカの西側の海岸はみんなきれいだ、と答えた。

具体的な場所を求めるので、私はモロッコのエッサウイラという街だと言った。長い砂浜があり、沖には島がある。その島のそばに夕陽が近づくと、濃い赤になり、濃いまま水平線に消えていく。

エッサウイラから南西にひた走ると、やがてタンタンなどという街があり、そのあたりからは海岸線が断崖絶壁になり、船は逆光で黒い影に見える。

さらに進むと国境で、そこは通過するのが面倒なところだ。

おう、おう、と爺さんは声をあげる。見えてきたぞ。いい景色だ。

人生も、そうやって見たのだろうか。普通なら夢だが、実現した部分が多い。恰好よかったよ、爺さん。いなくなって、私はちょっと寂しい。

ところで君は、方向音痴か。エッサウイラなどという街の名を出したので、私は道に迷うことのつらさを思い出した。私は、方向音痴ではない。しかしエッサウイラからそれほど遠くない、マラケッシュのスークと呼ばれる市場で迷ったことがある。マラケッシュは観光地である。そんなところで自分が迷うはずがないと思いながら、完全に迷った。

モロッコ人が、にやりと笑って近づいてくる。金をくれたら、道案内をしてやる、と言っているのだ。そういう自称ガイドが、うんざりするほどいる。付きまとってくるのを振り切っても、また別のやつが現われる。私は意地になっていて、あまりにしつこく付いてくるやつには、空手の型をして、カンフーマンだと威嚇した。

しかし、迷い続けたのだ。数人が少し離れて付いてくるが、威嚇してからは声をかけてこなくなった。ここだ、と思って曲がる。しかし、また同じような場所に出る。いくら世界規模のスークだからといっても、外壁までそんなに距離があるわけがない。どうして、路地は狭く、どこへ行っても既視感があるのか。外敵の侵入に備えたものだ。しかし、私は外敵ではないぞ。くそっ、太陽を見ようにも、建物が入りくみすぎている。空は、時々わずかに見えるだけだ。

二時間近く歩き、私は音をあげた。腹が減っていたし、マラケッシュの高校の先生と会う約束があった。離れて付いてきている男をひとり、そばに呼んだ。男はにやりと笑い、アイ・アム・ガイドを連呼した。スークの中を案内して貰いたいわけではなく、ただ外へ出たいのだ、と私は言った。

百円。十円払おうとした私に、にやにやしながら男はそう言った。値段の交渉をしたが、絶対に男は譲ろうとしない。いくらでも時間はあるという態度で、私には時間がないのだ。敗北感にまみれながら、私は百円払った。

男が、案内してくれる。ものの一、二分のことであった。私はスークのいくつかある出入口のひとつに立っていた。敗北感が濃くなる。すぐそばまで来ていた、とは思わなかった。私は、外壁から離れたり近づいたりをくり返していたのだろう。頭をフル回転させながら、私はホテルへ帰った。

翌日、私はまたスークへ行った。ガイドと称する男たちが、群らがってくる。カンフーマンを連呼しながら、私は路地を進んだ。タジン鍋を三十円で買い、それを抱えて出入口を目指した。男が寄ってくる。タジン鍋でぶん殴るぞ、という恰好をして追い払い、歩き続けた。そのタジン鍋だって、最初は三千円と言ったのだ。既視感など無視し、私は迷いなく歩いた。十五分と歩かないで、私は出入口に到達した。ざまあみやがれ。男たちは、白らけた表情で散っていった。ちゃんと働けよ、と私はその背中に日本語を投げかけた。

私は、新市街のなんでも屋みたいなところで、磁石を買ってきたのである。既視感に惑わされず、方位だけを見て歩いた。勝利感はあまりなく、前日払った百円が惜しくて仕方がなくなった。

人生にも、磁石があるといいな、と君は思っただろう。そんなに都合よくいくかよ。迷ってなにかに出会うのが、人生だ。

しかしあるぞ。生き方という磁石がな。

いずれ明らかになる真実がある

変った老漁夫に、弟子入りしたことがある。だいぶ前の話で、石垣島でのことだった。鮪《まぐろ》漁をやっていた老人には、右腕と左脚がなかった。脚は義足だが、腕はそのままだった。そんな老人が、古い漁船《サバニ》に立っていると、恰好よく見えたのだ。

一緒に、酒場で泡盛を飲んだ。このおっちゃんはな、ひとりで潜っていて、鮫に襲われたんだ。腕を食い千切られ、片脚にも食いつかれた時、鮫の鼻を蹴って浮上して、船に転がりこんだ。酒場の親父が、自分のことのように得意そうに言った。すぐテグスで止血してな。

私がそうなったら、多分全部食われただろう、と思った。私は、即座に弟子入りを志願したのである。朝四時、暗いうちに出漁する。朝食の弁当は、前の晩に私が用意した。アウトリガーを両舷から出し、ワイヤーのリーダーの先に、青魚を付けて引っ張る。老人の漁具の扱いは、ちゃんとしたものだった。鮪が食らいついてきたらどうするのか、と訊くと、両手で手繰るわけにはいかないので、船尾に立てた棒に綱を巻きつけていくのだという。しかし、釣れなかった。二日目も、不発だった。

その夜、なぜあんな漁船《サバニ》に乗っているのだと、酒場で友人から訊かれた。私は、鮫の話をしてやった。すると、友人どころか、酒場にいた全員が笑い転げた。昔、ダイナマイトやって、自分で腕と脚を吹き飛ばしちまったのさあ。禁じられているが、ダイナマイト漁というのがあった。魚のいそうな海域で、ダイナマイトを爆発させる。衝撃波で魚が気絶して浮いてくるのである。

私は悄然として老人の家へ行き、明日は船に乗らないと伝えた。あんたは、絶対に船には酔わんよ、と見当違いな褒め言葉を老人は口にしたが、ちょっと寂しそうではあった。

老人が鮫と言ったわけではなく、酒場の親父が言ったのだ。私が弟子入り志願をしてしまったので、ちょっと困ったかもしれない。酒場の話としては、ダイナマイトより、鮫の方が面白いよな。

沖縄だけでも、かなりの種類の釣り方がある。糸満でジャンボ釣りというのをやっていて、人間の躰ぐらいの集魚具を流し、その前で擬似餌《ルアー》を跳ねさせ、横から鮪が食らいつくのを待つのである。集魚具は飛行機のようなかたちをしていて、大きいからジャンボなのである。私が乗った時は、百キロほどの本鮪が、二回食らいついてきた。跳ねあがりながらルアーに食いつくさまは、かなりの迫力ものである。これ見ると、もうやめられんよ。漁師は、そう言った。私は髪の毛を一本抜かれた。ツキを持っていると思われたようで、船尾の高い竿の先に付けておくと言っていた。

岩石釣りというのもあった。子供の頭ほどの石に、死んだ鰯を十尾ほど載せ、その中の一尾にだけ鉤《はり》をつけておく。そして糸でぐるぐると巻くのだ。海中に投下する。決めてある分だけ、石は沈下し、それから先は回りながら落ちていって、最後に鰯をばら撒き、そこに鮪がたかってくる、という仕組みであった。こいつは、結構釣れたな。

中米のエルサルバドルの海岸で、半日ほど時間が空いたので、私は小さな船にいた老人に、釣りをさせてくれと頼んだ。小魚でも釣ってみるかという気分だったのだが、カジキが釣れる、と老人は笑って言った。冗談だと思ったが、太いラインを巻いた古いリールと竿があった。ふうんと思いながら、私は静かな太平洋に乗り出した。一時間ほどで、老人はここでルアーを流すと言った。私はルアーの点検をした。おかしなルアーだった。巨大なハタキのようなものだったのだ。引越しで遣う白い平べったい紐が何百本と束ねてある。私は、叫び声をあげた。鉤がないのである。魚はすべて、鉤を口にひっかけて釣れるのだ。熱帯のやつらはいい加減だなどと呟き、私は不貞寝をしようとしたが、老人は平気で巨大ハタキを放りこんだ。百メートルほどラインを出すと、竿を持っていろと言う。ドラッグは極端に緩く、指先でラインを引くと出るほどだった。私は、竿を抱いて不貞寝をした。

一時間ほどすると、ラインがするすると出ていった。ドラッグを締めようとした私の手を押さえ、老人はさらにドラッグを緩めたのである。

ラインの先に、魚がいるような感触は、確かに伝わってきていた。ラインは、引き出されたり緩んだりを十分ほどくり返している。締めろ。老人が言ったので、私はドラッグを締めた。いきなり、竿に圧力がかかってきた。やったやったと、老人は笑っている。しかし、どこに引っかかったのだ。鉤はないのだぞ。やがて、カジキが一度テイルウォークをした。海面に魚体を出し、尻尾で歩くような恰好だからそう呼ぶのだが、中途半端であった。しかし、かなりの大物だ。やり取りはせず、ただ巻けと言う。私は、ドラッグを締めあげ、ひたすら巻いた。カジキが船体の横に現われ、老人はハンマーで頭を叩いて殺《し》めた。

どういうことかというと、カジキは角を巨大ハタキの中に突っこんで、遊んだのである。紐が、縦に細く裂ける。カジキの角は鑢《やすり》のようになっているので、細い細い糸になったものが引っかかる。それを暴れて取ろうとすると、さらに紐が裂け、無数の糸になって絡みつく。私がファイトをはじめた時は、さながら綿の塊が角に巻きついたようになっていたのだ。ふむ、こんな釣り方もある。帰国して話しても、釣り仲間は嗤うだけで誰も信用しなかった。私は自分で巨大ハタキを作って流してみたが、いまのところ釣れていない。

君も、嗤ったな。ほんとうなのだぞ。以前、北アフリカのサバンナで、山羊が木に登っているのを見た。地上に食うべき草がなくなっているのだ。それを話した時も、ほとんど指さして嗤われた感じだったが、写真を撮ってきて、私は雪辱を果たした。海の基地のそばの電線の上を、狸が歩いているのを目撃した。これも話すと嗤われた。唐傘をさし、茶釜を背負っていただろう、と言うのである。この眼で見たのだ。くやしいなあ。

いつか、狸の写真を撮ってやる。カジキも釣ってやる。

いいか、君。私のようなやつが、真実を明らかにしていくのだぞ。

真夏の夜の悪夢だった

　二十年ぶりぐらいに、ある店へ行った。渋谷である。行かなくなったのは、私の行動範囲と、すっかりずれてしまったからだ。

　四十年ほど前からの、不熱心な客である。通っている間に、母から娘へとママも代った。

　なぜ行くことになったかというと、作家の松浦寿輝氏がホストをしておられるNHKのラジオ番組に出演し、帰りにビールでも、ということになったのがきっかけだった。ビールが食事になり、渋谷にいるのだから、俺の知っているバーへ行こうと、つまりは行き足がついてしまったのだ。つき合ってくれたが、松浦さんはかなり迷惑だったかもしれない。番組で喋り足りなかった私は、めしを食いながらも喋り続けていた。

　店へ行くと、カラオケが高音量でかかっていて、私の音量もさらにあがった。なにをやっているのだ。以前、この店は近くの違うビルにあり、そのころの話になった。実におかしなビルだったのだ。ホテル、もしくは旅館の建物で、つまり部屋が店になっている恰好で、五十軒以上はあっただろう。トイレは共同で、そこは大きな岩風呂があったところとしか思えず、残骸の岩が壁などの半分を覆っていて、床はタイルであった。三階建てで、こんな建物がよく残っているものだと思うほどだった。上に行くにしたがって、店は狭くなったような気がするが、記憶は曖昧である。さすがにその建物は取り毀されることになり、いまの場所に移転したのだった。あのまま存在していれば、名所になったかもしれない。

　古い店のころの話で、もう四十年近い昔のことだが、夏の日、私はある週刊誌記者とそこへ行った。その人は私の先輩で、酔うととても面倒であった。中央線沿いのどこかで散々飲み、できあがった状態で渋谷へ来たのだ。

　店に入ると、中年の男がカウンターでビールを飲んでいた。店の雰囲気は凍ったような感じで、それでも仕方なく、私は先輩と一緒にその男のそばに座った。とんでもないことが起きた。おじさん、暑いねえ。そう言い、先輩がその男のビールを呷ってしまったのである。

どこから見てもあちらの世界の人としか思えない男は、一瞬身構えたような感じだった。これはただでは済まない、と私は思った。先輩は、酔った口調で男に話し続けている。男は、新しいビールとコップを頼み、先輩に勧めたりしている。来るぞ、と私は思った。丁寧な態度で、穏やかで、そこからいきなり強烈なのが来るのが、やくざのやり方である。私は、脚の間にそのあたりにあったビールの空瓶などを数本置いた。来たらそれで殴りつけ、投げつけ、逃げるしかない。いまでこそ、やくざさんはさまざまな法律に縛られ大人しくなっているが、あのころはもっとずっと不穏であった。

先輩を残して、ひとりで逃げるわけにはいかないだろう、と私は思い続けていた。それにしても、なんという酔っ払いなのだ、私の先輩は。親しげに男の肩に手を置き、ビールを注がせたりしているではないか。私はもう男の方に眼をむけず、カウンターの一点を見つめ、なにがあろうと反射神経は鈍らせまいと、酒も飲まなかった。事がはじまれば、短距離走のスタートダッシュと同じで、速い方が優位に立つ。

しばらくして、男はカウンターに金を置いた。多すぎますとママは言ったが、まあまあと男は手で制し、実にゆっくりした動作で腰をあげた。その時、私は脚の間の瓶の首を握っていた。男の警戒心は、大変なものだった、という気がする。しかし不思議に、殺気のようなものはなにも感じなかったのだ。時々舟を漕ぐ私の先輩は、男が立ちあがったのにも気づいていない。男はゆっくりと、ドアの方にむかった。いくらか距離ができて、私はほっとした。すると先輩は、垂れかかっていた目蓋を持ちあげ、信じられないことを言ったのである。おじさん、帰っちゃうの。せっかく一緒に飲んだんだから、名刺交換。立ちあがって男のそばに立ったのを見て、先輩が一撃を食らうことを私は覚悟した。先輩が立ちあがった時、男の表情に緊張が走ったのである。どの程度かわからなくても、まず一撃は食らう。

　男は、困ったような表情をし、失礼しましたねと呟《つぶや》くように言い、ゆっくりした動作で名刺を出すと、店の人たちには御内聞にと言って、先輩のシャツの胸ポケットにそっと入れたのである。ドアを開けて出て行く時だけは、素速かった。先輩が胸ポケットの名刺を見て、あっ、やくざか、と言った時はもう、姿はなかった。取材させてくれ、と大声を出して追いかけた先輩を見て、私はついていくのをやめた。ここまで行ったら、もう一撃を食らっても仕方がないだろう、と思ったのである。しかし先輩はすぐに、無事に戻ってきた。急いでるんだってさ。男の残していったビールを呷りながら、先輩が言う。どちらの方たちですか、と言ってたぞ。

　カウンターに出した名刺には、代紋というやつの下に、なになに組、これこれ一家と書いてあり、普通は部長とか課長とか入れる名前の上には、舎弟と書いてあった。それは弟分というより、やはり組織の中の職名のようなものだったのだろう。北海道東部の住所も刷りこまれていた。どちらの方たちという言い方は、なんという組の人ですか、ということだったとしか思えない。

　北海道から出てきて、ひとりで飲んでいたら、地元のやくざが来てしまった、と男は勘違いをしたのだ。ひとりは狎々《なれなれ》しく肩に手を置いたりビールを勝手に飲んだりし、もうひとりは殺気を剝き出しにして、股ぐらで瓶を摑んでいる。まずいことになった、と男は思ったのだろうな。失礼しましたね、という呟きは、同業同士、一応挨拶はしなければならなかったのに、ということだったと思う。

　私は、チンピラか、まあ鉄砲玉みたいなやつと思われたのだ。それにしても、あのやくざさんには、いい迷惑なことだっただろう。置いていった金は、正しい勘定の五倍以上で、私たちのその夜の勘定は無料になったが、大して嬉しくもなかった。

　なあ、君。人は自分と違うように見られると、傷つくこともあるのだよ。

鏡を見ていてもはじまらないのだ

存在感、という言葉がある。あの人、存在感があるよなあ、などと普通に遣う。ニュアンスとして理解できるので、ことさら意味を考えたりはしないが、私は考えはじめてしまった。酒場で、知らない人に、存在感がありますね、と言われてしまったのだ。酔いが醒めてから、存在感ってなんだ、ということになったのである。

言われた時、私は褒め言葉だと解釈して、どうもなどと頭を下げた。そこにいる感じ。言葉だけを分解すると、そうなるだろうか。

しかし人はみんな存在しているので、いる感じが強い、ということか。つきつめると、でかい面をするな、ではないのか。酒場でそんなことを言われたら、これは喧嘩を売られたことだ。だから、違うな。もっといい意味だ。

派手で目立ちますね。これも違う。まだ悪口の域だ。重厚ですね、も違う。気配が強い。輝きがある。うむ、どうでもよくなってきたぞ。

存在感は、存在感のままが、最もわかりやすい、という気もする。しかし、酒場で存在感があるという私は、なんなのであろう。

スクリーンの中の存在感など、わかりやすいな。端役で目立つというのは、存在感ゆえだろう。石原裕次郎が、そうである。この間、『バーレスク』という、ミュージカル映画を観ていた。シェールが出ていたからである。本職は歌手だが、『月の輝く夜に』などにも主演していて、これはとてもいい映画である。そのころと較べるとずいぶん歳をとっていたが、なかなかの存在感であった。

ひとりで、歌うシーンがある。その時だけ、存在感は大きく変化し、ショーをやる店のマダムではなく、歌手シェールになっていたのである。それがまた、なんとも迫力ものであった。

ベット・ミドラーが歌手の役で出ている『フォーエ

バー・フレンズ』で、レコードの収録シーンがある。そこだけは、役柄ではなく、ベット・ミドラーが立ち現われてきて、映画とは関係ないが、『ローズ』という唄を思い出したりしたのだ。自らが拠って立つ表現形式にむかった時、表現者は否応もなく、自分自身になってしまう。

私は、小説を書いている時、何者になっているのだろうか。そして存在感はあるのだろうか。酒場の存在感などどうでもいいが、原稿用紙にむかっている時は、存在感を認めて貰いたいものだ。しかし、執筆中はひとりきりである。誰も見てはいないのだ。私の存在感は、小説の登場人物の中に紛れこみ、かろうじて主張されているのだろうか。ひとつだけわかったのは、存在感というのは、人が見て感じるのだ、ということだ。ひとりで鏡を見て、存在感があるなどとは言わない。

存在感のありようも人によって違い、スクリーンで観るとそれがよくわかる。もっとよくわかるのは、同じ役をやった場合である。リメイクはめずらしいことではなく、私の『棒の哀しみ』という作品は、奥田瑛二主演で映像化され、その年の主演男優賞を総嘗めにした。監督の神代辰巳は、監督賞総嘗めだった。

その作品が、加藤雅也主演でリメイクされたのである。二人の俳優の存在感のありようを較べたりすると、二人とも怒るだろうが、ま、私の原作の映像化での話である。

奥田は、崩れながらも剛直さを失わないという、きわどいところを演じきった。微妙な気配を漂わせなければならず、それをやってのけたという意味で、私の中では強烈な存在感の役者なのである。神代作品については、前に書いたな。

加藤は、これまでとは違う存在感を漂わせている。映画や舞台をいくつか見てきたが、二枚目の線から逃れきれないところがあり、演技に堅苦しさが見えたような気がする。この作品では、まずそれが消えた。なにか解放されたように、自由なのである。演じているのは、それほど大物でもない、つまらないやくざである。つまらないなりに、奥田にはのしあがろうという覇気があった。加藤は、つまらなさの中から、虚無が漂い出してくる。すると、不思議な存在感を帯びはじめるのだ。それは不気味であり、哀しげでもあった。この役者は、ひと皮剝けたのだ、と私に感じさせた。低予算の目立たない映画でも、大きく変貌することはできる、というよい例であろう。大作だけが、表現者が命を懸ける場ではない。どんな場所でも自分を変貌させようとするのが、表現者の魂ではないか。

自分の原作の宣伝をしているようで、ちょっと気恥しくなったが、そもそも映画は原作を換骨奪胎すべきで、これはそれがうまくいっている、と思える。私の小説が英訳された時、灰という英題がついたが、加藤はまさに、虚無の中で灰のように崩れ、生きることのあてどなさを演じたと思う。

君はな、私の原作の話など聞きたくはないか。しかし、まだ続けるぞ。事のついでというより、私はやはり君に知って欲しいのだ。

私はかなり前に、『傷痕』という作品を書いた。ひとりの男の一代記で、三部作の中の第一部である。男は少年であり、舞台は戦争直後の闇市である。そういうところで大人に混じって少年が生きなければならない時代が、この国にもあったのだ。それは、忘れないようにしようぜ。

ところが、その作品を原作にして、映画は韓国で作られた。タイトルも『少年は泣かない』となっている。朝鮮戦争直後の闇市と、舞台も変っている。イ・ワン主演のこの映画、なかなか映像が魅力的なのである。日本語字幕で、私はなんとなく好きなのだ。DVDがある。日本言葉で語っても、仕方がないか。

元気を出せ。勇気も出せ。若造どもを蹴散らして、君はまだ生きなければならないのだぞ。私はもう小説を書き、眼の眩むような恋をあと一度するぐらいしか、やることはないが、君には、やりたいことがまだまだあるだろう。

私より若い者はみんな小僧だから、世の中、ほとんどの人間が小僧である。しかし私は毎日歩いていて、誰にも追い越されない。

自分では、還暦前の人生は一旦置いて、少年なのだと思っているのである。

手紙のむこうに自分が見える

手紙を書こうと思った。

最近は手紙を書くことは稀で、しかし便箋や封筒は、デスクの抽出しの中に、常時備えられている。

便箋を出してから、ふと考えた。私が書こうとしたのは、返事なのである。しかも、見知らぬ人への返事である。

手紙を貰うことは少なくない。読者からである。開封した時点で、その読者が、どれほどの読み方をしているか、ほぼわかる。ほとんど読んでいなくて、雑誌やテレビなどで私のことを知り、手紙をくれる人までいる。

文通が好きなのだろうが、と私は思う。文通などということが、まだ成立する時代なのか。大抵は、メールのやり取りであろう。それならば私はしばしばやるが、お互いにアドレスを知らなければできない。個人情報守秘がうるさくなって久しいが、あるところには私の事務所の住所は公開してある。したがって、来る手紙の大部分は、事務所経由なのだ。出版社の編集部気付というのも、時々あるな。

ここまで書いて、千葉県から来た手紙のことを、不意に思い出した。かなり以前、私はここで、ハードボイルドエッグの殻がうまく剝けない、と愚痴をこぼしたのである。針でちょんと殻に穴をあけてから、湯に入れればいいのだ、と書いてあった。面倒臭ければ、穴あけの器具が、百円で売っている、とも書いてあった。私は事務所の女の子に頼んでそれを買ってきて貰ったが、それからは殻剝きに失敗して、殻をばりばりと食わなくても済んでいる。

勝浦のおばちゃん、ありがとう。お礼が遅くなってごめんよ。これからは、たかがボイルドエッグなんて、思わないようにするから。

私は、読者からの手紙を、もう一度読み返した。稀にだが、思わず返事を書きたくなるような手紙が、郵便物の中に紛れこんでいる。文章がしっかりしているだけでなく、言葉の選び方も、感性のよさを感じさせる。私のところへの郵便物は多く、海の中で真珠を見つけた、というような気分になる。

しかし、書こうとしながら、私は返事を書いたことはないのだ。

これもやっぱりやめておくか、と手紙を読み返して私は思った。再読すると、ちょっと鼻白むところもある。結局、やめることにした。この四十年ほどで、私が読者に返事を書いたのは、多分、二回きりだ。書簡の類いはしばしば認《したた》めるが、実際に用事があったり、礼状だったりする。

君に、手紙を書く習慣はあるか。一時期、私にはかなり特殊な習慣があったぞ。これまでの人生の中にあった、忸怩たる思いを、連綿と書き綴り、ポストに投函するのである。

忸怩たる思いなど、それこそ数えきれないほどあり、書いても書いても、湧きあがってくるのだ。それを私は投函した。特殊だったのは、宛先が私の住所で私の名前だったことだ。数日後に、私の手紙は私に届けられ、私は封を切る。

なにをやっていたのだ。自虐の道具が、手紙だったのか。

ラブレターというものは、書いた記憶がない。微妙なところもあるが、やっぱり書いたことはないなあ。そのくせ、鼻持ちならない言い方になるが、貰う方はかなりの数にのぼった。学生時代から、二十七、八歳のころまでそれは続き、本が一冊できるのではないかと思ったほどだが、保存する習慣が私には以前もいまもない。

便箋に書かれた文字は、字体が気になり、言葉の選び方が気になり、文章の粗ばかりが目立ち、結局は手紙をくれた相手の像を、勝手に矮小化することになってしまうのだ。惜しいことをした。あのラブレターを全部受け入れていれば、私は高校生のころから、プレイボーイで、長ずればずいぶん太い紐になっただろう。いや、滅びたか。

高校一年のころ、つまりまだ昭和三十年代の終りごろだが、下校の校門のところに、それぞれ学校が違う女子高生が待っていて、それぞれ封筒をくれた。中にカードが入っていた。バレンタインカードで、いまほど豊富な種類はなく、似たようなものだった。

バレンタインデーなど知る由もなく、辞書を引いてもカードの意味を教えてくれるものはなかった。みんなで、これはなんだ、と合議したりもしたのだぞ。そういう意味で、あのころは女子高生の方が小僧どもよりずっと進んでいた。しかし急速にそれは拡がり、私が大学生になったころは、チョコレートも添える風習ができあがっていた。

私は、大いなる損をしたのか。それとも、自分を守り通してきたのか。どちらにしても、一面的で単純だったのだろう。それはいまも、部分的には残っているような気がする。

印象に残るめずらしい手紙も、ずいぶんと受け取ったという気がするが、忘れてしまっているものは、ほんとうは印象的ではなかった、ということなのか。

亡くなった人からの手紙も、いくつか受け取った。亡くなって、かなりの時が経ってから、池波正太郎さんの手紙が届いた。書庫かなにかの整理をしていたら、投函されずに忘れられた手紙が出てきたということだった。投函された日、つまり池波さんが亡くなられてかなりの歳月が経ってからの、消印がある。それを手にした時、私はほとんど衝撃的と言ってもいいほど性急に、池波さんの作品を十冊以上読み続けた。

評論家だった友人の倉本四郎が亡くなり、葬儀も終えて二週間ほど経った時、いきなり倉本からの手紙が届いた。私は、ちょっとうろたえた。死んでしまいそうで、死んだら言えなくなってしまうから、生きているうちに伝えておくよ。大好きだったよ。

なんだよ、おい。もう死んじまってるじゃないかよ。

真相は、やはり遺品の整理中に、本に挟まれて投函されずにいた手紙が見つかった、というものだった。四郎さんの葬儀、とても暑い日だったな。

君は、手紙を書くか。自分の恥を、自分に宛てた手紙にしていた私は論外だが、時々は書いた方がいい。悔悟として私にあるのだが、手紙を貰うと嬉しいのだよ。自分からも出せばよかった、といま思っている。

匍《ほ》匐《ふく》前進なんかせずに歩こう

なに気なくついてしまった名称で、『神父の首』と綽名のようにして呼んでいる、カチョカヴァッロというチーズがある。

手鞠ほどの大きさで、一部分がぎゅっと締められ、紐でぶらさげられている。海の基地で、私はそれを天井からぶらさげ、ちょっと厚目にスライスしてフライパンで焼き、やわらかくなったところでトーストに載せて食う。それとサラダとコーヒーがあれば、釣りに出る前の朝食としては充分なのである。いまはそれを、岡山県の吉田牧場というところから取り寄せているが、日本でもこういうものが作れるようになったのだ、とチーズ好きとしてはにんまりしてしまう。

なに気なくついたと言っても、ふわりと言葉が浮かんできたわけではなく、連想した顔はあったのだ。日本からのキューバ移民の一世で、ピノス島にいたおじいさんである。水が不足しがちな島らしく、これ以上雨が降らないと、これですわ、と言って両手を当てて首を縊《くく》る真似をしたのである。白眼を剝き、舌まで出していた表情に、なぜかちょっと壮絶さの滲んだ愛敬があり、いまもはっきり憶えている。おばあさんは、そばでただ微笑んでいるだけだった。

私はその老夫婦に会うために、ピノス島に渡ったのである。

あのころ、ピノス島には多分ホテルなどはなくて、それよりおじいさんの泊れと勧める口調が強く、三日ほど世話になったのだった。老夫婦に会いに行ったのだが、夕食の時は一族が集まってきて、二十人近くになった。二世夫婦が三組いて、三世もいた。いつもこんなふうなのかと訊くと、ふだんはそれぞれの家で食事をとっているが、なにしろ日本からの客ははじめてだから、と大会食の理由を説明してくれた。

おじいさんは、躰を悪くしたとかで、終日、家でぶらぶらしていて、しかし声は大きく、元気そうに見えた。おばあさんの方は、黙々と躰を動かしていた。返すべきものは、返さなきゃなりますまい。おじいさんは、国の負債のことを語っていたのだが、個人の借金というものが重なって感じられ、移民の人生のつらさを私は連想したりした。親父さんから、毎年葉巻が贈られてきまして。それはなんと、カストロのことであった。

移民のつらさは、聞くたびに壮絶なものだと、私などはうつむいてしまう。中南米の移民で共通して語られることは、自分たちの土地の前にはじめて立った時の、ある種の絶望感である。

こんなところを開墾できるのか。絶望感は、いくつかの国で、同じ言葉で語られた。すでに畠になっている土地を眺めながら、私は絶望感と、それを克服していく気力がうまく想像できず、皺の深い顔を無言で見つめるだけだった。

ハイチと較べると、うちの方はまだましでしてな。夜逃げ、一家心中がめずらしくもない中で、一族で広大な畠を営んでいる老夫婦は、大成功組であった。

私のキューバ入国から、ずっとついていた監視員も、夜毎、自家製の蒸留酒のようなもので酔っ払うのを、制止しようとはしなかった。

あのころ、つまり八〇年代の終りに近いあたりだが、キューバに行く日本人はあまりいなかった。まず、日本のキューバ大使館の面接を受け、ホテル代から車の雇用料まで、すべて大使館に払いこまなければならない、という煩雑な手続きが必要だったのだ。入国しても、呆れるぐらいに高いガソリンの使用量が限られていて、遠出できるのは一度ぐらいだった。いろいろなツアーが出ている現在の情況は、私には信じられないほどだ。

その訪問より以前に、私は一度、ピノス島へ来ていた。写真家の長濱治と一緒にキューバ島縦断の旅を敢行し、ピノス島にも寄った。その時の私たちの写真と文章は、ある雑誌に掲載され、以後、キューバを訪ねる人たちの、数少ない資料のひとつになった。

ピノス島は、青年の島とも呼ばれ、第三世界の、つまり開発途上国の青少年を集めて農耕で自給させ、同時に教育を施していたのである。それを取材した。ガーナ、リビアと行き、ポリサリオの宿舎に行こうとして、拘束された。

　ポリサリオは、国名ではない。モロッコのゲリラ組織の名である。監視員は生真面目だったが、ラムなどを飲ませると、浮かれてなんでも喋った。列挙した青少年たちの出身国名の中に、ポリサリオが入っているのを、長濱も私も無視できなかった。ポリサリオの宿舎に近づくと、できる警戒はすべてやった。といっても、カメラやメモ帳を、バッグに収《しま》いこんだだけである。広場に、兵隊が十数名いた。即座に飛んできて、監視員も私たちも拘束されたのである。

　ポリサリオについての知識がなかったのか、監視員は抗議の声をあげ、銃床で打ち倒された。私たちの扱いはそれほど手荒ではなかったが、相当厳しいもので、丸一日以上、兵営に拘束された。ポリサリオについて知識があることは口を拭い、なぜ青年の島を取材してはならないのだ、ということを強調した。解放されたのは、撮影はしていないと判断されたことと、島そのものの取材許可は取っていたからだろう。反革命は殺す、とは言われた。

　私たちが見たのは、銃に模した棒を持ち、匍匐前進の訓練を受けている、十二、三歳の少年たちの姿だった。キューバが、革命の輸出国と言われていたころでもあった。

　ポリサリオ解放戦線は、世界一貧困なゲリラと呼ばれていた。当時の中東や北アフリカの情勢は、いまよりかなり単純で、つまるところ対イスラエルで、諸国が連合するのである。その中にモロッコも入っていて、ゲリラ支援国であったリビアやアルジェリアは、連合国の中のモロッコのゲリラには支援の手をのばせなかった。それでもしばしば戦闘はあり、カサブランカあたりでラジオニュースを聴いていると、ゲリラ側の戦死者の数などを報じていた。割礼を受けた者何名、割礼なき者、何名。割礼なき者は異教徒で、ほとんどがベトナムやキューバの兵だと聞いた。

　古い思い出だが、君に語ってみたかった。匍匐前進をしていた黒い肌の少年たちの、額に浮いた汗の粒を、いまでも私は思い出すよ。

唄声は遠くて近くて美しい

ラジオは、よく聴く。車の中でのことが多いかな。CDを聴くと、曲の順番まで頭に入っていたりするが、音楽番組だと、意外な曲が耳に飛びこんできたりするのだ。

子供のころは、テレビはなく、専らラジオであった。ラジオは、音が部屋中に流れる。イヤホーンというやつをつけると、ひとりきりで聴けるのだ、と思った。小学五、六年のころだったと思うが、そのころはテレビはあったはずだが、私はひとりでラジオを聴く方法を模索した。

初期のトランジスターラジオは存在していたが、小遣では手が出ないほど、高価であった。

模型屋に、鉱石ラジオというものの組立キットが売っていた。私はそれを買ったが、眺めながら、電気はどこから来るのだろう、と悩んだ。

電源などいらないのだということを知ったのは、恥をしのんで、友人に訊いたからであった。懐中電灯だって電池がいるのにと、私は半信半疑であったが、とにかくしっかりと組み立てた。

音は、聴えた。しかし、はるか遠くからで、雑音とも音楽とも判別し難いのだった。音は聴えるのだから、電波を捉えやすいところに行けばいいのだ、と私は自転車で方々へ行き、河川敷きの、立入り禁止の水門にまで登ったりした。多少の、音の大小はあった。明瞭さも、微妙だがあるようだ。

アンテナか、と思った。友人は、引きのばすと五十センチぐらいになる、アンテナをつけていたのだ。その友人と一緒にやればいいようなものだが、仲がよくなく、私は二度、泣かせたことがあったのだ。私は、貯金箱を逆様にして、アンテナを買った。ワクワクしながら取り付けたが、音はちょっと大きくなっただけだった。学校には当然持っていって、休み時間は、さまざまな試みをした。友人は、聴えているように、微笑しながら首を動かしている。ますます訊けなくなった。

明瞭な音が飛びこんできたのは、偶然であった。校舎の雨樋にアンテナが触れたのである。

雨樋は、金属製であった。束の間のことだったが、私は構え直し、アンテナの先をそっと雨樋に当てた。曲が流れてきた。イントロからだったようだ。

やがて、唄声が流れた。私はそれを、姿勢を変えずに、最後まで聴いた。感激していたのだと思う。ほとんど、自分で作詞作曲したものが流れている、と感じていたのかもしれない。歌が終ると、話声に変ったが、それが頭に入ることはなく、歌の余韻に浸っていた。

その歌は、私にとっては特別なものになったが、それからはテレビなどでもしばしば耳にすることになった。つまり大ヒットしたのだ。第一回のレコード大賞も受賞し、学校で口ずさんでいる者もいた。水原弘の『黒い花びら』である。

ラジオの方の感度は、ラジオ関東という局のものがよく入り、NHKも聴くには堪えたが、ほかの局は雑音ばかりであった。ゲルマニュームと表記されているキットの方は、いくらかましになっていて、私は都合四台組み立てたが、ある日熱が収まり、組み立てたラジオは、ゴミのようなものになった。

いまでも、ウォークマンなどをいじっていると、ふとあの時のことを思い出す。そして私は、鉱石ラジオにはなぜ電源がいらないのか、という最初に抱いた疑問については、ついに正確な解答を得ることはなかった。聴えていれば、それでよかったのである。

しかし、『黒い花びら』は、いまに到るも唄えない。同じ歌手で、かなり時が経ってからだが、『君こそわが命』といういい歌があり、やはりそれも難しくて唄えない。

ほんとうに、難しいのか。難しそうだと思って、試みることさえやめているのではないのか。それは、私らしくないな。突撃、玉砕をいとわず、私は生きてきた。そして、突撃は何度もしたが、結果として玉砕などしなかったのだ。よし、練習してみるか。私の練習場所は、海の基地の風呂だが、本格的に練習したい。つまり、カラオケに行きたい。しかし、集団でしか行ったことはなく、カラオケを備えたバーには行ったことがあるが、大抵は偶然を装って大沢新宿鮫が現われ、邪魔をするのである。

君、つき合え。鮫が現われない店を、見つけてくれ。

書いているうちに、マイクが握りたくなった。だいぶ前に、大沢が行く店で握ったのが、最後である。

しかし、何度か唄えば、うまくなるものだろうか。もう音痴と誹《そし》られるのはたくさんだから、うまくなる方法があったら、こっそり教えてくれよ。そういえば、吉川晃司にも、音程がとれていないと、断言されたことがある。ひたすら練習すれば、とれるようになる、とやつは言った。そのひたすらが、ものすごい回数だったら、とてもやっていられないので、三十分ばかり練習したらうまくなる、という方法が知りたいのだ。

大きな本を拡げ、それに顔を近づけて唄えばいい、と言ったやつがいるが、そんな恰好までして、私はうまくなりたくないぞ。

それにしても、うまくなる、というのはどういうことなのか。カラオケにおける、うまいという私の基準はかなり低く、音程をはずさないことである。はじめから、うまいやつだっているだろう。

居合抜きは、うまくなるとかいう次元ではない。巻藁《まきわら》を斬るのは、技ではなくて精神なのである。釣りはいまのままの腕でよく、獲物を追おうという執念は充分にある。料理は、私にとってはいつも偶然の産物だ。映画は、出会いであろう。

すると、私がほんとうにうまくならなければならないのは、小説なのか。

しかしこれに関してだけは、私はうまくなるのを拒絶したいのである。うまくなってしまうと、自らの小説世界で、変貌を企てることが、難しくなる、という気がするのだ。

君は、なにかうまくなりたい、と思っているか。む、生きることがうまくなりたいだと。そんな方法はないし、うまく生きている人間もいない。下手は、いるな。どうやればうまく生きられるかなどを、真剣に考えたりするのが、下手な生き方さ。

またな、友よ。懸命に生きればそれでいい。

英才教育をされた部分もある

イメージという言葉を、私は中学一年の時に知った。言葉だけでなく、それがどういうものかも教えられ、おぼろに理解したような気がする。つまり、言葉ではあるが、説明ではないのだ。イメージの豊かな文章は、説明ばかりの文章より、ずっと印象的である。

おぼろに理解していたものが、二年生になると、いくらかはっきりし、三年になると、描写の命は、イメージの鮮やかさだ、と思うようになった。

そして高校生になると、大江健三郎の初期の短篇の、イメージの鮮やかさを語る、生意気な小僧になっていたのである。

中学に入ったばかりの私に、イメージというものを教えたのは、国語の先生であった。私が行っていたのは、中高一貫教育の私立だったので、現代国語については、その先生に四年ぐらいは習っているはずだ。イメージという言葉についてこれなくとも、試験に影響するわけではなかった。食いついたのは学年で十名ほどで、やがてはそれが五、六名になったが、相当多かったのではないか、といま思っている。

五、六名は、授業以外でその先生にとりつくようになり、近世文学が専攻だったが、相当深いやり取りを交わす、ゼミのようなものを作った。

現代文学についても、相当に教えられ、君らには適当だろうと、コリン・ウィルソンの『アウトサイダー』を勧められたりした。高校生が読むものではない、といまも思うが、文学全集乱読中であった私には、読書の方向性について、かなりの参考になった。

大学に入ってから、文学部の友人にコリン・ウィルソンを語っても、誰も知らなかったのには、いささか驚いた。

ちょっとおかしいと言えるぐらいの水準で、私は大学に入ったのだろうが、法学部であったので、知識は雑談でしか役立たなかった。

中学一年生にイメージを教え、高校生にコリン・ウィルソンを勧める先生が、いたのである。日曜日、隅田川のそばにある先生の家へ、パンなどを買って押しかける。実家は牛乳屋さんで、巨大な冷蔵庫に入って、コーヒー牛乳を一本持ってくることを許される。部屋住みの次男坊で、本に囲まれた暮らしだった。車座になり、上田秋成の『春雨物語』から、『目ひとつの神』などを選んで、朗読し、一行一行、解析していく。それがどれほど高度なことだったのかも、大学で秋成を専攻している連中と喋ってわかった。

疲れると外でキャッチボールをし、それからは世界文学の話をするのである。秋成研究より、そちらの方が正直、面白かった。

やがてわれわれは卒業し、その数年後に先生も静岡大学の教授として、近世文学の講義をするようになった。静岡の官舎にも、遊びに行った。先生には作家の友人もいて、後藤明生氏や立原正秋氏と親しく、酒席に連れて行って貰ったことも、何度かある。

だいぶ前に、それほど高齢でもなく、急逝された。中村博保という名で、近世文学の研究史で、その名はまだ記憶され続けている。

ふり返ると、その部分はいい青春だったのだな。私はいまも、小説はイメージの芸術だと思っていて、それは中学生のころに植えこまれたまま、修正する必要がないことだったのである。私には、もう一方、柔道部の青春というやつがあった。そして、肺結核による、数年間の闘病の青春もあった。

君も、自分の青春をふり返ることがあるだろう。私には、知的で、健康的で、同時に死の翳に覆われ、ひたすら没原稿を書くという、さまざまな青春があった。

それに、先生に恵まれていたのだな。源氏物語のことなら、なんでも即座に答えてくれる先生がいた。本郷の寺が家で、その一室に野間宏が下宿していて、『暗い絵』を書いたのだと知った。早速その作品を読み、会いたいなあと言っていると、行ってこいと名刺をくれた。

迷惑だったと思うが、野間さんは気軽な感じで会ってくれて、小一時間、小僧の相手をしてくれ、署名本までくれた。後年、新宿のバーで何度かお目にかかったが、あの時のことをよく憶えておられ、そうか、作家になったのか、と言われた。本ぐらい、あげておくものだね、とも言われた。だから私は、若い読者には署名本ぐらいは渡す。ま、文庫が多いが。

日本史や世界史の成績は必ずしもよくなかったが、先生は印象的だった。西南戦争の場面にさしかかった時、不平士族の叛乱は続発したが、報告を受けても、大久保利通は、高が知れていると碁を打ち続けていた。西郷隆盛が挙兵したという報告を受けてから、ぴたりと碁をやめてね。そんな話をするのである。西郷と大久保の関係性が、その時、なんとなくわかった。

日本史上で、一番長い事件の名前はな。それは、いまも憶えている。北海道開拓使官有物払下げ事件。食い物の話をしはじめると止まらず、しかし食いながらという感じでローマ帝国の食生活に繋げてしまう世界史の先生は、貿易会社の社長で、趣味で教師をしているのだった。交易が歴史を変えた話などをすると止まらず、戦争のことは、教科書を読めばわかる、と言い放っていた。

図書館には、ありきたりの本があるだけだったが、なぜか分厚い番号入りのアポリネール全集があり、私はそれをかすめようと、図書委員と暗闘をくり返し、結局は敗れた。貸出しカードには、七、八名の名前があったので、読んでいたやつがいたということだ。

イメージの中村先生だが、ある時、奇妙な小テストを敢行した。ある評論の一節を印刷したものが配られ、自分で問題を作り、自分で解答をせよ、というものだった。

私は、三問作り、解答した。そうすることで、文章がなにを表現しているか、本質はなにか、そんなことがよく理解できた。いま、そんな型破りなテストをする先生が、いるのかなあ。

ちなみに、私をうつむかせる優等生が作った問題は、文中の漢字を開き、その漢字を書けというものだった。なんなのだ。創造力や分析力は、どこにあるのだ。こんな優等生を、いまの教育は作ろうとしているな。

君も、自分で問題を作り、解答してみるか。人生の問題だぞ。

どこまでも続くのが旅というものだ

旅の工夫というものは、昔からずいぶんした。旅に行く前から旅をしている気分で、面白かったものだ。中学生の時から、地図を睨んで考えていたような気がするな。

高校生になると、完全にカニ族というやつであった。これは、キスリングと呼ばれるでかいリュックを担ぎ、それが甲羅のように見えることと、列車の通路を歩くのに、キスリングがひっかかって進めず、横歩きすることによる呼称であった。かなり後だが、ミツバチ族というのも現われたな。これは、バイクの後部に荷をくくりつけ、ブーンと音をたてて旅をすることから来ていた。

どれほどの工夫をしていたか。これは交通費の節減が大部分であった。あとはテントに寝泊りしながら、自炊し、歩いているのだから金などかからない。当時、かなりの節減ができる周遊券というものがあったが、それよりずっと節減できる方法を、私は発見した。回遊切符というものである。

考えた以上に安価であったが、いろいろな制限があった。周遊券のように、乗降が自由というのではなく、降りた駅から乗らなければならなかった。それはできるが、上野駅から出発し、上野駅に戻ってくるまで、国鉄の、つまりいまのＪＲだが、その線が全部繋がっていなければならないのである。全国の路線図を見ると、長距離の旅行は相当に難しいものであった。

私は東北一周を考えていたのだが、重なる部分が出るとだめなので、半分以上に行けなくなる。特に、岩手県の山間部に、鉄道が通っていないのが致命的であると思えた。

しかし私は、昔からしぶとかったのである。規約のようなものを舐めるように読むと、なにも鉄道線路だけで繋げなくてもいい、ということを発見した。バスでもいいのだが、ただし国鉄バスにかぎられていた。

私は線路とバス路線を駆使し、ついに岩手山間部を繋ぐことに成功した。日本海側を回り、時に内陸に入り、青森県の海岸部から岩手の久慈まで行き、そこから山間のバス路線を遣ったのである。

一日一便しかない路線もあり、われながらよく粘ったものだと思うが、宮古まで繋げたのである。それによって、東北地方の相当部分を、三週間かけて旅することが可能になった。

いまも印象に残っているのは、五能線という、秋田県から青森県の海岸線を走る列車の旅で、当時は一日二本だったと記憶している。岩手の山間部のバスの旅も、五日をかけた。新聞や郵便物などを、バスで運んでいたことを思い出す。安家《あっか》という村のそばでテントを張った時は、炊飯のために水を貰いに行くと、飯盒の飯だけという私の夕食を不憫がって、農家のおばあちゃんが卵をひとつくれた。鯨の缶詰をいくつか持っていたが、三日に一度、開けるようにしていたので、とてもありがたかった。

安家には、安家洞という日本一長い鍾乳洞があったが、自然のままの状態で、相当の重装備と人員がいなければ、奥には入れないという話だった。いまは、天然記念物になっているのではないかな。二十代の前半にもう一度行ったが、まるで変っていなかった。そして最近、台風で被害を受けた安家の様子を、ニュースで見た。家などは、新しいものに変っているようだった。

君は、旅の工夫をしたことはあるか。いまの若い連中は、結構、工夫しているという気もするな。なにしろ、昔と違って情報が溢れている。日本だけでなく、世界中の情報があるではないか。カニ族ではなく、バックパッカーという洒落た名のついた、若い旅行者もよく見かけるぞ。

ひとりのバックパッカーに出会うと、私はよく声をかけてみる。ラオスの北部山脈から、ベトナムへ行こうとしていた。ホー・チ・ミン・ルートだねと言っても、その意味はわからないようだった。ベトナム戦争のころ、ラオスにベトコンの兵站路があり、アメリカの猛爆撃を受けたのだが、彼が生まれるずっと前の話である。それでも、そのルートでは不発弾が時々爆発するので、戦争の傷というものは深いのである。

私は、海外をバックパッカーとして旅行したことはない。だから若者を見ると話しかけ、めしも奢ってやりたくなるのだが、一度、南米大陸の壮大なドライブ旅行を計画したことがある。アルゼンチンのブェノスアイレスから、西にむかってアンデス山脈を越え、チリのサンチャゴに出て、そこからひたすら北へむかい、ペルーへ入り、さらに北へむかうというものだった。パンアメリカン・ハイウェイという。

ハイウェイは高速道路ではなく、街道と理解した方がいいだろう。合衆国でも、ブルーハイウェイは裏街道であり、高速道路はフリーウェイという。壮大な計画はしかし、見果てぬ夢に終った。準備を整えたりしたわけではないので、夢とも言えないかもしれない。私はパリから北京まで車で走破できる可能性があり、そちらに熱中してしまったのだ。そして半分以上実現したのだが、個人的なものではなく、十台ほどの車のコンボイで、参加していたのはフランス人のプロのラリー野郎ばかりだった。だから旅という意識は希薄で、軍隊に入って移動したような気分が残っている。

パンアメリカン・ハイウェイは、自転車で何カ月もかけて旅行している若者もいるらしく、すでにそんなことができなくなった私は、ただ羨ましい。君、やってみるか。バイクだったら、それほど時間はかからないと思うぞ。

ちなみに、私が工夫して作りあげた回遊切符は、昔の、パチンと鋏を入れる切符そのもので、上野から上野となっていた気がする。そして回遊する路線を書きこんだ書類がついていた。駅で乗降する時は、その書類に判を押してくれたので、昔のスタンプラリーのようなもの、とも言えるかもしれない。

記念品として切符を残していたはずだが、私の青春と同じように、どこかに紛れこんでしまったのか。まあいいさ。記念品などに、大きな意味はない。それをやった、ということが大事なのだ。

君、まだ遅くない。やってみろ。全行程だと、一万キロを優に超えるはずだぞ。やるなら、私は見ているからな。

いつまでも腐らないものはある

煙草を、叩いていた。

これだけでは話がわかりにくいだろう。コイーバ・エスプレンディドスという葉巻をひと箱分、漬物を作るプラスチックの容器に放りこみ、『死神』などという島根の日本酒をぶちこみ、ネジで締めて圧力をかけ続けていたのである。それを板の上に数年ぶりに出すと、石のように硬くなっていて、ナイフで叩いて粉々にしたのである。ナイフはバック社製のフォールディングで、場合によっては釘だって切ろうという代物だが、この際特別なのだ。

さらにわかりにくいだろうが、我慢してまあ聞けよ。船戸与一という作家がいた。『満州国演義』という、大作にして傑作を遺して、去年、亡くなった。亡くなる五、六年前に、もう一年で死ぬからと手紙を寄越し、葉巻を喫《す》えなくなったのでおまえにやる、とストックしていたものを、大量に送りつけてきたのである。いいものも悪いものもあったが、困ったものでもあった。つまり管理が不充分で、みんな乾いていたのだ。

私は湿度を上げたヒュミドールという保管箱に数カ月入れ、湿り気の戻ったものから、少しずつ喫っていった。共通の友人で私の真似をして葉巻も喫う大沢新宿鮫にも、ひと箱分けてやったが、やつはそれを酒場に忘れ、一年後ぐらいに気づいた。葉巻はまさに瀕死であった。愚か者め。葉巻は生き物なのだぞ。

話はまだわからないだろうが、船戸が送ってきたものの中に、コイーバのエスプレンディドスが、封を切らないままあったのである。

これは、高級品である。思い切って買ったが、喫うのが勿体なくて収っておいた、という気配もないではない。私はいやな予感に襲われ、封を切った。予感は当たっていた。湿度が足りず、温度が高いところに放置すると、タバコビートルと呼ばれる小さな甲虫が、孵化し、葉巻を食い荒らしてしまうのである。

葉巻はすべて穴だらけで、持つと粉が落ちてくる。

つまり、タバコビートルの糞である。躊躇なく破棄というのが、当然の状態だったが、余命一年と宣告を受けた船戸がくれたものだったので、私は再生作戦を考えた。

私の性格が、しぶといというかしつこいというか、簡単に諦めないことを、君は知っているよな。私は漬物製造器を買ってきたのである。『死神』という濡らすために遣った日本酒は、実際に存在する。落語から取った名称らしく、私はそれを柳家権太楼師匠に、ほとんど高座の語り口で説明して貰ったが、それは別の機会に書く。三年『死神』漬けにしていた葉巻は、取り出すと発酵していて、なかなかのものになりそうだった。

その時、船戸はまだ生きていて、『満州国演義』を書き続けていた。私は、葉巻をパイプ煙草の状態に持っていこうとしていたのだが、中途半端なところで喫わず、切り刻んで一度空気に触れさせると、浅草の神谷バーで買ってきていた電氣ブランをふりかけ、漬物製造器の中で、また強い圧力をかけた。それから年に一度ぐらい、カルバドスやラムをかけ、さらに圧力を強くした。

船戸は生き続け、『満州国演義』を書き続けた。驚異であったが、生前葬をやるから、終ったら安心して死ね、などと私は言った。完結直前で途絶えた時に襲ってくるであろう、喪失感と狼狽を、そんな言葉であらかじめやわらげておこうと思ったのだ。

船戸は『満州国演義』を完結させ、それから火が消えるように去年逝った。闘病中の執筆だったが、どこをどう読んでも、病人が書いたものとは思えない、私を打ち倒しそうな熱が溢れている。文学史上に銘記されるべき作品だ、と私は思っている。

再生させた煙草は、船戸と喫おうと思っていたのか、いなかったのか。訃報を聞いても、私はそれを喫うことができず、いままた砕いている。バックのナイフは、その優秀さの評価が、船戸と一致していた。見事なパイプ煙草になっている、とあの世に知らせるには、私が行くしかないのか。

やり方は、正しい。大航海時代、船底に大量に置いた煙草の葉の上に樽などが載せられ、数年経って切り刻んで喫ってみたらうまかった、というところから来ているのだ。ネイビーカットという、正式な名称にもなっている。

発酵した煙草は、いい匂いだ。私は音楽を聴きながら、その作業を続けた。ふりかける酒を赤ワインにしてまた圧縮を続け、船戸と伍する作品を書いた時に、パイプに詰めて喫うのである。俺は俺で、頑張っているさ。呟く。ふと、バラードが耳に入ってきた。『自由』。『ブランキー・ジェット・シティ』のシングル盤を、以前私は持っていた。まあいいか。アルバムの一曲として収録されていたらしい。私は、自由の概念について、船戸とひと晩、酔って言い合いをしたことがあり、なんとなくバラードでそれを思い出した。

その時、『自由の幻想』という映画も、話題にのぼった。監督がルイス・ブニュエルだから、映画通好みと言うやつだろう。私は、この監督ならわかるのは『昼顔』までで、難解さの加減も好きではない。デビッド・リンチの難解さの加減の方が、どちらかというと肌に合う。船戸が映画を評価したら、殴り合ってでもつまらないと認めさせようと私は身構えたが、二人とも罵り続け、最後は笑うしかなく、その夜は平穏に過ぎたのであった。

煙草が細かくなると、私はしばらく空気に触れさせ、昨夜飲んでいくらか残しておいた、ムートン・カデをふりかけた。シャトー・ムートンも一本持っているのだが、どう考えても船戸には高級すぎるワインである。映画だって、そうだ。やつが最後に勧めたのが、『セデック・バレ』という、台湾の霧社事件を扱ったもので、うんざりするほど首が飛ぶ。

私は刻んだ煙草をまた漬物製造器に戻し、しっかりと蓋をして、ネジを回して圧力をかけた。これから何度、私はこれをくり返すのだろうか。ビンテージ物になった葉を、パイプに詰め、火をつける日が来るのだろうか。

君は、どう思う。友だちが、力のかぎり闘い抜いて、死んだ。壮大な作品が残っているが、こんなのを残して時々思い出してみるのも、男の友情ではないかな。

思いついたことは実行しよう

最近観た『ルーム』という映画は、子役の少年が抜群であった。まあ、話題にもなっていた。それにしてもこのところ小屋には行けていなくて、レンタルＤＶＤで観たのだ。

これは誘拐の映画で、実話らしい。実話かどうかは、私の感想にはあまり関係なく、あくまで映画がどうできているかである。誘拐を扱ったものとしては、生活が重なってしまっているところに、目新しい視線があったと思った。外の世界をまったく見ることもなく育った少年の、冒険の映画だったという気もする。

私の癖として、いいなと思うものを観たら、それに類したものをいろいろ思い出したりしてみるのだが、この場合は誘拐ということになる。映画では相当の数にのぼると思ったが、硬直してしまった脳ミソが、なんと一本も思い出さないのだ。情け無い話だと嘆いていたら、野球選手をストーカーするデ・ニーロの顔が浮かんだ。タイトルを挙げるほどの映画ではなく、私は本気で記憶を探りはじめた。このままでは、食事をしたかどうかも忘れてしまう、ある意味幸福な老年期に突入しそうだと考えたのだ。

おっ、出てきたぞ。『メルキアデス・エストラーダの3度の埋葬』。これは男が連れ回されるストーリーだが、誘拐とはちょっと違っているなあ。ただ、面白い。『ぼくは怖くない』というイタリア映画があった。誘拐物と言っていい。私は、少しだけ記憶に自信を持った。大人と子供の映画だった、という気もするが。おう、『ゴーン・ベイビー・ゴーン』というのがあった。モーガン・フリーマンが、いい演技をしている。『マイ・ボディガード』も、デンゼル・ワシントンのものの中では好きである。結構、思い出したではないか。これなら、めしを食ったかどうかは、忘れることはあるまい。しかし、きのうの夜になにを食ったか、思い出せない。

私は、海の基地にいた。沖は時化《しけ》ていて、船は出せない。しかし湾内は、嘘のように静かである。桟橋があり、その先端に折り畳みの椅子を持っていって、鱚《きす》を釣る。感覚として、庭先から竿を出している感じだ。鱚やメゴチは、よく釣れる。竿を持って、古い古い映画を、私は思い出そうとした。というのも、二〇〇五年ぐらいの映画を、ちょっと前だと言ったら、われわれには充分すぎるほど古いのですが、と言った連中がいたからだ。十年、十五年はちょっと前だ、愚か者。自分の人生の長さで、時を測るのではないぞ。創造物を眺めたら、それぐらいのスパンで推移するのだ。小説だったら、五十年のスパンで語ってもいい。十年が昔というのは、人生の話だ。人生では、ひと月が昔のこともある。

ということで、私は鱚を三尾釣り上げるまでに、最低一作の古い映画を思い出そうとした。せいぜい一九七〇年までの映画。大学時代、高校時代に、リアルタイムで観たもの、テレビの名作劇場のようなもので観たもの。いやあ、思い出したぞ。一尾釣り上げるたびに、三本ぐらい思い出した。しかし、駄作も多いし、邦画もかなりある。邦画まで手をのばすと、際限がなくなるからな。

私は、十数尾の鱚を、その場で捌いた。三枚に下し、皮を引いたものを、用意していた皿に載せた。焼酎もある。クーラーボックスに氷があり、それを砕いて、海水割りを作る。これは、結構いけるのだ。クーラーボックスには海水も入れてあり、手を入れていると痛くなるほどに冷たい。ちょっと透明感がある鱚の身を、割箸で挟んで、クーラーボックスに浸す。透明な身の表面が、しばらくすると白くなってくる。それをそのまま食らう。

鱚なら、紅葉おろしとポン酢とか、天ぷらとかいう連中が多いが、海水氷締めの鱚は、歯触りがよく、口の中で甘くとけるようで、うまいのだ。焼酎の海水割りもうまい。結構な量の鱚を食らいながら、私は思い出した映画の中で、もう一度観たいと思ったものを選んでいった。

まず、『アンダルシアの犬』だが、無声映画だ。しかもこの間、悪口を書いてしまったルイス・ブニュエルの初期作品。天才ダリと共振すると、こんなになってしまうのだ。少女の眼に剃刀が走る場面だけで、名作たり得ている。『愛情物語』、『情婦』。この二作にはタイロン・パワーが出ていて、女優はキム・ノヴァクとマレーネ・ディートリッヒだ。君は、この三人を知らないと言うか。ならば、観て知ればいい。ちょっとこわい映画で『狩人の夜』。ロバート・ミッチャムで、確か『プラトーン』という戦争映画で、ロバート・ミッチャムの真似をしていた兵士がいた。マレーネ・ディートリッヒが出ているもので、『嘆きの天使』という、男が滅びてしまう映画もある。

もううんざりか。温故知新は悪いことではない。もうちょっと付き合えよ。『アラビアのロレンス』なども、七〇年以前だぞ。イヴ・モンタンが出ている『恐怖の報酬』は、名作としていまも観られているか。忘れられかけているものに、『ふるえて眠れ』というこわい映画がある。『レディ・イヴ』、『サンセット大通り』。こんなのも、もう一度観てみたいと私は思ったな。

そして、この間観直したものに、『過去をもつ愛情』がある。アマリア・ロドリゲスの唄は相変らずいいが、劇中とはいえ酒場でのライブである。迫力ものだぞ。いまも昔も、男と女の情念は大して変らず、だから恋愛映画や小説も古くならないということを、再認識したなあ。

鱚が、なくなってきた。この食らい方は、私だけのものだが、ここで書いてしまったので、君はやるか。それぐらいの、好奇心は出してみろ。食らい終った時、私は少し酔いはじめていた。海水は、人間の躰の水分と、ほぼ同じ構成だと私は思っていて、だから酒も海水で割れば早く回る。

以前、海水で米を研いで、海水で炊いてみたことがあるが、それも悪くなかったぞ。岸のそばの海水である。さまざまなものが混じって、炊きこみ御飯のようであった。

突拍子もないことを思いつくので、そのうち毒を食らって死ぬかもしれない。

まあ、それならそれで、寿命というやつだな。

およそ感性の及ぶかぎりは

カツオを釣った。

やあ、カツオ君などと言いながら、それでも丁寧に網で掬《すく》った。戻りのカツオだが、三キロに満たない。このところ、魚の形が小さいような気がする。鯖も、でかいのが上がってこない。脂の乗った鯖は、この時季とてもうまいのである。

今年の私の釣りの運は、いいのであろうか。およそここにはいないだろう、としか思えないカジキが、擬似餌《ルアー》に食らいつき、見事な魚体を見せてテイルウォークをやった。しかし、寸前で逃げられた。ノドグロなどの深海物は、結構釣ったな。まあまあというところか。

魚を待つ間、私はずっとロックを聴いていた。それも、現在活動中の若いバンドのものだ。最近のロックの歌詞って、そんなに説明的なんでしょうか、微妙な抗議のニュアンスを含ませて、若い者が言ったからだ。それも二人。うむ、書いてしまった責任というのはあるからな。まず『クリープハイプ』。

以前、バンド名は出さず、しかしそれを特定できるような書き方をした。そして、説明的だろう、と言ったのだ。

じっと聴いていると、説明的かどうか、わからなくなってきた。ただ、言葉が多いのではないか、とは感じた。若い人が書く小説で、こんなに分厚くしなくても、三分の一ぐらいの分量ですっきり表現できるのに、と思うことがよくあるのだが、それに似ているような気もする。ひねった歌詞だが、衒いがないところがいいね。

それから、『ラッドウィンプス』や『9ミリ・パラベラム・バレット』などというバンドも聴いた。うむ、やっぱり言葉が多すぎるかもしれないぞ。言いたいことをすべて言うという歌詞は、小説で言うと行間が乏しいということになるのではないか。きちんと文章は書けているのに、行間からたちのぼるものがあまりない小説は、ただ私の好みではないということで、多くの読者を獲得する場合も少なくないのだ。なにがいいかわからないから、私は自分の小説観で作品を判断するが、その小説観をぶちこわす新しいものが出てきたら、率直に頭を下げるぞ。

言葉が多いのは、いくらか前の、『ブランキー・ジェット・シティ』や『ミッシェル・ガン・エレファント』のころから感じはじめていたような気がする。

それにしても、バンドはずいぶんと多く、私は聴きされないので、三度以上は、実は聴かないのだ。若者に、節度はあるが本音が滲んだ抗議を受けなければ、多分聴かなかっただろう。そして言葉が多いのは、やはり説明したいなにかがあるからだ、と思った。説明したいなにかと、表現したいなにかは、同じようでいて違う。

バンドの名前も、憶えきれないし、憶えようという気もない。いいバンドだったら、そのうち頭に残ってしまう。『ワンオク』などそうであった。

自分でバンドを作ったりしたら、どんな名前にするか、とミュージシャンの友人と飲みながら話したことがある。友人は日本的な名ばかり口にしたが、私は言っている間にひとつ気に入るのが出てきて、いまもそれは悪くない、と思っている。『9ミリ』と似ているが、『ハローポイント』というのだ。銃弾で、私がアメリカで撃って気に入っている、357マグナムのハローポイントなんか、最高だぜ。

弾の先端は鉛のむき出しで、丸く浅い穴がある。これは、ほぼ貫通しない。弾のエネルギーは、すべて標的の内部で拡がる。だから、街中の銃撃戦の想定も入る警官の銃など、大抵、ハローポイントである。逆に戦場では、貫通力の強い、フルメタルジャケット、というのを遣う。

ハローポイントは、躰の中に入って留まり、ちょっと残酷なぐらいのダメージを与え、人を動けなくしてしまう。これが音や声なら、心の中に留まって、かぎりない衝撃を与えるのである。バンド名として、よくはないか。みんな、ハローポイントみたいな音楽をやってみてくれ。

む、私の小説が、ハローポイントかだと。そんなこと、私が決めることではない。しかし、ただの鉄砲玉、と言われたら、どうしよう。それも、銃口から押しこむ、火縄銃の丸い弾。勘弁して欲しいよなあ。

君は、若い者に抗議をされ、ちょっと考えこんだ私を、嗤《わら》うか。嗤われてもいいさ。抗議される方が、無視されるよりずっとましではないか。

私は、容貌のしからしめるところか、こわいやつと思われているので、抗議するのにも勇気が必要だったのだろう。ちょっと緊張も感じたからな。だから、私は考えこむさ。そして、聴き直してみる。聴き直して、よかったと思うよ。

あれもこれも聴きたくて、ちょっと聴いただけで判断してしまう自分が、よく見えた。手を拡げればいい、というものでもないな。しかし私にも、じっくりと、何度も何度も聴いているアルバムも、十枚ほどは常にあるのだ。疲れている時など、気づくとそういうものを聴いている。新しいものを聴こうというのは、エネルギーが要るのかもしれんな。

昔、『縮みゆく人間』という映画があった。SF物だろうが、海上で霧のようなものに当たったのが原因で、躰が縮んでいく男の話だった。リメイクもされていて、またされるという話だが、二本目は観ていない。三本目が出てきたら、どうするかな。

男の躰は、日々、かぎりなく縮んでいくのだ。ただ小さくなる。逆に言うと、周囲のものが、すべて大きくなる。日常だったものが、別の世界になっていくのだ。縮み続けて、どこまで縮むのか。永遠に縮んでも、永遠に消滅しない。この矛盾とも思える事象は、なにかの暗喩なのかな。かなり前に、ビデオで観たので、細かいところは忘れたが、周囲が巨大化していく時の恐怖は、妙に迫力があって記憶に残っている。こうやって、この間は思い出さなかった映画を、思い出したりするのだな。

その男、躰は縮んでいったが、精神は縮んでいないのだよ。無限に小さくなっても、精神は縮まない。それは、人間の精神は無限に広いということなのだろう。

君も私も、加齢による縮みはあるぞ。

空とビールが一緒に飲めるぞ

ビールを瓶の口につけて飲むというやり方は、日本でも時折見かけたりするが、外国ではしばしばである。チビリチビリという飲み方になるが、私はそれを一気に飲むことはできないか、と考えた。

試してみると、口の中が泡で溢れる。何度やっても、胸もとがびしょびしょになる。だから、瓶で飲むビールはいやである。ビールを好きというわけではないが、冷えたやつを一気に飲みたいのである。

海外でも、平気でやった。チェコのボヘミア地方に、ブドワイズという街があり、チェコビールにあやかって、バドワイザーという名のビールをアメリカ人が作り、商標で揉めたなどという話をチェコ人から聞きながら、私は胸もとをびしょびしょにして、この男は馬鹿か、という眼で見られたのである。

びしょびしょは日本の恥だろうと思いながら、どうしても抑制できない。ところが、一気飲みの技を、私は会得したのである。場所はメキシコ。ユカタン半島のそばに浮かぶ、コスメルという島であった。そこは結構大きな島で、そして観光地であった。私は、一緒にいた友人たちに騙されて連れて行かれた。マヤ文明がどうのとか言っていたが、要するにみんなダイビングをしたかったのである。マヤ文明なら、ユカタン半島のジャングルに入れ。

私は大学時代にあることがあってから、閉所恐怖症になり、どうしてもスキューバダイビングができないのである。素潜りなら、思い切り潜って、力のかぎり浮上すればいいので、それは結構熟達していた。タンクを背負って、力のかぎり浮上したら、それこそ肺が爆発するからな。

私は、街はずれの漁村から、小舟を出して釣りをしようと思った。そこにも金のないダイバー連中が押しかけ、私は出船待ちをしなければならなかった。小さなバルの外にあるボンボンベッドで、不貞寝をしていると、ドスXというビールの瓶を持った爺さんがもうひとつのベッドに来たのだ。爺さんは、ビールに口をつけ、呷った。時間からいって、充分に泡が溢れてくると思ったが、三分の一ぐらい飲んで平然としている。身を起こして、私は爺さんを観察した。また爺さんは瓶を上にむけてビールを呷った。よく見ると、爺さんは掌の中で瓶を回している。

爺さんは、三口でビールを空け、もの足りなさそうにしていた。一本奢ろうかと考えている時、青年が迎えに来て出船を告げた。

船外機の付いた、ボートに毛の生えたような小舟である。クーラーボックスの中に、水と一緒にドスXが入っていた。私は早速、爺さんの真似をした。掌の中で瓶を回転させながら飲むと、驚いたことに三分の二ぐらいが入ってきてから、泡が溢れたのである。回転させるスピードかもしれない、と私は考えた。片手ではなく、両掌に挟んでやれば、もっと高速で瓶を回転させられそうである。やった。瓶一本分のビールが、泡立つこともなく胃に流れこんでいった。ただ、恰好がちょっと窮屈であり、揺れる小舟の上では、躰を方々にぶっつける。私は、甲板に仰むけに寝た。視界全体に、青い空が拡がっている。青空が、ビールと一緒に躰に流れこんでくる。実に爽快であった。盛大にゲップは出続けたが、泡が口から溢れることはなかった。さながらラッコのごとき私の姿を見て、梶棒を握った青年は呆れていた。

ポイントに到着した時、私はクーラーボックスのドスXを全部空け、すっかり酔っ払っていた。鯛に似た魚を三尾釣りあげたが、全部鉤《はり》を呑まれてしまっていたのだ。

私のこの馬鹿げた行為を、君は嗤うだろうな。しかし、青空全部を吸いこんでしまうような気分というのは、なかなか味わえるものではないぞ。

ラッコ飲みと名づけたそれを、私はいまも熱帯へ行った時は、しばしばやる。いい歳をして馬鹿なことを、などとは思わないようにしている。やってみようという気持を失うことは、若さを失うことと同じである。ただ、瞬発力を試すなどということは、やらない。私の全身の筋肉は、相当に疲れ、傷んできているのだ。

その自覚は、どこかつらく淋しい。

三人目の、孫が生まれた。女の子である。上の二人は男で、もう六歳と五歳である。生意気に、じいちゃんを批判する。会社行って、働けよな、じいちゃん。ばあちゃんから、金貰っちゃ駄目だよ。うるせえ、と言って押さえつけ、髭で頬のあたりをジョリジョリとやってやると、うわっ、きたねえなどと言うので、鼻の頭を舐めてやるのである。じいちゃんは、神聖なのだ、愚か者たちが。

その男の子たちを抱いていた時は、一時間は浪曲子守唄を続けざまに歌っても、どうということはなかった。たった五年しか経っていないのに、生まれたての女の子を抱いていると、十分で疲労感がこみあげてくる。なんという、老い方であろうか。

それでも、孫たちはどこかじいちゃんが自慢らしく、その話を聞くたびに嬉しくなる。うちのじいちゃん、すげえんだぜ、と友だちに自慢したらしい。天下一筋肉マッチョなんだよ。私の両腕の上腕二頭筋は断裂していて、力瘤のところが異様に盛りあがるのである。じいちゃん、力瘤、と言われると、私はその筋肉を触らせてやる。じいちゃんは、何匹も蝉を手で捕まえて、ポケットに突っこんでいるんだ。うむ、私は子供のころから、手で蝉を捕まえるのが得意であった。じいちゃん、夏になると真っ黒なんだよ。真っ黒って、日本人なの。うん、多分、日本人だよ。

平和である。海の基地で、釣ってきた魚を見せると、同情される。じいちゃん、かわいそうだ。スーパーで魚を買えないから、釣ってきたのを食べてるんだよな。くそっ、炭酸飲料のラッコ飲みを見せてやるか。多分、驚く。そうやって尊敬をかち得ながら、じいちゃんは、静かに老いていくのである。

じいちゃんは、また長い小説を書かなければならない。勉強ばかりしていて、会社に行かないという状態が、まだ続くのである。

まあいいか。じいちゃんの歩いた道は、本になって残っているぞ。そんなことがわかるのも、私が死んでからなのだろうな。

またな君、わが友。

いつか喚いている自分に気づく

チコリを買ってきてと頼んだら、アンディーブを差し出された。小さな砲弾というかロケットというか、そんな恰好をしたアンディーブを持って苦笑いをしていたら、なんと容器にチコリと書いてあるではないか。こんなものが貼ってあるから、間違えて買ってきてしまうのだな。しかし、バナナにリンゴと品名を貼るようなものではないか。それぐらい、見た感じに違いがある。

私は自分で出かけていって、チコリをくれと言った。すると、アンディーブが出てきたのである。これはチコリではない、と憮然として言うと、いえチコリですと返ってきた。なにを言う。これはアンディーブで、断じてチコリではないぞ。アンディーブはこれですと差し出されたものが、私が考えるチコリであった。きちんとした大きな店である。

納得できないが、目の前にチコリがあるから、買ってしまった方が早道か。

すると御主人のような人が現われて、申し訳ございません、と謝った。ほれみろ、間違って表記していたのではないか。日本では、アンディーブをチコリとして売っているのです、と続いた。なにっ、バナナをリンゴとして売っているのか。名称が、多少混乱してしまっていて、そういうことになってしまったのです。

だからといって、バナナをリンゴと言って売るかよ。そう思ったが、混乱を収束させるのは、私の仕事ではない。釈然としないまま、私は自分が考えるチコリを、つまりアンディーブと表記されたものを買った。

後日、私は海の基地にいて、ゴーちゃんレストランへ行った。正式な名は当然あるが、シェフの名にちなんで、ゴーちゃんと呼んでいる。ここはフレンチで、シェフはいろいろ学んできたようだが、夜は客が少なくて、腕を発揮する機会はそれほど多くないようだ。ランチはパスタを出し、行列ができているという。ほんとか。昼間、私は海の上にいるので、その行列を見たことがない。パスタってイタリアンだろう、などという言いがかりはやめておこう。海の基地の街で、きちんと食える数少ない店のひとつなのだ。出入禁止にされると、困るのは私である。

それでも私は、ボースンと二人でカウンターにしがみつき、オープンキッチンの中のゴーちゃんに嫌味を言い続けるのだ。職人さんは、試練の中で腕を上げる。客に試練を与えようと、ちらりとも考えてはいかんぞ。ゴーちゃんには、そういう傾向がありそうな気がする。一緒にいる奥さんにもだ。

そして、出てきたのである。アンディーブ。私はアンディーブを一枚フォークに突き刺し、これはなんだろう、と普通の顔で訊いた。笑ったりすると、警戒するからな。チコリですよ。来た。私は、ほうと言い、俺が知ってるチコリではないな、と笑った。ここ、バナナをリンゴと称して出してるのかい。

そこまで言うと、ゴーちゃんはすぐに察して、ぼくの責任ではありません、と言った。輸入する時に入れ替ったと思いますので、文句は輸入関係の人に言ってください。うむ、このところ打たれ強いな。まあ、戦術はいくらでもあるので、そのうち深い陥穽に落ちるであろう。

野菜を売っているおばちゃんのことを教えてくれたのもゴーちゃんである。おばちゃんは置物のように座っていて、私が質問すると、煮るとか蒸すとか生とか、教えてくれる。この間、おばちゃんはラジオで国会中継をかけていた。そしておばちゃんは私のことを、どこぞの料理人だと思っているのである。それにしても、ここで売っている人参を、早く食いたい。色がさまざまで、生で齧ってもうまく、それが出ると私は毎日齧っている。露地栽培は、やはりいいなあ。この私が野菜を求めたりするとはな。雄々しさを失ってきたのであろうか。

海の基地では、魚は自給している。食いきれないほどだ。肉は、選び抜いて買ってきておく。牛舌など、丸々ひとつ買ってあるのだ。肉はしばらく寝かせる方がいいので、不都合はまったくない。野菜だけが、古びていくのである。おばちゃんがいてくれて、よかった。

君も、正しい名前で野菜を買いたいだろう。チコリやアンディーブを使う時、私はいつもちぐはぐな気持になる。泊、晒の入れ替りについて、私は勝手な考えを前に書いた。水にさらして、白くなる。日が西に傾くと、とまる。私の説を覆すには、実証的な論考が必要である。しかし現実には、遺われている通りのものが辞書に載っていて、私の説を正しいと認めても、国語の試験では間違いなくバツである。つまり、もう変りようはないのだ。字が記号だと考えれば、それはそれでいい、とも思えてくる。

しかし、この野菜の入れ替りは、海外では通用しないのだ。ローマの、カンポ・デ・フィオリの市場で、私は日本ではチコリと呼ばれるアンディーブを、いつもサラダ用に買っていた。外国人が日本で買物をしても、口に出して言うと、別のものが出てくる。こんなので、いいのか。

私はこれから、日本ではアンディーブと間違って呼ばれている、チコリをくれ、と堂々と言ってやろう。おかしな反応をされたら、もともとがどうであったか、わかるまで説明して、毛嫌いされかねない、世直し爺になってやろう。

待てよ。昨日、ほとんど怒鳴るようにして、クレームをつけている老人を、ホテルで見かけた。レストランで、店内に響きわたる声で、ソムリエに教育的言説を吐いている老人がいた。公園で、社会に対する呪詛としか思えない言葉を、撒き散らしながら歩いている老人と擦《す》れ違った。ほかにも、いろいろある。共通しているのは、みんな爺だというところだ。それも、ひとりきりの爺。つらい人生だったんだろうね、と若い連中が囁き交わしているのを、耳にしたこともある。

私も、そう言われてしまうのか。間違いを糺《ただ》すのが、ちょっと迷惑な行為になってしまうのか。つらい人生だったんだろう、と人生をはじめたばかりの若者が言ってもいいのか。

君はな、少々声が大きくても、爺がなにか言っていたら、聞いてやれ。黒白を決めるのは、それからでも遅くないのだ。

祭りの時はどこにでもやってくる

この間、秋祭りだと思ったら、もうハロウィンで、街は仮装に溢れ、ほんとうに危ないやつが入っていても、これじゃわからんなあ、と私は警戒心を剝き出しにする。

人が、祭りというものに興奮するのは、どこの国でも変りはないな。ありとあらゆる祭りをやり、下手をすると月に一度ぐらい、人が街に集まるようになってしまうのではないか。

なんでも真似をし、さらに大袈裟にするのは、日本人の特徴なのだろう。祭り好きの国民性なのか。人と祭りに関する考察を、ここでやっても仕方があるまい。民俗学まで持ち出して語るとしたら、当然、私の手には負えない。それにしても、静かな祭りというのは、どこかにあるのだろうか。

私の故郷の唐津には、おくんち、というものがあった。どこの家でも料理を大盤振舞いし、一年の稼ぎを三日で遣うと悪口を言われてもいる。なんの、それが玄界灘が育んだ、海洋気質というものだ。その唐津くんちでも山車《だし》が出てくるが、曳山として有名である。曳山ひとつひとつにも物語があり、それぞれの地区に所属している。

こんなことを書くと、故郷自慢になるか。最後に、曳山は砂浜に入る。そこがまあ重たくて、力の出しどころなのだ。だから祭りは男のものだと、幼いころ私は思っていた。女性の方が表面に出る、という祭りはあるのだろうか。盆踊りなど、女性中心に見えるが、あれは祭りかな。

アメリカ人は、パレードが大好きで、田舎町で出会ったこともあるが、ハイスクールのブラスバンドが大抵は先頭だった。あれも祭りなのかなあ。パレードに出会う機会は、アメリカは他国より、四、五倍は多いという印象である。

西アフリカで、ちょっと強烈な、祭りらしきものを見たことがある。トーゴという国であった。国土は狭く、そして南北に細長くて、さながら魚のように地図上は見える。魚の背骨のように南北に道が一本通っていて、東西に小骨さながらに脇道が何本も出ている。それを見て、トーゴの道路網は完璧なように思えるが、小骨の方は、道なき道という感じだ。

私は、カメラマンと背骨の道を北に走り、また同じ道を南のロメという首都にむかって走った。車は古い型のプジョーで、フロントグラスに、ちょうどトーゴの地図と同じようなヒビが入っていた。割れてはいない。経験則から言うと、こんなフロントグラスは、そのうち割れる。ロメに戻るまではもってくれよ、と念じながら走っていたのだ。割れる時は、小さなヒビの個所だけでなく、全体が粉々になるのだ。

南へむかうと、サバンナから熱帯雨林と変っていくが、まだサバンナと言えるところだった。森が、視界を塞ぐほどではなく、遠くが見通せるのだ。竜巻だ、とカメラマンが言った。かなり遠くに、土煙があがっていたのだ。ただ、竜巻にしては、土煙の範囲が広すぎる。私は、何度か砂漠で目撃した竜巻を思い出して、かなり違うと感じた。たとえば、草食動物の大群が移動している、というようにも思えるのである。私は、小骨の方へハンドルを切った。

ひとしきり、木立を縫って走ると、まず音が耳に届いてきた。リズムである。ブルース・コードではないかと思ったが、もっと荒々しい。

やがて、土煙の正体が見えてきた。いくらか広くなった場所で、数百名の女性や老人たちが円陣を作り、中で男たちが踊っているのであった。祭りか、と私は思い、車から飛び出した。踊りの異様さに気づいたのは、円陣のすぐ後ろにまで行った時である。裸の男たちの黒い胸が、毒々しい赤に近いオレンジ色に染まっているのだ。

それがビンローによるものだろうとは、すぐに気づいた。籠のようなものにビンローを山盛にして持っている女たちが、何人かいる。そのビンローを石灰と一緒に嚙むと、赤い液体が出てくるのである。胸に流れ落ちるのも、平気のようだった。ビンローは、大抵は東南アジアでやるもので、多少の興奮作用はあり、またなにかの薬にもなるという。それは経験で知っていた。スダチのようなビンローの実で、しかしそれほどにまで興奮するとも思えなかった。ビンローが出す赤い液にまみれた男たちは、黒く錆びてはいるが、鉄で一体成形された槍を持っている。そうでない者は、ナイフを持っている。腰に巻いている布だけで、中には局部を丸出しにしている男もいる。そして、時々、女たちの持つビンローを口に放りこむのである。ビンローで、こんなに乗れるなら幸せではないか、と私は思った。

この踊りの異様さに気づいたのは、レンズの中に男たちの顔を捉えた時である。口から、おかしなものが飛び出していた。生きたガマやトカゲや蛇である。中には、鳥の足が口から出ている者もいる。動いている蛇を、口に突っこんだ男がいた。私は、シャッターを切った。その瞬間、男は槍を肩のところで構え、私にむかってきた。無論、逃げたが、全力疾走しなかったのは、男が踊りながらむかってきたからだ。そして女たちに止められ、引き返した。それを数度くり返したところで、車が一台やってきて、白いシャツの男たちが四人降りてきた。最初に、私は男たちに拘束されたような状態になった。カメラの裏蓋を開けろと命じられ、フィルムを抜かれた。私とカメラマンは、車ですぐに立ち去れと命じられ、実際に走り出すまで、ひとりがずっと見張っていた。カメラマンは、フィルムを取り上げられ、ほんとうに泣いていた。

ロメへ帰り、いろんな人間に祭りのことを訊いてみたが、誰も知らないと言った。ガマを口に入れるなんて、そんなことやる人間はいない、と抗議までされた。カメラマンは、そこでも泣いていたのだ。異様なものを見たが、証拠がない。しかし私は、実はもう一台、首からカメラをぶら下げていたのだ。ライカの小さなカメラで、土埃を避けるために、取材用のベストの中に入れ、チャックをあげていたのだ。十枚ほどは、帰国して現像すると、しっかりと写っていた。だから、証拠はある。

君が見たいなら、見せてやる。しかしあれがなんだったのか、いまだにわからないのだ。

霧の中でもはっきり見えるもの

砂の霧。

これは比喩とは言い難い。ある朝、起きて外を見ると、霧がかかっていた。トーゴの、ロメという首都での話である。ぼんやりだが陽が射していて、ぼやけた輪郭だが太陽も見える。

ハルマッタンが来た、と街の人間たちは言っていた。春の嵐、とでも言うのだろうか。いや四季はないので、乾季の嵐ということか。

風がない時は視界がぼやけ、風が吹くとなんでもいいから建物の中に入って凌ぐのである。

霧の正体は砂塵で、実に細かい。私はトーゴではじめて体験したが、ちょっと暗鬱な気分になるほどだった。人も、あまり出歩かない。田舎で、トーゴの人間さえ知らない、という祭りを見てきたばかりで、どこか高揚していたのだが、それも縮んだ。一度ハルマッタンが来ると、しばらくは居座るらしい。海岸の方へ行ってみたが、状態は同じで、小さな港町も霧でくすんでいる。

右も左も見えない濃い霧を、私は海上で何度か経験したことがある。ほんとうに、船の舳先さえ見えないほどなのだ。

レーダーとGPSで進路は確認しているが、衝突の恐怖には襲われ続けた。湾の中で霧に突っこむと、方々で霧笛が鳴り、なにやら打ち鳴らす音も聞える。海上にいるみんなが視界を失い、音で自分の存在を主張するのだ。しかしその霧からは、すっぽりと抜ける。ほんとうに袋から出たように、いきなり清明な海面に出るのである。そんな霧も、海にはある。

ハルマッタンは、どこまでもこの状態が続いているのだ、と思わせる。事実、季節風に乗って、大西洋を越えるのだと聞いた。

ロメは熱帯雨林になるので、雨季には結構な雨が降るらしい。熱帯のスコールは、降る寸前に湿った冷たい風が吹いてくる。ハルマッタンは、空気そのものは乾きっている、と感じるのだ。乾燥した風の中に、砂の粒子が浮いている。昔、東京にはスモッグというものがあった。いまも時々、光化学スモッグ警報というのが出るよな。あれはなにか、すごく躰に悪いという感じなのだが、ハルマッタンは、ただ暗鬱である。パリの、五、六月の曇天に似ている。ペルーで、ガルワと呼ばれる霧雨が何日も続くのも経験したが、それにも似ている。しかし、雨ではなく砂なのだ。それはシャツの繊維を通して、肌にまで付着し、躰が赤らんでいるような気がする。

ハルマッタンが来た日、私は車で郊外の村へ行ったが、風が強くなり、不穏な雰囲気を感じて、夕方にはロメのホテルへ戻った。

二月二日ホテルという名で、木造二階建てだが、シャワーからはお湯が出てくる、私の旅としては贅沢と言ってもいいような造りだった。いつも、夕方になるとホテル前のベンチに座っている、二人組の若い女性の姿がなかった。ひとりは、夕方で勤務があける、ホテルのコンシェルジュである。ちょっとがっかりして、ホテルに入った。私は、その二人の姿を見るのが、好きだったのだ。コンシェルジュの方が膝の上に分厚い本を拡げ、ちょっと肥った女性に音読してやっていたのだ。いつも白いシャツを着ている女性は、字が読めなかったのだろう。あの本はなんなのだ、と勤務中のコンシェルジュに訊いたことがあり、家族の物語だというような答が返ってきた。

その二人が、ホテルの中にいた。砂の霧を避けたのだろう。ロビーとも呼べないような空間の隅で、肩を寄せ合って座っていた。コンシェルジュが立ちあがり、私のそばに来た。もうひとりは、ハンカチを顔に押し当て、肩をふるわせている。前にも泣いているのを見たことがあり、その時は、白いハンカチを握りしめ、顔を上にむけていた。顎の先から、涙が滴っているのが見えたのである。

しばらく、泣かせておく。悪い涙じゃないから。聞き取りにくい英語と仕草で、コンシェルジュは、私にそう伝えた。感極まったというところなのだろう。物語なのである。彼女の心を、物語が揺さぶっている。

私は、抱きしめてやりたくなった。

　自分が、小説家でいいのだろうか。開発途上国を旅行している時、私はしばしばそういう気持に襲われる。特に、飢餓地帯にいる時に、小説など書いていないで、農耕をするべきなのではないか、と思ったりする。実はいまでもそうなのだが、そのたびに、泣いていた女性のことを思い出すようにしている。物語が、人の心を揺さぶることがあるのだ。揺さぶられる心があるからこそ、人間なのだ。あの光景は、大袈裟に言えば、私にとって救いになっている。

　君は、そんな光景に出会ったことがあるか。私は、あれで心が洗われたと思っているよ。小説の神様が私にそれを見せてくれたのだ、とも時々考える。

　書くという行為は、あてどなく、自分がどこに立っているかも、わからなくなることがある。その時、あの光景を思い出す。しかし、私は中途半端な男だ。そこで読まれていた本のタイトルを、書き写してきた。フランス語は、まるでできないに等しいから、一字一字確かめながら、作者名とともに書き写したのである。そのメモを、なくしてしまった。ロンドンにむかう飛行機の中で、それに気づいたのである。やはり、私はその程度のものなのだ。せめて、あの光景だけは、忘れないようにしよう。

　ハルマッタンは、いい出会いを私にくれた。あの霧のような砂には閉口したけれど、またあの季節、西アフリカに行ってみたい。しかし、エボラ出血熱、宗教紛争、内戦などが複雑に絡み合って、旅行には不適切な地域になってしまっている。情緒だけで出かけて行くと、どこかで捕まって、日本政府に身代金を要求され、自己責任だろう、税金の無駄遣いだろう、放っておけなどとネットで騒がれまくり、たとえ生き延びたとしても、日本国内を顔をあげて歩けなくなる。まったく、世界はどうなってしまったのだ。一発で殺してくれるなら、私は行ってもいいが、国に身代金を請求されたら、末代までの恥ではないか。私ごときに、国は身代金を払ってはくれないだろうから、行ってしまうか。

　君、一緒に行かないか。

時化《しけ》の日に音が流れてきた

ピアノ。ショパンである。恰好をつけて、聴いていたわけではない。伊豆大島海域の、気象情況を知ろうと、ラジオをかけていたのだ。私のスマホに入っている、天気予報アプリよりも、ラジオの方が情報が早い。海の基地で、出航しようかどうか迷っていた私には、風の強さは切実なことなのだ。

ピアノは、ノクターンだった。耳慣れた曲である。途中で切れ、定時の海況放送になった。私はメモを走らせ、出航をとりやめることにした。もともとそうだろうと思っていたが、未練たらしく海況放送に頼ったのだ。

海上で風に吹かれると苦労するので、私は天気図に神経質である。風に関してだけは、天気図を読むこともできる。またノクターンがかかったので、私はラジオを切り、ＣＤの棚から一枚出してかけた。『イン・ナ・センチメンタル・ムード』。デューク・エリントンとジョン・コルトレーンのセッションである。のびやかで、つんつんと心を刺激してくるなあ、ピアノ。同じ曲を、マッコイ・タイナーがやはりコルトレーンとセッションしているが、まるで違う。コルトレーンとの関係性が、神様と小僧なのだ。

時には、私はこんな音楽も聴く。読書中など、最適である。出航をとりやめたので、映画を二本観るぐらいの時間はできた。

ピアノに関係ある映画を、なんとなく捜した。『ピアニスト』。浮かんできたのは、まずそれである。フランス映画で、監督はミヒャエル・ハネケ。きわめて独創的な視線を持っているが、独創性を愉《たの》しむより、同じぐらい持っている歪みが胸にひっかかりそうだ。

ほかになにがある。『戦場のピアニスト』、『ピアノ・レッスン』、『海の上のピアニスト』、『愛情物語』、『シャイン』。ちょっと『シャイン』に惹かれたが、出航を中止した時に観る映画としては、重いのである。まだ観ていないＤＶＤが山なしていて、しかしそこに、ピアノが弾かれていそうなものは見当たらなかった。

あれもこれもと、思いつくかぎり私はＤＶＤを買い、そのままにしてあるものが、数えきれないほどある。眼を閉じて一枚抜き出し、大人しくそれを観ればいいようなものだが、こんな時は妙にこだわってしまう。本を読もう、と頭を切り替えかけた時、ＣＤの棚の方にジョージ・ウィンストンを見つけた。

懐かしいなあ。以前、山小屋へむかう車の中で、『オータム』ばかりをかけていた時期があった。ジョージ・ウィンストンは、山に合う。海にも合うのか。

あのころ、私は車内の音に凝っていて、いまはないナカミチというメーカーの、フルバージョンのオーディオを搭載していたのだ。そんなことは、どうでもいいか。

私は、ＣＤをかけた。スピーカーから流れ出す音は、秩序のある情念に満ちていた。決して乱れることはない。しかしその情念は、なにか切迫したものを帯びている。私は、その切迫感が好きだったのだ。

外を眺めながら、私は全身に曲を浴びた。海は、静かである。湾内はこんなに静かなのに、外へ出るとかなり波があり、沖へ行くと見上げるような波があるらしい。曲は、そういう海を表わしてでもいるように、時々、急迫し、静謐に戻り、また急迫する。全体としては、破綻がまったく感じられない演奏である。運転をしている時など、多分、スロットルを開く足先を、押し留めるのだろう。

君、ジョージ・ウィンストンを聴いたことはあるよな。心理状態が平明である時、なにか響くものが多くある。どこか感性を尖らせていると、過剰にセンチメンタルなのではないか、と感じたりする。

同じ曲を、友人の上原ひろみが弾いたら、どうなるのか。ふと考えた。彼女は、曲がまとっている殻を、まず叩きこわす。殻の中にあるものを、抉り出しながら、核にむかおうとする。ある意味、曲の秩序を破壊して、それまでとは違うものを、くっきりと浮かびあがらせようとする。それが、彼女の表現のありようだ。スタンダード・ナンバーのジャズでさえ、違うものになるのだ。

しかし、『オータム』という曲は、どこか保守的である。殻そのものが本質で、突き破っても、中にはなにもない、と言える。ジョージ・ウィンストンは、殻を美しく切なく表現するピアニストであろう。そういう表現も、当然、あっていい。それに、上原ひろみがセメントで挑んだら、セメントなんて言ってしまったが、格闘技用語で、真剣勝負ということである。『オータム』という、ある種のセンチメンタリズムをまとった曲が、どう変化するのか。うむ、私は聴いてみたいな。

しかし、正しくピアノを鑑賞している人たちには、それぞれを黙って大人しく聴け、と言われるのだろうな。創造物はいずれ新しいものに破壊されるという言い方は、歌ひとつまともに唄えない者の、遠吠えのようなものか。

私は、自分の小説が若い作家に否定され、新しいものの出現に驚倒するという情況を、実は久しく待ち続けている。しかし、私がもう筆を擱《お》こうと思い定めるような若い人の作品に、まだ出会っていない。おい、しっかりしろよ。道は、先人を打ち倒すところから、新しく開ける。私は、その道を塞ぐ、岩のようなものだぞ。ダイナマイトであろうが、ＴＮＴであろうが、私が粉々になるものを持ってこい。

どうして、そんなに好戦的なんですか、と若い作家によく言われる。仕方ないだろう。性分のようなものだ。おまえたちは、どうしてそんなに平和的、友好的なのだ。それも性分か。私は、セメントを望むぞ。一言一句に命をかけるのが、表現者というものだろう。

ショパンが耳に流れこんできたために、おかしなところに迷いこんでしまった。私は眼を閉じて、ＤＶＤの山から一枚抜き取り、とりあえずそれを観ようという気分になった。

ふむ、『ドライビング・Ｍｉｓｓ・デイジー』か。未見である。古い映画らしい。ジェシカ・タンディとモーガン・フリーマン。一応、キャスティングはいいな。君も、観ろ。そして、どんな映画だったのか、私と語り合おう。

私の感想は、すぐに届ける。待ってろ。

人間にとって厄介なものは

私は病人なのか。それとも、健康な人間なのか。健康と言い切れる人間はあまりいなくて、大抵は灰色ということになる。だから私が考えているのは、灰色か黒か、ということだ。何種類かの降圧剤を考えると、これは黒である。しかし寝こんだことはなく、タフですねと言われることさえある。

この間、五年ぶりぐらいに、風邪をひいた。風邪そのものは、いつも大したことはない。水洟が出て、のどが痛いぐらいで終る。熱も微熱というところだ。しかし風邪をひくと、たちまち気管支がやられる。しつこい咳と痰が続いて、時々血も混じる。平常に戻るのに、三週間ぐらいかかるだろうか。三週間、風邪をひき続けているとも言えるが、風邪とは別ものだと、私は考えている。気管支炎なのだ。

私には肺結核の既往症があり、どうも呼吸器官に問題ありなのだ。数年前に喘息と診断された。ステロイドの吸引をしているが、それでもしばしば咳きこむ。咳は煙草をやめることでかなり解決できるらしいが、私は葉巻をやめないので、医師に馬鹿とさえ言われなくなった。

喫煙については別の問題もあって、不整脈が頻出する。期外収縮というやつで、害はないらしいのだが、一日に数千回で、しかも自覚できる時が多い。喫煙をやめればかなり減るはずだ、と言われているが、やめない。不気味な鼓動に不快感と恐怖を感じながら、煙は吐き続けている。なんなのだ、私は。ちょっと、いかれてしまっているのか。

こう見ると、完全に病人である。ステロイドを吸引して嗽《うがい》を忘れると声が嗄れ、その声は咽喉癌かもしれないから病院に行け、と友人に言われたこともある。放っておいてくれ。声は、すぐに回復するのだ。私は、寝こむことなど、滅多にないのだぞ。巻藁《まきわら》を三本同時に斬るぐらいの筋力もある。そして血液検査の数値は、呆れるぐらいに正常なのである。唯一、血糖値が境界型と言われるが、それは三十五年前からである。この食生活を続ければ、間違いなく二、三年後には糖尿病になると言われて、三十五年である。あの時の医師の言葉は、間違いだとしか思えない。

心臓の検査をした方がいいからと、冠状動脈造影検査なるものを受けたが、立派な冠状動脈ですと言われて終った。頸動脈のエコー検査もやられたが、医師の期待を裏切り、プラークと呼ばれるものはほとんどなく、脳梗塞の危険もあまりないらしい。ホルターの心電図でも、期外収縮がやたらに見つかるだけで、心房細動と呼ばれるものはないのだ。

あとは脳のＭＲＩなどの検査である。動脈瘤が見つかっても、あったとは言わないからさ。それは嫌だ、と私は医師に言った。私は疑り深いのである。動脈瘤はない、という結果が出たとしても、それを告げられた私は、あるのに黙っている、と思ってしまう。それに、動脈瘤だけは恐れているのだ。それが破裂したクモ膜下出血で、妹が五十そこそこで亡くなった。私も、と思ってしまうが、死を許容する年齢に、いつの間にか達した。

くそっ、いい歳をして、死んじまうまでの道筋が、まるで見えないぞ。仕方がない。生きられるところまで生きて、書けるところまで書き続けるか。脳に言語中枢というものがあるなら、そこだけはやられたくないな。小説家が言葉を失ったら、生きながらの死、ではないか。それは嫌だなあ。

君は、自分が病気だ、と思ったことはないか。実は、私はあるぞ。病院を、三つぐらいハシゴした。肺結核の時でさえ、ひどくなっても、指摘されるまで病気と思わなかった私が、自ら病院に行き、症状を訴え、まったく異常がないと三回も言われたのだ。

症状は、かなりつらいものだった。眠りに落ちる寸前に、鳩尾《みぞおち》がぐるりと痙攣するのだ。眼が醒めるという、なまやさしいものではない。飛び起き、何度か息をして、汗まみれになった自分を発見する。必ず、眠りに落ちる寸前である。それ以外の時はなんでもないが、胃になにかあるのだ、と私は思った。私は、高校生のころから、不眠症気味のところがあり、夜毎その症状に襲われると、完全に不眠症が持続する。ただ、それが起きるのは仰むけの時で、躰を横にすると、なんとか眠りに入ることはできた。

跳ねるように上体を起こしてしまう、鳩尾の痙攣は、しかしただごととは思えず、ずいぶん健康な胃袋だね、と医師に感心されるような検査を、三度もくり返したのである。

いくら異常なしと言われても、鳩尾は激しく痙攣する。私は医師に不信感を持ったが、三人に言われると、病院で検査という発想は除外するようになった。鳩尾に別の動物がいて、暴れ回る感じは続いた。三十年近く前のことだが、その不気味さは、いまもはっきり思い出せるぞ。

医師は、そんな症状は聞いたこともないと言ったが、私は記憶のどこかに、その症状があった。聞いたのか、なにかで読んだのか。ある日、不意に、思い出した。私は書庫に潜りこみ、檀一雄の『火宅の人』を引っ張り出してきた。後半の方になって、主人公が私と同じ症状に悩む。まさにぴったり一致していた。なにからなにまで、同じなのだ。それからどう逃れたかは、書かれていない。

私は、脱出した。偶然だが。周期的に襲ってくる不眠の苦しさを訴えると、これを服用してみろと、医師が精神安定剤を出してくれた。眠れると期待したが、はじめは眠れず、不眠の時期が過ぎると、眠れるようになった。そして、痙攣は消えていたのである。二年ほどつき合った痙攣が、嘘のように消えている。つまり、私の奇怪な症状は、ストレスから来ていたのだ。気の病が病気だとは、よく言ったものだ。精神安定剤を服用しても、不眠は治らなかったがね。

あの症状の激しさと、治り方の呆気なさに、私は笑うしかなかった。まったくなあ。人間なんて、そんなものなのか。それから私は、躰になにか症状があっても、それが病だとは思わなくなった。すべてストレスである。極端に走るのは性格だが、私はまだ生きている。

君は、胃痛がするのか。飲みすぎでも食べすぎでもない。それはストレスだよ。

日々は過ぎて老いが残るのか

臍《へそ》を見ろ、というのは、私が孫を投げ飛ばした時に、必ずかけていた言葉だった。

いま、六歳と五歳になっていて、そういう怒鳴り声をあげなくても、下顎を引いて転がるようになった。これぞ、受身の基本である。

爺ちゃんはなんでも知っていて、喧嘩をする時は相手の金玉を握れと教えたら、爺ちゃんのでかい金玉で練習するようになった。ぐいと摑まれて、それに捻りを加えられると、さすがに私も逆上して、爺ちゃんと本気で勝負する気か、などと怒鳴ったりする。

おう、俺たちの金玉より、爺ちゃんのはずっとでかい、と兄弟で言い合ったりしている。あたり前だ、愚か者め。人生の質量が違うのだ。やがて、爺ちゃんを敬う時がくる。しかしな、思い切り力を入れたら、爺ちゃんは反撃するぞ。遣いものにならなくなったら、爺ちゃんは生きている意味を半分失うのだからな。

それにしても、急速に強くなった。爺ちゃんの押さえこみは、人参潰しと恐れられたものだが、いまは蛸のように気がつけば逃れている。躰が、実に柔かいのである。それでも、4の字がために締めあげると、爺ちゃん、許してください、と言う。下の子など、おじいさま、御慈悲を、と叫ぶのである。慈悲という言葉は、当然ながら私が教えた。

いまは、鼻くそを食えと、顔を舐めるぞ攻撃が、孫どもにとっては最大の脅威なのである。いいか、人生で鼻くそを食らったり、顔を舐められたりする脅威は、大したことはないのだぞ。ほんとうの脅威は、もっと別なかたちで襲ってくる。しかし、その時、爺ちゃんはいなくなっているさ。

と思っていたら、三人目が生まれた。しかも、女の子である。うむ、かわいい。私を見て笑い、なにか喋るのである。この子は、投げ飛ばしたりするまい。金玉を握れなどと、下品なことは決して言うまい。もの心がついたら、抒情系の詩を読んでやろう。

その子が泣くと、二人の兄は動転し、ベッドの周囲を踊りながら回り、唄もうたっている。それで、しばらくは時間が稼げるのだ。どうも、この子が一番得をしそうな感じがするな。

子供は、大体は尊敬する大人の真似をするということに、最近気づいた。

なにかを眺めたりする時、足を開き、腕組の姿になっている写真をそんな恰好で眺め、爺ちゃんはいい修行をしているではないか、と言ったりする。プールサイドで、友だちが泳ぐ姿を眺めている時も、同じ恰好で、るのである。爺ちゃんの真似である。私が巻藁《まきわら》を斬っまるでコーチである。

海の基地で、ポンツーンに船を横着けする時、直立し、敬礼して私を迎えていた。その姿は、ちょっと感動もので、私は操船を瞬時中止し、返礼したのである。この姿、どこかで見たことがある。ジョン・F・ケネディが暗殺された時、まだ幼かった長男が、敬礼して柩を見送り、世界中の涙を誘ったのである。爺ちゃんは死なんからな、迎えの敬礼だけで充分だ。

悪いことも、真似る。ほんとうに悪いことをしている姿など孫たちに見せないから、他愛ないことである。頭を押さえて尻をむけ、盛大に屁を放つのだ。はじめは臭い、臭いとのたうちまわっていただけだが、やがて相手構わずそれをやるようになった。爺ちゃんもやめるから、おまえらもやめろ。なんで。実はな、屁に毒があって、近くで嗅ぐと躰に悪いということが、最近発見されたのだ。うそだあ、としか小僧どもは言わない。

二人を、風呂に入れた。もっと入れ入れで、首も口も入れ、鼻の穴だけ出ている状態で、屁をしろと命じたが、出ない。仕方がないので、二人の頭を押さえ、爺ちゃんがやってみせた。ぽこぽことあがってきた屁が、やつらの鼻のところで爆発するのである。上はどぼりと湯の中に沈みこみ、下は飛び出そうとした。爺ちゃん、すげえ変だこれ。臭くないのに、頭がくらっとした。

そうだ、毒なんだよ。止めに、ブリーフ一枚の時、ジッポの火を翳したところに屁を放って、燃やしてみせた。一瞬、青い炎があがるのである。

な、屁は躰に悪いし、危険なのだ。人から二メートル以上離れていなければ、出してはいけないのだ。今後、近くでやれば、爺ちゃんは逮捕するぞ。頷いた。子供は素直である。屁がしたくなると、部屋の外で放ってくるようになった。

最も強烈な屁の状態というのは、寝袋の中でも蒲団の中でも満員電車の中でもなく、風呂の中で出し、鼻の穴のところで破裂させたやつだというのは、中学のころ実験済みなのだ。火がつくということは、高校のころ他人の屁でずいぶんと実験した。

君は嗤っているな。いや、呆れているのか。孫の成長に追いつかなくなった私が、屁の講釈ぐらいしかできなくなったと、憐れんではいないだろうな。私は、受身を教えてやれるし、人があまり研究していない事柄について、講釈もできるのである。そして孫には、まだ最強無敵の爺ちゃんだと思われている。しかしやつら、体力がつく一方で、私は現状維持が精一杯である。いずれ、頭の勝負に切り替えなければなるまい。

ところで、『ドライビング・Ｍｉｓｓ・デイジー』という映画の感想を書くのを忘れているだろう、と読者に指摘された。うむ、書くと言いながら、忘れていた。ブルース・ベレスフォードは、『小さな村の小さなダンサー』がいいと思っていたが、これもなかなかではないか。恋愛映画でもないし、なにを描いたものなのだろうな。人生が、ドライブのように描かれているのか。老いるということが、切実に迫ってきたりもする。

未見のＤＶＤの山の中に、こんなのが埋もれていたのだな。もしかすると宝の山なのかもしれないが、その前に観た二本は面白くなかった。

映画の面白さは、人によって違うだろうから、新聞の映画評で五ツ星がついているものが、実につまらないことがある。『夏をゆく人々』など五ツ星だったから観たが、私はつまらないと感じた。『17歳の肖像』もそうだった。

ま、人の評は気にせず、嗅覚で観るか。君の評には、耳を傾けてもいい。

躰が無事ならそれでいい

食べ物の匂いが漂ってくるような、描写をしたいといつも考えている。

嗅覚を刺激するような書き方である。匂いと臭いというふうに、漢字も遣い分けてみる。嗅覚と味覚は渾然としているが、口に入れてしまえば、味覚だけが残り、嗅覚には視覚が混じり合い、時に聴覚さえも加わる。歯触り、舌触りを触覚と強弁すれば、食物の描写はまさに五感を駆使しなければならない。

こんなことを書くのも、嗅覚でちょっと考えることがあったからである。

だいぶ前になるが、娘たちからオー・デ・コロンをプレゼントされた。カレーの臭いは消した方がいいと言われ、私はカレーなど食っていないと言ったが、加齢の方だったのである。

つまり娘たちに、加齢臭がすると言われたのである。ほんとか。自分の体臭など、本人にはわからないものだろうが、私は他人の加齢臭もあまり感じたことはない。つまり嗅覚について、あまり自信は持てないのである。その自信のなさが、私にオー・デ・コロンを遣い続けさせることになった。

いくらか高級かな、という程度のものである。旅行にも、嗽薬《うがいやく》とともに常に持って行き、習慣になっているので、髪に噴霧するのを、忘れることはなかった。少なくとも三十ぐらいの国には、そのオー・デ・コロンは私の旅の友として同行してきた。カンボジアの熱帯雨林でも、ネパールの辺境ムスタンでも、パリでも常に私とともにあった。加齢臭は消さなければならないという、思いこみのようなものがあったからである。

しかしなあ、加齢とは醜く不快なものなのか。誰が決めたのだ。赤ん坊には赤ん坊の匂いがあり、老人には老人の臭いがある。どちらも、人の発するにおいであろう。赤ん坊に、オー・デ・コロンを噴霧するか。人はすべてを既成の概念の中で決めてしまいがちだが、不快なものがほんとうに不快なのか、もう一度見直してみてはどうなのだ。みんな、赤ん坊の時には生まれた匂いをさせ、老いて加齢臭を発するのだからな。人生のにおいとも言えるのだぞ。

君が老人と呼ばれる年齢に達したら、私がオー・デ・コロンをプレゼントしようか。これはこれで、抱きついてきた女の子などに、ああいい匂いなどとうっとりされて、悪いものではないのだ。私は、葉巻とコロンの二面作戦である。

ところで、そのオー・デ・コロンで、先日トラブルが起きた。宅配便で送れなかったのだ。うむ、そんなこともあるのだな。私は船旅で、台湾の基隆まで行き、帰路の石垣島で下船した。港のそばのコンビニで宅配便を遣って自宅に荷物を送った。

それから島の友人たちと宴会である。夜、羽田に降り立つと、バゲージの中に香水が入っているから航空便では送れない、という知らせが入ったのである。

なんだと。行く時は、自宅から船まで宅配便であった。陸上であったから、大丈夫だったのか。しかしあのオー・デ・コロンは、数えきれないほどの回数、飛行機で旅をしている。一度たりと、引っかかったことはない。多分、百回を超える旅であろう。どこの国でも引っかからず、国内旅行では機内持込みをしている。預けるバゲージの中に入れるのは、私は髭を剃るカミソリが必要であり、それは手荷物のレントゲンにはひっかかるので、そうしていたのだ。石鹼などとひとつのパッケージにしてあり、バゲージの中の位置も決まっている。要するに、宅配便の航空貨物にだけある、規制にひっかかったということか。

荷物は石垣島で、わが身は東京である。私は動きがとれず、どうにもできない場合は、船便で二週間かけて運ぶのだという。衣類などそれでもいいが、仕事の資料が入っている。それはすぐにも必要なものだった。鍵を毀《こわ》してバゲージを開け、オー・デ・コロンの瓶だけ取り出してくれないか、と私は頼んだ。

頼まれる方は迷惑な話だっただろうが、やってくれた。オー・デ・コロンは、手間をかけてくれた人が、いやでなければ遣えばいい。中途半端なプレゼントだがな。

旅客機に預けるバゲージでも手荷物でも大丈夫で、航空機の宅配便は駄目というのは、きわめてわかりにくい。話を聞いた時、なんだ、これは罰ゲームか、と思ったほどである。宅配便として預ける時に、訊くぐらいのことはして貰いたいものだよ。オー・デ・コロンを抜き取った私のバゲージは、翌日には到着した。鍵も、使用不能になるほど毀れてはいなかった。石垣島のお兄ちゃんか、おじちゃんか、飲みに行く前に、オー・デ・コロンを遣ってみろよ。いい匂い、と女の子に言われたら、これが男の香りさ、と笑ってみせるのだ。きっとモテるぜ。

これ以外にも、旅行荷物の規制には、おかしなところはある。これは関西空港でのことだったが、熱帯へ行く私の同行者の荷物が、なぜか運んでこられて、開けろと言われた。なにを持ってきやがった、と私は罵ったが、取り出されたのは蚊取線香であった。彼は、マラリアがあるので、蚊を恐れていたのである。

麻薬を押収するように取り上げられたので、諦めさせた。なんで駄目なんだ。そう思って空港のゲートの椅子に腰かけていたら、彼は三箱もの蚊取線香をぶらさげてきた。免税店の隣の売店で売っていたというのだ。

なんなのだ、機内持込みの手荷物なら、百箱だって持っていけるではないか。それが許されるなら、蚊取線香をバゲージから出した時点で、これは機内持込みにしろと言えばいいではないか。

どこがどうなっているかは知らないが、利用者にとっては、はなはだ不可解なことが少なくない。規制が統一されていると感じられれば、不便はないのだ。こちらが、えっと思うようなものは、口で言ってくれないかな。

危険なものをバゲージに入れている意識は、まるでないのだ。石垣島で一泊してきた私のバゲージも、二週間の船旅をさせられたら、資料が取り出せず、ほんとうに困ったぞ。

以前、バゲージが行方不明になったことがあるが、旅ではいろいろなことが起きるな。

君と私、一度、行方不明になってみるか。

この血はどこからやってきたのか

自分のルーツを、調べたことがある。

かつて台湾が日本であったころ、そこに渡り、製菓業をはじめたのが、私の母方の曽祖父母であったから、それを題材に小説を書くためであった。

すでに書きあげた、『望郷の道』はいま文庫になっている。小説は、曽祖父母が、製菓業を興して成功するまでである。息子たちも、ある程度、成長している。息子のひとりは、当然ながら私の祖父である。

祖父のことについては、私が三十歳を超えるまで生きていた祖母や、先日、九十一歳で亡くなった母や、画家であった叔父から、さまざまなことを聞かされていた。

それを書きたくなったのは、やはり母を亡くしたからなのか。身内だけで静かに送ったが、後日知った人たちから、ちょっと驚くほどの花や供物が届けられた。母は、相当広範囲の人たちと深い交流を持ち、天寿を全うしたにもかかわらず、痛切な哀悼も多く届いた。

そんなふうに人を魅《ひ》きつけたのは、多分、曽祖父母の血であろう。私が知るかぎり、祖父は典型的な二代目のぼんぼんである。すぐにケツを割りましたなあ、と曽祖父母に近しい人が苦笑しながら言ったことも、母の死を契機に思い出した。

三代目は、画家になった叔父であり、会社の経営などにはまったくむかない人だった。系図的には四代目にあたる私は、製菓業とはなんの関係もない小説家である。

新高製菓という、戦前にはかなりの知名度を持っていたその会社も、いまはもうない。画家の叔父とはよく酒を飲み、酔うと、没落した家系の最後の仇花は芸術家である、というトーマス・マンの言葉を引用して、画家になった自分を肯《がえ》んじ、小説家になった私を認めたものだった。

叔父のそういう言い方は、逆に私に家系というものを意識させた。小説のために調べれば調べるほど、破天荒な家系であった。それは小説に書いたが、曽祖父母までで、祖父のことはほとんど書いていない。

祖父は、私が生まれる前に亡くなっていて、会うことはなかった。聞くところによると、会社の仕事が大嫌いで、終業時間が待ちきれず、終るとすぐに社員にユニフォームを着せ、野球の練習をはじめたという。草野球であるが、連戦連勝だったという。出張という名の遊びに行きたがり、勤勉さとはほど遠く、悪仲間を集めて子分にしていた。日本で最初と言っていい段階でオートバイに凝り、ハーレーダビッドソンの輸入一号車を買った。ほかにもインディアンなど十台ほどのオートバイを所有し、得意になっていたらしい。昭和初期、祖母は結核で、佐賀県の唐津に別荘を建て、そこで療養生活をしていた。

佐賀市内にも店を出した祖父が、十台のコンボイを組んで唐津にやってくると、人々が集まって輪を作った。祖父は張り切って、肘の上まである革手袋をし、十台が一斉にエンジンを吹かし、近辺に轟かせた。それから博多まで、一気に突っ走って行った。それを啞然として見送ったという人たちが、二、三十年前はまだかなり御存命で、きのうの出来事のように私に話してくれたものだ。

博多では、警察署のまわりをオートバイで走り、それを自転車の警官が追いかけてくるという、いささか滑稽な情景がしばしば起きたらしい。ただ、雨の日、路面電車の線路で一台がスリップし、親しかった友人が即死したという。それで、祖父はぴたりとオートバイに乗らなくなった。すぐに蒙古に渡り、ふた瘤ラクダを五頭仕入れてきた。ラクダキャラメルというのを作り、それをキャンペーンに遣ったのだ。

祖父は、仕事に熱を入れようとしたのかもしれない。卓抜そうな営業の発想だが、どこかピントがずれていて、やはり、いささか滑稽である。主力商品のひとつにバナナキャラメルというのがあったから、別のキャラメルを作る必然性はなく、当然、売れはしなかった。庭で腹這いになっているラクダに乗って、よく遊んだと母は言っていた。

ラクダキャラメルで失敗し、大連の練乳工場を任されたが、一年でケツを割って逃げてきた。それを教えてくれたのは、曽祖父のもとで修業し、熊本で製菓業を興し、立志伝中の人物になった人である。それからは、東京と大阪にあった工場の、大阪の方を任されるようになったらしいが、曽祖父がしっかり頭を押えていたのか、面白い話はあまり聞かない。そして頑健な人物だったらしいが、若くして死んだ。

その死に方が、また変ったもの、というより馬鹿げたものだった。流行していた、腸チフスにかかった。それは治療を受けて治りはじめたが、この病気の難しいところは、回復期であるらしい。腸壁が、さながら豆腐のごとく、やわらかく崩れやすくなっているので、決して固形物など食べてはならないらしい。しかし、薬を庭に投げ捨て、羊羹を持ってこいと言い、一本食ってしまったのだ。

回復期は空腹との闘いでもあるらしいが、それに勝てなかった。いや、医師の言葉を意に介していなかったのか。

私は、会ったことがないこの祖父が、好きである。この馬鹿さ加減なら、私はうまく付き合えただろう。馬鹿さ加減を競うのではなく、私を祖父は見かねるということになったのではないのか。好きに生きて、好きに死んだ、というところがある。

祖母は熱心なクリスチャンで、幼いころから私は聖書の朗読を聞かされた。それは、苦痛以外のなにものでもなかった。寝たきりで、頭だけ明晰で、すぐに嘘を見抜き、お説教は、うんざりするほど長かった。人の正しさとはなにか、というところまで行ってしまうのだ。寝たきりでまわりに迷惑をかけてるじゃないか、とぶち切れて私は言ったことがあるが、すべて神様の思し召しで、神様のおかげなのです、と返ってくるのであった。爺さんは、これに我慢できなかったのかもしれん、と私は思った。ハーレーで、ぶっ飛ばしたくなるよな。

君は、ルーツを辿ってみたことはあるか。小説にしたのは一部だが、私はかなり以前までのルーツを辿り、相当おかしな家系だということを知った。おかしいとは、輝いていたということでもある。私も、輝くかな。

尻の痛みで人生を感じてしまう

椅子は、私にとって大事なものである。机は板でもいいが、椅子にはこだわりがあり、選び抜く。

なにしろ、一日十数時間座っていることが、少なくないのだ。少しでも違和感があると、集中力がはなはだ乱される。いま遣っている椅子は、二十五年近くになるが、とても気に入っていた。しかしエアで座面を上下させる機能が甘くなり、座っていると徐々に下がってきて、机にしがみつくような恰好になってしまう。

私は、同じ椅子をメーカーに註文した。しかし同じものはなく、同じグレードのものが註文製作であるのだという。

試しに座ってみることもできず、私はそれを頼んだ。届いた椅子は、ちょっと重みが足りないような見かけだが、まあ気に入った。早速、座って仕事をはじめたが、四、五時間すると、なにか段差に座っているような感じがしてきた。その感じは強くなり、いたたまれなくなった。

指でクッションを押すと、かすかだが段差があった。座った感じは、横に一本棒があるのではないか、という具合である。私は仕事ができず、家人や、ほかの者にも座らせて、椅子の異常を訴えた。しかし、誰もそれを感じてくれない。

座る時間は、せいぜい一分ぐらいで、さすがに四、五時間座っていてくれとは言えない。それでも、メーカーにクレームをつけられなかった。仕事をしたくないから、尻に違和感があるのではないか、という気がしないでもなかったからだ。

古い椅子を引っ張り出して、座ってみた。それでは、仕事は捗るのである。新品に座ると、いたたまれなくなる。ほんとうに、仕事がしたくないのか。二十五年も座っていた椅子は、時々、エアのレバーを遣って、上げなければならない。徐々に下がるというところに、仕事をしたくない気持が滲み出しているのではないのか。

こうなると、椅子の呪縛である。夏樹静子さんの、『腰痛放浪記　椅子がこわい』というエッセイ集を、時々思い出した。精神的な面が大きい。自分にそう言い聞かせたが、やはり新品は尻が痛く、古いのは下がってくる。どちらかを捨てるとしたら、新品の方であり、ついに私は廃棄を宣言した。粗大ゴミで捨てる前に、家人がメーカーと連絡をとり、ひとり見に来てくれた。

さすがに彼は、これはおかしいです、と言って椅子を回収し、修理に回してくれた。仕事をしたくないわけではなかったのだ。私は、ほっとした。この歳になって、仕事をしたくない病になったら、これからどうやって暮していけばいいのだ、と本気で悩んでいたからだ。新品改修の椅子は、なかなかの座り心地で、私を満足させた。なにが原因で、どこをどう改修したか、図録もきちんと添付されていた。

頼んで座って貰った人間を前に、どうだ、と見得を切った私は、ただの小僧か。

座り心地のよくなった椅子は、ぐっと後ろに反った時に、すごい音がして、幅広の硬いベルトのようなものが切れてしまった気配だが、背もたれの戻りがちょっと悪くなっただけで、使用に痛痒はない。比較的、座っている時間が多い仕事場のホテルで、遣うことにした。私は、ホテルにも椅子を持ちこみ、ついでに空気清浄機まで自分が気に入ったものにして、大いに迷惑がられているのだろう。なにも言わずそれを受け入れてくれているホテルには、感謝するしかないな。

それでもな、酔っ払って、明け方近くにホテルに帰り、俺はどうせこのホテルのお荷物だから、荷物を載せるカートに俺を載せて運べと言う私は、一体なんなのだろう。車椅子を出されると、俺は病人ではない、とほざいて、自分の足で部屋へ帰るのである。長くいるというだけの腐れ縁で、こんなわがままを許される私は、やはり万人に愛される存在なのだと思うのは、頭の螺子《ねじ》が二つ三つ飛んだやつの言い方なのか。頭の螺子など、いつでもはずして、中身を見せてやるぞ。なにもないがな。

それにしても、海の基地の椅子など、レザーが破れてしまっている。それを新しくしようと思っても、今回のようなことがあると、買うのをためらってしまう。どんなに古くても、慣れているのが一番だと思ってしまうのだ。

椅子でこれほど悩むのは、なにかの呪いか。高校生のころ、私は前のやつが先生に当てられて立ちあがり、答えている間に、椅子を横に移動させるのが得意であった。十回は成功したと思う。前のやつは、よしと言われると、なにもないところに座ろうとする。結果は悲惨であるが、私は笑いもせず、ノートを取っているふりをする。

ほかのやつを煽動してやらせても、なかなかうまく行かなかった。私の統計によると、優等生ほど勢いよく座り、派手に落ちるのである。ゆえに、非難されることもあまりなかった。優等生の恰好悪い姿は、みんな見たいのである。

しかし、あの時の祟りで、私がこれほど椅子で苦労するとも思えない。やはり仕事がしたくないのかもしれない、というところに戻り、堂々めぐりになる。私は、仕事が嫌いなのであろうか。

君は、どう思う。どうでもいいことであろうな。私の尻がどうなろうと、君は平然と自分の椅子に座り続けているよな。痔持ちが座り続けている苦しさが、私にわからないのと同じことだ。私の悩みは、きわめて個人的なものなのさ。共通の悩みとして、情報交換できる相手もいない。

椅子は私の人生である、などという言い方は大袈裟かな。作家になってからは、生活の半分近くは椅子の上である。軽々しくは考えられない。

追いつめられると、レストランの椅子であろうが新幹線の中であろうが飛行機であろうが、私は書ける。しかしそれは特別な場合で、主戦場は書斎の椅子なのである。

私は、いまこれを書いている時の椅子を、ぽんと叩いた。このままの座り心地で、もってくれよな。思わず、口から出そうである。

君は、どんな椅子に座っている。腰掛けられればいい、という言い方は、私に通用しないぞ。

あの島が心の中にまだあるのなら

鯨を、食った。勧められたのは寿司屋で、めずらしく尾の身が手に入った、ということだった。

まずくない。いや、うまい。私ぐらいの歳の人間は、少年のころ鯨を出され、牛か豚が食いたいものだと思いながら、口に入れていた。鯨缶というのもあったな。子供のころ食していたと言うと、アメリカ人などよく頷く。いまはもう、食してはいない、というふうに理解するらしい。いまは食する機会が極端に少ない、というだけのことだ。

鯨を食うことを非難する欧米人と、言い合いをしても、帰結するところはどこにもない。自分の主張を並べたてて終り、てめえら牛食ってるだろう、と詰めよると、牛は神が与え給うたものだなどと言う。私は、鯨はブッダが与え給うたと言い返すが、どこか両方ともむなしい。鯨を食さないことに、宗教的な戒律は無縁だからだ。

戒律で、豚を食わない、牛を食わない人たちは、自分たちが食わないだけで、他に強要することはないのではないか。鯨は、頭がいいから、親子の情愛が深いからなどと言う。子持ちの鯨は獲らない、という考えは、捕鯨にはあったと思う。

無差別、無制限に獲り、脳油を搾ったらあとは捨てていたのは、アメリカ人だろう。日本では、皮や骨まですべて利用していた。アメリカだって食用で鯨を獲ることを認めているだろう。イヌイットには、昔から鯨を食する文化があったと言い逃れるか。日本の鯨食には、食文化のかけらもなかったのか。

いけない。こんな議論は、やめたはずだった。書きはじめると、ついエキサイトしてしまう。やめよう。私はもう、静かに成行を見守る年齢なのだ。

幼いころ、鯨獲りの話は、しばしば聞かされた。玄界灘ではかつて鯨獲りが行われていて、私の生まれた唐津市の小さな村は、鯨に近づき、海に飛びこんで一番銛をつけてくる役目を負っていたのだ、と郷土史家の先生から聞いた。

つまり、栄誉を持っていたのだ。いや、伝説と言っていいかもしれん。その村からは、強い男が輩出したのだともいう。私はその子孫であることが誇らしかったが、軟弱な少年でもあった。

祖父《じい》さんなど鯨獲りであったという話だが、鯨が現われて出漁する場面は、眼にしたことがない。

祖父さんは、いつも虎フグを釣ってきて、自分で捌いていたというおぼろな記憶があるが、はっきりはしない。フグ一匹に水一斗と言われ、井戸を漕ぎ続けさせられたのが、とてもいやだったような気がする。幼いころになくなった祖父さんの記憶は、ほとんどないのである。

幼いころで言えば、親父の記憶もそう多くあるわけではない。海岸で遊んでいると、海沿いの国道を黒い車がやってくる。ずいぶんと古い車だったと思う。屋根に荷物を縛りつけていて、それに親父が乗っていることは、なんとなく勘でわかった。家の前に到着した車からは、思った通り親父が降りてくる。

そういう時、親父はひと月以上家にいるのだった。それから出かけると、十カ月以上も帰ってこない。昔の船乗りとは、そういうものであった。

私が字を読むようになると、よく手紙が届いた。内容よりも、どこで出されたものかということが、私の想像をかき立てた。シアトルとかケープタウンとか、そんな街の名を、小学校に入るか入らないかの少年が、知っていたのである。それで、親父の記憶も濃密なものになった。

漢字が読めるようになって、私は近くにある島の名を気にするようになった。読み方は、最初は大人に教えられた。神集島《かしわ》というのだ。

神が集まってくる島、と私は解釈し、どういうところかずっと気にしていた。

立神という岩がすぐそばにあり、あのあたりは神だらけだったのだ。立神はよく行ったが、神集島には行ったことがない。盆とか正月とか、そういう時に神が集まってくる、神聖な島に違いないと思っていたが、大人は普通の島だと言って、私の想像を笑った。笑われれば笑われるほど、私は沖に見える島に想像をめぐらせた。立神から、神集島が見えたような気がするが、記憶は定かではない。

最近、青年たちの口から、立神という名を聞いた。神が立っているのではなく、波がよく立つので、サーフィンに適しているのだ、と言った。立った神の下で、波乗りかと私は嘆いたが、青年たちにはまったく通じなかった。

神集島には、結局行くことはなく、私は横浜の近辺に引越した。ただ普通の島なのだろうと、いまならばわかるが、あのころの想像を辿ってみたい気もする。

今度、帰郷したら行こうと思っている。あのころは、大人に船で連れて行って貰わないかぎり、島に渡る方法はなかったが、いまなら連絡船ぐらいあるだろう。

なにか、故郷の話は前にもしたような気がするが、何度話しても、違う情景が浮かびあがってくるのだ。私が故郷の話をしたら、君は大人しくつき合え。

波止場の情景が浮かんだ。コンクリートや石組みの波止場ではない。孟宗竹の波止場である。

私は母方の祖母の家の近くに住んでいたが、父方の祖母の家にもよく行き、家が三つあるようなものだった。というより、家出先に不自由しなかった、ということか。

家から十数メートル行くと、孟宗竹の桟橋があり、それは結構な範囲に拡がっていて、裸足で遊ぶと気持がよかった。竹と竹の間から覗くと海面があり、小魚が群れて泳いでいた。たやすく釣れて、持ち帰ると祖母が煮つけにしてくれた。そんなことをしていたのは、いつごろのことだったのだろう。

孟宗竹はいつの間にかなくなり、コンクリートの普通の波止場になった。とりとめもなく浮かんだ情景ばかり書いたのかな。

昔の記憶の中にある情景から、まるで違う別の情景が、時々浮かんでくる。それは、記憶にすらない。私の小説は、多分、そんなふうにして書かれているのだ。記憶が、記憶にないものを生む。

小説とはそんなものだと、君には簡単に言ってしまおうか。

自分を掘り下げてなにが見える

私というものが、存在している。

その存在を掘り下げて掘り下げれば、違う自分が見つかり、それを表現すれば、文学になる。遠い昔、私はそんなことを考え、原稿用紙を文字で埋めていた。しかし、掘り下げるという行為は、あてどないのだ。どこにも自分が見つからなくなり、途方に暮れてしまうことが、しばしばだった。たとえ見つかったと思ってそれを書いても、わずかな時が経って読み返せば、これは自分ではない、と思ってしまうのだ。

自分が見つかるのが文学ならば、明らかに私に文学の資質はなかった。

こんなことを書くのは、ある若い映画監督の作品を、改めて観直したためだった。観直したのだから、観るにたえない、というものではない。むしろ、再鑑賞に私を駆り立てたのだから、不思議な力に満ちている、と言ってもいいであろう。

グザヴィエ・ドランである。カナダの監督で、まだ二十七歳ぐらいであるが、一部には天才という声価も高い。私は、掘り下げたら自分が見つかった、というタイプの表現者だろうと思っている。映像に現われてくるのは、圧倒的に自分である。自ら主演していることが多いので、本人が現われるのは当然だが、登場人物のすべて、いや映像のひとつひとつに、自分が投影されているように、私には思えるのである。

こういうのを、なんと呼ぶのだろうか。小説には、私小説というものがあるが、それとはまた違うという気がする。映像以外でも、ドランはかなり自分を語る。ゲイであることを語り、母親を語る。その語りは、私には夾雑物に思えるので、あまり聞きこんだりはしない。映像で、完全に自分を表現しきっていない、と考えているのだろうか。しかし、なにか世間に対するこだわりが、大きくはないか。

映像は、緊密である。さすがに天才と称されるだけのことはある、と惹きこまれながら感じる。そして、緊密が積み重なってくると、どこか切迫してくるのだ。映像に緩みがないので、私の心の中にも積み重なってくるものがあるのだろう。どこで息継ぎをしていいかわからず、次第に胸苦しくなってくるのである。

そこから出てくるのは、自分というものの弱さと、不安である。映像は強靱なのに、弱さと不安が、どこからか滲み出してくる。私がそう感じているだけだが、ドランの作品はどこかで客観を拒絶しているところがあり、主観だけを並べ立てて論じるしかなくなってしまうのである。

不思議な監督であり、俳優である。若いのに、これからどう変るのか、ということを考えさせない。これから先の長い人生を、どう捉えているのだろうと、非才な私などは本気で考えてしまう。

君は、グザヴィエ・ドランを観たことがあるか。最初に観た時、私は衝撃を受けたぞ。自分を掘り下げ、ほんとうに別の次元の自分を見つけてしまった男。

私は若いころ、くる日もくる日も自分を掘り下げる試みをし、いくら掘り下げても別の自分など現われないと諦めて、純文学というジャンルを書くのをやめたのである。

物語を書いていると、掘り下げたところにあるのではなく、方々に散らばった自分があることを、強く意識したりする。そういう自分を消すために、登場人物の存在感を強くしようというのが、いつか私の方法のひとつになった。

それが間違っているとは思わないが、私が諦めた方法を、成功させた人間がいるのだ。映画にいるのだから、小説にもいるのではないか。私の嗅覚は、常にその方向にむくようになった。しかし、いまのところ、見つけてはいないのだ。

若い映像作家の中で、ドランの影響を受けた人間はいるのだろうか。ドラン自身が、若すぎるほどなのだ。そして、ドランを否定も肯定もできない自分がいることを、私は痛いほど自覚する。

愉しみたいよな。しかし、愉しめない。それがドランである。何度観ても、弱さと不安がたゆたい、それが自分の弱さにまで繋がってくる。決して、難解ではない。そういう点で、デビッド・リンチともルイス・ブニュエルとも違う。意味は、伝わってくる。痛いほどにだ。それでいて、わけのわからない不安に苛まれる。なんなのだ、というのが何度も観た私から、こぼれ出してくる言葉である。

こんなにドランのことを書いたのだから、私の好きな順から、三つばかり作品名を挙げておこうか。『わたしはロランス』。これは、映像が斬新である。映像作家としての才能を、いやというほど感じさせる。『マイ・マザー』。私はマザコン物は好きではないが、ゲイの描写がそれに重なり、奇妙に魅力的な世界を創り出している。『トム・アット・ザ・ファーム』。ここに描かれた、逃げ場のない恐怖は、なまじのホラー映画より、おっかない。

まあ、こんなところか。堅苦しく書きすぎたという気もするが、若いころの自分を思い出すと、こうなってしまう。

あのころ、自分を掘り下げているつもりで、見当はずれの方向を掘りながら、しかし書き続ける情熱だけは失わなかった。費したエネルギーに較べると、活字として結実したのは悲しいほどのささやかな量である。人間の情熱というのは、無目的なのだと、いまにして思う。しかし、それでも走り続ける。これを若さとか、青春とか言うのだよ。

ふり返っても、エネルギーと時間を無駄にしたのだとは、決して思わない。逆に、人生にそういう時期があったことが、貴重だったのではないか、とさえ思うのだ。

人生を棒に振るのか、と涙を流しながら、私に言った友人がいた。棒に振った先にも、人生はあるのだな、とそいつはいましみじみと言う。涙とともに忠告してくれる友人を持った、というのも、いまでは豊かさだと思える。

おい、人生は、中途半端に生きてはならないのだ。特に、青春はな。無目的だが一途。矛盾したこれが、きちんと意味を持つのが、人が生きるということなのだ。

君には、つまらない話だったかな。

あえて荒野などと言ってみた

五十一巻ある長い小説を書き終えた時、私は解放されたと人に言い、書きもした。

十七年間、背後霊のようにつきまとっていた、締切というものが消えたのだ。解放されたと、頭では思った。しかも十七年の間に、私は三十冊ぐらいの別の小説も書いていた。大したことではなく、ひとつの小説が終っただけだ、と自分に言い聞かせた。

しかし、ひと月ほど経つと、私は自分がおかしな状態の中に放り出されていることに気づいた。たとえて言えば、闇の中に放り出された。などとは、まるで違っていた。闇でさえなかった、と言っていいだろうか。すべてが見え、聞えているのだ。なのにしばしば、なにもなくなる。なにひとつとして、ない。

それでも私は、人前に出る仕事なども平然とこなし、普通に喋っているのだ。なにもないという状態は、ただなにもないのである。言葉で描写などできない、という気がする。もしかすると、これが死というものではないのか、と私は思った。

その状態は、ひと月ほど続いただろうか。私は、放り出されているのではなく、どこかに立っていると思うようになった。やがて、周囲の情景が浮かんできた。闇が晴れたというのではなく、途切れ途切れに情景が見えてきたのだ。最初に感じたのは、ここは月だということだった。写真で見る月面の光景と、そっくりだったのだ。土の質感はあるが、生命は見えず、色もほとんどない。

そんな光景は、やはり死としか思えなかった。それでも私は、現実には、飲み、食い、釣りをし、料理をし、音楽を聴き、映画を観、読書もしていた。そういう現実の隙間に、ふとその光景が現われるのである。

それから、蹠《あしうら》に、はっきりした砂のような土のような感触があるのを意識した。色もあり、それは地球の色だ、と私には思えた。しかし、生命はやはりない。砂漠とか土漠とか、そんなところに私は立っていた。

途方に暮れてはいなかった。そこに、じっと立っているしかないのだ、と思った。

そういう期間が、数カ月続いただろうか。夏になり、私は毎日のように船を出し、カジキマグロを狙った。三度ヒットし、三度ともラインを切られるか、フックがはずれるかして、逃がした。一度はテイルウォークまで見たのに、私に釣れるのは小魚ばかりだった。海の上でも、私はしばしば土くれの荒野に立った。やはり、これは死なのかもしれない、と何度か考えた。

なにもない荒野の中に、ちょっとだけ色が見えたのは、秋風が立ちはじめるころだ。よく見ると、それは芽のようで、土の色の中で鮮やかな緑だった。荒野にいくつか、その芽が育ってきた。それはやがて刈り取れる緑になると思った時、私は多分、死への旅を終えたのだろう。これから書く作品について、少しずつ考えるようになった。

それだけのことである。誰にも一度か二度は訪れるものかもしれず、私だけが体験したことかもしれない。

これを語ったのは、君がかなり長い間、私と対話してきたからだ。ほんとうなら、言葉にすることがなかった体験で、語ってみても、語り尽しているとは思えない。

いいさ、私は小説で語ることしか、ほんとうはできないのだから。たわ言だ、と思ってくれていい。

たわ言を、もうひとつ。前の話とは、なんの脈絡もない。しかし、しばしば思い出した。記憶では、一九七〇年ごろで、鉱石を運搬していた大型の船が、続けざまに沈んだ。全長二百数十メートルの船が、二つに折れたという話だった。

どちらかの船の船長が、みんな行け、俺は残る、と言って船と運命をともにした。その人が、船乗りだった親父の、商船学校の同級生だか友人だかだったのである。

家にいた親父は、知らせを聞いて、酒を飲み、泣いていた。私は、学生運動で、機動隊と衝突し、しかし頭を叩き割られただけで、逮捕はされなかった。頭に繃帯を巻いていた記憶がある。親父が、男泣きに泣いたというのを、その時、はじめて見た。数日後、やはり同級生だったという人が訪ねてきて、二人で号泣していた。

最後に退船しなければならない、という義務が船長にはあったが、船に残らなければならない、という義務はない。私が感じたのは、親父の世代には、まだ犠牲的精神があるのだ、ということだった。三十年前に亡くなった親父は、生きていれば九十二歳で、終戦直前に少尉に任官し、死ぬのを免れたのである。

ひとり船に残った船長も、似たような経歴だったのかもしれない。

頭に怪我をした私は、親父と相当激しい衝突をするはずだったが、なにも起きなかった。私を見てもそこにいないが如くで、どんどん減っていくウイスキーの瓶を前に、みんな行けだと、俺は残るだと、恰好をつけやがって、馬鹿野郎が、と親父は呟《つぶや》き続けていたのである。

あの時、大学に泊りこんでいた私が、なぜ家に帰ったのか、どうしても思い出せない。親父の呟きを聞くために帰った、といまはそんな気がするほどなのである。

そしてその呟きが、自分自身の呟きとして蘇った。みんな行け、俺は残る。それは親父の言葉ではなく、亡くなった船長の言葉である。それを私は、荒野に立っていると思った時に、呟いていたのだ。

みんなとは、誰だったのだろう。家族だったのか、友人だったのか。俺は残る、と呟いても、残るべき船は、私にはなかった。どこに残るつもりだったのか。

明るい笑い声が、聴えたような気がする。眼を閉じれば、居心地のいい場所に、すぐ移動できたような気がする。荒野に立ち、なにも見えなくても、私は眼だけは開けていた。そうでなければ、芽吹いてきた緑も、見ることはできなかっただろう。

なぜこんなことを、君にむかって書くのか、わからない。誰かに、なにかを語りたい時、君は適当な相手だったということかな。

おい、横をむくなよ。一応は、聞いているような顔をしろ。君に語ることで、私は荒野の呟きを思い出したかっただけだから。

第二部　生きるべき場所

原野に祈りを見つけて歓喜したのだ

私のポケットに、いつも賽子《さいころ》のような骨が入っているようになった。

実は、羊の後脚の踵の骨なのである。もう髄などない部分で、きわめて硬い。似ているものを探すとしたら、歯であろう。実際、巨大な動物の臼歯のように見えないこともない。

私は時々、ポケットからその骨を取り出し、振る。その時の私の表情は、多分、さまざまに変っているだろう。遊牧民の占いで、振ると四面のどこかが出るが、それがそれぞれ動物を表わしている。馬、駱駝、羊、山羊という具合である。この順番で吉凶を占う。ほんとうは、三個の骨で、さまざまな組み合わせを表と照らし合わせる、かなり複雑なものである。

モンゴルのウランバートルのレストランなどには、その表とともに置いてあり、註文する前に、客はそれをやったりしている。モンゴル人にとっては、一般的な占いのようだ。

私が骨を持ち歩いているのは、自分が捌いた羊の骨だからである。

家畜を勝手に捌くことを、日本では禁じられているようだが、モンゴルの遊牧民にとっては、あたり前のことなのだった。ただし、いつも捌くわけではなく、雪が来る前の時季だけに、それをやるという。食品として出荷する羊は、また別のやり方があるのかもしれない。

羊は、倒して仰むけにし、前脚を押さえて貰い、後脚に乗り、腹の中心線のちょっと下側の毛を剃ったあと、ナイフで切る。十センチちょっとである。不思議に、その場所だと血は出てこない。拳を突っこむと、胸へ行く道があり、たやすく心臓まで手が達する。心臓の上の管を引きちぎると、羊は絶命するから、多分、大動脈なのだろう。

出した腕に、血はまったくついていない。濡れているだけである。羊の躰の中は温かく湿っていて、不潔な感じはまったくない。絶命した時点でも、血はまったく出ていない。大地に一滴の血も吸わせてはならない、というのが遊牧民の捌き方なのだ。ビニールシートを敷くようなことはせず、羊は大地に転がっている。ナイフを逆刃にして、傷のところから皮を切っていく。その切り目から、指先や拳を入れて、皮を剥いでいくのである。肉は薄い膜に包まれていて、かたちは羊そのままである。最終的には、羊の皮を拡げた状態のところに、羊のかたちをした肉がある、という具合になる。

血は一滴も出ていない。傷口から腹を割り、内臓を取り出す。それを処理するのは女性や子供の役割りだが、多少出てくる血は一滴残さず器に取り分けられる。いわゆる脱骨という感じで、肉を取っていき、肺の下に溜っている大量の血を、容器で掬《すく》い出す。そんなふうにして、肉は肉らしくなっていくのだ。毛皮にこぼれている血はまったくない。

肉は、大きな鍋で煮る。岩塩だけである。塩が肉から水を出し、くつくつと煮立ってくる。腸にはミンチの肉などを詰め、大鍋で煮る。モンゴルの遊牧民の料理は、ただ煮るばかりである。

私は、新作の準備のために、モンゴルへ行った。そして、遊牧民の人たちと、親しくなってきたのである。自分で捌いた羊を、自分で調理し、食らい、踵の骨を持ってきた。

私は、自分が立った荒野の中に、ぽつぽつと芽吹いてきた緑が、小説家の現実の中に、ほんとうにあるかどうかを、確かめに行ったのだ。それはあった。しかも、かなり伸びていた。

鐙《あぶみ》もつけずに、馬を疾走させる少年がいた。馬と人が、一体と言うしかなかった。それは、私が書こうとしている、十二、三世紀も同じだっただろう。

しかしそれは些細なことだ。実作中に思い浮かんでくれば、その少年とは縁があったということだ。

私は、原野に芽吹き、かなり伸びた緑が、どんな気配に満ちているか、知りたかった。大いなる野望、清らかな理想、消しきれない悔恨。原野に伸びる一本の緑を見て、私が感じたのは、祈りであった。

地はひとつ。どれほどさまざまな人がいようと、地はひとつ。祈りとして、その言葉が出てきた。それだけで、私はモンゴルの原野で暮した意味を、実感することができた。

祈りなどと言うと、君は違和感を感じるかね。人が生き、人が死ぬ。その命を物語として書こうとする時、祈りがなければ筆は進みはしない。人に対する、大地に対する祈りがあってこそ、物語は書けるのだ。

小説の中で、私は祈りなどとは、決して書かない。書いている私の心の中だけにあればいいことで、登場する人物たちは、それぞれの人生を力のかぎり生きるのである。まだ一字も書いていない物語だから、私は臆面もなく祈りという言葉を出せる。出して、自分の心の中を覗くことができる。書く私が祈りを忘れたら、物語は破綻し、私は小説家として潰えるだろう。

一度だけだ。一度だけ、私は言ってしまった。大地はひとつ、という祈り。

さてと、私の躰の一部のようになった、羊の踵の骨で、なにか占ってみるかね。これは遊びだから、他愛ないことでいいのだ。君は明日、転ばずに済むか。駱駝と羊ばかりだ。舗道の段差に、気をつけろよ。

一番出にくいのは馬で、これは三十回に一回だ。だから四回振って馬が出れば、吉兆、と私が決めた。君は、私の読者で居続けてくれるか。なに、駱駝と山羊二回と羊。おいおい、頼むよ。もうしばらく、つき合おうぜ。

これはちょっとした占いであり、私は占師ではないので、やはり他人のことは占えない。自分のことにしよう。いつかもう一度、タクラマカン砂漠に行けるか。駱駝が三つ続き、山羊である。くそっ。しかしタクラマカンには、野生のふた瘤駱駝がいるからな。

苦労もせずに物語を書き続けられるか。なんと、羊と山羊だけか。シリアスなことを占うのは、やはりやめよう。眼のくらむような、恋ができるか。見ろ。一発で馬だ。恋だぞ。眼がくらむぞ。相手は、一体どういう女性だろう。

嗤《わら》うなよ、君。私は、物語というものに、恋をしているのである。

歩き続ければなにかが見える

穴があったら、入りたい。

そんな言葉を、よく耳にする。これは心の状態で、慙愧に堪えない、とでもいうことか。それとも、もう少し軽く、恥入ってます、ぐらいなのか。消えてしまいたいという思いも、穴などという言葉を遣うと、どこか楽観的なニュアンスを帯びる。

しかし、人が恥に堪えないというのは、ほんとうはシリアスなことではないのか。男は、そう度々恥じてはならないのだ。そう思って、ここのところの恥を、私は数えはじめた。ある。片手で足りず、両手にも余った。しかも、還暦を過ぎてからのことである。その前のことになると、数えきれはしないだろう。数えていると憂鬱になってきたので、もう思い出すのはやめよう。

それにしても、どうしてこんなに恥多き日々なのだ。それを、いやでも考えてしまう。そして思い到るのは、自分は暴走系である、ということだ。テンションが高くなると、やらなくてもいいこと、やってはならないことを、実行に移したりしているのだ。ほとんど、衝動と言ってもいいのかもしれない。興奮していて、やっている時は平然としていて、それから数時間は平気で、いきなり強い後悔がこみあげてくる。またやっちまった。そんな感じで、私はほんとうに穴があったら入りたくなる。元来が小心者で、情況なり人なりで昂り、気が大きくなってしまうのだ。

ひとりで昂ったり落ちこんだりしている分には、私だけの負荷で済むが、それが他者に及ぶと、傷つけたり迷惑をかけたりしていることは、間違いないのだ。しかもこういう暴走は、場合によっては犯罪にすらなりかねないのではないか。この歳で手錠を打たれたりしたら、私はもう立ちあがれないであろう。考えると、冷や汗が噴き出してくるな。

どういう恥だか、書けだと。そんなことができるか、愚か者。いや、愚か者は私だが、書いて確認することなど、したくないのだ。できれば、時の経過と頭の老化の相乗作用で、記憶の外に追いやってしまいたい。忘却とは、人生の救いである。少なくとも、私の場合は。思い出した恥だけでなく、忘れてしまっているものも、相当にあるはずだ。むしろ、忘れてしまっているものの方が、大いなる恥なのかもしれない。

だから私は、前にむかって歩こう。走ると暴走するので、どれほど速脚であろうと、歩くのだ。同伴者は、すっかり歳をとってしまったが、ジャック・ラッセル・テリアのレモンである。老いてもなお、私の歩調に合わせて歩く。たまたま孫がリードを持っていたりすると、ずいぶんと歩調を緩め、リードを決して張ろうとしない、健気さもまだ失ってはいない。な、おまえが一緒に歩いてくれるかぎり、私は暴走することはないと思うぞ。

スニーカーの底が、擦り減っている。当たり前だ。これだけ歩いているのだからな。前のスニーカーも、底から親指が出てきた時に、御足労さまということになった。

踵から着地して、つま先で蹴る。これが歩行の基本で、正しいのかどうかわからないが、私はそうしているのである。踵がどれほど減ろうと、つま先の親指が出てくるまで、このスニーカーで私は歩き続けるつもりだ。

君も、一緒に歩こうぜ。歩いていると、いろいろなものが見えるぞ。時には人生が見えたり、生きることの浅ましさが見えたりする。見えればいいのさ。こわいのは、なにも見なくなった時だ。走るだけでなく、歩いていてさえ暴走してしまったりするのだぞ。

映画を、かなり観た。音楽は、たえず聴いている。本も無論、読んでいるさ。そして釣りでも、小声で自慢できる程度のものは、釣りあげた。君に語ることは、旅もしたな。そして私は、新作を書きはじめることにした。暴走しているわけではないぞ。書くことは、私にとっては生きることなのだ。

しかし、いまの時季だけは、外を歩くのが鬱陶しい。花粉が、舞っているのだ。薬を服用すると眠くなるし、のまなければ顔が洟《はな》だらけになる。眼がたまらなく痒くなって、いつも泣いている。毎年のことだから、身のかわし方は心得ているつもりだが、いつまでも薬には慣れない。人間には、弱点のひとつやふたつはあった方がいいだろうが、なにせ私は弱点だらけである。

それにしても、君とはもうずいぶん歩いたな。距離からいえば、太平洋を横断するぐらい歩いたろうか。そのうち、地球を一周してしまうことも、あり得るかもしれない。気の遠くなるような距離だと、私も一瞬考えてしまうが、考え方を変えれば、大したことはない。どんなに歩いたって、所詮は地球単位ではないか。地球の上など、大した距離ではあるまい。私にとって無限とは、人の心の中の広さである。どういう風景が続こうと、行き着く果てはない。君と私はな、人の心の中を、つまり無限の中を、これからも旅していくのだぞ。

痛快ではないか。終りのない旅だ。

ところで、最近、心が腓返り《こむらがえ》を起こすようになった。実際の腓返りは昔からしばしば起こしていて、それは筋肉をのばすことによって治す。柔道をやっていたころなど、稽古相手が、相当強引にのばしたものだ。

心の腓返りは、私の場合、漫然とした時を過すことによって、起きるのだ。最近、それが多くなったということだろうか。なにも考えず、なにもせず、ふと気づくと、一、二時間が過ぎている。以前は、こんなことはなかったなあ。一分一秒が命というほど大袈裟でなくても、時間が大事だという感覚は常にあった。残り時間が少なくなったいま、なぜ漫然と時を費したりするのだろうか。

思うに、新作にかかる直前だからであろう。準備をしている。いやになるほど資料も読んだ。しかしそこから物語へとは、たやすくは跳べない。わけのわからない、無駄が必要なのである。

ある日、冒頭の一行が浮かんでくる。それでもう、心の腓返りは起きない。

そろそろ、行くぞ。行く先はわからないが、行こうと私は思っている。

君はついてきて、私の暴走を止めてくれるか。

八点鐘が心に呼び覚すものは

鮃《ひらめ》を釣った。めずらしいことではないが、二キロちょっとという、食らうのに手頃なものだった。船上で殺《し》めて血抜きをし、クーラーボックスで冷やしてきた。

海の基地に戻ると、庖丁で鱗を削いだ。白い目無し側の方には、一点の曇りもない。これが養殖物になると、しみに似た汚れの色が点々と出ている。不思議なものだが、天然物と養殖物は違う魚なのだ、と私は思っている。鯛など、養殖生簀からの脱走組が釣れたりするが、捌いてみるまで私にはわからない。鮃は一目瞭然なのだ。

五枚に下した。私の知っている料理人で、三枚に下すという男がいるが、私は五枚で、それから縁側を取る。二キロを超える鮃はかなり大きく、幅があるだけに三枚に下すのはちょっと難しいという気がする。馴染みの寿司屋で訊いてみたが、やはり五枚だと言った。その板前は、私が出された蛸の茹で時間を当てた時から、かなり専門的な会話にも本気で応じるようになった。茹で時間の的中とはすごいことだと言われたりするが、実はこれはデータに過ぎない。茹で時間を変えて、データを取ってみればいいだけのことだ。蛸は蛸の味がするが、明らかに食感が違うのである。

茹で蛸作成経験において、私は相当なデータの蓄積があり、蛸を嚙み切ってみれば、ほぼ茹で時間の見当はつくのである。

あらゆる面で、私を凌ぎたいというむなしい渇望を抱いている大沢新宿鮫は、蛸の茹で方でも講釈を並べようと、かなりの数の職人に質問してみたが、すべて違う答が返ってきたので、茹でる人間の流儀だという結論に達した。

鮫くんよ、すべてはデータなのだ。人に訊いて知ろうなどと、浅墓な考えを持ってはいかんぞ。鮃は五枚か三枚か、ぐらいの質問に留めておくのが、大人というものなのだよ。

さて、鮃を五枚に下した私は、さくを二つ昆布締めにし、残りの二つをペーパーで包んだ。食らうのは、翌日と翌々日である。こりこりとした食感を持つ、新しい魚を食うのが最上だ、と思っている君よ。魚は新しければいい、というのは正しくないのだ。新しい間に殺め、じっくりと二日か三日寝かせたものの方がうまいのだよ。鮪《まぐろ》の大きなやつは、一週間寝かせてもまだ旨味は出ず、十日あたりで食いたい味になる。

さくを四つ冷蔵庫に入れると、頭や中落ちが残る。私はそれを醬油と酒とみりんで甘辛く煮こむ。煮汁は煮こごりにし、身はその場で食らってしまうのである。

魚の頭など、なにか別のことをやりながら、片手間で食らえるものではなく、集中しなければ隠れ身などを見逃してしまう。

魚の頭蓋骨は凹凸に富んでいて、骨と骨の間に潜んでいるのを、隠れ身と私は呼んでいる。口の吸引力を全開にして吸うと、脳ミソなども出てくるのだ。

脳ミソの中に、魚の耳があることを、君は知っているか。どこにも繋がっていない、純白の平たい骨である。その骨の震動によって、魚は音を認識しているそうだ。

海を眺めながら、私はゆっくりとその魚を食らう。骨を、身がまったくなくなるまで、じっくりとしゃぶる。おかしなしゃぶり方をして、口の中に傷を作ったり、歯と歯の間に骨片を挟んでしまうのは、下手なしゃぶり方である。うまいからといって、自慢にはならないがな。

時々、頭の中に風景が浮かぶ。フラッシュバックみたいなもので、浮かぶのは一瞬である。それが何度も重なると、しっかりと風景が浮かんで、動くことはなくなる。

私がこれから書こうとしている長い物語の、ごく一部のイメージである。そのイメージの中に、人が立ち現われ、動き、喋りはじめたら、物語ははじまったということだ。

私はこの海の基地で、どれほどの資料を読んだだろうか。頭に詰めこまれている資料を、ある日、捨てる。イメージが立ち現われてくると、それが捨てられるのだ。そして長い旅の第一歩を踏み出す。一度はじめてしまうと、五年六年はやめられないので、踏み出すにはエネルギーが必要である。

鮃以外の釣ってきた魚は、全部開きにしていた。籠に入れて、外に吊してある。夜、冷たい風などが吹くと、身がきゅっと締った干物になるのだ。明日から、私はそれを二、三尾焼いては食らう、ということをくり返すだろう。

箸は遣わない。ナイフだけを遣い、刃に載せた肉を食らう。骨はしゃぶる。

私がこれから書こうとしている国は、そんなふうにして羊の肉を食っていたからだ。私の頭も、日本よりだいぶその国の方へ行っている。

もうすぐ、君に新しい物語を読ませてやれるぞ。いや、気がむいたら読んでくれるだけでいい。読ませてやるなどと考えるのは、傲慢以外の何物でもない。読んでくださいと、お願いするだけだよ。

海が、静かになった。もうすぐ夕暮で、窓いっぱいに、絹を引き裂いたような夕焼けが広がる。

海の基地には本格的な鐘が備えてあって、この時刻、昔の船では八点鐘が打たれた。夕方だという知らせで、しかし鐘は八度打たれるわけでなく、毎日、いくつかわからないほど打たれた。数が不特定に打たれるものを、八点鐘と呼んだらしい。きっちり八つ打つと、海の魔物が夕方だと気づいて、海面に出てきてしまう、という言い伝えがあるのだ。

非科学的であることは勿論だが、科学を超えるなにかが自然にはあることを、示しているとも言える。

だから、八点鐘の伝説など、頭の片隅に置いておいた方がいいのだ。思いがけないことが、海ではしばしば起きるのだからな。

そろそろ、私は心の八点鐘を打とうか。いや、正確に八つ鐘を打とう。夕方だと気づいて海面に姿を現わすのは、海の魔物か、疲れきった自分の姿か、それとも小説の神様なのか。なんでもいい。しっかりと見てやろう。

こわがらずに、君も来るのだ。心の八点鐘か人生の八点鐘か、とにかく打ってみるほかはないのだからな。

ほら、もう夕焼けだよ。

マギーが来たのでもう帰ろう

犬が、迷いこんできた。

黒いレトリバー系の大型犬である。散歩で、ハイになって先行してきたのか、とも思った。しかし、リードは引っ張っていない。しかも、いくらか長毛の全身は濡れていた。明らかに泳いでいる。私の海の基地に上がってきたのである。対岸から泳いできた、というのは考えにくい。海の基地の前を通りすぎるヨットから、落水してしまった。それならあり得るが、飼主はすぐに気づくはずだ。いまのところ、犬を呼ぶ声すら聞えない。

首輪のプレートに、マギーと横文字で書いてあった。名前だけである。マギーと呼びかけると、明らかに反応する。しかし、お座りも待てもできない。私は、しばらく放っておくことにした。保健所に連絡したら、野犬として捕獲される。

仕事を続け、一時間ほどして見ると、庭に腹這いになり、前脚を舐めていた。かわいそうになった。飼主はなにをしているのだ。ここにはレモンもよく連れてくるので、犬用のスナックや缶詰のドッグフードがある。それを持ち出し、マギーと呼んだ。飛んできて、私の前に座った。

おやつ用のスナックを、マギーは飢《かつ》えたように食べ、私を見つめる。腹が減っているのか、おまえ。私は客人にするように、缶詰と水を出してやった。それも、瞬く間に平らげた。

夕方になっていた。マギーはすっかり私になつき、船の方へ行ってもついてきた。こんな大きな犬が街中を歩いていたら、すぐに捕獲される。

しかし海の基地の周辺には、夏の盛りぐらいしか人の気配はない。陽が落ちると、明りがあるのは私のところだけだ。それ以上はなにもできず、やはり放っておくしかなかった。

そして、暗くなった。マギーは、海の基地の玄関に腹這いになり、前脚に顎を載せて、つまらなさそうにしている。

小政を、思い出した。十年ほど前まで、よくこの海の基地で一緒に過ごした。私が仕事をしていると、足もとに寝そべっていたが、鼾をかいたりするので、そのたびに私に蹴飛ばされる。私が泳いでいて、少し沖で溺れたふりをすると、懸命に救助に来て、つかまった私を岸へ引っ張っていくのであった。岸に上がった時、溺れたふりだったと気づくらしく、素気なく家へ戻ってしまう。小政と二人だけの時、私はさまざまなことを語りかけた。一番多かったのは、愚痴だったという気もするが。

その小政にしろ、十分ほどいなくなったことがある。その時は、山に来ていた。山菜採りの途中、川のそばで休んでいたら、四人の親子連れが水遊びをしていた。三歳ぐらいの男の子の手から、ボールが水に落ちた。男の子は、流れはじめたボールを追い、つんのめってうつぶせに倒れた。そして流されはじめた。私は叫び、立ちあがっていた。父親が、男の子に飛びつき、抱きあげた。その時、小政はボールを追って、かなり先まで進んでいた。

帰ってこい、と呼んだが、川のカーブのところで見えなくなった。私がいるところ以外、川岸は歩くのも難しそうだった。すぐに私は肚を決め、その場で待つことにした。男の子の父親が、犬が、と口にしたが、私はただ川面を見つめていた。

十分ほどして、小政は私のそばに座ったのである。背後から来たので、ボールをくわえて岸に上がり、反対側を上流にむかって駈け、かなり距離のある橋を渡ったということになる。ボールを男の子に返すと、父親が、すごい犬ですね、と感嘆したように言った。

愛犬自慢をしているようで、実際そうかもしれないが、犬は戻ってくるのである。戻るという字は、戸に大と書くが、私はずっと、戸に犬と書いてきた。犬は必ず家に戻ってくる。幼いころから、私はそう思っていた。

外に出ると、マギーが嬉しそうに尻尾を振り回す。眼を見ても賢そうな感じで、おかしな動きもしていない。それでも、お座りができない。思いついて、私はシットと言った。すると、座る。ウェイトで、離れる私についてこようとはしない。オーケー、カム、で私のもとに飛んでくる。きちんと訓練を受けた犬だ。しかも、英語で。

それにしても、マギーはどこに帰ろうともしていない。ということは、どこから来たかよくわかっていないのだ。やはり、航行中のヨットから落ちたのか。厄介なやつだな、おまえ。私は、マギーの頭に手を置いて言った。マギーは、悲しそうに私を見つめる。やはり、一旦保健所に保護して貰うしかないのか。

マギーの躰が、一瞬、かたまった。それから、すごい勢いで駈け去っていった。マギーを呼ぶ、外人のものらしい声が聞えたのは、しばらくしてからだった。ひと言ぐらい言ってやろうと、私はそちらの方へ歩いていった。私の海の基地は車が入れず、海沿いをしばらく歩かなければならない。ドアが締る音がし、車が走り去るのがわかった。

なんなのだ。私は声に出して呟いたが、声は風に吹き飛ばされただけだった。

帰宅し、散歩の途中で、あれはなんだったのかと、レモンに訊いてみた。ふりむき、ちょっと首を傾げ、また歩きはじめた。わかるわけないよな。

君は、どういう推測を立てる。私の海の基地にマギーがいたのは、三時間ちょっとである。その間、飼主は捜し回っていたのか。それとも放置していて、このあたりだろうと見当をつけ、車で来て呼んだのか。しかし、三時間だぞ。マギーは、なぜ濡れていたのか。飼主が現われるまで、なぜ私のところから動こうとしなかったのか。

まあ、なにもわからんよな。マギーだって、どこへ帰ればいいか、わからなかったのだ。おい、マギー、元気でいるか。飼主に放置されてはいないか。

そんなことより、私が帰るべき場所があるな。ずっと一緒に歩いてきた君には、わかるだろう。私の帰るべき場所。それはいつもひとつしかない。

原稿用紙の上と言うと、恰好をつけすぎか。私はもう、長いものにとりかかる。

生きるべき場所に、帰るということか。

街を歩けば懐かしさが見えてくる

書き下しという、出版のかたちがある。通常は、雑誌や新聞等に連載として発表したものを、単行本にまとめるのだが、原稿からいきなり本にしたものを、そう呼ぶ。

締切は一応設定されるが、遅れたとしても、それはその作家の本の出版の期日が遅れるだけで、雑誌の締切の遅れのように、編集者に迷惑をかけるわけではない。じっくりと腰を据えて、時間に追われずに書いていくにはいいかたちだが、迷ってばかりいる作家は、どこまでもどこまでも出版をのばしてしまうという、弊害もある。

それに、雑誌、新聞の原稿料は放棄している恰好なので、経済的に非効率という側面もある。雑誌などにまだ載せられない新人作家の救済措置という面もなくはなく、どちらがいいかは、まあ作家の性格と情況によるのだろう。

私は処女出版から、第二、三、四作と、書き下しを続けた。それ以後も、書き下し出版率は、かなり高い作家であった。途中から、雑誌に一挙掲載されたものを本にするという、つまりは長篇一本分の原稿を丸々書いてから出版社に渡すという、原稿料は放棄しないぞ、というかたちも多くなった。切実に金が欲しかったわけではなく、同じ出版社で、雑誌と単行本のふたつのセクションの要請に同時に応えられる、私にはいい方法であったのだ。

しかし、歴史小説を書くようになると、執筆途中で調べなければならないことが頻出し、必然的に連載というかたちをとるようになった。そして、それが当たり前になった。私が、全十三巻を、二カ月に一冊のペースで、書き下しはじめたのは、そういう時であった。『三国志』であり、角川春樹氏の要請に、無視できない説得力があり、私は相当の決意で引き受けた。当時、角川氏が新たにおこした出版社には、雑誌がなく、書き下しでなければ出版できなかったのだ。私は、新人作家だったころ書き下しを出し続けたことを思い出し、できると自分に言い聞かせた。しかし、二年数カ月は、地獄の様相を呈していたな。

書き下しは、自分との約束である。私はそう思い、約束を守れなかったら作家をやめようと思いつめ、耐えに耐えて、十三巻を書き終えた。その時、ほっとしたのかどうか、よく思い出せない。放心していた、という気もする。ただ私はまだ若く、回復するのにそれほどの時は要しなかった。

書き下しに自信を持ったかというと、そうではなく、逆であった。書き下しという言葉を編集者が発すると、それだけで吐気がして、内容も聞かず断るという状態になったのだ。もう、一生、書き下しに挑むことはあるまい、と本気で思っていたよ。

それが、六年ちょっと前に、引き受けてしまったのだ。魔が差したのか、編集者の提案に魅力があったのか、とにかく私は承諾し、三週間ちょっとで、五百枚の長篇を書き終えたのである。若いころと、それほど変らないペースであった。ちょっとばかり自信を取り戻したが、続けて二作三作書くとなると、やはり無理だろうな。

その作品は横浜が舞台で、久しぶりに取材に出かけた。日ノ出町などに行ったのだ。日ノ出町は、いまではアーチストのお洒落な通りになっているが、そのころは売春街であった。私は、横浜に行くたびに、その通りも歩いた。

ある夜、老人が私の道を塞いだ。先生、よく散歩されてますね。まあ、カメラなんか持っておられないんで、いいんですが。老人は、木刀の柄のところに繃帯を巻いたものを、杖にしていた。左肩から先、片腕がなかった。七十の半ばも過ぎているように見えた。地回りとしてはちょっとおかしいと思ったが、私は老人の肩を抱き、顔見知りになっていたおばちゃんの一杯呑み屋に入った。挨拶が遅れて申し訳ないと言い、老人の服のポケットに一万円札を突っこんだ。あっしはそんなつもりじゃ、と言いながら、老人はしっかりとポケットを押さえた。いい小遣いになったねえ、とおばちゃんは笑った。ほんとうに危なければめくばせをしてくれただろうが、それぐらいいいだろうという感じで笑ったので、私はほっとした。その後、老人と擦《す》れ違ったが、お辞儀をされただけである。

一杯呑み屋のおばちゃんは、日ノ出町のことをなんでも知っていた。どこにどういう新人が入ったとか、どこで喧嘩があったとか、一回の女の子の取り分がいくらぐらいだとか、そんなことを漬物を出しながら喋ってくれた。女の子たちは、おしなべて若く、妖しい光の中で煙草を喫《す》っていたりするので、妙にそそることは確かなのだが、日本語は喋れなかった。台湾やフィリピンから来た女の子ばかりなのだ。

その通りに官憲の手入れが入ることがあり、それは警察ではなく、入国管理局らしいのだが、おばちゃんは散った女の子たちの居所を把握していると自慢していた。どうやら、通信塔の役割りも果しているのだ、と私は思った。

日ノ出町は、警察の浄化作戦で、違う街に生まれ変った。ちょっとした手入れだけだと、ほとぼりが冷めると戻ってきてしまうので、機動隊がしばらく常駐していたのだと、新聞かなにかで読んだような気もする。ある意味、横浜の恥部でもあったので、警察は意地になったのかもしれない。

恥部が恥部でなくなってしまうと、恥部だったものはどうなってしまうのか。さらに深く静かに潜行してしまう、と酒場で得意気に解説しているおじさんがいた。消滅してしまうと、反論する者は誰もいなかった。私は、恥部が恥部として存在している街が、嫌いではない。その方が人間の街らしいと感じてしまうのだが、君はどう思う。

六年前の書き下しは、『抱影』という作品だが、私は気に入っている。取材のために、久しぶりに瑞穂橋のところにある外人バーにも行ってみたし、かつて造船所があった、みなとみらいというあまり感心できない名の街も歩き回ってみた。変ったところと、変っていないところがある。それも、人間の街か。

親父の船が入港してくる街。それだけは、私の中で変らないなあ。今度、君を横浜らしい酒場に案内してやろうか。

家族の光景が遠くなりつつある

横浜には郷愁がある。

小学校の低学年のころ、私が行く大都会といえば、東京ではなく横浜であった。私は九州北部の唐津という市の、街よりさらに西へ行った、海沿いの村で育った。都会に行ったことがあるどころか、汽車に乗ったことがない、という友人の方がずっと多かった。東京行の特急などに乗ると、寝台車が連結されていて、横になって寝ていると着くのだ、などと自慢をたれている、私は嫌みな子供であった。

横浜には、親父の船が入ってきたのだ。船会社から接岸の時間を知らされ、母と妹の三人で岸壁に立っていると、船が接岸してきてタラップが降ろされる。岸壁はセンターピアと呼ばれる新港埠頭であったり、山下埠頭であったりしたのは、いまでこそわかるが、当時はただ岸壁だとしか思わなかった。

いまと違って、昔の船は荷役に時間がかかり、その間の一週間ほどを、親父と横浜で過ごすのである。泊るのは、本格的なホテルから、襖で廊下と隔てられた寮のようなところと、さまざまであったが、子供心にはどこも面白かった。

親父は、癖というか習慣というか、よく繁華街の夜回りをやっていた。乗組員が喧嘩などをしていたらいかん。そう言っていたので、実際そうだったのかもしれない。

その夜回りに、私は叩き起こされて、連れていかれたことがある。いろいろな場所だったようだが、私が行ったのは日ノ出町であった。選りに選って、あんなところへ連れていったのだ、といまにして思う。まるで私の知らない横浜だったし、最近まであった売春街の妖しさとも違っていた。

とにかく暗かった、という印象がある。闇の中から、ぬっと女が出てきて親父に声をかけ、私の姿に気づいてぎょっとする。人が十数人いる狭い路地があり、白い服を引きちぎりながら暴れている、若い女の姿があった。薬中だ、と親父は言った。いま思い返すと、売人がやってくるのを待っていたのだろう。子供には、恐ろしい光景であった。

後年、親父は私に言った。小説家は、碌な人種ではない。貧乏で、弱いくせに喧嘩をしてすぐ負け、嘘ばかりつき、時には自殺する。

おまえはそういう職業についてしまったが、ひとつだけ評価できることがある。麻薬をやっていない。それはおまえが幼いころ、麻薬のこわさをいやというほど見せてやったからだ。

なんだと。人の仕事を悪く言うのも許せないが、あの夜回りは、寄ってくる女を撃退するためでなく、私に社会勉強をさせるつもりだった、と言うのか。あんな遅い時間、私は眠っていたかった。

船乗りであった親父は、七つの海を股にかけていると嘯《うそぶ》いていたが、ある時、私はその職業の保守性を知った。海図に、コースラインを引くことから、仕事ははじまる。そしてやらなければならない仕事の大部分は、船をコースラインをはずれずに航行させることなのだ。股にかけるなどと、破天荒なことは言うなよ。台風が発生すれば、避難港に飛びこんでやりすごし、燃費をよくするために一定の速度で航行《はし》り、船がバランスを崩さないように荷を積む。冒険など、どこにもないぞ。小説家の方が、よほど想像力の中で冒険しているではないか。言いたくても、親父は三十数年前に亡くなっている。

保守的に船を運航させるのは、職業の性格だとしても、三国間輸送などということをやっていたので、海外の港でも当然荷役をやっていたのだろうが。その間、一週間か十日、陸上にいたのだろうが。そこで、なにをやった。私は、声高に叫びたかった。私は、長男である。なのに、謙三と、名前に三がついている。普通なら、三男につける名前だろう。どこかに、長男と次男がいるのではないのか。

長男が、浅黒い、いやほとんど黒い肌をしていて、次男は気味が悪いほど白い肌。あり得ない、とは言えないことである。海外のどこかに、二人の兄がいると想像すると、それは興味深いことであるが、親父は六十歳で他界したので、確かめようもない。昨年亡くなった母には、訊くのが憚られることであった。

結局わからずじまいだと、どこかに欲求不満が残る。親父は急死で、自分でも死ぬと思っていなかっただろうから、遺言も残さなかった。アフリカのどこそこと、南米のどこそこに、おまえの兄がいる、という遺言があれば、人生はもう少し面白かったのにな。私は結局、ひとり息子で、この歳まで生きてしまったのである。なんとなく、損をしたような気分になってしまう。

ただ、親父は夜の日ノ出町に幼い私を連れていくという、ちょっと無茶なこともやったが、基本的には真面目な性格であった。それを思い出して、私はどこかに二人の兄がいる、という想定を追究することをやめてしまっている。妹がひとりいた。五十代の前半で亡くなってしまったが、若くして亡くなった妹の分まで、私は生き切るしかない、と考えている。

君は、確かだと思っていたことに、ふっと疑問を感じたことはないか。ま、他愛ない疑問が多いのだが、そこからちょっとだけ心の内側を探ってみたりもできる。

親父を知っているという人に、いまも時々会うことがあるぞ。寿司屋で会ったり、マリーナで会ったりだが、ほとんど海洋関係の人である。親父は、真面目であったり、豪快であったり、やたらに声がでかかったりする。怒鳴る時の声は、確かに肚に響いたものだ。六十歳で亡くなったとはいえ、人生のコースラインも間違えずに生きて、家族が困るなどということはなかった。

私は親父を、好きであり、嫌いであった。嫌いなのは時々で、まあ大抵は好きだったのだが、長生きしていたら、どうだったかわからないな。あれでは多分、頑固で手に負えなくなっただろう。親父よりも歳上になってしまっている私は、どうなのか。

時々、岸壁で待っている三人と、船で帰ってくるひとりを思い出す。その四人が、家族であった。そしていまは、私しか残っていない。ひとりなのだと、しみじみと思うが、いまは私の家族がいる。

そして友も、なあ君。

横浜にあったものはどこに消えた

港町の風情を求めても、横浜ではそれはすでに稀薄なものになっている。船は入っているし、岸壁もある。その意味では港であるが、街の一部だとしか思えないほど、横浜は大きくなってしまっているのだ。

大桟橋には、巨大な旅客ターミナルがあるし、山下埠頭には、およそ私のイメージとかけ離れた、巨大なコンテナ用クレーンがある。もうクレーンとは言えないな。巨大昇降機である。

ちなみに、ビットはある。船からのロープをかけておく繫留用の柱で、昔は日活のアクションスターが、よく片足をかけて煙草を喫っている写真があった。船側のロープかけはカプスタンといって、形はビットとはかなり違う。

昔の船乗りは、煙草の葉を束にして船底に持ちこみ、その上に樽などを置いていた。忘れ去られると、勝手に発酵する。ある時、見つけられ、刻んでパイプに詰め、喫ってみたらうまかった。ネイビーカットと呼ばれる、昆布を一枚ずつ剝がすようにするその葉は、カプスタンという銘柄にもなっていて、私は以前愛用していた。

おかしな方に、話がずれてきたか。港のことだったな。私が母や妹と親父の船を待っていた新港埠頭は、センターピアと呼ばれていたが、そこもすっかり変った。だだっ広い広場の先に岸壁があったのだが、さらにだだっ広くなり、さまざまな建物がある。昔のままに見える赤レンガ倉庫など、いまでは大観光地である。

センターピアのきわめつきは、海上防災基地である。そこには、第三管区の海上保安本部があり、大型の巡視船が並んでいる。私は、そこに出頭した。浦賀水道航路という、東京湾の出口で、スピード違反をやらかしてしまったのだ。

海上にスピード規制はないが、東京湾の航路だけは、速力十二ノット以下、と決まっている。そこをかなりのスピードで航走《はし》り、巡視船のレーダーに捕捉されてしまったのだ。航路からはずれていれば、なんの問題もないことだった。規制は知っていたが、海上に線が引いてあるわけではなく、意識としては航路の外を航走ったつもりだった。

しばらく追跡されたらしい。寒い時季で、唐揚げにするとうまい、掌サイズの鰈《かれい》を釣りに行っていて、充分に釣れたので、軽快に航走って、ホームポートを目指した。しかも、船内で操縦していた。スピーカーで呼びかけ、サイレンも回していた巡視船に、しばらくはまったく気づかなかった。船にはバックミラーなどないし、エンジン全開で、相当うるさい音が出ていた。

三管本部に出頭した私は、ひたすら謝った。もともと罰則がないので叱られるだけだが、謝ったので叱られる時間が短かったということだろう。

書類が処理されると、防災基地に関心を示した私を、若い海上保安官が案内してくれた。防災用のさまざまなものより、押収品倉庫と試射場が、私には刺激的だった。帰りに、応接室のようなところで、不審船を制圧した時の映像を見せてくれた。相当に荒れた海上で、巡視船の舳先から不審船の舳先に跳び移り、自動小銃で制圧するところを、ヘリコプターから撮影したものだった。

時化の中で、私はこんなことは絶対にやらないどころか、よほどのことがないかぎり、舳先にも行かないだろう。まさに命懸けで、尊敬に値するなあと思っていたら、その跳んだ海上保安官は、私を案内してくれている人だった。思わず、握手をしてしまったな。

横浜港には、サウスピアと呼ばれる大桟橋と、ノースピアと呼ばれる瑞穂埠頭がある。瑞穂埠頭はいまだ米軍が使っていて、金網のむこう側は治外法権であり、極端に言えば日本ではない。君は、横浜港にそんなところがあるのを、知っていたか。

そこへ行く途中、瑞穂橋の袂《たもと》のところには、外人バーと呼ばれる酒場がある。昔は、ドルで飲めたのだが、いまそんなことをする客はいるのだろうか。数年前に訪れた時は、御主人も奥さんも元気であった。その内、君と行ってみるか。

横浜港が大きく変ったのは、中央にどんとあった造船所がなくなったからである。そこは、みなとみらい地区といって、近代都市に生まれ変っている。かつては、造船所が、横浜を二つに分けていたのだ。大雑把に言えば、横浜駅地区と、関内地区である。造船所は広大で、そこで働いている人も多かった。私が高校生のころは、鋲を打つような音が、いつも響いていたものだ。いまは高層ビルが建ち並び、二つに分かれていた横浜の街を繋げてしまい、昔の風情も消してしまった。

みなとみらい、という地名はなんなのだろう、と私はしばしば考える。平仮名の地名は捜せば全国にぽつぽつとあるが、それは音《おん》だけではないのか。横浜は村の名だったというし、関内は、幕末のころ外人居留地があり、そこに設けられた関所の内側という意味があった。馬車道などという通りの名もある。私はその地名というか地区名というか、並んだ平仮名がどうしても好きになれず、したがって高層ビル群の街に入って行くこともない。

漢字の文化というのは、教育ではない別のところから、毀《こわ》れていっているような気がする。毀すのは、人間ではない。顔がなく、想像もしにくい、怪物である。ゴジラの方が、見えるだけまだましだ。

平仮名というのは、もともと漢字を崩したところからできあがっていて、意味を表わす漢字を音《おん》に置き換えたのは、日本人の卓抜な発明であった。それを漢字と組み合わせることで、日本語は、深く、豊かで、繊細なものになったのだ。

考えてもみろよ。源流の漢語、つまり中国語は、漢字を覚えなければならず、その数は気が遠くなるほど多い。英語はスペルを覚えなければ、なにひとつ表現できない。五十音を覚え、漢字をそこそこ身につけると、日本語の表現はほんとうに多彩になる。こんな言語を、私たちは持ったのだぞ。それを、顔のない怪物が毀すのか。

横浜のことばかり、ずらずら書き続けた。まだ書くぞ。しかし、君はもう飽きはじめているだろう。しばらく別のことを書いて、また横浜へ行こう。君も一緒にだ。

北へむかえばきっといいことがある

ウタラ、という言葉を知っているか。横文字、ローマ字表記でこのままのはずだが、多分、マレー語である。私はマレーシアで、ウタラと名乗っていた。北、という意味だからだ。

中国では、ベーファーと自己紹介する。これで、北方になり、通じなかったことはない。旅行をする時は、こんなことがかなり役立ち、友だちができたりする。

十年ほど前、揚子江の中流あたりから、支流へ奥深く入るために、船を雇ったことがある。途中で船頭が音を上げ、これ以上行きたくない、と喚きはじめた。じゃ、金は払わんと私が言うと、さらに喚きはじめ、私も喚き返した。だが、喚き合いだと、日本人は中国人に押される。日頃、喚きとは無縁のところで暮しているからだ。

私はメモ帳を一枚破り、それに色狼と書いて自分の胸に押し当てた。船頭は、唖然としていた。日本語にすると、助平ということになる。喚くのをやめた船頭はしばらく沈思黙考し、私から紙とボールペンをひったくると、色鬼と書いて胸に押し当てた。助平の頭に、ドが加えられたことを私は理解し、吹き出した。船頭も吹き出し、それで喚き合いは終り、再び溯上してくれたのである。

この系列の言葉では、桃色人種というのがある。不埒を働いて当局に挙げられると、そのスタンプをパスポートに押される、という噂だった。

私のパスポートに、そんなスタンプはない。若い女の子がいて話がはずむと、花々公子と書いたメモを、私は胸に押し当てる。プレイボーイという意味で、いまあなたをナンパしています、というような意味になるのだ。二度とこんなことはやめようというほど叱られたことはなく、むしろ笑われ、雰囲気はやわらかくなった。

さて、色鬼の船頭だが、そこそこの街の岸に船を着けた。そこに到るまで二日かかり、食料がなくなっていたので、船頭が捕まえてきた蛇を食らって、一日を凌いだ。街へ行くと、私は色狼と色鬼をやろうと言った。こんなところまで来てくれた、せめてもの報酬である。船頭は、そういうことがなにもわからず、不安そうな表情をした。

私は街を歩き回って、床屋を見つけそこに入った。女主人は、鏡の前の椅子に座るように勧めたが、私は紙を出して、筆談をはじめた。すぐに、色狼が欲することを理解してくれ、携帯電話を駆使し、早口でいくつかの連絡をした。十五分ほどで、ごく普通の女の子が二人現われたのである。船頭君は、緊張していた。自分は船頭と言ったがために、年嵩の方をあてがわれた。それでも、緊張したままだった。三十歳ぐらいで、私の相方はそれより七つか八つ若かった。場所も女主人が手配してくれ、すべての料金は女主人に払うのである。

私の経験では、床屋はこういうことにかぎらず、街のさまざまな情報を持っている。東南アジアでも、アフリカでも南米でもそうだった。日本は、そういう点では、理髪店で集まる情報も上品なものばかりである。

ウタラだが、私は二十数年前、シンガポールを出発し、マレーシアのジョホールバルに渡り、そこからえんえんと北へむかう旅をした。できたばかりの高速道路には、必ずウタラという表示があった。地名も書いてあるが、方向も表示されていたのだ。熱帯雨林の中を行く快適な高速道路にすぐ飽きて、なにもない出口で降り、マラッカへむかった。山中の道は傷んだ簡易舗装で、おまけに夜になった。虎が出るという看板が、二度ぐらい見えたような気がする。

マラッカで一泊し、海沿いを走り、また山にむかってクアラルンプールに入った。首都だけあって、さすがに賑やかである。仏教徒よりイスラム教徒が多いような気がした。クアラルンプールに先乗りしていたカメラマンも、そんなふうなことを言った。戒律に反するのか、あやしい場所は郊外にしかない、とも言った。

夜、そこへ行ってみた。なにもないところに、三階建ぐらいの、小さなホテルがあった。あまりに明りが少ないので、廃業しているのかと思ったが、人の出入りがある。なるほどと思い、私はそこへ入った。真っ暗な二階が、板で仕切りがしてあり、待っていると自由恋愛の相手がやってくるのである。顔など見えず、ジッポの火を近づけると、妖怪のような婆さんの顔が浮かびあがった。私は、十分も経たず腰をあげたが、その間に来た婆さんは五人いた。出ようとすると、やくざふうの男が腕を摑み、三階へ案内するという仕草をした。かなり強引な力で、大丈夫ですかね、とカメラマンがふるえ声を出した。階段で三階にあがったが、踏みはずさない程度に、明るかった。三階は、廊下に沿って部屋のドアが並び、外から南京錠がかけてあった。ひとつのドアを開けると、床にきれいな若い女が座っていた。カメラマンが押しこまれる。三十分後だ、と私は背中に声をかけた。

私が連れていかれたのは端の部屋で、ナンバーワンだと、しきりに手で示してきた。部屋の中には、おやと思うほどきれいな素人っぽい女がいた。どこぞから攫ってきた、という意味のことを、やくざさんは言い、立ち去ろうとしない。チップを渡すと、下卑た笑みを浮かべ、ドアを閉めた。

女は、なにも喋らなかった。いつもやるように、私はベッドに腹這いになり、背中をマッサージしろと言ったが、女には通じず、服を脱ごうとしたので止めた。結局、三十分間、女はなにも喋らず、二度、無表情に服を脱ごうとした。

どこぞから攫ってきたという言葉が不意にリアリティを持ち、私は暗い気分になった。

こういうところに来はするが、私はなにもせず金を払うだけである。取材でもなく、見学というほどシリアスなものもなく、見物に来てみるという程度だ。そういうところを見ることによって、国の内情もいくらかわかったりする。

魔がさしてということが一度もないのは、病気を恐れる小心さが最初にあるからなのか。見るだけは、ずいぶんと見てきた。

君、私と行ってみるか。三十分なら、私は行動をともにしてやるぞ。

ある日思い出した映画を観てみる

所有しているＤＶＤを、また買ってしまったということが、二度ある。『オン・ザ・ハイウェイ』がそうだった。これは車中のひとり芝居のような映画で、人生の煩雑さ、厄介さが、車の中に詰まっている。トム・ハーディが出ていて、この人は格闘家のように首が太く、実際に格闘の映画もあるのだが、暗い眼差しは、もっと別の役柄が似合いそうだ。私はちょっと気にしていたのだが、違う映画と勘違いしたのだろうな。だろうなというのは、観て五分ほど経つまで気づかなかったのだ。

もう一本は古い映画で、『愛と哀しみの果て』が欲しくて、『愛と追憶の日々』を買ってしまった。両方とも値の下がったＤＶＤだが、金の問題ではない。私の脳の問題なのである。三本目をやってしまったらもう終りだな。

時々、かつて小屋で観た映画が懐かしくなり、買ってしまう。近所のツタヤへ行けば、たやすく借りられるのに、買ってしまう。

かくて、私は海の基地で、ＤＶＤと釣道具に埋もれてしまっているのだ。

ところで、ここでＤＶＤが出ていないと嘆いたら、直後に出て、あろうことか読者から贈って貰ったことさえあるので、書いてしまおう。決してプレゼントして欲しいわけではない。出たら、それを教えてくれるだけでいい。『ライオンと呼ばれた男』である。監督はクロード・ルルーシュで、音楽はフランシス・レイ、主演がジャン＝ポール・ベルモンドなのだぞ。ベルモンドが出ているので、ロマンチックに行き過ぎることもない。頼むよ、ツタヤさん。私は、ほかに頼るところがないのだ。

酒場で映画の話ばかりしていたら、私にコーエン兄弟を薦める人がいた。観とるわい。別につまらなくはないが、もう一度観たいと思うほど、私は好きではない。『バーバー』には少女のころのスカーレット・ヨハンソンが出ているが、一番を挙げろと言われたら、『ブラッド・シンプル』である。『ノーカントリー』は、二番目か。つまり、まだ処女作を超えるものを私は発見していないのだ。強く薦められた『ビッグ・リボウスキ』を、私はびっくりボウスキなどと言って、すっかり気を悪くされてしまった。

ここでしばしば映画のことを書くので、私がかなり詳しいと思う人がいるようだ。詳しくはない。好きなだけだ。愉《たの》しみたいのだ。それでいいだろう。こむずかしいことを書くのは、私の仕事ではない。しかし、映画を観てきてよかったな。

老年期に深く入りこんでいる私は、友だちもすっかり老いこんで、ともに悪さをする元気などないのだ。しかし、映画を観ることはできる。新作も受け入れられるし、記憶さえ蘇れば、昔、心を揺り動かされた映画を、また観ることもできる。海の基地は、ミニシアター並みの、スクリーンと音響設備で武装しているのだからな。

ほかにも、居合用の日本刀があるし、鳶《とんび》と戦争をするためのエアガンも装備している。生きものを、無闇に苛めているわけではないぞ。洗ったばかりの船に爆弾を落とすので、追い払うための武装を、ボースンが要求したのである。このボースンは、おかしな趣味を持っていて、どこかに収いこんであるらしいさまざまなモデルガンを、海の基地に持ってくる。私が、抜き撃ちの稽古などをして、アラン・ラッドより速いガンプレイを見せると、持って帰ってしまうのである。ホルスターからなにから、手作りであった。

私と一緒に居合もやっていて、禁じていた燕返しの技をひとりの時にやり、両手から放れた刀が頭上に舞いあがって背中に落ち、大出血をしたのも、この男であった。病院に駈けこんだが、日本刀で背中に怪我をしたと言った瞬間、警察だ、ということになった。本来ならば、檻の中にいるはずだが、そこはなんとか言い逃れたらしい。

私は左右の腕の上腕二頭筋を、日本刀を振っていて断裂してしまったのだが、巻藁《まきわら》を斬るのをやめたのが不満そうだった。ひとりで稽古をしていたら、痔になり、手術せざるを得なくなった。ざまあみろ。ドーナツみたいな座蒲団を持ち歩いているが、私は時々、それを隠してやる。おろおろとしながら、やつはそれを捜す。ざまあみろ。天誅は下るのである。その天誅は、私の恣意に拠っているのだが、天の意志でもあるのだ。

おっ、久しぶりに映画の話をしていたのに、おかしな方向に行ってしまった。私は釣りをしてうまい魚を食らい、手に入った食材をスモークして強い酒とともに食らい、好きな音楽を聴き、古い、あるいは新作の映画を観ていられたら、それで幸せなのだ。願わくは、二十代前半で美人で豊満な、スカーレット・ヨハンソンみたいな恋人が五人いれば、人生は充足するので、百歳まで生きたいと思うだろう。三人いれば、九十九歳である。

君よ、私を嗤うなかれ。長く生きてきてもなにも言えないが、ひとつだけ確信できるのは、嗤ってもなにも生まれない、ということだ。

もっと自分を見つめることさ。それで自分の愚かさが見えたら、男としてひとつ大きくなった、ということだ。わかるかな。

こんなことを書きながら、山になったDVDを整理していたら、『運動靴と赤い金魚』が出てきた。イラン映画であるな。ほかにも、なにかあった。アスガー・ファルハディか。『彼女が消えた浜辺』と、『別離』を続けて観てみたい。心理映画として、なかなかなものだった記憶がある。いきなり思い出したが、インド映画で、『女神は二度微笑む』というのがあった。面白いが、結末のアイデアが、アンジェリーナ・ジョリーの『テイキング・ライブス』に重なって、白けてしまった。しかし、思い返すと悪い映画ではない。もう一度、観てみるか。

こんなふうに、もう一度観てみたい映画がしばしば思い浮かんで、私は幸福である。そういう映画が君にもあったら、教えてくれ。私はまず小説を書かなければならないので、駄作で時間を浪費したくないのだ。

それにしても、時が過ぎるのはあっという間だ。いやなことは、もういい。愉しいことだけやっていたいものだよ。

やつが唄えばどんな風が吹くのかな

真夜中を過ぎたころ、私は都内某所のあるバーで、飲んだくれていた。私は完全に潰れて寝入ったりすることはなく、大声で喋りながら、だらだらと飲み続けるタイプである。自分では人に迷惑をかけているつもりはないが、声そのものが、かなりの騒音になっているのかもしれない。

その夜も、自殺した天才サックス奏者の話を、ああでもない、こうでもないと言い続けていた。そのサックス奏者には、『なしくずしの死』というアルバムがあり、フランスのセリーヌという作家に、同タイトルの長篇がある。私はセリーヌが好きではなかったが、『なしくずしの死』などは、なぜか何度も読んだ。以前ここで、ブラジル映画のグラウベル・ローシャとセリーヌの共通性を書いたことがあったが、ローシャとサックス奏者にはあまり共通性は感じない。酔っ払っていると、話がそういうところに飛び、なんの議論だったかわからなくなってくる。

別の席で、ギターの音がして、しばし私は口を噤んだ。リズムが、耳というより躰に入ってきたのだ。唄声。明らかに、アメリカのディープサウス、ミシシッピのデルタブルースではないか。私は、聴き入った。唄っているのは、まだ若い青年であった。

その青年とデルタブルースは、どこかに違和感がある。なのにブルースとして躰に入ってくるのである。なんなのだ、と思った。ギターも歌も、うまいと私には感じられた。南部のどこかのゲットーにいるような気分になってきた。

歌が終り、拍手が起きた。ボトルネックをやることがあるか、と私は思わず訊いていた。できます、と青年は言い、ギターケースからなにか出した。七味唐辛子かなにかの瓶のラベルを剝がしたものであった。考えれば、それは完璧なボトルネックである。

ボトルネックとは、ボトルのネックを切り取って指に差し、それでギターの弦を擦って音を哭かせるという演奏法である。眼の前でそれを見たのは、ディープサウスの旅以来だ。映画では、『ブラック・スネーク・モーン』で、サミュエル・L・ジャクソンが、金属の筒を指に差してやっていたな。

　青年は、七味唐辛子で、見事にギターを哭かせた。こんなやつがいるのだ。私には、ちょっとした驚きだった。

　酔った勢いで青年をつかまえ、酒を飲ませながら、デルタブルースについて訊いた。クラークスデイルという、デルタブルースの発祥の地とされているところも訪ねていて、私のディープサウスの旅と重なるところが多かった。二十代の中ごろであろうか。普通だったら、ロックと言ったりするよな。

　少しだけ飲んで、青年は帰っていった。私は自殺したサックス奏者の話は忘れ、ベッシー・スミスというブルースの女帝が、交通事故に遭い、六、七時間病院をタライ回しにされて死んだ、という話をはじめた。それは、前にも書いたよな。黒人なるがゆえに、病院で受け入れてくれなかったのだ。最後に運ばれ息を引きとったのが、クラークスデイルの病院であった。

　その夜、私は酔っ払って半分記憶をなくしながら帰ったが、数カ月後に、また青年と会い、やはりブルースを聴かせてくれた。もっと聴きたいのだと言うと、彼はCDを二枚送ってくれた。私はそれを、海の基地に持っていって、ひと晩かけていた。

　デルタブルースとは、まるで違う曲調であり、歌詞も日本語だった。二度目からは、歌詞に耳を傾けた。自分の情況を表現するのに、やや説明的である。切りつけてくるようなところがなく、ひとりで自分はこうなのだと、懸命に唄いあげている。うまいが、なにかが足りない、と感じた。聴者が、足りない。聴く者がいない。ひとりきりで、唄っているように思えるのだ。彼が愛したもの、親しんだもの、遠くない日常を、ひとりで唄っている。

　表現は、すべて自己表現なのだから、それはそれでいいのだが、彼は、たったひとりの聴く者を意識すべきだ。顔も姿も見えず、声も聞えず、表情もわからない。しかし、間違いなくいる、ひとり。孤独を内に秘め、じっと唄声に耳を傾けている、ひとり。それが、感じられない。

発する者の孤独と、受ける者の孤独。それが共振し、表現はもっと別の次元に跳ぶ。あくまで、一対一の関係である。しかし受ける者の孤独は、十になり、千になり、一万になる。一万通りの一対一。それが、音楽の拡がりではないのか。

私は何度も青年の唄声を聴きながら、自分自身の孤独になにか語りかけられるのを待った。感じたのは、発する者の孤独だけである。私の孤独が、ヒリつくことはなかった。

しかし、うまい。しかし、うまいだけの者なら、少なからずいる。しかしが二つ続くところが、これからの課題だろう。

CDが出ているなら、名前を教えろ、と君は言うか。私は、ここに名前は書かないぞ。私が貰ったCDも、聴かせてやらない。

いつか、彼の歌が、ごく普通に手に入るようになる。どこかで、普遍性を、期せずして獲得することがあるはずだ。孤独と孤独が共振すれば。

その時、私は言うのである。これが、あの彼なのだと。やがて、来るよ。ほんとうは、来てみなければわからないのだが。

それにしても、飲み歩いていると、興味深いことにぶつかるのだと、改めて考えたよ。恒常的に、私は酒を飲んでいるように思われ、ほとんど依存症だと思っている人もいるが、私は小説を書いている。数千枚が予定の長篇もすでに書きはじめたし、書店に行って並んでいる本を眺めれば、毎晩飲み歩く暇など当然あるまい、と信じられるはずだ。

月に一、二回、仕事の会食のあとなどに、私はひとりで飲み歩く。そして、七味唐辛子の瓶を持っている青年に出会ったりするのだ。

君とは、これまでずいぶん音楽の話をしてきた。映画の話もした。そろそろ、自分のことも語ってみろよ。語れば、これまでそうだと思っていた自分以外の自分に気づく。

語るとは、そんなことなのだよ、友よ。

これが自分だと言えるものがあるか

人間の躰には、毛がある。多い少ない、濃い淡いは別として、大抵、共通の場所に毛が生えている。私など、左肩に相当な量の毛が生えているが、これなどは特殊である。

東ヨーロッパのあたりで、顎に髭を蓄えている老女は、肩に毛がある私ほどめずらしくはない。マイクロネシアの諸国では、産毛ではない口髭の女性は、よく見かける。

歳を重ねるうちに、薄くなったり白くなったりする。私の左肩の毛も、いまでは真っ白である。ちなみに、胸毛はほとんどないが、よく見ると白く長いやつが生えていたりする。

そこまでは、私は納得できる。髪がすっかり薄くなり、そして白い。髭は、顎も鼻の下も、黒いのを探す方が大変なのだ。鼻の下だけでなく、穴の中の鼻毛も白いものが多い。よく見ると、睫にまで白いものが散在している。かように白い私の体毛が、眉と脇毛と陰毛だけ、黒々としているのだ。

なぜだろう。眉など、墨で描いたように黒く、顔の中でそこだけ浮いている。白眉という言葉があって、それはいい意味しかないが、黒眉というのはどうなるのか。

左肩の毛は、私は自慢にしていて、銀座のクラブなどでは、触れると妊娠する子宝の毛だとほざいていた。左肩を触ると例外なく右肩も触ってくる。そして、なんでなの、と声をあげるのである。妊娠した女性はおらず、毛に触れた日の帰りに、いくらか知らないが金を拾ったというやつがいた。以来、運気を呼ぶ毛とされている。

触らせるのは、シャツのボタンをひとつはずせばいいのだが、見せるとなると三つぐらいボタンをはずさなければならない。だから滅多にやらないが、見せてという女性がいて、この間やった。俺の毛も、すっかり白くなっちまってな。わっ、きれいねえ。そんなやり取りになった。

一本だけ、黒いのが残っているだろう。これが大きな運気を呼ぶ。私が言った瞬間に、手がのびてきて、なけなしの黒い一本を抜かれてしまった。私を愛している女性たちは、そんなことはしない。抜いたのは、前に座っている大沢新宿鮫の手であった。返せ、と叫ぶと、口に放りこんで水割りで呑みこんでしまった。ふと、鮫の胃は、毛を消化するのだろうか、などと考えてしまったな。

大沢新宿鮫は、得々として言った。あんたの時代は、もうとっくに終っている。だいぶ前から俺の時代さ。この一本がなくなったんだから、早く消えて、消えて。おい待てよ、俺の時代なんかきちゃいないぞ。小さな、わからないぐらいの時代が、あったんだよ。

私は腹を立て、鮫の腹を断ち割ってやろうと思ったが、やめた。そんなこともあろうかと、私は黒い毛だけに、三年殺しの秘薬を仕こんでいたのだ。それも知らず得々としている大沢新宿鮫は、泳ぎ回っていたら、三年後に間違って陸にひょいと跳ねあがってしまい、ひからびて干物になる。私はいま、ただ静かにそれを待っているのだ。

それにしても、なぜ白眉ではなく黒眉なのだ。君は、そんなやつ見たことあるか。ここまで書いて、私はひとりの男を思い出したのだ。ショーン・コネリーである。禿げかかった頭は白く、髭も白く、しかし眉だけは黒である。おまけに、顔が似ている、と言われることがある。

ショーン・コネリー本人にも、日本でわずかな時間、話す機会があり、言われた。映画を観ていて、一番似ていると感じるのは、『ザ・ロック』である。長く監禁されていたジェームズ・ボンドが、仕事を命じられ、髪を切って髭も刈りこむ。ちょっと着こなせない感じで三ツ揃いのスーツを着て出てきた時、おっと思ったのだ。映画が面白いかどうかは、好みによる。

ショーン・コネリーの黒い眉は、よく動く。私の眉も、よく動くと言われる。動くと黒いのか。そんなことはないよな。

それにしても、いまの若い女性は、脇毛どころか、陰毛も永久脱毛していて、全身がつるんつるんなのだという。ありか、そんなの。マネキン人形ではないのだぞ。そもそも、陰毛を全部脱毛して貰っている時、恥ずかしくはないのか。恥毛などという言葉も、なくなってしまうのだろうなあ。

そんなことを嘆いていたら、週刊誌の広告で、とんでもないものを見つけた。男のムダ毛の永久脱毛がいくら、というやつだ。

ムダだと。無駄と書きなさい。それにしても、どこが無駄なのだ。頭髪など、大枚はたいて植毛している人さえいるのだぞ。まあ、無駄といわれるものの、およその見当はつくが、そんなことを考える脳味噌が、無駄というしかあるまい。

無駄毛を見せてはならない、などという条例でもできれば、私はまず左肩の毛を無理矢理脱毛されてしまうのだろう。そしてクラブで左肩を触らせると、つるつるで気持悪い、などと言われてしまうのだ。

左右の上腕二頭筋を断裂するまで、私はタンクトップなどを着て海辺にいると、筋肉と同時に、左肩の白い毛が注目を集めたものだ。生命力を誇る白い焔が、左肩にあると私は自分で言っていた。他人は誰ひとり言いはしなかったが、私はそれでいいのだ。

それにしても、若い連中は大変だな。恋人に、そこの毛が気に入らない、などと言われたら、脱毛してしまうのか。気に入らないところも含めて、自分だと思うことはできないのか。次の女とつき合う時、そこに毛がないのは変だと言われたら、植毛するのか。

説教などしたくないと思いながら、説教をしてしまっている。私は、私の左肩の栄光の数々を、語ってみようと思っただけなのに。それを語れば、一本の長篇小説にもなりそうだったのに。

まあいい。いつか、ほんとうに書いてやる。左肩の毛をなびかせながら、一生を突っ走った男の話を。しかし、まだ先だ。その前に、私は長い物語を書きおおせなければならないのだ。

それにしても、鏡を見てみると、私の眉は黒い。白眉の反対だが、それが私なのだろう。

またな、わが友よ。

新しきを知ることになるのかな

溜っているDVDを観ようとしていた。

それなのに、なぜか私は『チャイナタウン』を観てしまった。古い映画であるが、その持つハードボイルドテイストは、まったく古びていない。ジャック・ニコルソンがまだかなり若く、フェイ・ダナウェイは、『俺たちに明日はない』のころよりいくらか老けている。これは私の大好きな作品の一本だから、ふと手にとって観てしまったのだな。懐かしかった。

そこでやめておけばよかったのだが、ハードボイルドテイストの映画を、続けて観たくなった。アーウィン・ウィンクラーの、『海辺の家』。

これを観た時、私はなんとなくロバート・B・パーカーの『初秋』という小説を、思い浮かべてしまったのだが、二度目に観たら、その印象はどこかへ行ってしまっていた。『初秋』は、八〇年代前半の小説だしな。私はそのころ、『逃がれの街』という作品を発表していて、よく『初秋』と較べられた。勝手なことを言うな、と私は内心呟《つぶや》いたが、新人作家であった私が、売れている翻訳小説と較べられることは、ありがたいことでもあった。まあいいか。しかし、あんなものをと言われても、いまではもう書けないな。自分ではっきりとわかる。あのころ持っていたものは失い、代りに別のものを獲得した。

海の基地である。私はその日、二キロ半ほどの鮃《ひらめ》を釣ってきていて、五枚に下した身は刺身用と昆布締めに分け、縁側も取りおき、頭と中落ちと卵と胃袋を、煮つけたのである。冷蔵庫の煮つけは、覗いてみるときれいな煮凍りになっていた。刺身を少し食いながら、酒を飲んで寝た。

翌日は、雨であった。私は本を読み、原稿を少し書き、作ってあったタンシチューを昼食にし、それから擬似餌《ルアー》を作りはじめた。シーズンが来るので、その準備である。実は去年、三度もカジキを逃がしたのである。フックに圧着したリーダーが、ものの見事に引き抜かれてしまっていた。私は何カ月も、圧着した金具から、リーダーが引き抜かれない方法を考え続けた。

普通の釣りでいうとリーダーはハリスでラインより細いが、トローリングでは逆に太くなる。いくつか思いついた方法でルアーを作っているうちに、スペンサー・トレイシーを思い出した。『老人と海』は多分、私が子供のころの映画で、いつ観たのか記憶は定かではない。

とにかく、私は古い映画が観たくなってしまったのだ。海の基地はDVDも山になっていて、思い出すままに買ったものもずいぶんある。私は、適当にDVDの山を探った。古いもの。

ベティ・デイビスのものが、何本かある。『ふるえて眠れ』は前に書いたよな。『八月の鯨』。これは最晩年の作品で、私が観たい古いものではない。『イヴの総て』、『何がジェーンに起ったか?』。お、『妖婆の家』がある。暗いよな、と思った記憶しかないので、観てみた。暗いというより、こわいな。人が内面からこわれていく姿が、こわい。海の基地には、これだけしかDVDがなかったが、すごい女優である。

気分を変えるために、私は鮃の昆布締めを食らい、煮凍りも食らった。魚は、頭がうまい。それはほんとうだと思う。食らいながら、私はしきりに古い映画を思い浮かべた。『レディ・イヴ』、『サンセット大通り』、『狩人の夜』。こんなのは、前に書いたような気がする。『嘆きの天使』、『情婦』もな。

なぜか古いものに惹かれるということが、君にないか。私には時々あって、ひと晩に二本ずつ観ると、五日で十本である。思い出して観るのだが、忘れているものもたくさんあるのだろうなあ。

シドニー・ポワチエという、黒人の俳優がいた。まだ亡くなっていないので、いると表現するべきだろうが、最近はその名さえもあまり聞かない。私は、好きであった。『野のユリ』の記憶が強い。『駆逐艦ベッドフォード作戦』という、潜水艦をモビー・ディックに見たてたようなものがあり、結末は冗談ではないと思うが、リチャード・ウィドマークとの絡みがよかった。

おっ、観たいものが見つかった。『日曜日には鼠を殺せ』である。『グラン・トリノ』を観た時、結末がこの作品を連想させた。

しかしこれでグレゴリー・ペックが演じる主人公の疲弊は、もっと深く重い。男の映画だぞ。私の好きなオマー・シャリフが出ているし、アンソニー・クインも出ている。

冒頭から、男が男として生きようという映画である。そして、男として死のうとする。高校生のころ、最初に観たような気がする。それから、二度ぐらいは観たか。ちょっと心がふるえた。そして、いま観ても、ふるえたのだよ。

しかし、古いものにどっぷり浸っているなあ。今回の海の基地滞在は、古いものに浸りきってしまうか。私は、蛸の足を一本切ってきて、それを食らいながら、明日観る映画を選びはじめた。蛸はくつくつと五十分茹でてあるので、食い千切るのは容易である。酒も、飲みはじめた。

私の映画の一日の許容量は二本までで、間には料理をしたり風呂に入ったりと、間隔を置くことにしている。それ以上観ると、なにがなんだかわからなくなってしまうのである。それに、本も読まなければならず、音楽も聴かなければならない。そしてちょっとだけ、仕事もするのだ。

二本、選んだぞ。蛸の足は食らっちまったし、かなり酔ってもきた。『失われた週末』。これは、書けなくなったアル中の小説家の話だったはずだ。酒を飲んでいたから、こんな作品を選んだと思いたくない。悪くない映画だった記憶がある。しかし、アル中は切ないね。

もう一本は、『自転車泥棒』。このイタリア映画は、もう一度観ようと思ってＤＶＤを買っておいたのだが、なんとなく敬遠していた。ちょっと痛い映画なのだ。こんな勢いがついた時でなければ、もう一度観る映画に選べない。貧しさが、悲しい。そんな映画だったという気がするが、明日の二本が決まったので、私はもっと酒を飲む。

しかし、溜っているＤＶＤの山は、どうするのだ。君が、私の代りに観るか。

流儀があるやつとは喧嘩しない

路上の喧嘩など、久しく見かけていないので、若い連中は喧嘩はしないのか、と思っていた。よく考えると、そういうものが勃発するような場所を、私は歩かなくなったのかもしれない。

先日、ちょっとした摑み合いを見かけた。夜であったが、それほど繁華な場所ではない。お互いに胸ぐらを摑んで、すごい形相で引っ張り合っているのだ。離れたところから年寄が見物するのは、あまりいい趣味ではない。私はそのまま歩き、擦れ違う時に、通行の邪魔はするなよ、と吐き捨てた。

三十メートルほど歩いてからだろうか、靴底が舗道を蹴るような音がした。ふり返ると二人は倒れ、それでもお互いの胸ぐらは放さず、転がって立ちあがり、また最初の姿勢に戻った。荒い息で、二人の肩が大きく上下しているのが見えた。これは、大して発展しない喧嘩である。私は歩み去った。

素人の喧嘩など、最初の一発である。それを入れた方が、次の三、四発も入れ、それで終る。それが極意と嘯いていた時期があり、そうでないことを、躰で教えられたことがある。一発、もしくはついでに蹴りを入れ、風のように消える。

あるビリヤード場であった。十台以上の台がある、結構大きなところだ。私は友人と、わいわいやりながら、エイトボールというゲームをやっていた。私がストロークの態勢に入り、キューを引いた時、エンドが人の躰に当たった。そんなところを、通ってはいけない。私が振り返って睨むと、小男のおじさんが立っていた。謝まりなよ。男が言う。謝まるのはそっちだろうが。私が言う。痛てえよ。キューで突かれて、痛てえよ。謝まれよ、謝まれよ、謝まれよ。面倒になって私が横をむくと、躰を密着させてきてそう言い続ける。しつこいんだよ、おっさん。押し返しても戻ってくるので、私は男の顔に一発食らわせた。

これで終り。あとは逃げるだけ。思ったが、脚が動かない。男が、両腕で私の脚にしがみついているのだった。やめろ。私は男の胸ぐらを摑んで立たせ、もう一発お見舞いした。次には、腰にしがみついていた。その顔に、拳を叩きつける。えんえんと、そういうことをくり返した。

人の顔など、あっという間に腫れるぞ。男の顔が、ひどい状態になった。これが、覚悟を決めた命がけの喧嘩なら、私の圧勝である。私は、ただ逃げようとしていただけなのだ。腫れてきた顔を見ると、こいつが死んだらどうなるのだ、と考えてしまった。すると、手も動かなくなったのだ。

次の瞬間である。私は両脚を掬《すく》われて、仰むけに倒れた。立ちあがろうとした時、唸りをあげてキューが打ち降ろされてきた。私はそれを摑もうとしたが、また振り降ろされた。転がってかわしたが、三発目が背中、四発目が太腿に入った。立ちあがろうとした。相手はキューを逆様に持っている。打撃は、痛いというより、ずしりと重く躰に響いた。

このままでは、殺されるかもしれない。立ちあがり、頭から突っこんで相手の腰に抱きつく。それが打撃から逃れる方法だ、ということはわかったが、躰が動かなかった。キューをかわすのが精一杯で、それでも三度に一度は躰に食いこんできた。相手は、ぜいぜいとのどを鳴らしながらも、やめる気配はない。腹を打ち据えられ、呼吸が止まった。

足音がして、やめろと制止する声が響いた。やめろ、の前に明確な固有名詞もついていた。警官が、二人いた。ひとりがキューを取りあげ、もうひとりが相手を押さえた。その相手は、かなりの有名人だったようだ。

立てるかと問われ、立てた。男は、もう私を見ていなかった。私の友人が、恐る恐る近づいてきて、交番へもついてきた。情況を説明してくれたのは、すべてその友人である。

われわれが五分遅れていたら、君は一生不自由な躰になったぞ。説諭の途中で、警官はそんなことを言った。不自由ではなく、もっと別の言葉だったが、ここでは書けない。あいつは、ある時から同じ場所を徹底的に打ち据えてくる。そんなので帰して貰ったが、私は相当無謀な喧嘩をやったらしい。

男は、大して強くなかった。強くないやつは、強くないながら、すさまじい流儀を持っている。あちらの世界の有名人でもあったらしいが、プロという看板を出す以上、半端ではないのである。

それ以来私は、一発食らわして逃げるのが極意とは思わなくなった。遠い昔の話であるが、振り降ろされるキューの唸る音は、いまでも蘇える。

君は、これまでの人生で、喧嘩などをしたことはあるか。私はこの事件以来、喧嘩にはずいぶん慎重になったぞ。

これは喧嘩ではないが、まだ学生のころ、新宿御苑のそばの路上で、深夜、大きな女に襲われたことがある。着物を着ていて女の恰好だが、男であった。そして、強かった。殴るのでも蹴るのでもなく、全身で絡みついてくるのだ。腕の関節の、逆を取ろうとしてくる。決められたら、動けないだろう。私は前に回ってきた男の腕を抱えこみ、投げ飛ばした。女になにするのよ、と野太い声で言いながら、また私に絡みついてくる。苦し紛れに私は腰を捻り、その時、偶然だが、相手の首に肘を打ちこむかたちになった。一瞬、相手の腰が落ちた。手をふり払い、私は全力疾走した。目的の店へ行くまで、ふり返りもしなかった。

店へ飛びこむと、そこででかいオカマに襲撃されたと、私は息を切らせながら言った。ママというかおばちゃんというか、店主はあら、と名前を言い、別に動じたふうもない。

私はその店で、友人たちと会うことになっていたのだが、まだ誰も来ていなかった。

なにか、妙に強いやつだったぞ。当たり前よ。陸上自衛隊の、ある精鋭部隊の出身なのだという。ほんとうなのかよ。そんなやつを、野放しにしていていいのかよ。いい子なのよ、とっても。いつもやさしいし。それに、力は強いけど、しゃぶり方はほんとにソフトなんですってよ。

私は、カウンターに突っ伏した。私のこの災難を、人は嗤《わら》うであろうな。

君はどうだ。やはり、嗤っているな。

自分の存在が絶対だとは思うまい

上腕二頭筋を、左右ともに断裂してしまった私は、摑んだものを躰に引きつける力が、かなり弱くなってしまったような気がする。

孫たちが遊びに来てふざけている時、とっ捕まえても、振り切って逃げられてしまうのである。孫たちの力が強くなったというのもあるだろうが、引きつける力も弱いのだ。筋肉だけは異様に盛りあがるので、それに触らせ、爺ちゃん筋肉マッチョだ、すげえ、などと言われて喜んでいるぐらいだ。

孫に自慢できることが、少なくなってしまった。爺ちゃんはもっと強かったのに、最近ではボディに一発食らうと、うっと呻いたりする。押さえこんで、人参潰しなどと体重をかけても、躰がやわらかく、蛸みたいに逃げてしまうのだ。だから、うまく袈裟固めなどが決まると、すぐには許してやらない。

爺ちゃん、許してください、と言うと解放してやっていたのだが、さらなる言葉を教えこんだのである。おじいさま、御慈悲を、と三回言わせるのだ。しかし、御慈悲、御慈悲と言われると、悪代官になったような気分だな。

そして私は、自慢できる別のことを、発見したのである。爺ちゃんは勉強ばかりしているから、漢字を書けるのである。

上の孫は小学一年生になったから、いい機会でもある。檸檬と教えた。麒麟も大きく書いてやった。それから薔薇。どうだ、爺ちゃんは貧乏だが、字はたくさん知っているのだ。

上の子は、かたちを真似て書く。二度ぐらい書くと、覚えてしまうのはちょっとショックである。学校で、先生に紙を配られ、絵でもなんでもいいからかくようにと言われ、檸檬と書いたらしい。爺ちゃんは、鼻高々である。うちの爺ちゃんは貧乏だけど、字は知っているのです、と先生に言ったか。貧乏だけはしっかり刷りこまれていて、当たり前のことだから、いまでは会社に行った方がいいよ、とも言わない。

孫に尊敬されようと思うと、大変なのだ。衰えた想像力を駆使して、こわいこわい話をしてやる。それも疲れる。自転車にも普通に乗るので、爺ちゃんは両手を放して乗れるのだと、やってみせたら転んだ。そんな馬鹿なことをして骨折でもしたらどうするのよ、と娘に叱られた。ふん、昔は両手を放し、眼も閉じて乗れたのだ。

喧嘩のやり方を教えるのも、禁じられた。金玉を摑むぐらい、なんだというのだ。蹴れと言ったわけではない。教えると、その通りにやってしまうんだからね、と娘は言う。うむ、檸檬と教えたら、早速学校でそう書いた。うかうか、喧嘩のやり方だと言って、当て身などを教えたら、とんでもないことになりかねない。

それにしても、子供のころは別として、私は大した喧嘩などしてこなかったな。多分、気が小さいのだ。それよりもっと、紳士なのだ。よほどの売られ方をしないかぎり、喧嘩は買わない。

ずっと昔の話になるが、国内の取材旅行をしている時、撮影中のカメラマンがやくざに難癖をつけられた。割って入ろうと思った時は、もう喧嘩ははじまっていた。そいつは柔道四段で、その方面には自信を持っていた。やおら気合を発すると、やくざを腰に跳ねあげ、舗道に叩きつけた。やくざは跳ね起きた。なかなか敏捷であった。しかし私は、楽観して眺めていた。四段というのは、いやというほど強いのだ。現役最強が四段であり、五段になるとやや経歴も加味される感じがある。六段以上は、名誉だの貢献度だのということになると思う。

やくざは蹴りを出し、それから殴りかかったが、やはり投げ飛ばされた。自慢していた通り、強いのだなと思った。三度目に投げた時、もう勝負は見えていたはずだった。やくざは、立ちあがって身構え、数歩退がった。これは逃げるのだと思ったが、いきなり着ているものを脱ぎはじめたのだ。上着を脱ぎ、派手なシャツも脱いで、上半身裸になった。カメラマンの顔に、困惑が浮かんだ。

やくざが殴りかかり、カメラマンは投げようとするのだが、うまく投げられない。摑むところがないのだ。背中で、中途半端な倶利迦羅紋々が笑っていた。これは危ないかもしれないと私は思ったが、無謀な助太刀に入ったわけではない。

通りかかった軽トラックの荷台に、やくざが脱いだ上着を放りこんだだけである。やくざさんは、あっと叫んだ。そして喧嘩を放り出し、その軽トラックを追って走りはじめたのだ。逃げるぞ、と叫んで私は路地に駈けこんだ。

それだけなのだが、やくざさんに申し訳なかった、という気分がしばらく続いた。昔は、やくざさんはひと目見ればわかったし、派手にのし歩いていたものだ。いまは見分けがつかないし、無闇に喧嘩などもしないようだ。

殴り合いの喧嘩など、してはいかんよ。説教口調でそう言うのも、ちょっと気がひけるが、殴り合って片が付くのは、子供のころだけだ。大体、人生は喧嘩の連続ではあるが、殴り合いなどまずない。暴力でしか結着がつかないものは、もともと結着などない事柄なのだ。大人になってからの喧嘩は、もっと複雑なものである。笑いながら、実は喧嘩をしているというのも、めずらしいことではない。

私が孫に檸檬という漢字を教えたのは、犬の名がレモンだからだ。そのレモンにしろ、若いころは相当、闘争的であった。天敵は猫だったが、トイプードルとも相性が悪かった。放っておくと、襲いかかって、私は何度も頭を下げたものだ。

ここまで書いて、停電した。私は、自分が死んだのだと思った。死んだら、死んだと思えるのかどうか、死んだことがある者がいるわけではないから、わかりようはない。しかし、一瞬だけ、いま死んだのだと思った。それから、電気が消えたことがわかった。

周囲の家には明りがあり、闇に包まれたのは私の家だけだ。結局、なにかの拍子にブレイカーが落ちただけだった。停電など、久しぶりだ。

君は、頭の中を停電させるなよ。最近、脳味噌の明りが消えている者を、よく見かける。君は、大丈夫だよな。

行けなくなった土地を思い浮かべる

キルギスタンという国がある。

いまではキルギス共和国というらしいが、私にとってはいつでもキルギスタンだ。首都はビシュケクというが、ソ連崩壊以前は、フルンゼというロシアの英雄の名がついていたという。

私はパリから出発し、数カ国の国境を通過し、キルギスタンに入った。旅行のように思えるだろうが、移動であった。

もう二十年以上も前のことになる。十台の四輪駆動車でコンボイを組み、ひたすら移動を続けた。決めた区間は、二十三時間かかろうと、走り続ける。まるで軍隊のようだったが、野営に入ると陽気な声が満ち溢れた。ほとんどが、フランス人である。

ビシュケクに入った時、補給品の到着を待つために、ホテルの宿泊を許された。粗末な部屋であったが、それまではテントだったのだ。

決まった時間に戻ってくれれば、外出も自由だった。かつてはソ連邦の一員で、独立したといっても、ちょっと暗い東欧圏の残滓はあって、街に物資が溢れているということもなく、闇ドル買いが遠慮がちに近づいてくるだけだった。私は、絵葉書を五枚ほど書き、日本にむかって郵便局から送ったが、一枚も届かなかった。

パリから北京までのラリーが計画され、資金力がある企業がバックボーンについたので、国境の通過なども、事前にネゴシエーションができていて、呆気ないほど簡単であった。食糧や燃料の補給についても、同じだった。ただ、部品の補給は難しく、航空貨物で受け取れるところで、待つのである。

ビシュケクについては、それ以上の印象は残っていないのだが、女性がきれいであった。スラブ系の肌だったり、中央アジアの顔だったりだが、おしなべて美人が多い。それでも、二日の待機で、出発命令が出たので、ただ眺めていただけだ。

道はすぐに、山道のワインディングになった。それでも、道を走れるだけましなのである。広大な草原など、道ではないところを走ってきたので、ギャップという地面の落差を気にしないでも済んだ。ただ山は急峻であり、国境は頂上の峠にあるのだという。名立たる、天山山脈である。

標高が上がるにしたがって、高山病でぶっ倒れるやつが次々に出た。顔面が蒼白になり、頭が痛いと訴えるのだ。私はまったく平気だったが、フランス人は六、七人やられていた。

国境は、貨物しか通さないところらしく、人間が通ってパスポートにスタンプを貰えるのは、私たちが最初だという話だった。

古いパスポートにあるスタンプを、時々、眺めることがある。あのころは盛んに海外に行っていたので、増冊されて分厚くなっている。

コンボイを組んで下りの道に入ると、高山病で倒れていたやつも次々に復活し、働きはじめた。

私たちはラリーをやっていたのではなく、計画されていたラリーの競技区間の設定に来ていたのだ。つまりは、ルート探査である。だから、試走隊と呼んでいいものだろう。石を積んで目印にしたり、人間が河に入ってまず渉り、車が通れるかなどを確認しながら進むのだ。

国境を越えると中国であったが、新疆ウイグル自治区と呼ばれる地域で、さらにウイグルの西の端の辺境だから、名さえわからない少数民族が多数いた。中国政府からは、危険を理由に接触を禁じられていたが、いるものは仕方がない。言葉は通じるわけもないが、コンタクトだけは試みたりするのだ。

もう二度と来ることがない場所だと思ったら、君だって絶対そうするよな。大人も子供も好奇心が旺盛で、険しい表情などには一度も出会わなかった。例外なく、純朴であった。いま思い出しても、人々の眼がなんともいえない。人間は、知らない者にも、あんな眼をむけることができるのだ。

湧水があるところには、集落がある。粗末な家ばかりだが、荒んだ心はどこにも見えなかった。部族が違うと、衣装はがらりと変るが、原色がふんだんに使われている。帽子のかたちも変るが、頭になにもつけていない者は出会わなかった。

家のそばの岩の上に、腰を降ろしている少女がいた。私が笑いかけると、悲しくなるほどの笑顔を返してきた。お父さんと、お母さんはどこだい。日本語である。それでも少女は、家の方を指さした。まだ天山山脈の下りで、学校があるなどとは思えないが、無教育という感じはどこにもないのだった。

私は、その地に魅了された。電気がないところでも、人はきちんと生きている。都会よりも、むしろきちんとしている。

もう一度、その時は移動ではなく、旅行というかたちで来てみようと、私は何度も決心した。車などなくても、駱駝を雇えばいい。泊るところがなければ、テントと寝袋でいい。

しかし、できることなら、彼らの家に泊めて貰いたい。彼らと同じものを食い、彼らの言葉を教えて貰いたい。それでどうするのか、などと訊くなよ。私はただ、そうしてみたいと切望しただけなのだ。

やがて、天山を越えた最初の街が現われてくる。カシュガルである。大都市だが、そこにも不穏な雰囲気はなかった。なかったと書いたのは、いまがどうだかわからないからだ。漢民族が大挙してウイグル地区に入り、抑圧されたウイグル族が、方々で叛乱を起こした。それを鎮圧するための軍も、また入っているのだろう。

カシュガルから敦煌まで、タクラマカン砂漠を南北から挟むように、道が二本通っている。それはシルクロードの一部である。しかしいま、どれほどの旅行が可能なのか。ウイグル地区の旅行などできないと考えた方がよく、たとえできたとしても、観光名所とされているところだけだろう。

文字盤が四つついた時計を、腕に巻いている。ひとつは日本時間だが、残りの三つは、もう一度行きたいと思っている土地の、時間に合わせてある。カシュガルの時間が、そのひとつさ。私が行けなくても、君の時代になれば行けるのか。

そして変り果てているのか。

腹を鍛えれば単独でも行ける土地だ

サラマリコム、という言葉がある。

私は自分が発音する通りに文字化しているのだが、サラマリコンと聞えると言われることもある。アラブ語なのかどうなのか。私は北アフリカでその言葉を覚えたが、世界中、イスラム圏ならどこでも通用した。あなたに平和を、という意味らしく、掌を胸に当てて言う。イスラム教徒は、初対面ではどこか排他的なところがあり、こんな言葉を知っていると、いくらかは近づける。日常的に、こんにちは、という意味で遣われているのだ。

カシュガルという、日本から見ると中国の最西端の街に行ったのは、いつごろだったのだろう。酒泉から飛行機でカシュガルへ入った。いつもやるように車を転がしていなかったのは、中国では外国人が国際免許で運転するのが、難しかったからだ。いまどうなっているか、知らない。いまほど車も多くなかった。必然的に、街を歩き回る旅になった。

ちょっと猥雑で活気があり、歩くには悪くない街だった。なにかやろうとする時は、胸に掌を当てて、サラマリコム、と言う。ほとんどの場合、返事が返ってきた。お茶を飲みたくて、あまり豊かそうではない家の主婦にチャ、とかチャイとか言うと、わかってくれて請じ入れられ、茶を出してくれた。

民族衣裳ふうの派手な柄と色の服を着た奥さんは、まるで会話にならない会話を、茶を飲む間、交わしてくれた。そばには三人の子供たちが座り、外来の人間をめずらしそうに眺めている。私は、指がとれてしまう手品をした。煙草が消えてしまう手品をした時は、奥さんも息を呑んでいた。煙草の方は、ナポレオンズという二人組のプロのマジシャンの人に教えて貰った。西アフリカの奥地で役に立つのは実証済みだったが、ここでも効いた。帰り際にお茶代を置こうとすると、返された。

アフリカや中東のイスラム圏とはかなり違い、どこでも人は友好的だった。たまに日本語で話しかけてくる人間がいて、それはすべてウイグル族ではなく、漢族だった。そのころは、新疆ウイグル自治区には、漢族がいくらか入っていて、行政と教育のトップが漢族だという話だった。支配の序曲であり、未解放地区と準解放地区と解放地区があるという。私は車がなく、そういうところに行くことはできなかった。バスと駱駝と徒歩。街を出ると、そんな移動手段しかなかった。荷台にフェルトを敷いた馬車がいて、それはタクシーなのである。

もう少し詳しい話は、いずれしような。私は、再びカシュガルへ入ったのである。それも、キルギスタンから、天山山脈を越え、斜面を車で降りて入ったのである。ラリーのルート探査で、国境を越えたところで、中国の運転免許も支給された。主催者のネゴシエーションが、うまくいっていたのであろう。

二十年も前のことだが、鮮やかな記憶がある。部品補給のための待機で、街の中に一泊した。私は、茶を振舞われた家を捜したが、見つけられず、職人の街のようなところに迷いこみ、そこで日本人の旅行者に会った。ひとりで、重装備をしていて、郊外から砂漠へ出るのだと言った。私も、これからの予定を少し喋った。腹は鍛えておられますか。彼は私に言った。腹筋ではないぞ。生水を飲んで当たり、また生水を飲む。それをくり返しているうちに、生水で当たらなくなるのだ。

試走隊では、ペットボトルの水が大量に配給されていたので、私はちょっとうつむくような気持になった。テントなども担いでいたが、画家だった。砂漠を描きたいのだ、と言っていた。あの青年は、どうしたのだろう。ちゃんとした画家になるための時間は、充分にあった。私はその青年と、街中の食堂に入り、もち米を肉汁で炊いた丼を食った。羊の肉がふんだんに入っていて、支給される缶詰だけで生きていた躰は、歓喜にふるえた。

夕刻には、宿舎に帰った。北京時間だから、時計は夜中である。宿舎では、街に出なかったフランス人たちが、車の下に潜りこんで手入れなどをしていた。

翌日から、試走隊はタクラマカン砂漠に入り、二週間で敦煌に達することになっていた。

その行程のことを書くと、本一冊ぐらい楽々と書けてしまう。地形のすごさ、自然、雪が降らないのに、なぜか流れている河。オフ・ロードの厳しさ。

そう、試走隊が走ったのは、道路ではなかった。砂の上を、東へむかったのである。食糧と水と燃料の補給は、タクラマカン南路という、かつてはシルクロードであった道をついてくる、古い型のトラックとタンクローリーから、三日に一度受けるのである。

いずれ、その行程のことは語ろう。とにかく、その移動は命がけに近く、私は光景のひとつひとつを、同僚だったフランス野郎どもの愛くるしい笑顔を、鮮明に思い出すことができる。

そして時が経ったいま、私はタクラマカンの旅行を計画した。しかし調べると、行きたいところに、自由に行けるわけではなかった。観光地になっているところだけは、車を雇えば行ける。砂漠の中にも、観光ルートが設定されているのだ。それをはずれることは、まずドライバーが拒否するだろう。強行すれば、どうなるかは、およその見当がつく。大都市はホテルなどが整備されているが、とにかく監視カメラと警官で溢れているらしい。つまり、相当制限された旅しかできないということだ。砂漠の横断など、論外であった。テントを担いでいたあの青年画家のような、気ままだが厳しい、という旅もできない。

ウイグル族による民族闘争は、ほぼ押さえこまれているが、それは表面的なものだろう。自治区全体が、厳重な監視下にある。ウイグルの、人懐っこく純朴な人々は、いまうつむいて生きているのか。

私は、旅を諦めている。制限の中の旅は、旅ではないのだよ。行きたいところに行けない欲求不満が、君はわかるか。

世界は、悪い意味で狭くなっているなあ。しかし、どう動こうと、たかが地球ではないか。かくて、私は無限の旅を考える。わかるか。心の中の旅。つまり物語だよ。

またな、わが友。

映画館のある風景が懐かしいのだ

映画館を小屋と、私はいつから呼ぶようになったのだろう。

ちょっと、通っぽくて恰好がいい。私の考えることはその程度で、いまも小屋と言っている。語源など考えたこともないので、誰か教えてくれよ。

学生のころ、神保町あたりに確か南明座《なんめいざ》という名画がかかる映画館があり、ちょっと行ってくるわ、などと私は講義を抜け出したりしていた。デモの集会の時も、観たいものがあると、まずそちらへ行った。観終って出てくると、いい具合に機動隊との衝突がはじまっていたりして、アクション映画だと、そのまま主人公になったつもりで、危険なことこの上なかった。南明座にはよく行っていたので、仲間内で雑誌を作ったりした時は、つき合いで広告を出してくれた。

最近でも、小屋へ行くのか。まあ、行くのである。しかし、とんでもなくつまらないものを観る破目にもなるので、慎重には選んでいる。

妙なことで話題が盛りあがってしまった、『ムーンライト』と『ラ・ラ・ランド』。アカデミー賞の悪口を言うのは、直木賞の悪口を言うのにも似ていて、そのうち自分に撥ね返ってきそうだから、やめておこう。

二本のうちの、作品賞の『ムーンライト』は、性的マイノリティを扱っていて、私はかつて観た、同傾向の映画を思い出した。『苺とチョコレート』。これはキューバ、メキシコ、スペインの合作映画で、革命と芸術性の自由希求が、うまく絡みあって、なかなか考えさせる映画になっていた。もう、二十年近く前に観たのかもしれない。

それから、イギリス映画の『司祭』。これは前に観損なっていたものだが、ＤＶＤがない。ある出版社の重役さんに泣きついて、ＶＨＳをＤＶＤ化して貰い観た。こちらは、宗教まで絡んでくるので、重く深く、生きることの意味を、自分に問いかけさせたりする。

なぜＤＶＤがない。ツタヤさん、頼みますよ。

アン・リーの『ブロークバック・マウンテン』もあるが、これは完全な恋愛映画として撮られていて、どこかマイノリティの必然性に欠けるような気がした。まあ、話題は集めたようだが。アン・リーなら、私はいまも『ラスト、コーション』である。ハードボイルドだもんな。

ほかにも、小屋で観たものがあるぞ。『ライオン 25年目のただいま』。グーグルアースというやつを、徹底活用する映画で、なにか恐しい社会になったという気もする。二十五年間、行方不明だった男が、自分の生家を見つけ出し、母や妹に再会するというものだ。一番、罪の意識に苛まれていたであろう兄が、主人公の失踪直後に事故で死んでいたというのが、なんともかわいそうではないか。

実話だが、それに忠実に撮ることに、表現としての必然性があるのかね。兄さえもっときちんと描いていれば、久々のいい映画になった。ニコール・キッドマンの義母役がいい。ライオンでまた思い出したが、ライオンと呼ばれた男』があるぞ。くり返しここでお願いしているのだが、もう一度、ツタヤさん頼みます、と言っておこう。

低予算だろうなと思いながら、緊迫感でちょっとぞくぞくするのが『ノー・エスケープ』である。生き残りゲームのようなものだが、ある種の現実的リアリティが感じられるのである。

生き残り映画は日本にもあるが、大舞台を使った『ハンガーゲーム』というのがある。私がいま最もいい女優のひとりだと思っている、ジェニファー・ローレンスが主演だから、ここに書いたりしている。時々美人に映ったりするが、美人ではない方が、この人はいい。『世界にひとつのプレイブック』など、ちょっと鈍臭い彼女が、結構な存在感を放つ。頰骨の目立つ女だと思ったが、いまはそれも気にならない。女優の容姿について、つべこべと評価を加えるのは、観る側の特権である。

新しい映画、君はなにか観たか。好みの女優というのは、いるのか。ま、どうしてもタイプの女性に重なって見てしまうので、どこかむなしくはある。スクリーンの映像は、虚像なのだからな。

ここ数年の製作で、ＤＶＤで観てよかったというものは、いくつもある。『クリード　チャンプを継ぐ男』。老いたスタローンが、なんとも言えずいいな。ああいう役柄が、老いを演じるというのは、つらく、また難しいものなのだろうが、スタローンは実にいい味を出していた。『サラの鍵』。これはちょっと古いか。フランスの手で行われた、ユダヤ人狩である。ちょっと緩い収容所は、楽しそうでさえある。サラの少女時代の姿は、私は好きだったな。『最愛の子』という中国映画。猥雑な中に哀切さがあって、私は悪くないと思った。しかし、中国人というのは、軽々しい連中だ。

私は、この連載をはじめてから、観た映画についてメモを採る習慣ができて、思い出す苦労をしなくても、すぐに出せるようになった。しかし、細々とデータを書きたくなるので、困ったものだ。

昔は、もっと自由に、映像やストーリーを観ていたな。いいと思ったものは、頭に残るのである。その残ったものを忘れないためのメモだが、それを眺めていると、ちょっとむなしくなる。未見だろうと思って、かつて観たものを観る愚は犯さないだろうが、私は犯してもいいのである。

映画というのはなんだろう、と時々考える。生命を維持するために、必要なものではない。それは、本も同じだ。生命というものは、ごくシンプルなもの、米と水と塩などで維持できてしまうのだ。しかしそれは生きていることではない、と誰でもわかるだろう。心が生きているのかどうか。映画が、それを実感させてくれるのかどうか。

しかしな、つまらない映画も、正直、溢れている。昔は十本観ていいのを一本見つけ、それについて語るのが喜びだった。いまは、つまらないものを、観ている暇はない。

面白いものを、どうやって選んで観るか。これが私のテーマになって久しい。

君は、いい映画を観たら、必ず私に教えるのだぞ。それがつまらなかったら。

なに、蹴飛ばすだけさ。

いつか彼が光になる日に

人形の絵を、観ていた。

フランス人形といえば、まず思い浮かべるのは宮本三郎だが、私が観ていたのは友人の絵である。ここに何度か書いたが、村上肥出夫である。まだ画廊に残っていたその絵を、私は買ってしまった。村上の絵は所有しまいと決めていて、本人から贈られた絵も、一時的に預かっているつもりだった。心の迷いなのかな。自分で買ったものだが、預っていると思い定めるしかなさそうだ。

油彩の厚塗りである。厚塗りが出す質感が、逆に人形の即物性を際立たせる。宮本三郎の絵は、人形そのものが情念を帯び、生き、迫力になっているのだが、それとは反対方向の絵なのだと思える。人形は人形で、しかし観る角度によって違う表情が表われ、生命感はそういうところに覗くのだ。私の場合、極端に言えば、観る日によって違う人形だという気がしてしまう。つまり、観る私を映すのだ。誰にもそういう絵はあるはずで、私にとっては若いころから村上の絵がそうだった。

映画の話ばかりしているが、私には絵を観る習慣もあるのだ。街の小さな画廊の、個展などに入りこんでいることもある。三年に一度ぐらいは、どこかの公募展も観に行くかな。新聞などで騒がれたり、大宣伝をしたりする画家の個展は、あまり心が動かない。行列ができ、会場で足を止めることも許されないのは、絵の観方としてどこかおかしい。しかし、行ったことがないわけではない。半世紀以上も前のダリ展がそうであったし、ほぼ半世紀前の、ロイ・リキテンシュタイン展もそうであった。

これまで私が拒否反応を示した画家は、ひとりか二人である。そのひとりが、リキテンシュタインであった。遠くから見ると、漫画である。そこを狙っているのだから、あたり前である。近づくと、印刷のドットなどが見えてくる。つまり点描のようなのだが、どこか違う。漫画の忠実な拡大再現なのだ。私はショックを受け、これは絵ではない、と拒否反応を全開にした。いまでもポップアートの大家として数えられるリキテンシュタインを、いくらかでもほめられれば恰好いいと思うが、私には私の感性があるのだ。五十年前に観た時の拒否反応だが、いま美術館で観たらどうなのか。駄目だな、やはり。

あの時、わずかだが金を払ってリキテンシュタイン展を観たあと、釈然としないまま大学のそばの溜り場に行った。大学は学生運動の騒ぎで閉鎖されていることが多く、学生は溜り場を作ってそこに集まっていたのだ。村上が、所在なさげにそこにいた。私より十五近く上で、当然学生ではなかったが、溜り場の喫茶店の、ウェイトレスに惚れていたのである。

私は村上にむかって、観てきたばかりのリキテンシュタインの悪口を、三十分ぐらい並べたてた。村上はただ、悲しそうな眼ざしで私を見つめていた。おい、そんなだから、あの女はなかなかパンツを脱がないんだぞ。年齢も忘れて、私はそう言いそうになった。言わなかったのは、村上の眼ざしが、ただただ悲しかったからだ。あれは、あれでいいんだと思うよ。喋り続け、全部喋って口を閉ざした私に、村上は小さな声でそう言った。

その場に、リキテンシュタインなどと言ってわかる者はおらず、画家が同時代の画家のことをほめるなど信じられない、と私は村上に絡みはじめた。強い反撥が返ってくる相手ではないので、絡んでいると自己嫌悪に襲われる。私は外へ出て、ストライキ反対派の学生を見つけて殴ろうと歩き回っていたら、逆に五人に出会って、袋叩きにされた。

いやあ、また昔のことを思い出してしまったなあ。大学を出てからも、私は断続的に村上と会っていて、岐阜でやった個展などにも出かけていったが、あの溜り場にいて、それからも継続的に村上と会っていた人がいた。それほど親密ではなかったが、同期生ぐらいだったのだろう。

その人のことを知ったのは、ある時、上京してきた村上が、私が友人たちと飲んでいるところにやってきて、その人が絵を大量に持っていってしまった、と訴えたからだ。ほんとうならただごとではないが、村上の訴えで私は何度もひどい振り回され方をした。頭に入れておくという程度で私は留め、画廊にすらなにも言わなかった。村上は、その場に同席していた女性の絵を店の紙ナプキンに描き、贈った。その女性が、過剰なほどの反応を見せたのは、いまでもよく憶えている。現在でも、その絵を額装して部屋に飾っていると、会う機会があった時に、教えられた。写真を撮られるのは日常的で、絵を描かれたこともあるかもしれない、という名の通った女性である。

村上はその後、岐阜のアトリエが焼け、精神病院に入った。声が聞きたいと連絡があれば電話をし、花が欲しいと言ってくれれば送った。光が欲しいと言われた時は、送れなかった。それきり、直接的な交流は途絶えてしまったが、画廊の主人から芳しくない情況は時々聞いた。

精神病院から、介護施設に移されてから、いくらか好転の兆しが見えたらしい。画集ができた。絵を大量に持っていった人は、長い歳月をかけて写真を撮り、所有者を調べあげて訪ねては、撮影した。そして大冊の画集ができたのである。その人の私費であるらしいので、村上は実に失礼な訴えを私にしてきたことになるが、まあ、それも村上である。

写真は、その人自身が撮ったもので、プロの手には及ぶべくもない。しかし、どれほどすぐれた写真であろうと、それは絵ではないのだ。光量が多かったり少なかったりする写真でも、そこにはプロに撮り得ないものが、はっきりと映っている。村上肥出夫に対する賛美であり、愛情である。これほどのものを持っている画家が、ほかにいるか。ヒデさん、喜ばなくちゃいけないよ。

介護施設の村上は、失っていた自分を取り戻し、紙に自分の名を書いたという。自分の名だけでなく、絵もいつか描いてくれ。

君は、その画集を見たいか。私のを見せてもいいが、画廊には多分置いてあるだろう。写真以上のものが映った、画集だよ。

心に張りついたセピア色が蘇える夜

画家を主人公にして、何本か長篇を書いた。いままでも、短篇で書いている。なぜか、書きやすい。画家の視線に、すぐなれるからだろうか。村上肥出夫を知っていた。それよりずっと密着したかたちで、画家である叔父の人生を見てきた。しかし、その二人を知ることがなかったとしても、私は画家を主人公にした、という気がする。

表現者という存在が好きで、小学校のころから図画の授業があり、私は得意であった。音楽は、嫌いだったな。聴く方はいいのだが、自分で声を出すと音程が取れなかった。

ただ、なぜ画家を主人公にすると視線が定まりやすいのかは、ほんとうは自分でもわからない。

六、七年前だが、画家を主人公にした『抱影』という小説を書いた。画家はキャンバスにむかっていたが、酒場の経営などもしていて、結構アクティブであった。舞台は横浜である。私の住いの近くなので、しばしば取材に出かけた。

日ノ出町や黄金町の売春街はなくなっていたが、そこから大岡川をちょっと下ったところにある都橋商店街はあった。いまもある。大岡川にせり出した二階建ての横に長い建物で、遠望するとハーモニカの吹き口のように見えた。ハーモニカハウスと私は呼んでいた。昔の方が妖しかったな。いまは飲み屋街で、横浜のゴールデン街というところだろうか。

私が子供のころ、大岡川にはダルマ船がずらりと並んで繋留されていた。荷役に使われなくなったダルマ船で、大きいのから小さいのまであり、家に見えるようなものもあった。

東京オリンピックの時に、外見が悪いというので撤去され、いまのハーモニカハウスになったと聞いたが、ほんとうかな。船の中は店であったり酒場であったり、住居であったりしていた。場合によっては、売春婦が居を構えて客を取る、ということもあった。

渡り板から道路にあがってくるお兄さんを、船上で半裸に近いおねえさんが見送っている、という光景にも出会《でくわ》した。

深夜に、そんなところをうろついている子供ではなかった。私は、外国航路の船長だった親父が、船員たちの素行を取締るための夜回りに、無理矢理連れていかれたのだ。あれはなんだったのかとたまに考えたが、いまにして思うと、人の営みの鮮烈な部分を、真っ白な状態で見ることができた、いい機会だったのだ。

親父は横浜のどこにも知り合いがいて、昼間、伊勢佐木町などを歩いていると、しばしば話しこんでいた。放り出された私は、しゃがみこんで蟻を見たりした。相手は、時には外人であったり娼婦であったりした。

マリーさんと呼ばれる女性がいた。あのパンパンはな、昔はオンリーさんだった。親父はそう言っていたが、私はそれどころではなかった。私の中では、天使のように美しい女性だったのである。服が、華やかだった。化粧をきちんとしていたし、髪も染めていたような気がする。不思議なことに、親父とは英語で喋っていた。ルージュの唇の中に、白い歯が見えた。マリーさんは、不意に私に眼を落とし、あら、坊やいたの、などと言って手をのばし、私の下顎を赤い爪でくすぐったりするのだ。私はぶすっとして横をむき、しかし心臓は破裂しそうであった。

なあ、君、七歳か八歳のころだぞ。唐津じゃもんぺ姿のおばさんが、いくらでもいた。

進駐軍用の服や化粧は、ただただ眩しかったよ。私の頭の中では空想がふくらみ、無頼漢に襲われているマリーさんを助け、恋仲に陥ることを考えたりした。ヒロイズムというのは、男の子の空想の道具のようなものだ。

記憶の中で埋もれかけていたマリーさんを、再び思い出したのは、八〇年代に入ってからである。横浜の繁華街を流している老娼婦を、マスコミが取りあげた。私は、そのハマのマリーさんが、幼いころ恋仲になるはずの相手であった、あのマリーさんに違いないと思った。噂をたぐって、何度か横浜に出かけていった。銀髪で、赤いコートを着ていて、歩く後ろ姿は人形そのものだった。

一度、声をかけた。はい、と言ってふりむく姿は、声の若さと較べて、ずいぶんと緩慢だった。白塗りの顔は、ちょっと非現実の感じがあった。酔客たちがやっているように、五百円玉をひとつ渡すと、笑って頷いた。笑った時だけ、口の中に非現実ではないものが見えた。あの時の坊やですよ。こんなにむさくるしくなりましたが。そう言いたかったが、言葉は出ず、私は軽く手を振った。

あの時と同一の女性かどうか、わからなかったのである。まるで、わからなかった。私のマリーさんは、澄んだ瞳で、頬がいくらかふっくらとしていた。声はもっと低かったような気がする。感傷的なことを、私はやってしまったのだろうか。

ハマのマリーは、その後も週刊誌のグラビアに出たり、映画が作られたり、本が出たりした。写真集まで、出版されたりしたのだ。

その写真集のカメラマンが私のところに取材に来たことがあり、マリーの話で盛りあがった。現役なのだと思いますよ、まだ。彼はそう言ったが、私は、街を流して、もの好きな男からチップを貰っていただけだろう、と思っている。

昔、進駐軍相手の娼婦に、マリーという名はいくらでもあっただろう。馬車道のマリー、本牧のマリー、伊勢佐木町のマリー。ハマのマリーが、私のマリーと同一人物であるのかないのか、知る必要などまったくない。唐津の片田舎の少年であった私が、時折やってきて、都会の風に当たった。その象徴がマリーさんなのである。親父はいいことをしてくれた、といまは思う。

ハマのマリーさんは、十年ほど前、どこかの施設で亡くなったのだという。いなくなったのだと思うだけで、どういう人生だったのかとは、まったく考えなかった。

幼いころの思い出というのは、甘く酸っぱく、そしてどこかはかなくていいなあ。

君には、そんな思い出はあるか。多分、ある。いつか、ひょいと顔を出すさ。

街の底にこそ見えるものがある

ハマのマリーが亡くなってから、私は横浜の売春事情に興味を示すことは、まったくなくなった。六、七年前、横浜の隅々を取材したのは、小説のためであり、それ以外のことで、横浜にかぎらず、風俗街を歩いたりすることはない。

私はずっと以前に、青年誌の人生相談コーナーを、十六年間にわたってやっていて、そこで、ソープへ行け、という言葉を吐いた。ただ無茶苦茶を言ったつもりはなく、その相談者は童貞を捨てるべきだ、と考えたからである。言葉にインパクトがあったらしく、その迷言を吐いたと、いまも人に言われる。私は、ソープへ行ったことがなかった。いや、必要がなかった。好きな女の子のまわりを、うろうろすることしかできない童貞君は、着心地の悪そうな寸足らずのシャツを、脱いだ方がいいという思いで、言ったことだった。真剣に、そう思って言った。

それはいけない、と言ったやつがいて、私を連れていくという。私が熊本にいる時、博多でサイン会などをやっていたそいつは、終ったら飛んできた。そして私は、有名なソープランドへ連れていかれたのである。大沢新宿鮫である。鮫は、私をダシにして、自分がソープへ行きたかっただけなのだ。いささか憂鬱だった私に較べて、鮫は嬉々としていた。まあ、そんな経験が一度だけある。感想を言えというのか。なんとなく、困ったなあというのが、入ってから出るまでの私の感想である。

海外では、娼婦のいる場所をしばしば取材した。砂漠や熱帯雨林の真中には、当然そういう場所はないが、出発したり到着したりするところは街である。役所のあるようなところではなく、ドブ泥に足を突っこんで歩いていれば、期せずしてそういう場所に行き着くことが多い。

スペインのセビリアを歩いていたら、アラメダという地区に迷いこみ、そこはほとんど、娼婦が自分の住居で商売をしているようなところだった。高級ではなく、地元の人間がちょっと遊ぶ場所らしい。私は好奇心で一回分の料金を払い、部屋を覗いてみたが、赤い光を放つスタンドが置かれている以外は、ごく普通の部屋だった。中国では、ある時期までそういう場所が表面に出ていなかったが、出はじめると、北京以外では雪崩を打った感じがあった。桑拿とか足浴とかいうネオンは大抵そうで、田舎でそんな場所はないと思えるところでも、床屋へ行くと教えてくれた。

ミャンマーにいた。ヤンゴンでは、大規模なディスコがあり、そこはなんとなく官製の臭いがした。客引きから受付の女性まで、兵士という感じで、やけに姿勢がよかった。そこで踊っている女性たちは、国際ホテルにも出入りができる。街を流している女性は、国際ホテルには入れず、たえず官憲の眼を気にしていた。民主化されてだいぶ経ち、発展の波が押し寄せて、大きな変化の中にあるが、そういうものは変らずある。というより、発展とともに、方々でふくれあがっている。

田舎の街へ行くと、そういうものに出会わない。雰囲気はそうだと思えるところでも、カラオケの個室に女の子たちが来るだけなのだ。それ以上の誘いは、経営者が強く拒んだ。軍政のころの恐怖がいまだに人の心に残っていて、街はきわめて静かで活気がない。観光客の姿など皆無の田舎へ行った時、私はむきになり、それを捜すために、歩き回った。くまなく歩き回ったが、ないのである。

そういう場所が必ずあると信じている私を、君はおかしいと思うか。娼婦は世界最古の商売といわれるように、悲しいが社会の最下層に存在し続けてきたのである。ジプシーのいる国など、娼婦が差別をして、ジプシーの女性が春を売ることを許さないと言われ、ゆえに物乞いの女性が増えてしまう。人間の本性のひとつだろうが、自分より下の者がいると思いこみたいのである。

私は、ほんとうにむきになった。時々やってくるバイクに手を挙げると、三台目が止まった。タクシーはなく、バイクがその代りで、バイタクという。私は、バイタクの青年に、身ぶり手ぶりで伝えた。ちょっと鬱陶しそうな顔で、彼は知っていると言って電話をした。私は、荷台に跨がり、できるだけ密着しないように彼の服に摑まった。

そうしていられたのは街を出るまでで、街道からはずれるとひどい悪路であった。アップダウンが多く、舗装のない路面は凸凹である。二十分ほどそうやって走ったが、周囲に人家などまったく見えない。私の言ったことが通じていないなかったのかと思った時、丘を越えた下にかなり広い垣根で囲われた土地があった。そこからは歩いて入った。内側にもうひとつ垣根があり、その間には軍鶏が何羽もいた。垣根は油椰子の葉であり、二つ目を潜ったところにある小屋も、油椰子の葉であった。

薄暗い小屋へ入ると、ランニングシャツの親父がひとりいた。私はなにがしかの米ドル札を親父にわたし、ここにいさせてくれと言った。通じたのかどうか、彼は頷いた。

ものの十分ほどで、ロンジーを巻いた青年がひとり入ってきて、親父に金を渡した。女性のいるところは、私のいるところからは斜めになっていて、仕切りがいくつかあった。油椰子の葉の莚《ござ》に、投げ出した足が見えていた。青年は、ロンジーの裾をまくりあげながら、ひとつの区切りの中に入った。二、三分で、ロンジーを降ろしながら出てくると、立ち去った。

私は、その女の寝ている仕切りの方へ行った。女は私を見て、四ツ這いになり、尻を出そうとした。それを押し止め、私は金を置いて仕切りの中を見た。地面の上の莚である。女は、長い粗末なTシャツ一枚だ。しかし、派手な服がきれいに畳まれ、ヒールの高いサンダルや時計やハンドバッグがそこに置かれていた。それをすべて身につけると、女はいささか男の眼を惹くような、派手なギャルというところか。不思議なことに、男の写真が置いてあり、恋人か、デートか、と言っても通じなかったが、女は笑った。その瞬間、少女のような表情になった。

私の取材を、馬鹿にしないでくれよ。君が思う通り、見物人の醜さはあるのだが。

マリーがいた街の波止場の別れ

はじめて、おばさんでもおねえさんでもない、きれいな女の人に出会ったのが、私のマリーさんだとしたら、男と女の別れの情景をはじめて見たのも横浜だった。

俗にメリケン波止場と呼ばれた大桟橋のつけ根に、通船の待合所がいまもある。

横浜に入港する船は、すべてが岸壁に繋留されているとはかぎらない。沖の浮標《ブイ》で荷役をしたりする船もいたのである。その船の乗組員は、上陸したり帰船したりする時に、通船を使う。言ってみれば、定時運航の港内バスのようなものだ。

横浜にいる時、私はよく親父の船に連れていかれた。妹と遊ぶだけでは退屈だったので、若い船員さんたちとふざけるのは、愉《たの》しかった。なにしろ、船長の息子なのである。大事にされたので、居心地がよかった。

その船員さんたちも、通船で上陸する。近づいてきた通船は、ホーンを鳴らす。帰船する人と入れ替りに乗りこむ。親父は午前中に船に行き、夕方にはホテルに戻るので、二日に一度は、私は船に行っていた。

通船のランチをサンパンと言い、待合所はサンパン小屋と呼ばれていた。もともと中国語だと親父は言っていたが、船員用語なのだろう。そのサンパン小屋で、若い男女を見たことがある。背もたれもないベンチに肩を寄せ合って座り、じっと手を握って、ひと言も喋らなかった。

出船だな、と私は思った。沖泊りのまま出航し、ひと月ふた月、場合によっては半年以上帰らない。つまり、ここが別れなのである。女の人は化粧もしていない顔で、着ているものだけが派手だった。そして、泣いていた。涙が膝に落ち小さなしみを作るのを、私はじっと見ていた。

やがて時間になり、男は最後に乗りこんできた。ハグとか別れの口づけとか、そんな時代ではなく、ただ見つめ合っただけのようだった。

船が、離れていく。女の人は、大きく手を振った。男も、肩の高さまで手を挙げた。後部甲板にいて、男はキャビンに入ってこようとはしない。女の人は手を振り続け、男はじっとそれを見ていた。サンパンが貨物船の横腹に着き、女の人の姿は見えなくなった。

数人が降り、数人が乗ってくる。やがて動き出したが、女の人の姿はもうなかった。次の船で私は降りることになっていた。男は、女の人がいなくなった岸壁の方を、まだじっと見ていた。私が親父の船に乗り移るまで、男は後部甲板に立って視線をずらさなかった。

泣きながら手を振っていた女の姿を、私はそれから数限りないほど思い出した。なにも言わず男の手を握りしめ、涙を流していた姿も、頭に焼きついた。

君は、私がこれでどうなったと思う。幼いころ見たこの光景が、女性観の構成要素の一部になってしまったのだ。なにも言わず、男の手を握りしめて涙を流している。離れて、遠くなっていく男に、大きく手を振り続けている時も、泣いていただろう。女というのは、なんと哀切な存在なのだ。男は、そんな女を支えなければならない。守らなければならない。そのために、時には命がけで闘わなければならない。

私は、そんなことを考える少年であった。支える機会も、守る機会もなかったが、中学生ぐらいまではそうだったかもしれない。高校や大学になってからは、それは痩せ我慢というかたちになり、いまも、女性には絶対に金は払わせないという、矮小化されたかたちで残っている。

小説を書くと、女をひどい目に遭わせられない。いやひどい目に遭うのだが、主人公はそれを救うために闘う。

女の書き方が下手だな。女ってもんを知らないね。よく、そう言われた。男と女の心情を、美化してしまうのである。小説では、それはそれで悪くなかった、と思っている。

そういう女の描き方は、男の純粋さや一途さ、まあ悪く言えば単純さを際立たせるのである。誰もが、純粋でありたい。しかし実人生の中で純粋であると、これはもう傷だらけである。だから、小説の主人公にちょっとだけ純粋でいて貰う。私のハードボイルド小説が、最初は男性の読者ばかりだったのは、そんなことが理由になっていたのではないのか。

いまの私の女性観も、それほど大きく変ったとは言えない。どこまでも少年というところが、確かに私にはあり、ほとんどそれを売りにしていないか、とまで言われる。私はこれまでの人生の中で、女性をひどい目に遭わせたことはない、つもりだ。自分がひどい目に遭わされたこともない。そんなだからいい恋愛小説が書けないのだとよく言われるが、ならば仕方がないなあ。

はるか昔の、港の光景に戻ってみると、岸壁で手を振っていた女の人は、ある程度離れてしまうと、いなくなった。それでも男は、女の人がいなくなった岸壁を、いつまでも見つめていた。これは、よく考えると、男の方が切ないのではないか。女の人が涙を流していたから、幼い私は哀切だと思った。女の涙をあまり信用しなくなったいま、あの光景にどこかまやかしがあったような気もする。ほんとうに泣いていたのは、男の方だ。

それにしても、通船というのは面白い乗り物だった。乗る人間がほとんど船員であり、行先もかぎられていた分だけ、人が際立って見えたのかもしれない。後部甲板から乗りこむと、階段を数段降りてキャビンになり、一番前方には硝子窓があり、操縦席が見えた。小型の船の舵輪があり、それはめまぐるしく回される。その脇に、ヌード写真などが貼ってあり、女の裸だと私は興奮したが、いま思うと、グラビアなどより上品で、まっとうな芸術写真であった。

動きはじめると、海面がほとんど眼の高さに見えた。横着けする船は別に舫《もや》いを取ることもなく、船員はタラップの手摺りを摑んで乗り移る。陽気に喋っていた人たちは、なぜか一様に暗い顔になり、黙ってタラップを昇っていくのである。

私はサンパンで親父の船に行くのが好きだったが、記憶では五度ぐらいのものだ。

大桟橋のつけ根に、きれいで明るくなったサンパン小屋がある。君と、行ってみるか。

理想など刹那の幻影にすぎない

小学生のころ、学級委員の女の子が好きだった。低学年は定かではないが、高学年に入ると、必ず好きになった。

男女二名の学級委員が学期ごとに選ばれるので、極端に言えば一年で三人で、ほかのクラスの学級委員まで好きになったので、多い時は三、四人好きだった。そういう移り気は別として、理想の女性像というものがあり、それは何年も変ることはなかった。

六年生の時、私は中高一貫教育の私立の学校に入るために、受験勉強をさせられた。私は、勉強が嫌いであった。与えられた参考書を読むふりをして、よく家にある本を読んだ。親の眼を盗む読書は、快感であった。

読んだ本の中に、吉川英治の『宮本武蔵』があった。その後この本は、何度か読むことになるのだが、その時はひたすらお通という女性に魅かれていたような気がする。お通は、健気であった。心ならずも婚約させられた、又八という男とその母に追われながら、どこまでもどこまでも武蔵を追うのである。

ちなみに、堕落を絵に描いたような又八の造形は、この小説の白眉だといま思っている。『松のや露八』という、転がり落ちて幇間《ほうかん》になってしまう、旗本の息子を描いた作品があり、それを書けたので、又八の造形が見事だったのではないだろうか。

とにかく、一途に健気に、お通は武蔵を追う。女はこうでなくてはいけない、と小学生の私は思った。いや、中学生で再読した時も、そう思った。

ちょっと首を傾げたのは、大学生になったころだっただろうか。こんなに、ぼろぼろになりながら、どこまでもどこまでも追われたら、男の側としてはたまらんよな、と感じるようになったのだ。とにかく、しつこい。命がけで追いかけてくる。想像したら、躰がふるえてくる。理想の女性像からは、はずれてしまったのだ。

好きな女というのは、スクリーンの中に何人もいた。そういう女性には、当然ビジュアルがあり、私はそれを愉しんだりしたが、理想像とはならなかった。スクリーンの姿は虚像だと、なにを学習することもなく、私はそう割り切っていた。

しかし、小説の中の登場人物は、ビジュアルも私の脳内に任され、抗い難い存在感を持ってしまうのだ。小説の力というものを、私はそのころから無意識に信じていたのだと思う。

もうひとり、『モンテクリスト伯』の、メルセデスである。婚約者のエドモンが、無実の罪で投獄され、十数年後に脱獄し、隠匿された財宝を手に入れ、モンテクリスト伯爵として、パリに戻ってくる。誰ひとりとしてそれがエドモンだとわからないのに、メルセデスだけは、カーテンのかげからちょっと覗いただけで、わかってしまうのである。エドモンが死んだと思い、結婚をして子供もいたのに、幽霊とも思わず、エドモンが帰ってきたと信じられるほど、まだ愛していた。女の愛はそうでなくてはならない、と高校生の私は思った。

メルセデスも、女性の理想像からははずれた。別れて二十年近く経っているのだから、お互い忘れて別々の人生を歩こうぜ、というのが、私が大学生のころに達した心境であった。私は、どんどん俗に染まりはじめたのだろう。俗の中にこそ真理があると、いまも変らず私は思っている。

君はどうだ。理想の異性像などというものがあるか。それがもし、私の小説の中にいる存在だとしたら、嬉しいしちょっと困るし、つまり痛し痒しという状態なのだ。私に内緒で、恋をしてくれ。

それにしても、思春期に小説の中に理想の女性像を見つけた私は、現実生活の中で理想像を求めることはなかった。

お通とメルセデスが遠ざかるのと、私が現実の俗にまみれるのは、ほぼ同時期だったのではないか。私は、あまり傷つくことなく、俗にまみれてしまったのだと思う。だから現実の女性を受け入れ、幻滅することはなかった。

そのころも、映画はよく観た。二年おきぐらいに、恋人が替った。スクリーンの中である。世界的な美女が、通俗的な私の恋人だったのである。恋人になると、その女優の映画は観られるだけ観た。二十年後に、ああ好きだったんだよな、とＶＨＳなどを観ると、うむ、時というのは残酷なものだ。

やがて私は、青年誌で悩み相談のコーナーを持つようになった。恋愛の相談など引きも切らなかったが、時々、アニメのキャラクターに恋をして、どうにもやりきれないというものがあった。

その悩みに対し、私はやさしかったような気がする。ひたすら時を待て、と言っていたような記憶がある。

小説の登場人物に理想像を求めた、私と似通っていないか。アニメのキャラクターは、映画の女優のように、演技と実生活の、二面性は持っていない。純粋にその存在だけが際立っているのだ。

時を待てば、つまり成長すれば、自然に離れることができる。そしてやがて、現実の女とどこか交錯する。

ダッチワイフの二つ目を買い、最初のものが嫉妬しないだろうか、という悩みもあった。それは妄想であり、純粋な恋とは違う。

こんなことを書いて思い出したが、『空気人形』という映画があった。これは、ダッチワイフが心を持ってしまう、というものだった。心を持ってしまえば、ダッチワイフが傷つく。その傷でなにを伝えようとしたのか、私にはよくわからなかった。是枝裕和監督である。好きな監督のひとりで、その抱いた屈託がいい。同じダッチワイフの映画で、『ラースと、その彼女』があった。こちらはあくまで、人形は即物的である。しかし街中が、その人形を生きていると認めて、喜劇的な振る舞いをする。

二本の映画は、似ているようで、まったく違うようだった。面白い映画だったが、両方とももうひとつ深く理解できない。私の想像力の貧困さが痛く、記憶に残っている。

また、映画の話をしちまったか。どこかで封印した方がいいのかな。君がいやだと言うなら、私は封印するぞ。もともと、映画はひとりで観るものだからな。

信じるのは自分だけで充分なのだ

金縛り、という言葉がある。

よく、金縛りに遭ったなどと遣う。霊的な現象なのかそうでないのか、私にはわからない。金縛りに遭ったやつはよくいるが、詳しく聞いてみても、特段の理由はなく、ただ寝床の中で躰が動かなくなった、というだけのことなのだ。それでもやがて躰は動き、そのことについて喋っているのだ。

一過性の硬直を、金縛りと呼んできたのか。私にそれを語った二人は、明確な恐怖感が伴うので、ただの硬直ではないと言い張った。私など、眠ろうとすると脚がつり、のたうちまわることがあるぞ。あれにも、多少は恐怖感が伴っているな。

恐怖感があろうとなかろうと、硬直は硬直である。歩いていて、持ちあげた足が降りず、手も動かず、要するにストップモーションになってしまえば、金縛りと認めてもいい。そんな金縛り、君は聞いたことがあるか。

金縛りにはよくおばけが現われるが、だからなおさら私はそれを信じたくない。幽霊とかおばけとか、昔から嫌いなのだ。こわいだろう。髪の長い老女が、笑いながら躰に乗っていたとか、子供が十人躰の上で遊んでいたとか、こわすぎるだろう。

覚醒と睡眠の間で、心の底にあったものを具現して見てしまう、という瞬間があるに違いない。それは心の底を見ているのであって、おばけを見ているのではない。おばけなど、いくらでもいるぞ。

六歳と五歳になった孫が海の基地に遊びに来ると、私はいつも友だちのおばけの話をしてやる。この先に洞穴があるだろう。夜になると、洞穴の中に霧みたいなものがたちこめてきて、それが少しずつ縮んで、気がつくとおばけになって洞穴から出てくる。顔はこんなふうで、躰はこんなふうで、と話してやる。話しているうちに、私がこわくなってくる。それで言うのだ。たとえ出てきても、みんなほんとはいいやつらだぞ。

友だちになろうぜ、と言ってやれ。とても喜ぶはずだ。爺ちゃんはそうやって、おばけとはみんな友だちになった。

私は基本的に、おばけの存在を認めていないが、それとこわいというのは別のことである。だからホラー映画は、私は観ない。あれは、どうやってこわがらせるかだけを考えて、作ってあるに違いないのだ。それでも知らずにホラー映画を観てしまい、最後まで眼を閉じることができず、観終って一時間ぐらいは不幸な気分なのである。

私は、仕事場にしているホテルの部屋で、ベッドに横たわっていた。いささか書き疲れて、ひと休みしていたのである。締切前だったので、寝てしまうというわけにはいかなかった。なんとなくだが、頭の中では原稿のことを考えている。なにかを、感じた。それがなにか、具体的に表現することが、あの時もいまもできない。私は、首だけあげた。

知らない男が、部屋の中にいたのである。ベッドの反対側に、服などを入れておく抽出しのついた台があり、そこに数日分の新聞が積んである。グレーのスーツを着た男は、私に背をむけて立ったまま、新聞を読んでいたのだ。台の上にはスタンドがあり、その光があたるところに新聞を拡げ、一枚めくった。

なぜ知らない男が私の部屋で新聞を読んでいるのか、束の間、考えた。失敬なやつだという、いささか間の抜けた感じと、おかしなことが起きているぞという考えが、同時にあった。おかしなことは、ちょっとこわい。この場合、私の選択肢は二つあった。これは夢だから、このまま眠って続きを見ようというのと、起きあがって無断で侵入した男を取り押さえようというの二つである。

私は、後者を選択した。こらっ、と言おうとしたが声が出ず、躰はかたまって動かなかった。まさに金縛りであった。私は恐怖に襲われもせず、狼狽もせず、闘志を募らせた。思い切り、拳で宙を殴ったのである。私の躰は不意に解き放たれて動き、転がってベッドから落ちた。くそっ。次は声が出た。跳ね起き、男にむかおうとしたが、男の姿は消えていた。

台のところまで行った私が、拡げられているはずのない新聞を見たら、これはかなりホラーな話になるが、台の端にきちんと積みあげられていた。なにか、夢を見てしまったのだな、と私は思った。これを、金縛りとかおばけとか言う気はない。覚醒と睡眠の間。つまり、私はまどろんでしまったのである。もう二十年以上も前の話で、それからグレーのスーツを着た男は、現われていない。

君はいま、こわがっているな。それなら、もうちょっとこわい話をしてやろう。ほんの数年前のことだ。私は、海の基地にいた。居酒屋で夕めしを食い、ちょっと酒を飲んだ。親父が、あっちも出る、こっちも出ると、幽霊の話をはじめた。親父の話は、なぜ幽霊が出るか、ありふれたものだったが理由もつけられていて、カウンターにいた別の客が、肯定するようなことを言った。ほんとうにいるなら、連れてこい、などと私は言った。

酔っ払って基地へ帰り、CDを二、三枚聴きながら、葉巻を喫《す》いさらに飲んだ。それからベッドに潜りこみ、眠りに落ちた。闇の中で眼を醒すと、幽霊がいたのである。出た、と私は思った。次に思ったのは、刀、ということである。海の基地で私は居合抜きもやっているので、刀があるのだ。ただ刀と私の間に、幽霊がいる。ちくしょう、着物を着てやがる。昔の幽霊だな。私は、なんとか刀を執りたかった。闇にとけこみそうな着物を着た幽霊は、宙を浮いているのか、ずいぶんと高いところにいた。

意を決して私は起きあがり、刀を執りに行こうとした。幽霊が襲ってきたら、効くかどうかわからないが、当て身を食らわせる。そして刀に行き着き、抜き撃ちを浴びせる。ベッドから降りた瞬間、なにか変だ、と私は思った。着物に、見憶えがある。刀を執るかわりに、明りをつけた。幽霊に見えたのは、ハンガーにかけた居合の稽古着であった。金属の棚の一番上にかけてあったので、宙に浮いて見えたのである。

君はちょっとこわがり、それから腹を立てたな。かたいことを言うな。小さくかたまるなよ。友だちになろうぜと言えば、すべて済む。

音楽はまず音を楽しめばいいよ

ロックを、最近あまり聴かない。

ライブに出かけるのも、億劫《おっくう》になってしまった。私が老いぼれたこともあるだろうが、歌詞の説明的なところがどうにも鼻について、意欲が湧かないのである。こういう時は、海の基地でCDを聴くぐらいにしておいた方がいい。

私にはまだやらなければならないことがあって、無駄なエネルギーを遣いたくないのである。やっぱり、歳をとったのだな。以前ならつまらないライブに行ってしまうと、腹を立てて、腹を立てるということが、エネルギーの補充になった。

そんな角が取れたようなことを考えていたら、くそっ、これはというライブに行き損ってしまった。やっぱり、感性のアンテナは、のびるだけのばしておかなければ駄目だ。このライブだ、という嗅覚が働かなくなっている。惜しいぞ、勿体ないぞ。

私が行き損ったライブは、フランスの女性歌手で、ZAZのものだ。いや、行き損ったわけではないな。ZAZは、ちょっと名前が頭にひっかかっていたぐらいで、ほんとうはなにも知らなかったのだから。なにかの機会にZAZを聴いて、いいと思い、調べたら日本公演が終っていたというわけである。

しょんぼりしていたら、ZAZの三枚目のアルバムをくれた人がいる。『パリ』というタイトルで、スタンダードなシャンソンをカバーしたものであった。いいなあ。ほとんどジャズで、ハスキーな声がぴったりで、私はシャンソンまで聴き直したほどだ。エディット・ピアフの孤高な悲壮感と、ZAZのこの軽さ。この違いを、時代だと思えるのだ。カバーとは言えない。これはもうZAZの唄である。

カバーという言葉は、どんなふうな感じで遣われているのだろうか。カバーはカバーで、なんの先入観もなく聴けばいい、と私など思うが、オリジナルを超えているかいないか、などという議論を耳にすることもある。

カバーはカバーとして確かにあるが、その人の唄になっていれば、それでいいではないか。

ミス・オオジャという歌手は、日本のカバーの女王と私は呼んでいるが、すべてのカバーが心に響くわけではない。『MAN—Love Song Covers 2—』は素晴しい。男が歌う愛の唄を、ハスキーな声でカバーしたものだ。なにかがぴったりと合っているという感じがあって、オリジナルとはまったく別の唄になり得ている。それが、女性歌手のものをカバーすると、あまり私の心には響かないのだ。彼女が人気があるのかどうか、知らない。しかし歌唱力は、私の中ではＺＡＺと双璧である。オリジナルのＣＤも、ずいぶん集めた。オリジナルは、どうも言葉が多い。つまりどこか説明的になっているのだろう。

説明的と書くと、その人のファンがどうも納得できないらしく、それこそ説明してくれと言われたりする。聴く人間がいいと言えば、それでいいのだよ。私の意見など、きわめて個人的なものにすぎない。新しいバンドが次々にできて、若い演奏家や歌手が次々に現われ、そんなふうにしてシーンは変っていくのだろう。私は、時々覗いているという程度にすぎない。

疲れた時は、ちょっと古いものを聴く。ファドやシャンソンやジャズは、古いものを中心に聴き続けていると言ってよく、こういう時に聴くのは、いつもとはひと味違うものになる。

先日、トム・ジョーンズの『思い出のグリーングラス』を聴いたら、あまりの無常さに心がふるえた。そして、切ない気分になったな。

去年亡くなった、白い髪と髭がお人形のようだったレオン・ラッセルもついでに聴き、やはり感応するので、次にはレナード・コーエンを聴いた。昔、そんなものも聴いていたのさ。

昔ということでふと思い出したが、二十数年前、音楽を語るラジオ番組に出てくれと依頼された。なんであろうとまったく構わないので、好きな歌を十曲挙げるというのが、事前にやるべきことだった。私が挙げた十曲のうち、石原裕次郎と美空ひばりが弾《はじ》かれた。

なぜなのかはいまも理解できず、不愉快な思い出として残っている。

カーメン・マクレエも、アマリア・ロドリゲスも通った。

まさかとは思うが、漢字の名前が嫌だったのだろうか。それとも、音楽は音学であるという、信念でも持っていたのだろうか。

作家の松浦寿輝氏が、公共放送でやっている番組に出た時も、同じようなことをやることになった。私がリクエストしたものは、全部集めてくれた。ペギー・リーの『ジャニー・ギター』を、日本人の歌手が歌っているものがあり、それは見つかるまいと思ったが、ちゃんと出てきた。松浦氏と二人で聴き入り、日本人の唄だね、と感想を述べ合ったりもした。

そうだ、これは番外で頼んだと思うのだが、『ローハイド』というテレビドラマがあり、その中で若いクリント・イーストウッドがフォスターの『ビューティフル・ドリーマー』を歌っているのもリクエストした。さすがに見つけられなかったがね。長いドラマだったので、全編観る気で捜さなければならないのだ。誰か、録音して持っているやつはいないか。

石原裕次郎と美空ひばりに駄目出しをした番組は、丁寧にお断りをした。慇懃無礼という言葉遣いだったのだが、わからなかっただろうな。音楽の素養などかけらもありませんので。なら、仕方ありませんね。そんなやり取りであったが、二十数年経ったいま、腹が立ってきた。いま私は、頑固爺まっしぐらなので、そんなやつをこんこんと説教してやりたいのだ。音楽に差なんかつける、悲しいことはするなよ。

脱線したのかな。脱線した先にも、線路はある。線路は一本などと、愚かなことは考えるな。人生も、同じだぞ。

私など、すさまじく大きな脱線を五度、小さな脱線は数知れずやらかして、いまここにいる。私のいる場所がいいか悪いかは別として、脱線しても人に迷惑はかけなかった。それでいいのである。

君は、一本道の線路を行こうとして、周囲に迷惑をかけていないか。いないよな。

言われなくてもわかっていることだ

葉巻を喫っている姿は、尊大に見える。ある友人に、そう言われた。

そいつは、私に禁煙させようと必死なので、黙って聞いている。友情から言っているのは、よくわかるからだ。だけど、友情がお節介になることも、しばしばあるのだ。私は、やめたくなったら、やめる。その時までは、喫っている。その友人の嫌煙には年季が入っていて、学生のころからであった。煙草をひと箱喫うたびに、いくらが煙になる。そんなふうに、はじめは金のことを言っていたが、私が葉巻にしてからは、金のことは言わない。ハバナ産の高級品で、一本いくらぐらいか知ってしまい、言っても無駄だ、と思うようになったのだろう。

尊大に見えるのは、尊大であるのとは違う。大事なのは、尊大にならないことだ。私の友人は、私に対してだけは言うが、ほかの人間が喫っていても言わない。自分の会社の社員が喫っていても、言わないのだ。社員のボーナスの査定に、喫煙が影響しているようでもない。私にだけ、しつこく、五十年近く言い続けてきた。それを理由に絶交ということには、ついにならないようだ。ようだというのは、まあ、先がなんとなく読める年齢になってきたからだ。なにか言いはしても、男は些細なことで相手を否定したりはしない。

そもそも、嫌煙とはなんなのだ。急激に、受動喫煙という言葉も、使われるようになった。煙草の煙がうるさいということか、とはじめは思ったが、流れてくる煙を喫うだけでも、煙草を喫っているのと同じ病気になる、というのだ。それで、肺癌の罹患率が右肩あがりなのか。喫煙率が大幅に下がっているのに、肺癌が増えるというのは、受動喫煙で病気になっているということなのか。

なんとなく納得がいく答を見つけ出したような気がするが、待てよ、受動喫煙率は、喫煙率に比例するのではないのか。

いや、昔はどこでも構わず煙を吐いていて、受動喫煙率から言えばもっと高かったはずだ。いまは喫煙ルームなどという隔離設備があり、喫ってはならないと決められている場所が極端に多く、受動喫煙などほとんどない、という状態ではないのか。

なるほど、生まれてこの方、煙草の煙など吸いこんだことがない人が、たまたま吸いこんでしまうと、免疫がないので肺癌にかかってしまうということなのだ。私など、もの心がついたころから、煙草を喫っている大人のそばにいたので、強力な免疫があるに違いないのだ。

何歳からとは言わないが、この年齢になるまで、私は煙草を、葉巻を喫い続けてきた。なにしろ、強力な免疫がある。なるほど、そういうことか、と私は合点した。殺したいやつがいれば、無理矢理煙草の煙を吹きかけてやれば、それで果せる。

自分は健康のために、一日二本の葉巻を喫うと言っていた、香港の老人がいた。その時すでに七十六歳で、きわめて元気そうに見えた。なんと、十三歳の時から煙草を喫いはじめ、商売が成功した三十代のはじめから、葉巻が二本なのだという。

そんな人もいた、というだけの話だ。肺癌の罹患率の上昇などをあげつらって、煙草の正義を語るつもりなどない。ただ、少々うるさいのだ。政治家が、禁煙がどうのと言いはじめた。それが自分の、政治的な最大の目的である、というようなことを公言した人もいた。禁煙が目的なら、法律を作って煙草の販売を禁止しろよ。禁止されている中で喫う煙草は、禁断の味が入り混じって、きっとうまいだろう。手錠をかけられても、悔いはない。

国民の健康を守るのが政治家なら、福島へ行って、どこにあるかさえはっきりしない、核燃料を見つけ出し、取り出して来てのちに、死ねばいい。きっと、歴史に残る。禁煙に命をかけている政治家なんて、十年後とは言わず、一年後ぐらいには否定されるぞ。

君は、煙草を喫うかい。喫わないならそれでもいいが、バーカウンターの端っこで、ひっそりと葉巻に火をつけている私を見つけても、咎めたりはしないでくれ。スモーカーは、ルールを守るぞ。神経質なぐらいに、ルールを守る。その上、嫌煙だの受動喫煙だのの言葉が出てきたら、煙を吐いてなくてもうつむく。もういいだろう。そっとしておいてくれよ。決して、嫌がる人にむかって、煙を吐いたりはしないからさ。

それにしても、煙草をやめる人が多くなったな。私の周囲にも、かなりいる。大沢新宿鮫など、朝めしを食って煙草を喫うまで、俺はきわめて機嫌が悪い、と公言していたくせに、やめた。理由を訊くと、咳が止まらないからだ、と言ったのである。軟弱者め。私など、喘息だ。ステロイドの吸引を、医師から命じられているのだぞ。鮫がやめてしまったので、私は孤独である。

まあ、逃げを打つわけではないが、煙草の煙などよりもっと大きなところに眼をむけたらどうだ、と私は言いたい。

たとえば、食品を扱う巨大市場の地下に、有害物質があるらしい。移転する新しい市場の地下にも、有害物質がある。ニュースに流れるのでみんな知っているが、有害物質が混じったものを口に入れている、と考える人間は少ないだろう。なにやら、有害物質が政争の道具になっているような思いに、私など襲われる。この市場については調べたのだろうが、調べていないところはないのか。

工場の跡地に建ったマンションや一戸建てなど、数えきれないほどあるだろう。そこに、有害物質がないとは言えないのに、誰も調べようとはしない。こういう工場ならこういう有害物質が、というデータなどはあるに違いないが、政治家も決してそんなことは言わない。選挙の時に票にはならないどころか、言ったら総スカンを食らいかねない。

おい、君の尻の下は大丈夫か。自分の尻の下を見ようとしないのは、人間の本性で、煙など宙に消えてしまうから、いくらでも言えるのだ。そんなふうにして、世の中の正しいものが決まっていく。

君は、見て見ぬふりをしていないか。生きていないのに、生きているふりをしていないか。

またな、わが友よ。

講釈はやめて食うのを愉しもう

海の基地にいる。

毎日釣りに出ているが、私は休暇でここにいるわけではなく、仕事もどっさり抱えこんできているので、三時間だけ船を出すのだ。

もっと釣りをしたいと、ボースンは不満顔だが、私は強靱な意思で、断固、三時間で帰航の指示を出す。

魚が釣れている時など、結構つらいものがあるが、そこは仕事が優先である。

ここで自慢できるほどの魚は、釣れていない。まあ、ヅケにしておこうとか、干物にしてしまおうとかいうような魚だ。ヅケと言っても、寿司屋のヅケのように、三分三十秒などというものではない。一昼夜、漬けこみ、食いきれなければ、二昼夜、三昼夜になる。長く漬けこんだ鮪《まぐろ》など、食感が刺身とはまるで変り、別次元のものを食っている、という感じになるのだ。いまの寿司屋のヅケは、漬けでなく付けである。

江戸時代は、さくごと長い時間漬けこみ、切るのは食する時であったらしい。そんな保存一辺倒のヅケにする必然性はない。昔は、冷蔵庫がなかったのだ。

いま、大抵の寿司屋のヅケは、時間との勝負であり、それはそれで、よくできているとうまいのである。だから私は、寿司職人に、時間の指定をする。三分十一秒、などと言い、プラスマイナス一秒を認める。さらに意地悪をしたい時は、ストップウォッチ付きの腕時計を振りかざしたりする。

はい三分十一秒。職人さんはそうやって出すが、時間は自分の塩梅である。状態を見ていて、これでいいという時に握るのである。当たり前だ。寿司のカウンターは、対面商売だから、職人さんのトークも売り物のひとつになる。

少し馴れてくると、卵焼きを頼む時、私はごめん焼きと言う。卵焼きは六面全部が焼けていて、普通に切ると四面が焼けていることになる。五面が焼けているのは、両端だけなのだ。五面焼きを頼んで、四面が焼けたものを切って出され、私がなにか言う前に、ごめん、という言葉が飛んできた。私は、その職人さんを認め、引退するまで馴染みであった。

別の店でだが、私はひとつひとつ握り方を変えて註文した。本手返しで、小手返しで、という感じである。それで味が変るのかどうかは知らない。握り方に何種類かあるのを知っているだけである。

友人と話に夢中になり、握り方を指定するのを忘れた。出された寿司に、なんだこれはという顔をすると、意趣返し、と言われたのである。この職人さんとも仲よくなった。

私の家族は、決して私と寿司屋へは行かない。私の吐く言葉ひとつひとつが、暴言にしか聞えないようなのだ。

私は、自分で握ろうと思えばできる。若い寿司職人の友人に手ほどきを受けたのだ。孫が家に来ると手巻き寿司などとやっているので、握ってやる、と言う。断られる。握らせてくださいと頼んでも、家族はみんな断る。冷たいなあ。私には講釈と一緒に、ずいぶんとおかしなものを食わされ続けたので、家族は学習して断るのである。

ひとりで黙々と自分のものを握っていると、孫が見つめている。爺ちゃんは、寿司を握っているのだ。こうやってきゅっと握るとな、ごはんとマグロがはじめて寿司になるのだ。そういうのは、回ってくるお寿司だよ。回ってくるだと。回転か。うむ、回転寿司が悪いとは言わないが、ここは爺ちゃんのやることを見て学べ。かわいいなあ、孫は。ちゃんと見ているではないか。泣けてくるなあ。なんでも買ってやるぞ。

君は、私の態度を、どう思う。寿司屋だけでなく、料理人と言葉を交わせる店では、私は大抵こうである。寿司その他について、私は間違いなく半可通で、その自覚は強くあるが、会話の中からなにか新しいものを見つけたいのだ。食べもの屋で、私は嫌われたことはない、と思う。もっとも、嫌われそうだと思ったら、行儀よくしているという、防衛本能も弱くはないのだが。

寿司屋で、これは役に立った、と多分感謝されたことがある。ワサビは、なぜネタとシャリの間にあるのか。職人さんたちは、仕事だから、喋りながらも手が動いて、必ずネタとシャリの間にワサビを入れる。サビ抜きと頼まれても、忙しい時は手が勝手に動いて、客を泣かせる。誰も、ワサビの位置の理由を、正確には言えなかった。実は、歴史的とも言える理由があるのだぞ。

ワサビは、山葵と書く。江戸時代、葵は将軍家の家紋であった。この葵の御紋が眼に入らぬか、という科白があるほど、権威のあるものだったのである。たとえ山がついていても、葵を食ってしまう。堂々とはできないので、ネタとシャリの間に隠したのだ。寿司の味とは関係のない話だが、生姜はネタの上に載せるのに、ワサビは隠すという理由はこんなところにあるのだ。

海の基地の話だったのに、おかしなところへ行ってしまった。私は、高梨農場のばあちゃんのところから、大量に仕入れてきた野菜でサラダを作り、タンシチューを作り、肉じゃがを作った。

たまには、ゴーちゃんレストランにも行く。ゴーちゃんは気難しそうな表情をして仕事をしているが、うつむいたまま笑い出したりする。私のマシンガントークがはじまると、作業中も象の耳になっているのだ。それを見計って、私はゴーちゃんの気に障るようなことを言う。ゴーちゃんは、こめかみの血管をぴくぴくさせながら、強張《こわば》った顔で笑う。反論すると、十倍返ってくると知っているのだ。言い合いになると仕事にならず、皿が遅れると私は怒る。自虐的な笑い声をあげながら、手は動かしている方がいい、とこのところ学習した。

海の基地での生活は、他愛ないものだ。時々腹を立てるだけで、平和でもある。最近の私の腹立ちは、最強のポイントとしている海域に鮫が現われ、魚がみんないなくなってしまったことである。まったく、鮫は始末におえない。どこでも嫌われる。

鮫と聞いて、君、笑わなかったか。海の鮫だぞ。六本木あたりを泳いでいる、ちょっと不良っぽい鮫のことではないからな。

人生に休息はあるのだろうか

月刊キタカタと、揶揄をこめて呼ばれた時期がある。三十代の終りから、四十代の前半といったところだろうか。月に一冊ずつ新刊が出るという、出版ペースが続いたからである。

自分では、濫作だとは決して思わなかったが、書き過ぎだという書評が出たような憶えもある。全力でやるとこうなるんだよ、と私は言いたかった。もっと告白すると、私が毎年、三カ月ほど海外へ出ていた時期と重なる。つまりは十二冊を、九カ月で書いていたのだが、そのあたりの自覚はまったくない。海外へ出る計画を立てると、自分でも驚くほどのエネルギーが噴出してきて、書くのがつらいとも思わなかった。

一昨年は、それに近い状態だった。といっても、八冊か九冊分ぐらいの原稿を書いたのだと思う。書いたはなから、忘れていくという特技を持っている私は、作家になってから何冊本を書いたのかさえ、把握していない。それでいいのだ、と思っている。気障に言えば、代表作はいつも次に書く作品だということだ。

年齢のせいもあるが、あのころのエネルギーはもう出ない。あたり前か。

二十年以上前のある日、大沢新宿鮫からなにかの用事で電話があった。話が終り、今月はあと何枚書かなければならないのだ、と訊かれた。言った枚数は、当の私が無理だと思うほどの量だった。大沢は鼻で嗤《わら》い、まあ、できない時はできないんだよ、と慰めに近いことを言った。

全共闘世代の意地で、書きあげてやる。もし書けたら、クリスタル世代の見栄で、六本木の夜をひと晩プレゼントしよう、と大沢は応じた。私が負けた場合、なにをやると言ったのか、まったく憶えていないから、負ける気はしなかったのだろう。

結果として、私は書いた。六本木の夜を、あのレストランでめしを食い、あのクラブで飲み、そこの女の子を連れ出してラウンジふうの酒場へ行き、場合によっては六本木のどこぞのホテルへしけこみ、外へ出ると眩しい陽の光に思わず立ち尽す。そんな想像をしていると、眼はぱっちりだったのである。

　ところが鮫のやつ、いっこうに六本木の夜をくれない。ひと晩、くれない。一時間も、一秒もくれない。脳ミソが筋肉というのは反則だろう、と言い出す始末である。

　私は、しつこくは言わない。大沢は、鮫の脳ミソだから、知らないのだ。この世の中、何事においても利子というものがあるのである。私は利子を指折り数え、すでに十一日分に達している。いずれ私は、六本木で夜毎、酒池肉林に浸るのだ。その時が来るのを楽しみに、もっと原稿を書こう。

　あのころを思い出すと、よく躰が保ったものだと思う。十代の終りに肺結核になり、私は病いと寄り添って人生を送るはずであったが、三年半の化学療法で快癒した。いまも、胸のレントゲン写真を見た医師は、肺結核をやったのだねと言うから、傷痕のようなものは残っているのだろう。

　肺結核以降は、病気らしい病気もしなかった。どれほど忙しくても、精神のバランスは崩れなかった。自分でそう思っているだけで、ほんとうは崩れていたのかもしれない。三カ月海外へ出るという行為そのものが、無謀というより自棄な感じがするし、行先は過酷なところばかりだった。思い出しても、どこかおかしくなっていなければ、あんな行先は選ばなかったと思う。いまではその旅が、私の心の財産のようになっているのだが、同じような旅行はもうできない。

　人間というのは、ほんとうに情無いものだ。このところ私は、旅に出ようという気さえ起こさない。いや、行きたいとは思うのだが、行くための具体的な動きをまったくしないのだ。億劫になってしまうのだ。小説のために、地形ぐらい見ておいた方がいい、などと言われると、ようやく腰を上げる。行ってしまえば、好きなことをして過しているのだが、危険と判断されたことは、やらせて貰えない。モンゴルへ行った時、羊を捌きたいと言ったら、これはやらせてくれた。

　国内でもそうだ。私は、ふらりと出かける癖があった。いまはない。放浪癖だと自分で思っていたが、ある時からぴたりと収って、送り迎えがないとどこにもいかない。

　四十代の中ごろまで、街を歩いていて道に迷うと、そのままどこまでも、三、四時間歩き続け、決して人に訊こうとはしなかったのだ。それだけ歩いていると、隣の隣の街ぐらいまでは行く。不審尋問などを受けたことはないので、しっかりと目的を持って歩いているように見えたのだろう。記録は、新宿を歩いていて、酒場に入って酔っ払い、朝になって気づくと立川だった、ということがあった。

　道に迷っても修正しないというのは、私の人生でもそうなのだろうか。

　小説を書き続けることが、人生の道を踏み誤っていると思った瞬間が、何度かあった。職業作家になる前は思いもしなかったことだが、小説書きを生業とするようになってから、少なくとも三度ばかりはあった。そのたびに私は、道に迷ったと自覚しても、そのまま歩き続けてしまう自分の性向を思い浮かべた。生き方を選ぶ時にもそういう性向があったので、いまも小説を書き続けているのだろうか。

　亡くなった立松和平は、私と同年であったが、お互いに作家になってからは、意外に飲む機会は少なかったような気がする。二人とも、忙しかった。それでも、半年に一度ぐらいは二人で飲み、ある時、立松がしみじみと言った。俺たちさあ、ほんとに際どいところを擦り抜けて、作家になったんだよなあ。

　際どいという言葉が、妙になまなましくて、私はうつむいた。独特のイントネーションで喋る男だったから、いまもその口調とともに思い出す。作家にならなかったら、どうなっていたのだろうと、しばしば考えることもある。立松は知らず、私はいくら考えても、想像できない。どうせ碌なことはしていない、と言うのは簡単である。

　君は、いまある自分と、違う自分を想像できるか。想像だけならたやすいが、真剣にそれを考えることができるか。

　私は歳だから、もうそういうことはやめる。

虫と闘っている間はまだましさ

昆虫を虫だと考えると、蜘蛛など虫ではない。脚が六本ではないからだ。しかしこれはどこか間違った先入観があって、虫の一部が昆虫である、と考える方が妥当かもしれない。

蜘蛛も虫で、ムカデも百足虫と書くぐらいだから、虫である。そう考えるとゴキブリも虫だが、私は虫と思ったことがない。ゴキブリはゴキブリなのである。ゴキブリは、人間が滅亡しても生き残ると言われていて、その生命力は驚異的なのであろう。

人間は、ゴキブリと闘争をくり返してきた。と言っても、人間がゴキブリに襲われた話は聞かないので、こちら側が一方的に退治しようとしてきたのだろう。昔は、蝿叩きなどというものがあった。蝿をペタンと叩き潰すのである。しかし、ゴキブリ叩きはなかった。蝿叩きで代用できそうな気がするが、いまはそれもあまり見ない。蝿取り紙と同じように、ゴキブリ取りもずいぶん開発されたが、まだゴキブリの繁殖力が上回っていたかもしれない。

最近は、それは反則だろうと思えるぐらいの新商品が開発されて、闘いは人間の優勢な展開になっている、と私は思っている。

とにかく、それを仕掛けておけば、巣にいるゴキブリまで殺せる、というのだ。ゴキブリが喜ぶ臭いだか味だかするものを、ゴキブリが食う。しかしすぐには死なず、巣に戻って死ぬ。死んだゴキブリは、ほかのゴキブリの食料になり、それを食ったゴキブリも死ぬ。犯罪的と言うか陰謀的と言うか、なにかちょっと狡いぞと、蝿叩き派の私は思う。

自宅で、ゴキブリをあまり見ないのは、方々にそれが仕掛けてあるからだろう。同情する。海の基地では、そんなものを仕掛けたりはしない。手製の、ゴキブリ叩きである。

見つけると、私は気息を整え、電光石火の一撃を放つ。大体はそれで仕留めるが、逃げ回って狭い隙間に姿を消すやつがいる。そいつとは、また後日闘えばいいのである。

ある夜、私はジョージ・ウィンストンのピアノソロを流しながら、モンゴル関係の資料を読んでいた。現われた。私はゴキブリ叩きを手もとに置き、再び現われるのを待った。入りこんだ隙間は視認していて、そこなら出てくるしかない。片眼でそちらを見、もう一方の眼で資料を読んでいた。

十分もしないうちに、出てきた。私の予測とは違うところから出てきたので、最初の一撃をかわされた。二撃目も三撃目もかわされ、そいつは別の隙間に逃げこんだ。しかし、そこへ逃げたら百年目である。私は腹這いになった。追い出せるのだ。隙間にゴキブリ叩きを入れ、左右に動かした。逃げる方向もひとつしかなく、そこへ追いこんだゴキブリは、ことごとく撃砕している。

出てきた。私はゴキブリ叩きを持ち直し、立ちあがろうとした。その時、見たのである。私が追いこもうとしているのとは逆の方向へ、つまり私の方へ、ゴキブリが走ってきたのである。

私はゴキブリ叩きで、乱打した。しかし腹這いである。力は入らず、スピードもなかった。あっという間に、ゴキブリは私に達し、それから姿を消した。私は叫び声をあげて跳ね起きた。私の腹の中で、ゴキブリが駈け回っている。

私はバミューダパンツを穿いていて、裾から飛びこんできたのだ。私はバミューダパンツを、ブリーフごと脱ぎ、振り回し、落ちてきたゴキブリを叩き潰した。

勝利でにやりと笑う私は、どんな恰好だったのか。下半身は丸裸で、片手にゴキブリ叩きを持ち、やったぜ、などと呟《つぶや》いている。かなり、変質者に近いな。

想像して、君は嗤ったな。私だって、あの時のことを思い出すと、笑ってしまう。まったく、人生にはなにが起きるかわからない。私はあっさりと宗旨変えをし、ゴキブリ取りを数種類買いこみ、方々に置いた。やはり、効いたようだ。それから、海の基地にはあまり出なくなった。

私が闘っているのは、卑劣な爆弾を、洗いたての船に落とす鳶《とんび》や烏ばかりではない。百足虫とも闘う。これはゴキブリみたいに闘うわけにはいかず、見つけ次第除去する。相当に頑強な虫で、しかも刺されるととんでもないことになる。海にはゴンズイという毒魚がいるが、痛みを訴えて病院に行くと、医師はゴンズイか百足虫か、と訊くらしい。それぐらい、毒を持っているのだ。

スズメ蜂がいて、樹間に巣がぶらさがっていることがある。私は戦闘の方法を真剣に考えた。強力な殺虫剤スプレーを二本買い、頭から紙の袋を被《かぶ》る。眼のところだけ、穴を開けておくのである。大物釣りで遣う革の手袋をし、皮膚は一カ所も露出させない。スプレーで攻撃してくる蜂を迎撃しながら、巣を持ってきて海水に漬ける。

そんなことを考えたが、やめた。私は以前、スズメ蜂に刺されたことがある。山小屋で、外に干した洗濯物が乾いているかどうか確かめるために、手で摑んだ。見えないところにスズメ蜂がとまっていて、それも一緒に摑んでしまったのだ。すさまじい衝撃が、掌にあった。痛みなどでなく、衝撃である。私は手を振り回した。喚いた。しばらくして、ベランダの床に、スズメ蜂がうずくまっているのを発見した。刺してしまうと蜂も体力を失うらしく、飛び去ることができないのだ。私はその蜂を捕え、時間をかけてくたばらせたが、左手は痺れ、痛み、グローブのように腫れはじめた。

躰に、毒のなにかができて、二度目に刺された時は、かなり危険である、と教えられた。それで私は、戦闘を諦め、市役所に除去を依頼した。職員が二人来た。最新兵器を持っているのかと思ったが、私が考えたのと同じやり方で、蜂と闘いはじめた。蜂は面白いように落ちていく。要するに、反射神経さえあれば、それほど危険なく闘える、ということがわかった。紙袋を頭から被った恰好など、しなくてもよかったのである。

それにしても、人生で闘わなければならないのが、ゴキブリとか百足虫とかスズメ蜂だけなら、生きることは簡単である。結局は、自分との闘いが、最も厄介なのだよ。君は憶えておけよ。

闘わないより、闘った方が、人生は豊かだぞ。

行く価値のある場所はいまもある

強烈な虫に刺されたという経験は数度あるが、大抵はスズメ蜂とか毒蟻とか、刺したやつが判別できるものであった。腫れて痛んだが、数日で消えた。足長蜂に刺されたことなど何度もあるが、小便をかけると治るという俗説があって、私はそれに従っていた。

フィリピンの熱帯雨林にいた時、朝起きると脇腹が痒かった。いやな湿気の中で、私はぼりぼりと腹を掻いた。

痒みが強くなり、それから、なにかが膨らんで破裂した、と感じた。腫れはじめ、痛みと熱感が伴ってきた。当然、掻くのはやめ、濡らした布を当てた。剝き出しだと、シャツに触れて、大きな違和感が続くのである。小さな拳ほどの腫れで、押すと痛んだ。

刺された瞬間に衝撃があったわけではないので蠍や毒蜘蛛の類いではないと思った。私の経験した虫刺されとは違うので、果して虫なのかどうかも、判別できなかった。

とにかく、なにかに刺されている。腫れている。痛んでいる。脇腹に、自分ではない生き物を飼っている、という気分なのだ。

そのまがまがしい腫れの真中あたりには、嚙まれたという感じの傷らしいものがある。

なにかの病気の症状としては、全身に及んでくるものがない。発熱をしているようでもなかった。虫刺されというのが効能のひとつに書かれている軟膏を、私は布に塗ってテーピング用のテープで貼りつけ、ジャングルの歩行を続けた。

二日目ぐらいから、腫れが縮みはじめ、押すと痛むという程度になった。私の躰は、毒を少しずつ体外に排出しはじめているようだった。

水を飲み、尿を頻繁に出した。出れば、大便も出したが、尿のように頻繁というわけにはいかない。なにか異変があると、体の中を洗うというのが、辺境での私のやり方である。

五日で小さな街へ出て、これまた小さなドラッグストアに行った。薬剤師は、ちょっと首を傾げたが、薬はあると言った。結果として、その薬は効いたという感じはしなかった。

その街で熱帯雨林の案内人と別れ、小さなエンジンのついている、双胴船のようなものに乗った。竹の浮力体を両舷に出しているので、そんなふうに見えるのである。

数えきれないほどの数がある無人島に、私はいくつか足跡をつけようとしていた。潮が引いていると、白い砂浜が広く露出して、ちょっと幻想的な感じがする。いや、カレンダー写真的と言うべきか。

無人島がほんとうに無人島であると、なにも面白くない。椰子の樹が密生していて、島の中央には行けないが、ぐるりと回ってみても、人の気配などまるでない。チャーターしている船の二人の船頭たちは、物好きな私を無視して昼寝をしていた。戻ってくると焚火が作られていて、それで缶詰などを温めて食うのである。

海に潜ったりもしてみたが、異常なほど澄んでいて、驚くべきことにほとんど魚がいなかった。魚がいない原因は、なにかあるのだろうと思えた。

泊り歩いているわけでなく、夕方になると泊る、という旅だった。魚を釣る仕掛を沈めていても、一尾もかからず、つけた餌もそのままであった。

三日目の午前中に上陸した島には、人間がいた。白い砂に足をとられながら私が歩いていると、森から人影が出てきたのである。のび放題の髪と髭に襤褸《ぼろ》をまとった男が、ほとんど裸の少女の手を引いている。小銭をやってくれ、と船から船頭が言った。私は、ポケットの硬貨を二つ渡した。受け取ると、彼らはすぐに森の中に消えた。物乞いではない。砂の上に、椰子の実が二つ置かれていた。

森の中へ彼らを追い、暮らしぶりを見ることを、私は思いとどまった。どこかに凄惨なのどかさとでも言うべきものを感じ、私は遠慮したのである。

自分の行為が、暴力になってしまう。君は、そういうことを感じたことはないか。私には、それが何度もある。

カメラをむけてシャッターを切ることなど、むこうが嫌がっていれば紛れもない暴力になる。

私は一度、街へ帰り、小型機を雇ってセブ島へ行った。そこからさらに船で、カオハガンという島へ行った。そこには島民が数百人いて、リゾートとは言えないが、泊る設備もある。そして、日本人がその島の主なのだ。崎山克彦氏という。私は、『何もなくて豊かな島』ほか数冊の崎山氏の著作を読んで、会ってみたいと思っていたのだ。

想像以上に、活気のある島だった。いまどうかは知らないが、コテッジには電気はなく、水も天水を貯蔵して使っていた。それでも崎山氏はそこで、若い男女に教育を施し、優秀な者には奨学金を出して高校へ行かせている。医療を整備し、自然を観光客に見せ、独特のキルトを島の女性たちに作らせ、産業とした。人口が増え続けているという、稀有な島なのである。

コテッジは木と竹でできていて、床の竹から夜は風が吹いてきて、快適に涼しいのであった。静かである。人工的な光がまったくないので、懐中電灯がなければ一歩も進めないような闇だが、星は夢想的なほどきらびやかであった。波の音。風の音。それ以外は自分の呼吸の音である。

崎山氏は私より十歳以上高齢であったが、元気で、そして明晰で、島の将来について、飲みながら語ってくれた。他者を思いやるということについては、私よりはるかに若々しいではないか。世界のどこかで、こういう日本人に会うと賛美しなければならない、という気持に襲われるが、崎山氏は自然体で、こんな人がいるよ、と気楽に語れそうな人格だったのである。

君も、観光地ばかりを旅していてはいけないよ。人を訪ねる旅は、観光地よりも大きなものを与えてくれることがしばしばある。

崎山氏とは、難しい話などなにもしなかった。そこに島があり、村があり、生き生きとした人々がいる。それで充分である。

いまもお元気なのだろうか。カオハガンは無人島よりずっと面白かったから、君、一度行ってみろよ。

暴力だと自覚しただけましなのか

フィリピンの熱帯雨林で、なにかに刺されて拳ほどに発赤《ほっせき》した私の脇腹は、痛みはきれいに消えたものの、帰国しても痕が大豆大で残っていて、やがて小豆大になり、それから色が褪せて周囲の皮膚と同じ色になった。

ただよく見ると、小さいケロイド状のものが残っている。四、五年かかってこうで、しかも刺したやつの正体はわからない。熱帯が、私の躰に刻んだ傷だ、と思うようにしよう。

いきなり銀座のクラブの話になるが、すでに引退した伝説のママがいて、引退したら悠々自適に暮らすと思っていたら、かなりの私財を投じて、マニラに施設を作り、行きどころのない青少年に教育を受けさせ、職に就かせる、ということをやりはじめた。

私はそのクラブの熱心な客ではなかったが、そんなことをしているのなら、あの請求書など、にこにこ笑って払えばよかった。好きに飲んだくせに、請求書が来ると、仏頂面になるのが私なのである。器量が小さすぎるな。

そのママは胆が据っていて、世話をした少年が金に手をつけるということが起きても、見えるところにお金を置いていたのが悪い、と裏切りに対して寛容なのであった。私に、そんな真似はできないな。いまでも、日々の半分はマニラで暮らしているのだろうか。

時々、暴力ということについて考える。殴る蹴るではなく、概念的な暴力で、たとえばマニラで世話になりながら金に手をつけた少年は、ママに対して暴力を振ったのである。

その暴力の受け方によって、振った者の今後が決まるというところがある。私が自分の人生をふり返ってみると、受けた暴力はほとんど等量を返してきた。寛容さを欠いていた、ということなのだろうか。そして自分から暴力を振ってしまったことは、しばしばあるのだ。

コートジボワールの、奥地の街だった。そこには軍の駐屯地があり、兵隊相手の娼婦の中に、顔に傷のある女性を何人か見かけた。剣呑な話をしているのではない。女性の顔や躰に傷を入れるという風習がまだ残っていて、傷が七つで成人に達するというのである。

私は、かなり肥った女性を、ホテルとも言えない宿の部屋に連れていった。女性は、部屋へ入るなり速やかに裸になったが、私は服を着たままカメラを持っていた。写真を撮らせてくれ、と頼んだのである。早くやることをやってくれという表情をしていた女性も、私が五回分ぐらいの米ドルを払うと言うと、掌で顔を隠しながら頷いた。

顔の傷は田舎でしばしば見かけるものだったが、躰の傷を見るのははじめてだった。肥っているので、深い谷のように見える傷が、胸や腹に散在していた。私は何度もシャッターを切り、事のついでとばかりに、ベッドに横たわらせて局所の写真まで撮ってしまった。その時、私は女性が泣いていることに気づいたのである。私は驚き、女性に服を着させ、約束した額の二倍の米ドルを握らせた。熟した柿の色をしている掌に札を握りしめ、女性は部屋を出ていった。

私を襲ってきたのは反省だったのか、後悔だったのか。金を払っている、と思ったのだ。娼婦だから、という思いもどこかにあったのだ。躰の傷に気を取られ、傷つく心を思いやることができなかった。私は明らかに、その女性に暴力を振った。金を二倍払うことで、自責から逃れようとさえした。悔悟はあったが、昼夜兼行で、一台の車を牽引しながら砂漠を走るという事態が発生し、そのことは頭の中から飛んでしまった。

あのころはまだ、写真はフィルムであり、リバーサルで撮ったものを、私は帰国してから、秘書に一枚ずつ切り離してマウントしろと命じた。数時間後、秘書の叫び声が聞え、なにが起きたか理解して、私は事情を説明し、なんとか許して貰った。それでも、女性の局所の写真を見せられてしまった彼女の、心の傷は癒えていないであろう。とんでもない、セクハラであり、パワハラである。

同じ国での話だが、同行のカメラマンが、スラムで写真を撮り、飛礫《つぶて》の嵐を食らったことがある。その時は、自分たちの方が暴力を振ったのだ、ということが痛みとともに理解できた。

君は、自分が暴力を振ったのだと、自覚したことはあるか。ふり返ると、私はまだまだあるぞ。

ドイツでのことであった。キオスクには、その街のナイトマップというものが、大抵は売っていた。乱交できるところ、肥った女がいるところ、SM、黒人ばかりがいるところ。ほとんど理解できるが、トラバーユと読めるところがなにか、わからなかった。女性のイラストが入っている。

私は、真相を確かめるために車を転がしてそこへ出かけ、最初のひとりで理解した。ニューハーフがいる場所だったのである。ドイツはこんなふうに、風俗関係はひとつの場所に集められ、情報は潤沢で、健康管理は徹底している、という印象であった。高級なのはサウナで、一般的なのはセックス・インだと、ナイトマップを見れば、一目瞭然である。セックス・インは、マンションの一棟が、丸ごと娼婦の部屋になっていて、大きな都市だと、そのネオンがいくつも見える。

ある大都市で、私は日本人の女性がいるという噂を耳にし、探索に出かけた。セックス・インでは各フロアを歩き回り、それを十階までやり、何棟もあるので、探索には手間がかかる。三棟目で、私はそれらしき女性を発見した。ドアが閉っていれば営業中だが、開いていればウェルカムで、大抵はドアのところに女性が立っている。私が駈け寄ってくるのを見て、日本人とおぼしき女性は部屋に入りドアを閉めた。私の足取りに、冷やかしではないなにかを感じ、拒絶したのであろう。

一瞬の出来事だったが、多分、私は彼女に暴力を振ったのである。好奇心に駆られてしまった自分を、私は恥じた。娼婦であろうとなんであろうと、人に迷惑をかけずにきちんと生きていれば、それだけで立派なのである。小説家根性丸出しの、いやなやつだったよ、私は。

人とは、自然体で会い、自然に接したいものだが、私にはそれができない。君は、いつも自然体だよな。

望郷の唄が聴えてきた

まだ東欧圏だったころのハンガリーで、ブダペストの通りを歩いていた。

いまはもうない男性誌の編集者と一緒で、なにかの取材だったのだろうが、それはよく憶えていない。つまらない旅だったのかもしれない。人通りはそこそこだったが、活気はなかった。

そこで、若い女性に声をかけられた。汚れたダウンジャケットを着ていて、娼婦とも思えなかったが、声のかけ方はそうだった。私たちには、部屋がある。そう言ったので後ろを見ると、もうひとり立っていた。顔が似ていたので、姉妹だろうと思った。その後ろからもうひとり出てきて、母親のようだった。

部屋があるとはどういうことか、と私は考えた。外国人である私が泊っているホテルには、行けない。ところどころにある曖昧宿のようなところにも、行けない。つまり逮捕されるかなにか、とりあえず危険なのだろう。

あのころの東欧圏の娼婦は、半分国家公務員のようなもので、鑑札というか免許というか、そういうものが必要だったのだ。同行の編集者が止めようとしたが、私は行くと返事をした。お互いに片言の英語で、多少、意思疎通はできそうだったのだ。

そこが下町なのかどうかわからないが、古いアパートに案内された。編集者は行かないと言い張ったので、三十分待っていてくれ、と私は言い、階段を昇った。

部屋は三階で、ダイニングがあり、ベッドルームがあるだけだったが、きちんと整っていて、生活の匂いもしていた。自宅に客を連れこんだということだ。どういう理由かは、わからない。一時間五十ドルだと、母親が何度も言った。私が首を傾げると、四十ドルになり三十ドルになった。私は黙って、十ドル札を五枚、テーブルに置いた。そして姉妹二人を指さした。こういうところが、私は暴力的だったのだ。姉妹が諦めたように頷いたら、私はすぐに反省し、食事がまだなので、食べさせてくれないか、と言った。五十ドルはその料金である。姉妹を指さしたのは、二人で買物に行けという意味だ、とも言った。

　下に私の友人がいて、彼の分も入れると食事代は百ドルになるよ。材料は彼が払うから、ドルで買物ができるところへ連れていってくれ。私は手帳を破って走り書きを、姉の方に渡した。母親が頷くと、二人は部屋を出ていった。

　どういうつもりか母親に問われたが、うまく説明はできなかった。ここで商売をしているの。娘たちが、職に就いていられなくなって、帰ってきたの。結構な美人姉妹だったが、娼婦にもなれないのである。これは公的な娼婦という意味で、たえず逮捕の危険に晒されるのである。

　私は、『存在の耐えられない軽さ』という映画を思い出していた。あの場合、医者であったが、どこで働くこともできない。体制の厳しさにひっかかると、そういうものなのである。一切の仕事ができなくなり、困窮に追いこまれ、体制に属するのである。

　それとは別の意味になるが、スペインあたりでは、ジプシーが娼婦になれないというのがあり、これは最下層とも言える娼婦が、さらなる下層を求めるために起きることだという。ジプシーが物乞いにくると舌打ちする旅行者が多いが、娼婦になれない事情もあるということだろう。

　同行の編集者は、興奮して肉とじゃがいもとパンとウォトカを買ってきた。母親がその一部を料理し、残りは収《しま》いこんだ。急迫した事情があるというより、どこか開き直っているような母娘で、愉快な会になった。編集者はカメラを出したが、私は収えと言った。

　このアパートの一室で、なにをしているか、当局は知っているかもしれない。つまり逮捕される危険はあるのだが、それはもぐりの娼婦と接触した容疑になるのだろう。いっそ踏みこんできてくれれば、宴会をやっているのがわかるのに、などと考えた。

　結果は、ホテルのフロントで、下町の方へは行かないように、と注意されただけである。ジャーナリスト・ビザではなく、観光ビザであったので、擦り抜けられたのか。

　君は、私を愚かだと嗤うか。こんなことをやっても、なんの得にもならないが、国とか権力とか体制とか、ちらりと見えるのはそういうところなのだ。あの旅行では、母娘三人組が最も印象的で、あとのことはほとんど忘れてしまっている。ブダペストも、いまではすっかり観光の街らしい。きれいなところだったものな。

　ふらりと会ったら娼婦だったというのが、何度かあった。

　グアテマラ・シティのバルで飲んでいたら、一杯奢ってよ、と言われた。娼婦の接近のしかたで、奢れば商談成立となるので、私は首を振った。奢ってやりな、今夜は商売する気ないんだから。ママが、そんなことを言った。

　私は、ラムを奢った。ちょっと婀娜《あだ》っぽく、眼のやさしい女だった。二杯目を奢ると、女は唄いはじめた。ラテンなのにラテン音楽らしくない、どこかしっとりとした唄だった。ほかに客はおらず、唄い終ると私は三杯目を奢った。

　国の唄なのよ、とママが言った。私はそれを、故郷の唄だと思った。しかし、隣国のことだと、しばらくしてわかった。エルサルバドルの難民だという。そのころ、エルサルバドルでは内戦が激しくなっていて、旅行者が入るのは危険だと言われていた。私は行ってみたいと思っていたが諦め、いまも行っていない。内戦はだいぶ前に終熄し、もう難民などもいないのだろう。あのころ穏やかだったグアテマラやホンジュラスの方が、情況はちょっと怪しい。

　旅行は、できる時にしておくものだな。私の亡くなった母は旅行好きで、イエメンに行って出国した一週間後に、内戦が勃発した。南北に分かれ、イエメンは行きにくい国になった。その後も、ごたごた続きのようだ。

　エルサルバドルから流れてきた娼婦は、四杯目を飲みたいとは言わず、さらにもの悲しく唄いはじめた。

　いつか平和になったら、君がサンサルバドルを案内してくれないか。日本語で言った。女は、頷いた。

　君は、会話が成立したと思うか。私は思ったぞ。

台風熱だとやりすごしてしまった

熱を出した。

海の基地である。気分が悪いような気がしたが、格別病気とは思わず、節々が痛むという、一般的に知られた発熱の症状があったので、試みに計ってみたのである。私は、熱を出した記憶があまりなく、五十年前の肺結核でも、微熱の範囲だった。八度を越えたのが十年、いや数十年前に一度あり、その時は死ぬのかと思った。

熱に対して、敏感なのか鈍感なのか、自分でもよくわからない。体温計は、八度どころか九度近くを指している。間違いだろうと思って計り直したが、同じであった。これは、病気である。しかし、なんだ。腹がちょっと痛い。空腹だからか。病気の時は栄養をつけることだと、私は肉とニンニクを大量に食った。

胃が、動かない。いつまで経っても、胃が動かない。二時間後ぐらいに、私はいきなり吐気に襲われ、トイレへ駈けこんだ。大量の肉を吐き出してしまったのである。なんとなくすっきりして、私は寝転んだ。風邪だとは思わなかった。私の風邪は、必ず気道の炎症なのだ。

台風が近づいていて船は出せず、仕事をする気にもならず、映画を観ようと思った。音楽は、流れている。サチモスのアルバムだ。これはなかなかいい。その前は、ダイアナ・クラールを聴いていた。私にとって彼女は、笠井紀美子以来の、ボーカルの女王なのである。しかし、ゲロを吐いたいま、違うことをやりたい、と私は思った。

読書は、やはり耐え難い。先日、ジャンヌ・モローが亡くなったので、『死刑台のエレベーター』を観ようと思った。ない。私が観たのはVHSだったのか。ジャンヌ・モローは、とても好きな女優である。若いころから老け顔で、眼の下の隈が、ちょっとセクシーだった。隈に悩んでいる女性は、彼女を見なさい。決して欠点ではないぞ。しかし、ないものは観られない。

古い映画が観たかった。『大砂塵』。む、これもない。DVDが出ていないのか。名作だぞ。『大砂塵』は西部劇としては微妙だが、フランスではこれが名作と言われている、と松浦寿輝氏が言っていた。ツタヤ、なにをやっている。

ジャン・ギャバンが見つかったので、それを観ることにした。『ヘッドライト』。これには、『過去を持つ愛情』のフランソワーズ・アルヌールが出ている。もうおばあさんだろうが、好きな女優だった。ジャン・ギャバンとも、何作か共演している。『望郷』。私的には、ベストテンに入る。『現金《ゲンナマ》に手を出すな』。おっとこれにはジャンヌ・モローが出ているぞ。『地下室のメロディー』。『シシリアン』。しかし、私が選んだのは、『どん底』である。

熱を出してどん底だからではない。これには、諦めの中の楽天と明るさがあるのだ。

しかし私は途中で眠ってしまった。これじゃ、映画に対して、失礼というものだ。私は映画をやめて、本格的に眠ることにした。すると、泥のように眠り続けてしまったのである。途中で一時間ほど起きていたが、合計すると十数時間、眠り続けた。眼醒めのない眠りに入らなくて、ほんとうによかった。私の平均睡眠時間は五時間弱だから、これは過去二十年間ぐらいの新記録である。それ以前については、忘れた。

台風が、通り過ぎようとしていた。私の熱は七度台に下がり、節々の痛みも消えていた。私は、自分の発熱を、台風熱と名づけた。

それにしても、最近の台風報道は、大袈裟な場合が多いね、気象庁さん。狼少年だと、私はすでにのどから出かかっている。

君は、よく熱を出すかね。滅多に発熱しない私は、正直に告白すると、体温計の数字の視覚的衝撃で、打ち倒されそうであった。私の台風熱は、ほんとうはなんだったのか。やはり風邪か。熱が下がっても気管がおかしくなることはない。

さすがに食欲はあまりなく、私は少量頻回の食事をとることにした。サチモスのアルバムをまた聴きながら、消化のよさそうな食事を作る。大してうまくはないよな。まずうどんを作り、牛肉を炒めたものと餅を二つ入れる。卵をどうしようか迷ったが、二回目に入れればいい。

サチモスのリズムは、私にはなんとなく躰に心地よい、という感じである。私は曲を耳に入れながら、古いフランス映画を漁りはじめた。『パリの灯は遠く』。これはアラン・ドロンだったな。結末が曖昧で意味不明だが、不思議に生きることはなにかと考えさせる。『友情』。うむ、イヴ・モンタンか。これも、なんとなくという感じで終ってしまう映画だ。『ポンヌフの恋人』。これはやめよう。ジュリエット・ビノシュが、私はあまり好きではない。レオス・カラックスという監督も、好みではない。

結局私は、結構新しいフランス映画を選んでしまった。未見の棚に、カトリーヌ・ドヌーブがあったからだ。若いころより、豊満になってからのドヌーブが、私は好きである。この『太陽のめざめ』という映画でも、ドヌーブは悪くなかった。不良少年を、みんなが寄ってたかって更生させていく話だが、ここまで許すのかというほど、少年に甘い。

フランスってのは、こんなに不良に寛容なのか。私など、五分の一の段階で、この少年が許せず、俺ならぶちのめし、三日ぐらい起きあがれないようにしてやる、と呟いたぐらいである。

すべての不良に対してこうではないのは、当然だろう。依怙贔屓されたひとりを見て、やさしさと寛容とはこういうものだ、と解釈しても仕方があるまい。評判の悪い映画ではなく、まあそこそこできてもいるのだが、欲求不満は残った。しかし、ドヌーブは貫禄である。ジャンヌ・モローはいなくなってしまったが、ドヌーブがいる。

こんなふうにして、私の発熱の日々は終った。熱とは、なんなのだろう。医学的には理由があって発熱するのだろうが、躰の温度が上がるというのは、どうにも不思議な感じである。

君の発熱は、君になにか与えたか。私の発熱は、常にない睡眠時間を、私に与えてくれた。また熱を出したくはないが。

わが人生の故郷よ友よ

おやつに、寿司を三貫食った。なんとなく、そういうことになったのである。ふだん、おやつを口にする習慣は私にはない。鮪《まぐろ》と烏賊《いか》と小鰭《こはだ》であった。

一貫の米粒の量は、私はかなり少なく、馴染みの職人だと、十二粒多すぎたなどと言ったりする。それにしても、一貫の貫というのは、どこから来たのであろうか。巻きものから転じて、カンと呼ぶようになった。江戸期、穴あき銭に紐を通してまとめ、それを貫と呼び、大きさが似通っているので寿司もそう呼ぶようになった。私が知っているのは、この二説である。

一貫分で、四、五十文らしいが、それで寿司を買うのだと、同席した友人が言った。ふざけるなよ。寿司などおやつで、四文で売っていた。握り飯ほどにでかかったというぞ。四文屋《しもんや》といって、こんなものは大抵四文。文句があるなら、江戸時代へ飛べ。もうひとりの同席者がスマホで調べようとしたので、私は睨みつけてやめさせた。

スマホが万能だと思うな。特にいま、私はスマホに対して、厳しいのである。実は、スマホが毀《こわ》れた。戻るところの印をタップしても、フリーズしたままなのである。扱い方が悪くて毀したと思い、ドコモショップというところに、持っていかせた。スマホのアクシデントは多く、窓口が混雑していると聞いたので、事務所の者に代って貰ったのである。自分の責任だと思う謙虚さはかろうじて失っていなかったが、本体そのものに問題があったらしく、代替機を貸してくれて、しかも修理費は無料だという。なかなか正直な対応ではないか。しかし、十日後ぐらいに修理があがってきたが、これがほとんど新品になっているとしか思えなかった。

それのどこが悪い、と君は言うだろうが、使えないのである。私の能力が足りない、というべきか。ひとつだけ、必要があって契約していた、天気予報のサイトが、入らない。懐中電灯も消えてしまっている。くそっ、なんなのだ。事務所の女の子が、そこそこ時間をかけて入れてくれたが、天気予報に住所を打ちこむところがあったので、試みに自宅の住所を入れてみたら、それきり動きやがらない。

私が知りたいのは、海の基地の風の強さと波高、そして天気図なのである。なにかをやっていくと、契約が必要ですなどという案内が出て、ノーと押すとまた同じ画面になる。この野郎。私は、契約しない。同意しない。インストールしない。アップデイトしない。前にこのどれかをやったら、とんでもなく面倒な操作でやっと動きはじめるという、きわめて不便なスマホになってしまったのだ。

スマホについての愚痴は、前にここで書いた。バッテリーが破壊されるおそれがある、と出て対策と表示されているところへ行ったら、おかしなことになったのだ。しかし、バッテリーは守られました、というようなことが画面に出て、安心していたら、数日後に、バッテリーが破壊されています、と出た。バッテリーはその後も異常がなかった。

私は、スマホの画面すべてに、罠を感じる。罠の危険を冒しても行きたいと思い、そういう時は大抵本物の罠で嵌ってしまう。

こんなことを並べても仕方がないが、私には抑えきれない破壊衝動があって、そのうちスマホを粉々にしかねない。どんなものであろうと、落として毀してしまえば、私は勿体ないことをしたと思う。後悔で三日ほどは立ち直れない。しかし切れて自分で叩きつけたものは、ある快感とともに、ほんとうに粉々にする。そして不思議に後悔はしないのである。これは、脳ミソにどこか欠陥があるのだろうか。

いかん、おやつの話をしていた。九州で暮らしていたころ、私はチョコレートなどをおやつにしている、いやな餓鬼であった。友人もおやつを貰っていたが、それが毎日卵ひとつという子供がいた。彼は、二時間ほど、卵に口をつけて吸い続けているのである。ゆで卵ではなく、生卵である。針で小さな穴が開けてあり、そこから中身を吸う。吸わせてくれと言っても、首を振るだけで、穴の大きさぐらいは見せてくれた。まさしく、針の穴である。

ある時、私は自分の家の卵で試そうという気になった。針で穴を開け、吸った。すぐには、なにも出てこなかった。ひとしきり吸っていると、白身が出てきたようだった。あまりうまくなかった。これを二時間やるのはたまらない、と思った。

穴を大きくするのではなく、反対側にもうひとつ穴を開けた少年の知識は、なんだったのだろう。空気が入った卵からは、かなりの勢いで白身、黄身と出てきて、五分ぐらいで吸い終えてしまった。もう一度やろうという気は、起こさなかった。私にとっては、うまくないものだった。生卵のおやつを、羨しいとも思わなくなった。

卵に穴を開けるというのは、勝浦のおばちゃんが葉書で教えてくれたことだ。私が、ゆで卵の殻が剝けない、と書いた時だ。子供のころ一度吸った、あの生卵の穴を私に思い出させたが、吸ってみようとは思わなかった。いま、ゆで卵の殻剝きは好調である。

芋の団子のおやつを、よく食った。友人の家のおやつで、芋の粉で作られた団子には、四角いサイコロのような芋がいくつか入っている。蒸してあり、片手にひとつずつ持って、二つが一回のおやつだった。私は、その芋がなんとなく好きであった。丸ごと蒸してある芋より、お菓子という感じがしたものだ。その友人とは、いつも関係良好だったので、私はしばしばそのおやつにもありついた。ただ芋を食うより、甘いのである。

昔は貧しかったなどとよく言うが、むしろ豊かだったという気がする。潮が引いた砂浜には、ところどころ海藻のくずのようなものが露出していて、それは沙蚕《ごかい》の巣であった。しっかりと太い紐状にかたまっていて、真中から折ると沙蚕が出てくる。それを餌にすると、大抵の魚は釣れた。潜って雲丹《うに》や赤貝を採ることができ、それはおやつであった。

懐かしいな。私は、疲れているのだろうか。ほんとうに疲れたら帰ってこい、と友人は言った。芋の団子を用意しておく。私は、いまたまらなく、あの団子を食いたい。

出合いがあればすべて食べた

人生のある時期、私の食生活の一部は、無意味に贅沢であった。

九州を出て、小学校の高学年から横浜の近くに移り、中学高校は都内の私立校に通った。毎朝の食事が、無駄に贅沢なのである。あのころは九州の唐津で祖母が健在だった。親父は横浜に連れてこようとしたが、古い家にしがみつき、墓のそばにいたいと言って、頑に動かなかったのだという。家は、船着場の正面にあった。門構えから中に入ると、土間の食堂があった。正面にも横にも部屋があったが、大黒柱が両手を回しても届かなかったのが、印象に残っている。

祖母はかなりの女傑で、若い漁師や海士にこわがられていた。こわがらせる根拠がなにかは子供にはわからなかったが、どこに行っても偉そうにしていた。その祖母が、五、六月になると、あるものを送ってくる。雲丹《うに》である。塩雲丹というやつで、中身を取り出し、ちょっと塩をしてある。唐津の赤雲丹などと言って、料理屋で出てきたりすることもあるが、小鉢にわずかに入っている。

送ってくるものは、量が半端ではなかった。粉ミルクの缶に、ワカメを敷きつめ、そこにぎゅうぎゅうに押しこんであるのだ。当時は宅配便などなかったから、郵便小包である。粉ミルクのように軽くはなく、どこかにぶつかったりもするらしく、缶は凹凸になっていたりした。

その雲丹は、二週間に一度ぐらい送られてくる。家族といっても、親父は航海に出ているので、母と妹の三人になるが、全員がうんざりしてくる。安価なものではなかったので、御近所に配るということも、母はあまりやらなかった。値を知っている人が、参ったなと思うようなものを返してくる。

それを片づける主力選手が、私であった。毎朝、トーストを二枚食う。雲丹の缶の中にバターナイフを突っこみ、相当分厚くパンに塗りつける。しかし二枚目は、塗るのが薄くなってしまう。いつまでも、口の中が磯臭いような気がした。やっと食い終えたと思うと、次のが送られてくる。そんなことが、何度も続くのである。それは、祖母が亡くなるまで続いた。

それ以後も、祖母に所縁の人がいて、ミルク缶ではないが、日本酒のワンカップに詰めたものを数十本という感じで送ってきた。量が少なくなると貴重品になるが、それでもまだ、終るころは満腹感があった。いまでは、雲丹の壜に五本とか十本とか、知人から送られてくる。粉ミルクの缶に押しこむと、五分の一ぐらいのものだ。この壜は、見た眼より容量はぐっと少ない。家族で食すると、一回で一本は軽く消える。パンに塗ってカナッペなど、夢のまた夢で、奪い合いである。

人間とは、どこまで浅ましくなれるのだろうか。送られてきた壜を、私は四、五本ちょろまかして、海の基地の冷凍庫に隠匿したりしている。そして自分の浅ましさと雲丹を肴に、夜は酒を飲むのだ。

贅沢品は、これだけではなかった。粉ミルク缶が一段落すると、マヨネーズの壜のようなものが、がっちりした箱に入って送られてくる。入っているのは、このわた、鮑《あわび》、鮑の胆を刻んで塩漬けにしたものである。塩が強いのを祖母は毛嫌いしていたので、早目に平げなければならない。御飯の上にどんと載せて、お茶漬であった。これなど祖母のオリジナルだったのかもしれず、亡くなると同時に途絶えた。あれは、うまかったなあ。

こういうの、珍味というものの類いだろうが、君は好きかな。東北に、海鞘《ほや》とこのわたを漬けこんだものがあり、取り寄せたいのだが、なかなか手に入らない。商品化されたものはあるが、自家製のものが素材をふんだんに遣ってあり、やはりうまい。四万十川にうるかという、鮎の卵と内臓を漬けこんだものがあるが、これなど手に入れた日に全部食ってしまっていた。

友人の料理人が、活きのいいワタリ蟹を手に入れ、それでよく酔っ払い蟹を作った。普通は上海蟹で作るようだが、ワタリの酔っ払いは絶妙であった。状態を見ていて、一番うまそうな時に、出刃で叩き割る。身も味噌も半分レアで、陶然としてしまうのだ。何度か、私は御相伴にあずかった。自分で作り、自分で食するわけだから、私にも作れるはずだが、活きのいいワタリ蟹が、やはり手に入らないのだなあ。中華料理店で、上海蟹の酔っ払いをこだわって食い続けた時期もあるが、あのワタリには及ばなかった。友人は、いいワタリ蟹がないと言って、もう作らない。

珍味を求めるということについて、なにか意味があるとは思えない。躰ではなく、舌がそれを求めている。それだけのことだ。しかも私が求めているのは、相当にローカルなもので、熊掌や燕の巣などと較べても、知名度は格段に低い。旅の途次で出会ってしまって、好きになったというものが多いような気がする。私は鮒鮨も好んで食うが、それは彦根を訪れて好きになったものだ。腐乳は、数十年前に、中国のどこかで食った。

海の基地の前で、よく海鼠《なまこ》が見つかる。適当な大きさのものを、私は網で掬《すく》いあげ、しばらくバケツの海水に入れて泥を吐かせ、薄くスライスして食らう。このわたやこのこなどという内臓は、丁寧に取り分けておく。スライスした海鼠は、二杯酢とか三杯酢とかで試しながら、残らず食らう。触ってちょっと硬いと感じたら、茶ぶりである。

君は、海鼠の本体を見て、気味が悪いと感じるか。いや、その前に、見たことはないかな。食えないという人の大部分は、外観についての拒絶反応である。しかしな、生物がほとんどいない深海にも、海鼠はいるというぞ。

そんなものは、食っておいた方がいいだろう。多分、人智を超えた力を、与えてくれる。

私は、一歳になるかならないかのころ、陽溜りを這っていたりすると、通りかかった大人に、海鼠をぽいと渡されたりしたらしい。記憶はないので、母の話である。私は海鼠を丸ごと両手で摑み、齧っていたという。母はそれを見て、歯がための餅代りになる、と思ったそうだ。

海鼠を見ると懐かしさを感じるのは、そんなところにあるかもしれないのだ。またな。

忘れていたことを思い出す夜もある

とりとめのない、話をしていた。

恵比寿のバーである。一緒に飲んでいた友人は、私と同業ではなく、工学関係の博士で、いまもどこかで先生などをやっている。つまり、一緒に過ごした中学高校時代のことなど、共通する話題は限られる。それは最初だけで、酒が回ってくると、話は方々へ飛ぶ。博士が、飯盛女の話をはじめたりするのだ。それは宿場の女郎だが、それが出てくる小説を読んでいる、ということらしい。

博士は大学を退官し、再就職先も勤め終え、週に二度、小さな大学で講義しているだけだから、読書の時間がたっぷりあり、歴史小説を読みはじめたのだ。質問があるなどと言って私を呼び出すが、私の作品についてでなく、小説一般についてのことが多く、ナイーブな疑問を投げかけてくるので、新鮮で面白いことが多い。細かい事実など、頭にひっかかったらPCで調べることが身についているらしく、私より詳しい。

散茶女郎《さんちゃじょろう》という、吉原の女郎の話になり、私は知っていることを喋った。昔、茶は和紙に包んで、お湯の中で振って淹れた。しかし散茶というものがあり、それは葉の屑などを石臼で挽いて粉にし、ひとつまみ茶碗に入れて湯を入れた。つまりインスタントコーヒーみたいなものだ。吉原の女郎には位があり、太夫とか格子とかは、和紙のティーバッグを振って淹れた。その下の散茶女郎は、散茶と呼ばれる粉の茶を客に出した。散茶は、振らない。つまり、どんな客であろうと、振ることを許されない下層の女郎なのである。

ちなみに、お茶を挽くという言葉があるが、それは客がつかなかった女郎が、散茶を作るために石臼を回していたところから来ている。そうか、お茶を挽くはそこからか。友人は感心したように言ったが、ほかのところは正しいわけではないらしい。私の誤りを指摘しながら解説をはじめたので、むっとしたが、同時に興味もあって、耳を傾けてしまった。

遊郭の位は、時代によって変る。太夫とか格子とかは、客を振ってもいいほど上位にいたのでやがて廃れ、散茶女郎が最上位になったこともある。ふん、そうかい。鉄砲女郎とかいうのもいて、これは当たってしまう。つまり、数多い客を相手にするので、病気を、特に梅毒を移されることがある。学究がやることなので、調べはじめると無駄に詳しい。

私は、油を売るということについて、喋りはじめた。この話題なら、私にぴったりである。江戸期、油は売りに来る。それを容器を持って買いに行くのである。油路傍にしゃがみこみ、枡を傾けたまま持っている。油は糸のようになっても落ち続け、それが切れるまでにかなりの時を要する。その間、客とお喋りをしている。それがさぼっているように見え、この言葉が遣われるようになった。

博士は、こんな話が大好きである。メモ帳をいつも持っていて、胸のポケットから老眼鏡を出すと、実に小さな字で書きとめる。そういえば、高校時代に男爵という綽名をつけた教師がいて、その由来を知りたがったが、私は教えてやらなかった。すると、自分で調べあげたのである。学究の名は、昔からふさわしかった。男爵は、背の低い人であった。子爵に満たないから男爵。つまり四尺に満たないと、極端に誇張したわけである。これには、出典がある。勝海舟が、明治政府から爵位を贈られ、それが子爵であった。きのうまでは普通の背丈だと思っていたが、五尺に満たない四尺なりとはと言って、返上したのである。政府は、改めて伯爵を贈り直しているので、あのころは大らかなものだったのだろう。

そのあたりのことまで、博士は全部調べあげてきた。だから私はそれから、博士には嘘をついたり、わざわざ教えなかったり、ということはやめた。完全に理科系の頭脳だと思うのだが、出典の追究などに関しては、文科系的な執念を見せる。知能指数は高いのだろうなあ。正確に記憶するところなどが、私とはまるで違う。しかし、博士は喧嘩はからっきしであった。関係ないか。

高校時代のことに戻ったりしながら話していると、

女性がひとり入ってきた。近所に住んでいて、私とは顔見知りであった。自然にこちらの話に入ってくるが、博士は人見知りをするところがあり、黙ってしまった。ストリッパーなんだよ、と女性の職業を紹介したが、逆効果でうつむいてしまっている。彼女は本格的なストリッパーで、一座を組んで全国を巡業するという、昔ながらの形体で活動していた。そしてすさまじい巨乳であった。お客さんと記念撮影をする時は、頭の上に乳房を載せるのだという。そんな話はさらに駄目で、博士はうつむくばかりだ。

花電車、という言葉を知っているかと、私は話題を振った。博士は首を横に振り、ストリッパーは、なんとなく知っている、と答えた。あそこが花びらみたいだから、あそこの芸を言うんじゃないかな。半分、正しい。確かに局所の芸を花芸と言い、出しものを花電車と言うのだ。

都電と呼んだ路面電車が、つい半世紀前まで都内をたくさん走っていた。季節になると、無蓋の電車に花を山ほど飾って、走らせた。人々はそれを見て、季節を愉《たの》しんだのである。花電車と呼ばれたそれは、乗ることはできず眺めるだけだった。

ストリップで花電車と言うのは、そこから来ているのだ。君は、もうわかったな。見せるだけで、乗せない。ストリッパーの矜恃を、そういう言葉で表わしたのだ。

博士が、うんうんと声を出し、嬉しそうにメモを取りはじめた。私は、次のことに話を進める前に、高校のころ、博士をストリップに連れていったことを思い出した。それも優等生だった博士に、密かに頼まれたのだ。当然私は、ストリップ見学の経験を持ち、自慢げにそれを話していた。私はふるえる博士を連れて、私鉄沿線にあったストリップ小屋にくり出した。昔のストリップは穏当なもので、一瞬、ヘアが見えたりするだけだ。

高校時代、いや最近まで私はそれを語らなかったが、いまは言う。行った行ったと、博士は嬉しそうに笑うのである。

思春期の、情景のひとつだよ。

頭頂は保護しなければならないのだ

帽子を、頂戴した。

すでに亡くなった方からのプレゼントで、奥様が新品を届けてくださった。新品だから、形見ではなくプレゼントなのだろう。私はその人に、新人のころからずいぶんお世話になっていた。被ると、なんとなく昔を思い出した。

しかし私は、習慣として帽子を被ることはなかった。テンガロンハットを買ったり、ボルサリーノを買ったりはしたが、被ったのは一度か二度である。似合うのか似合わないのかも、よくわからなかった。

習慣といえば、海ではキャップを被っているな。船上は風が強いこともあるので、キャップとシャツをゴムバンドで繋いでいる。紫外線で焼けて色も変ってしまった、襤褸《ぼろ》のようなキャップだが、私の海の経歴というか、どれぐらい慎重に船に乗ってきたかを表わしているのだ。軽率なやつはキャップも飛ばされるというのが持論で、うちのボースンなど、炎天下でも被らなくなってしまった。実を言うと、私は過去に一度も飛ばされたことがないのだ。いろいろなところがほつれ、擦り切れてしまったキャップに、いまでは愛しさを感じてしまう。頭の上で分解してしまうまで、私は被り続けるぞ。

ところでプレゼントの帽子だが、夏用であった。ストローハットに見えるが、材質は麻らしく、とても軽い。私はそれを被って外出したが、頭になにか載っている、という感じがいつまでも消えなかった。海の上以外では、頭になにも載せないのだ。仕方ないよな。二日、三日と経った。ふと気づくと、帽子を被っている。そんな感じになってきた。

なぜ、いままで被らなかったのか。禿げるという通説があったからだ。そういえば、逢坂剛氏など、いつも帽子を被っている。いや、あれは禿げたから保護のために被っているのか、被っていたから禿げたのか。剛爺にも、実はわかっていないだろう。作家仲間では逢坂氏は剛爺と呼ばれているが、私の大学の先輩でもある。禿頭《とくとう》を話題にすれば、謙三くん、君の頭はどうなのだ、とすぐに返ってきそうだ。しかし、帽子では禿げるぞ。私の親父は晩年禿げていて、それを船で帽子を被っていたせいにしていた。いまの私よりずっと若いころに、いまの私より禿げていた。

帽子を被っているのが、なんとなく心地よくなると、私は禿げてしまうことを受け入れた。この歳まで、ブラッシングするぐらいの髪はあったのだ。残りの人生を、禿げを売り物に過すのも悪くない。

歳を取るというのがどういうことか、君にわかるか。臆面もなくなる、ということなのだよ。顔の皺が少々多かろうと、心が皺だらけよりましだ。

私は、帽子に合う服装の研究をはじめた。スリーピースなんて恰好いいかもしれないが、持っていないものな。

普通のスーツ、ジャケット、ブルゾン。なんだ、なんにでも合うではないか。

要は、被り方なのである。いくらか目深に被る癖があるようで、ちょっと上にむける、斜にするなどと、いろいろやってみた。それから思い立って、昔の映画を観てみることにした。五〇年代、六〇年代、帽子を被っている主人公が多い。いろいろな映画を観た結果、ジャン・ギャバンが一番似合うという結論に達した。小粋なのである。ほかの俳優に、なかなかこの小粋さは出ない。それに頭がでかいところなど、私にぴったりである。

私は、ジャン・ギャバンの真似をはじめた。低い声でフランス語を喋りたいところだが、それは無理である。低い声でぼそぼそと日本語で喋ってみるのだが、えっ、なに、と訊き返されるばかりである。うむ、真似は所詮、真似にすぎないのだな。

長濱治氏が写真撮影にみえたので、帽子を被っているところを撮って貰おうと思ったら、いいね、と言いながら、ベッドに置いた帽子だけを撮った。

自分のものに、なっていないのだ。私は、どこへ行くのにも帽子を被り、やがて帽子のことを意識しないでいられるようになった。と思ったら夏が終り、秋冬用の帽子が必要になった。西麻布にある有名な帽子店で、気に入ったものを見つけ、それはもっと私に馴染むようであった。

人は、なぜ帽子を被るのか。考えてみれば、室町時代ぐらいまでは、大人はみんな帽子を被っていたのだ。烏帽子というやつだ。江戸時代になると、町人は被らず、武士も正式な時だけ被っていたようだ。

つまり、頭になにか載せるのは、ファッションだけではない意味があったのだろう。大人として認められる。そんなところだと思う。中国の刑罰史などを読んでいると、頭頂を晒すというやつがある。頭頂を剝き出しにされると深く恥じ入り、それから首を打たれたりするのである。

頭頂で思い出したが、私は河童の皿を頭頂につけていた。正確に言うと、皿がある部分に、枯葉のような触感のものがついていたのだ。取ろうと思っても、取れない。上に引っ張るようにすると、なにか枯葉の中を髪の毛がすっと通ったような感じがし、取れた。なんと、それは私の頭の皮膚だったのである。見事に丸いかたちをしていた。髪が通った小さな穴が、点々とあいている。

私は、晴天だったが海が時化ている時、静かな入江に船を入れて錨を打ち、眼張《めばる》などという魚を釣っていた。すでに錨も打っているので、キャップははずしていた。料理もしていたから、わずらわしくもあったのだ。釣りに熱中し、数時間、キャップを被っていなかった。真上からの光の直撃であった。しかし、髪がある。髪の役目は、外から来るものを遮断し、頭皮を守るところにあるのではないのか。それに前髪があるあたりの頭皮は、それほど日焼けもしていないのである。

ここに到って、私はひとつの結論に達した。頭頂の頭皮は、髪の保護を受けていない。つまりどういうことなのか。髪がない、ということではないか。合わせ鏡で頭頂を見ると、丸く髪のない部分があった。まったくないわけではないが、紫外線の直撃をブロックできないほどだ。

君の髪はどうだ。男は禿げる。女だって、いつかは禿げるぞ。

恰好いい昭和の俳優とよく喋った

書庫で捜しものをした。

それは見つからず、池部良さんのエッセイ集『そよ風ときにはつむじ風』が眼に入ってきて、読んでしまった。

面白い。洒脱さの中に鋭さがあり、そしてなにより風格がある。その風格の中に、茶目っけなどが覗くところが、たまらない。献呈本で、あのころ私も小説を贈り、つまり著作の交換をしていたのだ。

池部さんは、昭和の大スターである。引き合わせてくれた人がいて、知り合いになった。散歩の途中や車で通りかかったりする時、ケーキと紅茶を召しあがるのが、私が仕事場にしていたホテルの、ティールームであった。コーヒーなどを飲みに行くと、よっ、という声がかかり、池部さんが笑っている。池部さんは休憩、私は息抜きで、雑談を一時間以上続けることもよくあった。

貸してくれたまえ。本などの話をするとそう言われ、たまえという言い方がなんとなく恰好よくて、私は真似をして、編集者に、やってくれたまえ、などと言い、おかしな表情をされた。私が言うと、怒っているように聞えたらしい。言葉遣いにも、貫目というのが必要なのであろう。

決まった時間に立ちあがり、じゃ失敬、というのがさよならの言葉であった。これも恰好よく、私は一時、真似をしたものだった。あの当時、車は玄関の前の駐車スペースに停めることができて、ティールームのガラスのむこうに、歩いていく池部さんの姿が見えた。当時七十代だったが、背筋がのびていて、青年にしか見えなかったものだ。車はアメ車のビュイックであり、それを完全にビックと発音されていた。

ある時、万年筆の話になった。私が万年筆を遣っているので、質問を受ける恰好になった。インクの飛びが、なんとかできないものか。インクの飛びとは、たとえば横に一本線を引くと、両端はインクが出て、真中あたりがかすれてしまう、そういう現象のことを言う。池部さんは、そのころ俳優業よりも著述業の方に力を入れられていて、新聞や雑誌に何本も連載のエッセイをお持ちであった。

何年か遣うと飛びはなくなるが、飛びは書く者を苛つかせるので、何年も我慢はしにくい。オイルストーンというものがあり、油砥石と訳せるだろうが、もともとはナイフを研ぐためのものである。それにペン先を当て、軽く動かす。字を書いてもいい。それでペン先が滑らかになり、飛びがなくなるのだ。あるいは、ほとんどざらざらがなくなって捨てるしかないサンドペーパーの上で、字を書く。その二つが私のやり方である、と教えた。調子がよくなったよ、とその後言われた。

著述家というかエッセイストというか、ものを書いている池部さんには、私は文庫の解説などを無謀にもお願いし、書いて貰った。私にとっては大スターなので、それは無謀なお願いということになる。池部良という名前を出すと、私の世代はほとんど『昭和残俠伝』という映画に直結するらしい。実際、たとえて言えば麻薬のような映画であった。常に、高倉健とのコンビで、寡黙で強靭な男を演じていた。池部良が出てくると掛け声がかかるほどで、観客もみんな物語の中に半分入りこんでいた。外に出たら、登場人物になりきりそうなのであるが、なりきることはできず、大学へ戻ってヘルメットなどを被り、集団の中に入りこみ、機動隊と殴り合いなどをしていたのである。少なくとも、私の知っている東映仁俠映画のファンは、『唐獅子牡丹』と『インターナショナル』を同時に唄っていた。それでも熱気だけはあったのだな。

私は、仁俠映画より前に、池部良主演の映画を、しかも一本だけ何度か観ていた。高校生だったと思う。小屋に潜りこみ、『乾いた花』を観たのである。ちょっと難解ではあったが、やくざ役の池部良が恰好よく、まだ二十歳前後だったはずの加賀まりこは、息を吞むほどの妖精であった。

大学生になってから、どこかの名画座にかかっていて、観た。その時は、石原慎太郎の原作も読んでいて、なにをやっても満たされない男女の、渇きを描いているのだ、と思った。独白調が多く、いま思うとフィルムノワールである。そんな映画が、私がまだ大人になる前にあったのだ。邦画でも、記憶に残っているものが何本もあるが、私の中ではベスト5に入る。

観念的な原作でね、と『乾いた花』について訊いた私に、池部さんは言った。そこを、生身でやるんだから。それがどういうことか言わず、池部さんはぴちゃぴちゃと唇を舐めた。

やけに唇が乾きやがるなあ。これはね、ぼくのアドリブだった。殺しに行くために、歩いているところだ。篠田正浩監督は、それいいよと言った。

唇、乾いてたんですか。いや、科白を忘れちゃったような気がする。池部さんは笑った。科白をよく忘れてしまう役者、だったそうだ。殺しのシーンはそこだけで、麻薬が見せてくれるものより、いいものを見せてやると、女の前で人を刺殺するのである。満たされないものが、どこかで満ちたのか。満ちたら、どうするのか。

私はそういうことを語ったが、満ちるわけないだろう、はじめから終りまで、満ちてはいないし、満ちるなどという状態も、ほんとうはない。池部さんはそう言った。私は、それから細々としたことを訊いたが、忘れたな、という答がほとんどだった。もしかすると、不愉快だったのかもしれない。

機嫌の悪い顔など、一度も見たことがなかった。だからほんとうに機嫌が悪くなかったのかどうかは、別の話である。

邦画については、あまり書くつもりはない。際限なく拡がって、私の自己満足だけで終りそうな気がする。まあ、池部さんのことを思い出したので、『乾いた花』に触れてみた。どこかで観ることができるのだろうか。DVDは出ていないようだ。

君は、古い邦画は観るか。実は、なかなかなものだぞ。私はいつか、古い邦画だけまとめて観ようかと思っている。どこかで、妙に生真面目な自分の青春が、ふっと立ち現われる。

私の場合、それは苦くて甘いぞ。

退屈な真実もあると教えられた

退屈な映画の話を、ちょっとしてみようか。

私は、映画は面白くなければならず、心が躍ったり、心臓が締めつけられたりしなければならず、時には涙を絞り出してくれなければならない、と思っている。

つまらないと感じるものを観た時は、時間を返せとか、金を返せとか平気で口にする。友人の映画監督に、そう言ってしまったことさえある。私の中の評価では、そうだからいいと思っている。評価というのは難しく、小屋で泣いている人などがいると、自分はこの映画を理解していないのではないか、と考えたりは絶対にしないのだ。映画に関してはすべて自分のセンサーを作動させるだけで、だから評価はひとりよがりで一方的なのだ。悪口はここに書かない、と決めているので、それで勘弁して貰うしかないな。私がここに書いた映画で、つまらなかった、という抗議はいまのところ受けてはいない。

しかしこの映画を私が書き、気紛れに観てしまう人がいたとしたら、つまらないと抗議されそうな気がする。『木靴の樹』。七〇年代後半の、イタリア映画である。三時間を超えていたな。眼が醒めるというような感想を持つ人は、まずいないだろう。眠くなった、寝てしまったと言う人は、少なくないと思う。

それなのになぜ、私はここで書くのか。公開当時、小屋で観て、つまらないと思いながらなぜか感応した。記憶は曖昧になっているが、自分が感応したことがずっと気になっていた。そして、DVDで観たのである。やはり、退屈でつまらなかった。しかしなにか、心の奥に触れてくるものがある。イタリアの片田舎の農民の暮らしを、ただ淡々と描いただけである。日常のわずかな変化がストーリーであり、それはほとんどストーリーとも言えない。退屈でつまらないが、人生だなあ、と私に感じさせたのだろうか。

私の人生は、退屈でつまらなかったか。それでも、結構、懸命に生きてきた。いまだから、そんな言い方になるが、若いころは人生はこれからというところだった。

人生のありようの真実が、この作品の中にあるのか。生きることの意味を、私に感じさせたのか。それだけなのか。ＤＶＤを観直してまだ、私は自問を続けている。

この作品の意味を語ることは、たやすい。ある意味をこめて作られたのだろうというのも、なんとなく想像できる。しかしそれは、どこかまがいものめいている。ここから伝わってくるのは、意味などではないからだ。

一応、これはいいぜと言えるのは、老人と子供の描き方、人間の理不尽に怒った馬の描き方、などだろうか。ちょっと心がふるえるのは、映像の鮮やかさである。鈍臭い描写が続いていると思いながら、思わず映像には引きこまれてしまう。

君は、もしかすると観てしまうかな。そして私に、時間泥棒と罵声を投げつけるか。

すべては、縁なのだ。観てしまえばその映画とは縁があったということで、人生にはそんなことだってしばしばあるのだ。

退屈でつまらない、というのとは対極にあるような映画を、一本挙げておこうか。最近の映画である。『マグニフィセント・セブン』。これは『七人の侍』か『荒野の七人』のリメイクで、私は愉しんだぞ。デンゼル・ワシントンの眼が、ちょっとやさしすぎたが。まあ観て損はないと思うのだが、私が小屋で観た時、客は数えるほどであった。そしてすぐに打ち切りになった。

西部劇は客が入らない、というのはほんとうらしい。西部劇と言って、若い人たちに通用するかどうかも、怪しいところだ。しかし、アメリカの時代劇のようなものなのだ。『トップガン』など、馬を戦闘機に乗り替えた西部劇だ、と私は以前から言っている。

西部劇については、私の先輩の逢坂剛さんが、ほとんど歩く辞書状態である。あの映画のガン捌きが、と言うとやってみせてくれるぐらいである。この映画でのガン捌きも、なかなかなもので、私は逢坂先輩から貰ったコルトピースメーカーで、思わず真似をした。いまの若い人は、抜き撃ちの稽古など、やらないのか。ゲームをやっているだけか。ゲームで何十人も殺すのと、モデルガンで抜き撃ちの稽古をするのとでは、似ているようでどこか違う。と言っても、私はゲームをやったことがないのだが。

映像の鮮やかさといえば、『木靴の樹』よりもっとあざとい鮮やかさに満ちた、『お嬢さん』という韓国映画があった。内容的にも二転三転する面白さがあり、ちょっとこわいところもある。有名な女優のからみのシーンが話題になってもいた。九〇年代の映画で、『バウンド』という私の好きな作品があるが、構造的にはそれと似ているような気もした。まあ、女が元気な映画は私は嫌いではないが、眺めているだけでいいな。

ついでに『マグニフィセント・セブン』とはちょっと趣きの違う西部劇をひとつ挙げておこうか。『ブロークン・トレイル』というのがある。ある種のロードムービーだが、ドンパチの西部劇とはちょっと違うものがある。というより、これに主演している、ロバート・デュバルという、いまはもうおじいちゃんになってしまっている俳優が、私は好きなのである。おじいちゃんであることをうまく逆手にとって、老いぼれて死ぬ役などもうまい。もう伝説的な俳優なのに、現役なのである。確か、生きているはずだぞ。この作品でも、強力なじいさんでありながら、茶目っけも初々しさも長く生きた男の風格も、充分に漂わせている。ほんとうの西部はこんなものだったのだろう、という映像もいいのだ。

また、映画の話ばかりしてしまった。私は、映画が単純に好きなのだな。ひと晩にＤＶＤを二本観られるという情況になったりすると、嬉しくて小踊りしそうになる。新しいものを観る愉しみもあるが、これには駄作とぶつかるかもしれない、という危険がつきまとう。昔、一度は観ていて、印象に残っている作品を観るのは、安心できていいな。

君がよかったと思う映画、今度教えてくれないか。語り合おうぜ。

歳をとっていいことがあったりする

私は、自分が老人だと思ったことが、あまりない。あまりというのは、まったくないわけではないからだ。一年前まで、年寄り扱いをしたら、蹴っ飛ばすぞ、などと言っていた。しかし、この一年で、どこかおかしくなった。

たとえば居合の稽古で巻藁《まきわら》にむかい、気息を整え、三歩前へ出て横一文字に抜き撃つ。これは軽くできていたし、斬った巻藁に袈裟を浴びせることも、調子がよければできたのだ。鯉口を切ってから三歩前に出て、抜刀して斬るまで、無酸素運動である。しかし、時間にして数秒だ。それなのに、納刀するまで、私は二度ほど大きく息をする。躰からは、無理させやがってという声が聞えてくるが、私の躰である。何度も抜き撃ちをくり返すと、気分が悪い、と感じたりするのである。なんとなくどうでもよくなり、貧血のような状態になる。しゃがみこんだりもするのだ。躰に、ほんとうに無理をさせているらしい。

巻藁を斬るだけの話なら、抜いて構え、振り降ろす。構えから斬るところまでは、一瞬である。なぜ、抜き撃ちにこだわるのか。坂本龍馬が、額を真横にすぱっと斬られていた。これは抜き撃ちで、片手で斬ったとしか思えない。両手で柄を握っていれば、大抵は袈裟に斬る。

暗殺で、抜き撃ちである。しかも家の中なのだ。斬った人間は、相当の手練れだったのだろう。そのひと太刀で、止めを刺してもいないのは、頭蓋から脳まで斬った、という自信があったからに違いない。

その暗殺者が、どれほどの技をきわめていたか、私は巻藁を斬って試したいのである。意味はなにもない。どれほど難しいことをやってのけたのか、失敗しながら自分で試したいのである。それでも、気分が悪くなって冷や汗をかくようじゃ、なにひとつとしてわからないに違いない。そう思っても、なぜやり続けているのかも、わからない。最近では、気分の悪さと、左右の上腕二頭筋の断裂を理由に、刀に触れない日が続いているが。

老いたのだろうなあ。孫はすでに六歳と五歳で、一番下の女の子は一歳である。孫たちは、手や足の大きさ、骨格などが、少年のそれになっていて、幼児らしさはなくなった。だいぶ前だが、ボディに一発食らい、ことのほか効いたので、おまえは爺ちゃんと勝負する気か、と本気で哮えてしまった。

孫を相手に、勝負、勝負と言っちゃいけないと思う、俺は。上の孫が、そう言った。確かにな。じゃ、もう殴るのなどやめような。爺ちゃんに一発食らわせたら、爺ちゃんも一発返すからな。いつも殴ってるじゃないか。あれは、触っているだけだ。そんなやり取りのあと、殴らないという協定はできた。人参潰しなどの寝技はありで、いまも、尊敬申しあげております、おじいさま、と無理矢理言わせたりする。まあ、これぐらいいいいか。

孫たちは、最近、口の利き方も変ってきた。海の基地に遊びに来たら、釣りをしたがるので、それぞれに竿とリールを買ってやった。高価ではないが、きちんと使えるスピニングリールと短いキャスティングロッドである。同じものだが、柄のところの文様が少し違う。二人とも自分の竿を持ったので、釣りにはさらに熱が入っている。

ある時、上の孫が部屋に飛びこんできた。爺ちゃん、話がある。忙しいから、あとにしろ。頼むよ、爺ちゃん。大事なことなんだ。俺の話を聞いてくれよ。

話は聞いてやった。なんのことはない。竿を強く振りすぎて、先端につけたジェット天秤という錘《おもり》を兼ねた金具が、糸が切れて飛んでいってしまったのだ。爺ちゃん、俺の釣竿、ぶっこわれたのか。

私はそれがこわれたのでなく、ただ糸が切れただけだと言い、糸の先端に輪を作って、スイベルという接続金具のつけ方も教えてやった。孫は、ほんとうに安心したらしく、竿を持って嬉々として出ていった。道具を大事にできるようにするには、自分のものを与えることだ。海の基地に転がっているものを遣っていた時は、放り出したままだったが、いまでは丁寧に水で洗ったりもする。そのうち、よく切れるナイフを与えよう、切れないものを遣うのが、どれほど危険か、私は幼いころ学んだ。

魚釣りでは、釣った魚は食え。食えないものは放してやれ、と教えた。ほかに毒があって触れてはいけないものも教えた。

釣った鱚《きす》などを持ってくるので、私は調理してやる。大型の鱚がいたので、おう、これは刺身サイズだ、などと言って薄造りにしてやった。すると、大型の鱚は刺身サイズだと言い張るのである。大型の鱚は釣れないように、と祈る日がないわけではない。

孫たちにとって、私は勉強ばかりして会社に行かない、貧乏な爺ちゃんなのである。喧嘩をすると、会社行けよ、と二人で罵ったりしたものだ。いまは、爺ちゃんのような年寄りを入れてくれる会社はない、と確信したのかどうか、言わない。孫たちにとっての鮮烈な光景は、外出する時、私が家人から千円札を二、三枚貰ったのを目撃したことである。ばあちゃんから金貰った。貧乏だからな。と兄弟で言い交わしていた。

それはハイヤーの運転手さんのチップ用だったのだが、言い返しもせず、私はうなだれて車に乗った。

ところが、海の基地のテラスで私が葉巻を喫《す》っていたら、下の孫が出てきて、木製のボンボンベッドに背後からよじ登り、どさりと膝の上に落ちてきた。じっと私を見ている。爺ちゃん、ほんとに貧乏なのかよ。私はぎくりとして見返した。なんでだ。だって、貧乏だったら、釣竿なんか買えないだろう。船は、海の基地はなどと思わず、爺ちゃんも時々、勉強が金になったりするのだ、と言った。それにしても、そうかそうか、おまえらの金銭感覚は、釣竿がどうのというぐらいか。よくそんなふうに成長したぞ。

また金が入ったら、もっとすごい竿を買ってやるぞ、と私は言った。うん、いつかね。いまのもので充分という口調である。私は、歳をとるのも悪くない、という気分になった。

君は、私が老人だと思うか。年齢だけで決めるな。仕事も恋も、心でやるのだ。君、心だけ老いてはいないよな。

夜空を見て昔を思い出してしまった

冴えた月である。

海の基地で、明りを全部消すと、灯は遠くにあるだけだから、月はいっそう冴え、星は悲しいほど鮮やかである。これから冬になると、ほんとうに冴え冴えとしてくるが、寒くて、眺めるのには適しない。晩秋が、最もいい時期かな。蚊もいないしな。海の基地にいる蚊は、相当に性格の悪いやつらで、蚊取線香を燃やしていても、足の指さきとか頭の後ろとか耳の端とか、油断しているところに食らいついてくる。

私は、ボンボンベッドをフルフラットにして、闇の中を見あげた。月と星。いくら見ても月と星であるが、時々、なにかが流れる。流れ星なのか人工衛星なのか。人工衛星だと近すぎてつまらないので、流れ星だと思うことにしているが、遠いのもまたつまらない。一億光年の距離というと、一億年前に爆発するかなにかして消滅した星が、いま見えているということなのか。時間だけを言えば、そういうことにならないか。

君はそんな方面に詳しいか。私の言っていることで、間違いはないよな。しかし一億年だぞ、と闇の中で私は考えた。なぜ、そんなことがわかるのだ。計算した人は、正しいやり方であると言うのだろうが、三日前ということはないのか。三億光年ぐらいの距離に、地球と同じような星があって、人間とそっくりの生物がいて、愚かさもまた同じで、核戦争をはじめて、十日前に星そのものが爆発して消えたとしたら、それが見えるのは、三億年マイナス十日後ということになるのか。

いくら考えても、不毛なだけである。ブラックホールなどというものがあって、それはなんでも吸いこんでしまうというが、吸いこんだものはどうなるのだ。どこかに、別の宇宙があるのかよ。まあ、私の頭は完全に文科系で、しかもかなり性能が悪い。私が書いていることを、苦笑して読んでいる人もいるのだろうな。理解できないことは、理解できない。これは、人生の真実である。しかし、理解できないことを、知ることはある。

もう二十年も前の話になるか。洗面台に水を満たし、栓を抜くと、決まった方向に渦を巻きながら、水は排出される。その時の話の成行で、理科系である私の秘書の女性が、そう言った。なんという出鱈目を。文科系ばりばりの私および編集者たちは、いい加減なことを言うではないと、みんなで秘書を滅多打ちにして苛めた。

ところが、それがほんとうだという人がいて、私は信じた。なんと十数年間、疑ってもみなかったのだ。先日、ある科学者のコラムを読んで、真っ赤な嘘だと知った。昔もいまも、私はいかがわしい話を信じてしまう傾向があり、それで虚実とりあわせた話題などと言われるのだが、本人は虚とは思っていないのだ。修正することができてよかったよ。北半球と南半球では、季節だって反対だから、渦巻きも反対だろうと、なんとなく信じる私を、どうすればいいのだろう。

それにしても、世界は不可解に満ちているな。何年か前、船を静かな湾に錨泊させた時、釣った魚の鍋を囲みながら、私の友人が矛盾ということについて語りはじめた。

ある地点から、別の地点まで進む。最初半分進み、残りはその半分を進む。さらにまた半分進む。どこまでも、半分がなくなることはないので、永遠に進む。しかし、むかっているところには、永遠に行き着かない。永遠に進みながら、永遠に行き着かない。これは矛盾ではないか。なるほど。考えればそういうことになるが、中学生のころそんな議論をしたような気がするぞ。だから、中学のころはナイーブなんだよ。大人になると、そんな疑問は、脇に押しのけてしまう。中学生の時も、私は脇に押しのけたな。いまさら、むかい合いたくはない。

すると、クルーをしている男が、参戦してきた。いまの話には、平面だけで立体の発想がない、というようなことを言った。いや、俺は直線上の話をしている。理科系同士で議論になった。いまのクルーの前任で、そのころはボースンと呼ぶ習慣もなく、人によっては船長と呼んだりしていた。

いまのボースンは、海の基地の庭で日本刀を振り回し、手から抜け、落ちてきた切先で背中を怪我し、あやうく警察沙汰になりかかった男である。日本刀を振り回すぐらいだから理科系ではなく、時代小説系で、そんな議論とは無縁だろう。それにしても、うちの船の代々のクルーは、ちょっと変っているな。まあ、海の仕事はきちんとできるので構わないのだが、微分男と、背開きマン、と私は呼んでいる。背開きはその通りだが、微分の方は、それは微分積分の話かと私が言ったら、まるで違うと言ったので、そういう名前をつけ返してやったのだ。

とにかく、そんな議論から私は早々に降り、ビールを呷り、鍋をつっついた。私が抜錨の指示を出すまで、不毛な議論は続いていた。

そういえば、議論をしていた私の友人は、どこかシニカルなところがあり、水素水を製造して飲んでいる私を見て、信じる者は救われる、などとほざいたのだ。

私の水素水信仰は、なんと屁によるもので、人に言うと嗤《わら》われる。しかし、屁とは大事なものなのだ。それが通常の三倍は出るとなると、これは体内の悪いものが出ていると思わざるを得ず、私は水素水を飲み続けている。大枚はたいて、製造器を買ったしな。

屁に火がつくことは、中学の時に実験済みだが、いま点火してみようとは思わない。なにしろ、水素が出ているかもしれないのだ。爆発すると、水素爆弾の威力があり、私は消滅するかもしれない。自分だけならそれもいいが、他者を巻きこんだら、犯罪である。

月が、動いていた。月を見に外へ出たのに、それを忘れて、とりとめのないことを思い出したりしている。

私は不意に、昼間釣った魚のことを思い出した。まだ捌いていない。鰤《ぶり》である。十キロを超えていたので、立派な鰤だと言える。

私の躰は、食欲に点火されたようになった。これだけ大きければ、さまざまな料理ができる。しかし、まず捌かなければならない。

君も、一緒に食うか。鰤のしゃぶしゃぶってやつは、結構いけるぞ。

いま書きつつある物語のために

行けども行けども、同じ景色が続く。

そんな旅を、何度かしたことがある。最近では、モンゴル高原の旅がそうであった。まず、高い山が、遥かに遠い。えんえんと、丘陵が続き、草に覆われて同じ色をしている。直線で、変化があるといっても、やや高い丘を巻いて走る時ぐらいだ。

飽きてくる。私は運転をしなくなったが、自分で運転していたら、どうやって睡魔と闘うかが、最大のテーマだろうと思えるほどだ。

助手席に座っている私は、運転手君が居眠りをしないか、終日、チェックを入れている。やがて、それにすら飽きてくる。すると、不意に違う景色が見えてきたりするのだ。

小学校の低学年のころ、私は母に連れられて、よく九州から東京行の寝台車に乗った。降りるところは横浜だから、東京の寸前まで来ていたのだ。

夜、簡単には眠れず、私は窓ガラスに額をくっつけて、外を見ていた。闇が続くのである。いまと違って、あのころの日本は、夜は暗かったのだ。たまに、家の灯が見える。遠いとあまり動かず、線路の近くだと、飛ぶように通り過ぎていく。それでも、窓硝子の格子などが、わずかに見てとれたりするのだ。灯が見えてはじめて、闇の中に人がいるのだと私は信じることができた。だから、灯を見つけるのが好きだったが、いつまでも見えないこともあった。

あのころから、私はなぜ眠れなかったのだろうか。昼間、よほど暴れていれば、すぐに眠ってしまうのだが、雨の日など眠れずじっと外のもの音を聞いていた。子供は寝て育つと言うが、私はどこか育ち損っているのか。それで、余計な空想ばかりしている子供になってしまったのか。

あのころは、寝台列車というものができる少し前で、寝台車の車輛がひとつ連結されていた、という記憶がある。

眠れないまま、寝台を降りて通路へ出ても、人の姿は見えない。私は歩いて隣の車輛、さらに隣の車輛まで行き、戻ってくる。どこにも眼醒めている人はいなくて、私は知らない人たちの寝顔を見てくるだけだ。向い合わせの四人掛けの席では、思い思いの恰好で寝ているが、座席の下に潜りこんで、通路に頭だけ出して眠っている人もいた。蹴飛ばしてやろうという衝動を、私はかろうじて抑えたような気がする。

気づくと、周囲は草原で、眼前に一本道が続いている。

私は、居眠りをしていたのであった。うむ、あの列車は、夢だったのか。草原には、なんの変化もない。時折、数戸のゲルが遠くに見えたり、羊群が移動しているのが見えたりするが、それも変化のない草原の一部である。地表を、黒い巨大な物体が動く。それは地に落ちた雲の影で、地表の凹凸が、影を立体的に見せるのである。

つまらない話をして、すまんな。君は眠りそうになっていないか。私は今日は、退屈な話をしてみたいのだ。もう少し、つき合えよ。いずれ、なにか見えてくるさ。

草原が、続いている。空に小さな点があり、それは鳥のようだった。海東青鶻《かいとうせいこつ》か。崖に棲む鷹の類いを、十一世紀ごろはそう呼んだ。野鼠でも狙っているのだろうか。この地は、鳩が飛ぶには苛酷すぎて、海東青鶻を狩猟や通信に遣ったのである。

変化は空の小さな点だけだが、やがて前方に数軒の家が見えてくる。ゲルという分解可能な天幕のような家ではなく、地面に建てられた家だ。この広いモンゴル高原で、そういう家は街に行かなければ、見ることはできない。道沿いにある数軒は、住居というより、食堂だった。車を停め、そこに入る。ほかに駐まっているのは、輸送用のでかいトラックばかりである。

席に着くと、隣の兄ちゃんたちは、羊の骨を齧っていた。肉はすべて食ってしまったものらしい。バリバリと、骨を砕く音が聞えてくる。私のテーブルにも、大皿に山盛りにした羊の肉が出された。煮たものである。箸などはなく、骨を摑んで食う。太い骨の、中にある骨髄を吸うと、やわらかく濃厚な、半液状のものが口に拡がる。おう、これはオーソブッコではないか。イタリアの、骨髄の料理である。

肉は、冷めたものを何度も煮返すらしく、やわらかくなっている。これは大鍋に肉を入れ、岩塩だけを加えて煮たものなのである。しかし、大皿を平らげるのは難しいだろう。三名で食して、半分近く残った。運転手君は周到に容器を用意していて、全部それに詰めた。

私は、最後に手に残った骨を齧ってみた。薄いところは脆くなっていて、齧れる。微妙な味だが、まずくはない。硬いところは、とても歯が立たなかった。

箸やフォークなしで食うからといって、野蛮などと言うなよ。箸に代るものはみんな持っていて、それはナイフである。ナイフの刃に載せた肉を、口に運ぶこともある。それが遊牧民の食い方というやつだ。

ミャンマーなど、カレーを右手の三本の指で食うやつも少なくなく、私はかなりうまくなった。

食い終ると、また同じ景色である。その長い距離もさることながら、横幅も相当なものなので、その広さの見当はすぐにはつかない。時々、川があるが、日本と較べると極端に少ない。草があり、羊がいて、そして天と地がある。

人々は、そこで生きているのだ。私はゲルに泊めて貰った時、外の草の上に大の字になった。星が、躰の上に降ってきそうであった。乾いた空気が、空の透明度を高めるのだろう、多分。

同じ景色が続くこの大草原を舞台に、私は小説を書きはじめた。地に立ち、天を仰ぐ。そういう男の生涯を、書こうとしている。モンゴルの遊牧民は、みんなそうだと言うなかれ。私が描こうとしている人物は、世界征服を目指す帝国の基礎を築きあげたのだ。

『チンギス紀』という。つまり、チンギス・カンの物語である。いまは同じ景色しか見えないが、大地はやがて血に染まる。雄渾な物語になるはずだ。

私はモンゴルでさまざまな取材をし、羊も一頭捌いた。それを書こうと思ったが、紙数がないので次回だ。言葉で、羊がうまいと君に感じさせてあげるよ。

昔から早撃ちになりたかった

羊を捌く話をするつもりだったが、郵便物が届いた。逢坂剛先輩からである。私はこれまで、逢坂先輩には、さまざまなものを頂戴している。今回、剛爺はなにをくれたのであろうか。羊の話をそっちのけにして、私は郵便物を手にとった。

む、切手がジョン・ウェインだ。私はいそいそと封を切った。これまで貰った物の中で、ガンベルトとコルト45ピースメーカーが一番立派な物だったが、今度は薄い。

出してみた。おお、DVDではないか。しかもだ、『大砂塵』という西部劇のDVDだ。この西部劇を語る人は少なく、知らない人がほとんどなのに、フランスでは傑作とされている、と松浦寿輝が言った。傑作かどうかは別として、私はスターリング・ヘイドンのガン・アクションをもう一度観てみたかったのだ。DVDを観ながら、剛爺から貰った早撃ちセットで、ふりむきざまのファニングを練習できる。

さすがにわが先輩は、私がここでつまらない西部劇のDVDはいくらでもあるのに、『大砂塵』がないと嘆いていたのをちゃんと読んでくれて、VHSから落としたものを送ってくれるという、粋なところを見せてくれたのだ。

私はこのエッセイで、DVDになっていないなどとわめき立てて、どれほど得をしたであろうか。書いてみるものだ。ただ、剛爺は先輩だから私は甘えてしまうが、読者が私にDVDを贈ったりしてはいけないよ。どうすればいいか、私は途方に暮れてしまうのだ。出たよ、と教えてくれるだけでいい。

とにかく私は、ジョン・ウェインの切手を剝がして、私の映画忘備録に貼りつけ、DVDをかけた。

ガンベルトを腰に巻き、観たい場面を待った。そこで一時停止、齣《こま》送りである。何度もくり返して、やおら腰の拳銃を抜いた。ファニングは、馴れればできるが、ふりむきざまというのが難しい。何度目かに、足の甲に落として痛い思いをした。

　拳銃を抜く時、引金を引いていて、狙いをつけて撃鉄を掌で叩く。これを、ファニングという。引金を引いても撃鉄を上げていないかぎり弾が出ない構造を、シングル・アクションという。こんなこと、君にはどうでもいいか。ファニングがうまくいかないので、私は早撃ちの稽古に切り替えた。久しぶりなので、それもうまくいかない。これなら、日本刀の抜き撃ちの方がましである。

　抜き撃ちの講釈をしている映画を思い出し、それを出してかけた。ヘンリー・フォンダがアンソニー・パーキンスに教えている。『胸に輝く星』という、ほんとうに西部劇らしい映画で、私は好きである。うむ、撃鉄の起こし方が、私はなっていないな。

　それにしても、西部劇映画は、なぜ観られなくなってしまったのだろう。勧善懲悪のパターンから脱しきれなかったからか。

　切手になっているジョン・ウェインでさえ、若い連中は知らないかもしれない。いい映画は、いまでもいいのだぞ。オードリー・ヘップバーンとバート・ランカスターがやった、『許されざる者』は、いま観ても古くなっていないし、ジョン・ウェインの『リバティ・バランスを射った男』も私は好きだ。

　おう、今回は、抜き撃ちの稽古をしたからか、西部劇のタイトルがスムーズに出てくるなあ。ついでに、『シャラコ』なんていうのもある。映画の出来はともかく、ショーン・コネリーとブリジット・バルドーが共演しているので、二人を観る愉しみがある。マカロニウェスタンというイタリア製の西部劇にまで手をのばすと、止まらなくなるのでもうやめる。

　私は、また拳銃を構える。姿見の鏡が欲しい。自分とむかい合うのである。どちらが早く抜くか。やはり、いまは日本刀の抜き撃ちの方が、習熟しているだろうな。

　しかし、拳銃にしろ日本刀にしろ、なぜ女性たちは興味を示さないのだろうか。そんなことを考えていたら、日本刀に若い女性が群がっている、という話を聞いた。なんとかガールというらしいが、日本刀のどこに惹かれているのであろうか。人を殺すために、作られた道具である。

それを極限まできわめると、なぜか美しい姿になる。無駄というものがまるでないのは当然だが、それだけではない、気としか呼びようがないものが、漂い出してくるのだ。

深夜、私は古い日本刀を抜いて、じっと見つめることがある。微妙な、あるかなきかの刃こぼれがある。研いだ米粒ほどの、黒い錆らしきものがひとつある。刃こぼれ状態で、その姿になっているのだと思えた。刃こぼれは、人を斬った名残りであろうか。錆もやはり、血の染みなのだろう。室町時代の刀だから、反りが大きい。その反りが、刀身の美しさだけではない、兇暴さのようなものを垣間見せている。そして、持って見つめる人間のなにかをも、映すのだ。

自分が惨めだった時のことを、思い出す。心の中の兇暴な部分を、払いのけたくなるほどはっきりと浮かびあがらせる。鞘に納めるまで、それは続くのだ。

若い女性が日本刀に興味を示しているというのは、ちょっとした意外性を持っているが、あり得ないことだとも思わない。刃紋が鮮やかに出ている刀は、美しいという言葉でしか表現できないのだから。

ちなみに、日本刀には研師というものがいるが、その意味する研ぎは、庖丁を研ぐということとはずいぶんと違う。もともとあった姿を、つまり刃紋などを蘇らせる。それが日本刀の研ぎで、化粧直しという感じがあり、斬れ味をよくするためではない。私のように居合で巻藁《まきわら》を斬る者が、斬れ味をよくするために砥石に刃を当てると、はまぐり刃と呼ばれる日本刀独特の刀身が毀されてしまう。

私は刃を二ミリだけ出してガムテープを何重にも貼りつけ、刀身のふくらみの部分が研げてなくならないようにしながら、刃だけ鋭くする。

いかん、羊を捌く話だった。君は、私の度し難い脱線を嗤っているよな。まあ、勘弁しろよ。西部劇のタイトルが、いくつも出てきただけでも、私にとっては収穫なのだから。

次は、必ず羊を捌こう。

肉を食う前に命のことを考えるか

さあ、羊を捌かなければならない。

そう思った時、私は大きな誤りを犯していることに気づいた。サリーちゃん。私が羊につけた名前である。ただ羊を捌くのと、サリーちゃんの命を奪ってしまうのでは、かなりの違いがある、と気づいたのだ。名前などつけるのではなかった。名をつけた時、私はそれが食料などとは本気で思わず、連れている動物という認識しかなかったのではないのか。いずれ捌くという、現実感もなかった。

毎日、寝る前にはモフモフの躰を撫で、これが羊毛の生地やフェルトになるのだな、と思いはしたが、肉を食らうとは本気で考えなかったような気がした。寝る前に首を抱き、おでこにキスなどもしてやった。

遊牧民は、羊を大事にするが、かわいがっているのとは少し違った。傷つけないようにしよう、肥らせよう、という感じだったのだ。別の言い方をすれば、商売物であった。

私は、サリーにむき合った。やはり、サリーの顔をした羊で、ただの羊だとは思えなかった。啼くと、舌が見え、舌の端に黒っぽい斑模様があった。五百円玉ぐらいの大きさで、もう一頭にはなかった。それを見ると、手が動かなくなる。私はしばし、天を仰いだ。祈りを捧げた。遊牧民たちの信仰は、天である。その天に、これから命をひとつ頂戴します、と呟《つぶや》くように告げた。

躊躇はしていられない。私は前脚を縛り、後脚も縛り、サリーの躰を仰むけにした。

どうやって捌くか、遊牧民のやり方は、だいぶ前に書いた。復習をしておくと、まず下腹部の毛を剃り、そこの皮に十センチほどの切り目を入れ、そこから胸にむかって腕を突っこんでいく。心臓に到達すると、そこのやや太い管を引きちぎる。それでサリーは絶命した。引き抜いた腕は濡れているが、血は見えず、不潔感もない。皮に切り目を入れると、拳や親指の腹で、力を入れて皮と肉を包んだ膜を剝がしていく。そして肉を切り分ける。大地に血を一滴もこぼさない遊牧民のやり方は、天に対する地の神聖さという、宗教的な考えに根ざしたものなのだろう。それは見事なもので、肺を取りはずし、肋骨のところに溜った血を汲み出す段階で、羊にも血があったのだと、ようやく実感するのである。

沖縄で、山羊を捌くのを見たことがある。木に逆様にぶら下げ、首を切ってまず血を絞り出した。その血は洗面器のようなもので受け、後で内臓と一緒に煮るのである。フランスなどに、ブーダン・ノアールという料理があるが、これは血のソーセージである。血は大事なもので、捨ててはならないのだ。

私は釣りをし、そこそこ大きな魚では、血抜きということをやる。鰓《えら》を切って海水で泳がせると、塩分濃度が同じらしく血は抜け続ける。鰓を切った段階では魚は死なず、心臓が動き続けているから、血は鰓の切り口からひとしきり出続ける。そうやった方が、魚はうまいと言われている。俎板が血で汚れないというのが、望むべき状態なのだ。動物と魚では、発想が違うだろうな。

君は、気分が悪くなったりしたか。君が口にする肉も、どこかで血の処理はなされているのだぞ。食べる時、一、二秒でいいから、命のことを思おう。

さて、切り分けた肉は、山ほどある。それは大鍋で、岩塩とともに煮る。塩が肉汁を出すので、ぐつぐつと煮ることができる。

山のようになった煮た肉が、板の上に出されるころ、方々から人が集まってくる。人影はなかったのに、と私は思う。まるで草原から湧いてきたように思えた。やつら、みんなスマホを持っているから、意外に連絡網は発達しているのかもしれない。

みんな、手摑みで食いはじめる。私も、やや太い骨を摑む。骨を石で叩いて折り、中の髄を吸う。この段階になると、私は肉がサリーのものではなく、ただ肉だとしか感じていない。命を維持するのは、浅ましいことでもあるのだ。

私は、干肉というものに関心があり、訊いてみたが誰も知らなかった。ただ肉を干すのではない。雪の中で凍らせた肉を叩き割り、腸などに詰めて干しておく。それは徐々に縮まり、子供の頭ほどだったものが、大人の拳よりも小さくなる。完全な保存食である。文献には、そうあった。いまでは、作ることはあまりやらないのか。それは兵糧でもあり、戦に出る兵士は、いくつか馬の鞍にぶら下げて携行した。しばらく煮ると、子供の頭の大きさに戻るのである。兵糧には、石のように硬いチーズもあり、それは一般的で、市場にも売っている。しゃぶっていると、やわらかくなり、味も口に拡がってくる。

硬いチーズだけで冬を越す人も、いないわけではないらしい。

馬乳酒を煮つめ、蒸気をとる。蒸気が液体になった時、かなりアルコール度数の高い蒸留酒になっている。何度もやっていると、煮つめる鍋の底に、どろどろの、粘土に似たようなものが溜るのだ。それを取り出し、陽に干すと、硬いチーズになる。馬乳酒からのチーズは、特に貴重なものらしい。

馬の乳も、搾った。馬は神経質で、自分が産んだ仔馬にしか乳を出さない。だから仔馬を連れていって、母馬の腹に鼻面を擦りつける。

それをやっている間、乳を出すのだ。仔馬を押さえつけているのは男で、女は後脚の片方を抱くようにして、乳を搾る。夫婦の仕事とされているのだ。私は仔馬を押さえつけて母馬に擦りつけ、暴れそうになるので耳などを摑んでいた。ゲルの奥さんが素速く搾ってくれた。

それを生で飲むことはなく、革の袋やゲルの中にある大きな容器に入れ、毎日掻き回す。発酵して二、三パーセントのアルコールが生じ、馬乳酒になるのである。

どこを旅行しても、私は大抵、その土地のものだけを食っている。食べるのも、旅のうちだからだ。よく腹をやられる人がいるが、それは仕方がない。水を飲み続ければ、数時間で治る。

君も、なにか食ってみろ。腹をやられても、私を恨むなよ。

妖怪のような作家が何人もいたな

酔うと、こわれてしまう。

自分のことである。醸造酒を飲んだ時、顕著にこわれてしまい、蒸留酒の時はそれほどでもない。醸造から蒸留ということになれば、自分でも面白いぐらいこわれているのである。あっ、こわれているな、と自分でわかる。もうすぐ暴走をはじめるぞ、というのもわかる。もともと暴走系で、それが極端になってしまうのだ。といっても、暴力を振ったりは絶対にしない。人を傷つけるようなことも、多分、言わない。誰かが議論などをしていると、それに割って入り、論破して得々としているのだ。論破とは言わず、すべてぶち壊して帰ってくる、と言われたこともある。人迷惑な話である。

もともとこうなのだから、仕方がないだろうと開き直りたい気分もあるが、なら飲むなと言い返されそうである。

作家でも、ひどい酔っ払いはいない。私の暴走を受けとめてくれていた友人たちは、みんな死んでしまった。中上健次が、立松和平が死んだ。同世代の作家で、鬼籍に入った人は、少なくない。車谷長吉が、連城三紀彦がと、すぐに数人の顔が思い浮かぶ。酔っておだをあげているのは、私ぐらいであろうか。暴走を制止してくれるのは、大沢新宿鮫だけで、まあそこは友情か。逢坂剛先輩は遅くまで飲まないし、いつもつかみ合い寸前になった船戸与一は、晩年の六、七年は一緒に飲んだことがない。

ウイスキーだけ、飲んでいればいいのだ。日本酒やワインを飲まなければ、少々声が大きくなるぐらいだ。いつもそう思うのに、食事の時は醸造酒を飲んでしまう。作家はもっと酒を飲め。こわれようぜと叫んでパーティ会場から駈け出しても、ふり返ると誰もいない。私のことを面白いなどと思う、若い作家は皆無なのである。

私は、ずいぶんと面白い先輩作家のお相手をしてきた。笹沢左保氏は豪快にこわれていたなあ。たまたま禁煙している時、煙草を喫っている私を見ると、野蛮人と大袈裟でなく二十回ぐらい言った。そのくせ、次に会うと自分がすぱっと煙を吐いていたりするのである。

狭いじゃないですか。当然抗議する。おまえ、人は時によって言うことが変るんだ。作家のくせに、そんなこともわからないのか。それから酒場を引き回され、数々の無茶振りに耐えながら、私は笹沢さんが転ばないように支えていたのである。

そのうち私は、対処法を見つけた。先に酔っ払ってしまうのである。私が大声で喚きはじめると、笹沢さんはしらっとした顔で立ちあがる。どこへ行くんですか。もう帰る。なに言ってるんです、飲みましょうよ。うるさい、おまえは勝手に盛りあがっていろ。そう言い捨てて帰ってしまうのだ。しかしこの対処法は、笹沢さんと飲みたいのに飲めなくなる、という大きな欠点を抱えていた。ほかの対処法を見つけられないまま、笹沢さんは酒を飲めなくなった。

酔っている時だけではなかった。笹沢さんは、故郷ではないのに佐賀県が好きになり、古湯温泉というところの近くに家を建て、住んでいた。ほかに別荘が欲しくなったらしく、唐津の海のそばに土地を買った。電話がかかってきた。おまえは自分の故郷に、別荘を建てろ。俺の土地の隣が空いているから、そこを買え。手続きを、はじめてしまいそうな勢いだった。私は、その土地を知っていた。あそこ、蛇の巣が多くて、時々、並んで昼寝してたりするんですよね。これは、ほんとうのことであった。しかし、笹沢さんは、世の中で蛇が一番嫌いだった。翌日には、別荘を建てるのをやめてしまった。

山田風太郎さんは、酔って暴走するような方ではなかった。自宅では、ジョッキにウイスキーを入れ、湯で割って、茶を啜るような音をたてて飲むのである。私は一度だけ多摩にある御自宅に招かれ、食事を振舞われた。風太郎さんの家の食事は、豪勢なものだった。山の別荘が長野県の蓼科《たてしな》にあり、私の山小屋もそこにあったから、場所を聞いて私は車で出かけて行った。

街道沿いである。走っていると、道端に小さな組立て椅子に腰を降ろし、帽子を被《かぶ》った老人が座っていた。道路を川に見立てると、竿こそ持っていないが、釣りをしているような恰好である。通り過ぎてから、それが風太郎さんであることに気づき、私は車をバックさせた。先生、なにしてるんですか。君を待っていたのだ。風太郎さんは悠然とそう言い、しかしなかなか腰をあげなかった。蓼科では古い別荘で、木立に囲まれ道からは見えなかった。私が通り過ぎるのではないかと心配されたものらしい。

その別荘の二階のベランダでは、さまざまな話をした。ある時、若い作家の新作の話になり、君は知っているか、と訊かれた。何度か会ったことがあります。では、あの作品は。読みました。風太郎さんは怒った顔を人に見せたことがないというのが、有名な話だったが、顔が赤らんできた。あれはぼくのものだ。そう叫んだのである。林檎を食っている途中で、怒声とともに林檎のかけらが私の顔に飛んできた。昔、書いた作品と、ミステリーのアイデアが重なったらしい。すみません、と私は顔を拭いながら謝った。知っているなら、そう伝えておきなさい。

蓼科では床屋が同じで、街道沿いの、風雅さが目立つ建物だった。都会の匂いをふりまいていたのだ。山中にいる理由を私は訊けずにいたが、一度で、風太郎さんはすべてを訊き出していた。事業に手を出して失敗し、親族会議で江戸所払いになったのだ。事業の内容なども詳しく知っていた。名人、恐れ入りました、と言いたくなるほどであった。

鮪《まぐろ》を釣った話を、得々としていた。それは赤身鮪かね、それともトロ鮪かね。いや、トロと赤身というのはですね。トロ鮪は、さぞかし醜い恰好をしているのだろうね。いや、トロ鮪というのは。醬油につけても脂が拡がる。あの下品な、トロ鮪を釣った話なら、聞きたくないな。とぼけていたのか本気だったのか、わからない。ただ、味は深くなっていく。

君は一度、笹沢さんや風太郎さんの小説を、読んでみるといいぞ。いまの小説には少ない、大きさとふくらみがある。

旅の音が聴えてくる時もあるのだ

頭蓋骨を売っていた。

モロッコで、アンチアトラス山脈を車で越えようとしていて、街道沿いに露店があったので、覗いてみたのである。剝き出しで頭蓋骨を売っていたわけでなく、それだけは厳重に箱に入れられていた。あとはメダルとか古い勲章だとかが、無造作に並べられているだけだった。

売っている中年男は、にやりと笑って、箱の中を見せてくれたのである。本物の頭蓋骨に見えたが、触らせようともしなかったので、真偽はよくわからなかった。ただ、かなり小さいと思った。値を訊くと、とんでもない額を言った。日本円で三万円程度である。なぜそんなに高いのか。貴重で、きわめてめずらしいものだ、と言った。男は、口髭をもしょもしょと動かしながら、声をひそめた。これは、ナポレオンの頭蓋骨なのである。嘘つけ。ナポレオンは頭がでかかったというが、これは小さいぞ。男は、もっと声をひそめて言った。これはな、ナポレオンが三歳の時の頭蓋骨なのだ。

それはめずらしい、と同行のカメラマンが買う素ぶりをした。しかし財布に現地通貨はほとんど入っておらず、二百円程度があるだけだ。それで売れ、と交渉しはじめたが、なにしろ三万円が二百円である。男は取り合おうとせず、横をむいた。

時間があったら、私は百円にまで値切る自信があったが、急いでいたので車に乗った。男は、箱を持って車に近づいてきたが、私はそのまま車を出した。二百円で売る、と言うはずだ。そこから百円下げるのに、やはりかなりの時間がかかる。北アフリカでは、自分が考えた値段でしか、物を買わないと私は決めていた。男は、なにか叫びながら、箱をふりかざして追いかけてきた。

ナポレオンが三歳の時の頭蓋骨、という口上は、秀抜なものだと私は認めた。これぐらいいかがわしいと、ふむふむと頷きながら聞き入ってしまう。カメラマンが財布を出したのも、いかがわしさにリアリティがあったからだろう。

夕方近くに、峠に差しかかった。岩の上に、人影があった。ギターのようなものを、弾いている。車を停めると、人影は慌てたようにそばの石積みの小屋に駈けこんだ。少年のようだった。私は、サラマリコムと、イスラム圏なら世界中どこでも通用する、挨拶の言葉を連発した。やっと、少年が顔だけ出した。十二、三歳というところか。顔をポラロイドで撮ると、フラッシュにびっくりして、また引っこんだ。私は彼の顔が浮き出てきた写真を、戸口のところに置いた。そして離れた。しばらくすると、手がのびてきてその写真を取るのが見えた。驚きの声をあげている。そしてまた顔を出した。

もう一枚、撮ってやるよ、と仕草で伝えた。出てくるまでに時間がかかったが、結局、少年は出てきた。弾いていた楽器を持てよ、と私はまた仕草で伝えた。ギターのように見えるが、北アフリカ特有のゲンブリではないかと思ったのだ。思った通りだった。三弦で、ボディには羊らしい革が張ってある。

少年は、岩の上に立って、それを弾いてくれた。うまくはないのだろうが、もの悲しい曲調で、悪くなかった。拍手をすると、少年は照れたように笑った。演奏中の写真をプレゼントすると、狂喜した。私は、聴いたばかりの音色を、思い出していた。『コンドルは飛んで行く』などをやると、合いそうな気がする。世界的なヒット曲だが、もとはペルーのフォークロールで、完全に地球の裏側の国である。それでも、ゲンブリにぴったりだ、と私は思った。伝えられない。イントロを、口笛で何度かやると、少年はポロポロと合わせてきた。

それだけだった。少年は、小屋へ入れとしきりに誘った。小屋の中は、裸電球がひとつぶらさがっているだけで、なにもなかった。

敷物を掌で払い、座れと仕草で言ってきた。コーヒーを、御馳走になったのだ。アルミの、凸凹で黒く汚れたポットを石油バーナーにかけ、白い塊を砕いて、分厚いガラスのコップに入れた。岩塩かと思ったが、砂糖の塊のようだった。コーヒーが沸き、コップに注がれた。ひどく甘いコーヒーだったが、私はうまいと思った。

コーヒー代を払おうとすると、少年は大きく首を振り、いらないと言った。写真で充分だと言うように、もう一度、自分を見入った。帰りしなに、私は少年と並んで写真を撮り、それもプレゼントした。暗くなりかかっていて、いつまでも手を振る少年の姿が、ミラーの中で小さくなった。

ナポレオン野郎とは大違いですね、とカメラマンが呟いた。小屋のそばには囲いがあり、羊が十頭ほどいたので、少年はその番をしているのだろう。私は、口笛で『コンドルは飛んで行く』を何度か吹いた。

君は、こんな旅をどう思う。少年がひとりいた。それだけのことだが、私はずいぶんと豊かな気分になった。楽器のできない私は、街へ戻ったらゲンブリを買おう、などとは考えなかった。バンジョーの原型とも言われているらしいが、そんなこともどうでもよかった。

私の口笛に合わせて、少年が爪弾いたあの音。それが、旅の音なのだよ。いま思い出しても、センチメンタルな気分に包まれる。ふだんは忘れていても、エッセイなどを書いていると、いきなり鮮やかに蘇えるのだ。

そんなものが、私にはどれほどあるのだろう。思い出しきれないほどあるような気がするし、意外に少ないかもしれないとも思う。

どこかへ行ってみようぜ。そこでいかがわしい骨を買わされるのも、変った楽器の演奏を聴くのもいい。どこにも人がいて、それぞれの営みがあり、心のどこかになにかが触れてくる。

このところ、私はあまり旅をしなくなった。旅に行っている間の原稿は、事前に書き溜めておかなければならない。それが億劫《おっくう》になってしまっているのだ。亡くなった私の母は、九十歳まで方々を旅行していた。その気になりさえすれば、やれる。

その気になれる土地を、君、教えてくれ。

ある日うつむいている自分がいる

同年の友人たちには、大抵、孫がいる。酒などを飲んでいると、しばしば孫の話になる。そういうものに、私は加わらない。

ボクシングの成長株は誰だとか、ラグビーはどんな具合だとか、サッカーではフロンターレが優勝したぞとか、私はそんなことしか喋らない。釣りをするやつがいたら、その話をする。ゴルフはやらないので、スコアなど言いようもない。

老人の話は、どうしてこうつまらないのだ、としばしば思う。それは、私が自分を老人だと思っていないからだ。

シニア料金というものは、頑に遣わない。日常生活の中で、できるかぎり刺激を生み出そうとしている。若造が生意気だったら、殴り合いはしないものの、どやしつけるぐらいはする。

おい、みんな、どうしてそう老人になってしまったのだ。私を見ろ。この間は銀座のクラブで、営業用だとは思うが、五十八歳と言われたぞ。しゃんとしろ。背筋をのばせ。

しかし、ほんとうにそうなのか。若造と伍して、私は人生を生きているのか。

この間、孫が家に来ていた。私は二階の書斎にいて、声が聞えたので下へ降りて行った。兄が、弟になにか言い聞かせている。おい、わかってるのか。爺ちゃんは、自分では強いと言っているが、きのうテレビで観たおじいさんと同じなんだぞ。蹴っ飛ばしただけで、毀《こわ》れちゃうんだよ。いいか、もう耄碌《もうろく》じじいなんだからな。

耄碌と聞いただけで、私は部屋に入って二人を締めあげようと思った。意味などわかっているはずはなく、いずれアニメかなにかを観て憶えたのだろうが、その言葉を私に遣ったことは、充分に鉄槌に値する。押さえつけてひいひい言わせ、おじいさまは世界最強です、と言わせなければならない。おまえたちはこの間まで、私のことを天下一筋肉マッチョと呼んで、尊敬していたではないか。どんな妖怪が出てきても、爺ちゃんさえいれば大丈夫だ、と信じていたよな。

兄が、続けて言う。おまえのぶつかり方は、強すぎるんだ。もっとやさしくぶつかって、すぐに負けてやれ。いいか、爺ちゃんは自分が強いと言っても、俺たちと闘ったら、はあはあと息をしているだろう。無理をして、強いふりをしているのだ。もっとやさしくぶつかれ。わかったな。弟が、うん、と言う。

私はどうしていいかわからず、玄関の戸を開閉し、ただいま、などと声を出した。おう、爺ちゃん、出かけてたのか。今日は、俺たちめしを食っていくからさ。レモンが、どうしていいかわからないという風情で、尻尾を振っている。

爺ちゃんより年寄りだと言い聞かせると、年齢を書き出し、爺ちゃんの方がずっと年寄りではないか、と言ったことがある。その時は、愚か者め、と言って兄の方に4の字がためをかけ、ギブアップさせた。いまだってできるぞ、おい。レモンは、ただ尻尾を振り続けている。

爺ちゃん、俺たち、水泳では同級生に負けなくなった。負けないという言葉を、爺ちゃんが好きだということは、よくわかっている。愚か者め、おまえらがよちよちのころ、水に放りこんでやったのは、爺ちゃんだろうが。それをやっていて、同級生に負けることなどあるわけがあるまいが。しかし、なぜか大きな声が出ない。そうか、などと爺ちゃんは呟いてうつむいている。

弟の方が絡みついてきたので、払い腰でふっ飛ばした。ころんと転がり、立ちあがる。受け身だって、爺ちゃんが教えたのだ。投げ飛ばすたびに、臍を見ろ、と怒鳴っていた。いつからか、転がる時は完全に顎を引いているようになった。

よちよちと、一番下の孫が入ってきた。乱暴な雰囲気は、一瞬にして消える。妹を守るのは兄の役目だと、教え続けた。転ぶのさえ、気にするようになった。爺ちゃんが髭面で頬ずりするのは、しょうがねえな、という感じで見ている。女の子だから、水に放りこんでいないし、受け身も教えていない。代りに、爺ちゃんに、頬っぺぶちゅをすることは教えた。

うむ、女の子は手強いぞ。泣いている時も、時々私に視線をむける。眼が、媚びているのである。男は、やはり単細胞だな。

それにしても私は、孫に気を遣われるようになってしまったのか。天下一筋肉マッチョではなく、八百戦無敗でもなく、妖怪に友だちなどおらず、変らず貧乏である。なにかあったら、俺たちの金を貸してやるから、爺ちゃん、あんまり心配するなよ。愚か者が。おまえらのパパやママより、爺ちゃんはずっと金を持っているのだ。言っても、信じないだろう。爺ちゃんは家でジャージを着ているし、パパはネクタイをして会社へ行っている。くそっ、会社がそんなに大事なのか。

それにしても、これからどうすればいい、と私はレモンに訊いてみる。知らないわよ、あたしはもう、人間でいうと八十を過ぎているんだから。そうだよな、おまえは長生きをしてくれている。そして、よく歩いてくれる。おまえに文句など、なにひとつないさ。


君は、私が老化に抵抗していると思うか。要するに背のびをして、若さを装っていると思うか。

ふりかえって考えても、私は自分がことさら若いなどと、思ったことはない。老人だと思ったこともない。人間なのだよ。自然体でいたつもりだ。気持の方が、いささか幼いというのはあるのだが。

一年経っても、私は友人たちと孫の話をしていたりはしない。いま関心あるものに、一年後も私は関心を持っているだろう。

それにしても、いつの間にこんなに孫たちと差が縮まった。私が急速に老いたわけではなく、孫たちの成長が早いということなのだろう。

爺ちゃんは、自分では強いと言っているが、おじいさんなんだよ。兄が弟に言い聞かせる言葉。どこか切なく、どこか嬉しく、どこか諦めを持って、私は受け入れるのだろう。いまのところ、ちょっと抵抗してはいるが。

君は、時々私を労《いたわ》ってくれなければいけないよ。こんなことを言うのも、老人の狡さなのかな。

人は人生に監禁されているようなものだ

あるカメラマンのことを、思い出した。

石川さんといった。雑誌かなにかのインタビューの撮影に来て、その後、しばらく喋った。時々、私はそういうことをやる。相手にも私にも次の予定がなかったら、面白い話が聞けるチャンスでもあるのだ。

別のカメラマンが西表島へ行ったら、私の知り人であるペンションの経営者が、新しく飼った犬に、ケンゾーという名をつけている、という話をした。私は面白がって、西表島へ行ってみるかなどと言ったが、いま行かれない方がいいです、と忠告された。躾の時期で、叱声とともにケンゾーという名が飛び交っているらしい。

こら、ケンゾー、いけないよ、ケンゾウ。そしてゴツンとやられる。なお面白いではないかと思ったが、結局、行く機会はなかった。

石川さんの話は、そんな笑い話では済まないものだった。

一年二カ月、フィリピンの島でゲリラに監禁されたというのだ。ほぼ同時期に、商事会社のマニラ支店長が誘拐される事件があり、そちらは新聞などが大騒ぎをしたので、私も憶えていた。切断された指の写真などが送られてきて、かなりセンセーショナルな事件であった。ただ、身代金を払って解放された支店長の手には、指はついていた。

石川さんの事件は、ニュースになったという記憶がない。支店長事件ほど、政府は動かなかった、いやなにひとつしなかったし、マスコミもそれほど騒がなかったのだろう。

一年二カ月の監禁で解放されたが、それはすべて民間人の奔走によるものだったという。

奔走した民間人が、裏社会の人や右翼の大物だったというのを、私はあとで知った。身代金を用意したのも、裏社会の人であったようだ。若いフリーのカメラマンを解放させたところで、なんの得にもなるとは思えないので、そこには俠気のようなものが働いたのだろう、と私は思った。そんな時代だったのだろうか。

石川さんは、民間の人たちに助けられたとだけ言った。

話していて、私が関心を持ったのは、監禁されている間、どうしていて、なにを考えていたのか、ということだった。一日一日が長くて、絶望と諦めばかりがこみあげて。あたり前ですよね、小さな小屋に放りこまれていたんですから。光なんて、なかったです。そんなことを言ったと思う。

そしてある時、耐えられなくなり、疲れ果てて戻ってきた隊長が、小屋で寝てしまったのを見て、頭が暴発したようになったらしい。眠っている隊長の脇に、自動小銃があった。それを摑み、隊長に馬乗りになると、銃口を顔に突きつけた。隊長は眼を開け、じっと石川さんを見ていたという。手がぶるぶると震えた。引金。どうしても、引くことができなかった。叫び声をあげ、天井にむかって銃を乱射したという。思い出したことだけを、私は書いているのだが、記憶違いがあるかもしれない。

印象的だったのは、それがあってから、隊長の態度がまるで変った、という話だった。いくらか、人間扱いをしてくれるようになったのだという。わかるな、とは言えなかったが、そんなものだろうと思う。

私が監禁されたらどうなるのだろう、と話しながら考えた。どうしても、想像ができなかった。希望もなにも見えない状態で、一年二カ月など、冗談ではない、と思っただけだ。なんとか、脱出の機会を狙った。隊長を逆人質にして、ほかの連中と解放の交渉をする。言うのはたやすい。やって死ぬのも、多分たやすいだろう。天井を乱射した石川さんの言葉には、小説家を唸らせるようなリアリティがあったな。

いま、どうしているのだろう。私のところには、カメラマンとして来たのだから、いまも活動中なのだろうか。もう一度、撮影にこないかな。あのころより、ちょっとだけ深い話ができるかもしれない。

こんなところで政府の悪口を言っても仕方がないが、

マニラ支店長事件とは、ずいぶんと対応が違っていたのだな。どちらかというと、私も支店長のようではなく、フリーランスの方だから、気をつけよう。

誘拐され、監禁される。君は、そんな情況が想像できるか。別に、熱帯でゲリラに誘拐されるのではなくてもいい。東京でも、充分に起こり得ることだ。『ハイネケン誘拐の代償』という映画があった。出来はそこそこだと感じたが、誘拐されたハイネケン役の、アンソニー・ホプキンスのふてぶてしさがよかった。私は誘拐されて、あれほどふてぶてしくしていられるかなあ。

トミー・リー・ジョーンズという俳優がいて、好きな人も多い。『メルキアデス・エストラーダの3度の埋葬』は、半分誘拐するような映画で、ハードボイルドテイストとして私は評価しているが、これまでに書いたかなあ。書いたような気がする。いかんな。なにを書いたか、忘れてしまっている。

トミー・リー・ジョーンズは、私より一歳上なだけで、いまも活動している俳優である。そういえば、『告発のとき』という映画があった。イラクかどこかの戦場に出た兵士の、荒廃を描いた反戦テイストの作品だが、これは悪くなかった。監督はポール・ハギスだしな。『クラッシュ』も悪くなかった。『スリーデイズ』もあるか。これは、『すべて彼女のために』というフランス映画のリメイクだが、ラッセル・クロウはこんな役が似合っている気がする。『サード・パーソン』も観たが、リーアム・ニーソンが変な小説家の役で、あまり好きではない。

いけない。私はこんなふうに、まあまあだと思った映画を羅列し、原稿の枚数稼ぎをしているのではないのか。そのうち、観た映画のすべてを書いてしまい、同じ作品をまた取りあげて、非難されそうな気がする。しかし、映画というのは、書きにくいのだよな。タイトルを挙げるだけでないと、どうもネタバレになる気がする。ネタバレを、私は憎みすぎている。

今後は、監督なり俳優なり、ひとりを取りあげ、そこからの連環を書いていくか。

なあ、君、映画は愉《たの》しもうよ。

思い出すだけで懐かしい

十数年前の話だが、ベトナムのハノイの街を歩いていたら、声をかけられた。

それも明瞭な日本語で、呼び捨てにされたのだ。呼び捨てってやつは、思わずむっとするよな。私は周囲を見回した。

日本人の初老の男が、笑いながら近づいてくる。俺だよ。そう言っているが、見憶えはなかった。名前を言われてもピンと来ず、学校名を言われて、はじめてわかった。

中学高校時代に一緒だと言っても、その時ですでに四十年近く前で、すぐに思い出せないのは、無理もないことだった。じっと顔を見つめていて、昔といまがなんとなく重なってくる。

その同級生は、ベトナムの商社かなにかにいて、ホー・チ・ミンに住んでいるのだが、仕事で政府の高官と会いに来たのだ、というようなことを言った。おまえの顔は、時々、新聞やテレビで観ているから。おまえと言われても、同級生となれば腹も立たなかった。

それにしても、私の顔は、自分で思っている以上に売れているのかもしれない。先日も、トレンチコートにボルサリーノで、銀座の雑居ビルのエレベーターに乗ったら、三十代ぐらいの二人連れが、まるで北方謙三じゃん、と私に聞えるように囁き交わした。こらこら、本物だぞ、とは言わなかった。よく言われるんだよ。そして笑いかけた。二人も、笑っていた。

ベトナムでの同級生との邂逅は、ちょっとした昔話で終った。彼には仕事があり、酒も食事もつき合えない、という状態だったのだ。私は、大した予定も持っていない、ただの旅行者だった。

ハノイには、ホー・チ・ミンにあるような、猥雑で深いところはない。首都というのは国の体面があり、なにかと厳しいのだろう。それは北京と上海を比較しても言える。かちっとしたところから、どろどろの深いところまであるというのは、東京が一番ではないのだろうか。

　地方都市にもよく行くが、九州以外ではあまり顔はばれない。唐津や佐賀は仕方がないとしても、博多でもよく声をかけられる。頷いて握手ぐらいはするが、芸能人でもないので、サインなどは勘弁して貰う。

　先日、広島県の尾道という地方都市に行った。旅行ではなく、講演の仕事だったので、常に誰かがついていて、すべてが終ると、旧知の書店のオーナーのガレージと呼ばれている建物で、痛飲することになった。その人は、多分、書肆界一のディレッタントで、ガレージにはクラシックカーが置いてあり、二階はそれこそ趣味の部屋になっている。高級なシャンパンからはじめ、うわっ、抜栓はしないでくれ、と思わず言葉が出そうな高級なワインが抜かれる。話題も豊かで愉しくなり、結局、そこで沈没してしまうのである。三度ぐらい行ったが、まあいつもそうであった。

　尾道という街には、実は高校生の時から、かなりの関心を抱いていた。行く機会があれば、遊郭跡に行きたいと思っていた。新宿のゴールデン街なども遊郭の跡で、想像するには、同じような飲み屋街なのだろう。

　そこがまだ遊郭であったころ、放蕩をした男がいる。小説の主人公であるが、志賀直哉の作品であるから、かなり本人に近いのかもしれない。志賀直哉と言って、若い人たちは知っているのだろうか。君はどうだ。私は、高校生のころ貪るようにして読んだぞ。時任謙作という主人公の、この『暗夜行路』という作品は、志賀唯一の長篇である。そして志賀の、ヰタ・セクスアリスのようなものだ、とも当時私は思った。ヰタ・セクスアリスとは、つまりは性的自伝ということになるのか。

　時任謙作は、放蕩の日々を送る。昔に読んだものだから、記憶が定かではない部分が多いが、ひとつ鮮明に憶えていることがある。

　尾道の遊郭に、播磨という遊びがあり、それをやると死んでしまう、というのである。死んでしまうのが、遊びなのか。そこまで命をかけて、遊べるものなのか。播磨の磨は、摩だったかもしれない。書庫にもぐりこんで志賀直哉全集を探すのは大変であるし、読みはじめるとまた大変だろう。

心境小説と心理小説がどう違うか、高校のころ、志賀と芥川を比較しながら、国語の先生の自宅で議論したことがある。そんなことをやっている高校生などいなかっただろうが、なにしろ上田秋成の『目ひとつの神』の解析などをそこでやっていたのだ。

時任謙作は、ある時、播磨という遊びのことを耳にする。それをやれば、死んでしまうと言われている。これ以上知れば、自分は必ずやるだろう。だから、知らないようにしよう、というような述懐があった。その時の、時任謙作のというか、志賀の心理状態が、なぜかとてもこわかった。同時に、播磨というのがどういう遊びなのか、かなり気になった。風俗関係の文献を漁れば、たやすく見つかることかもしれない。しかし知れば、私はやってしまうかもしれない、という恐怖もあったので、結局、調べなかった。

風俗関係の研究が趣味だという人と、バーで隣り合わせになり、積年の疑問は、一瞬にして解決した。勃起した男根に、蠟燭を垂らす遊び、ということだった。


なんだ、そんなことか。そんなことで、死ぬわけはないよな。死なないが、すごい状態になる、と彼は言った。ぼくは、ＳＭクラブで、縛りあげられた男がそれを懇願し、やられるのを見た。一、二分で悶絶し、十分ぐらいは帰ってこない。それじゃ、下手をすると死んじまうじゃないか。死んだという記録はどこにもないが、よほど懇願されないかぎり、店でもやらないらしい。

それにしても、一世紀近く前に小説で書かれたことが、いまもそういう場所で生きているのか。

心境小説には、残酷な場面など出てこないが、ふっとこちらの心にまで波及してくるような、こわさがある。小説はすべて嘘であるが、心境小説は本物主義であり、その分、読んでいて面白くもないが、妙な力が圧倒してくるのを、稀に感じる。

青春期から抱いていた、私の疑問の話である。こうやって思い出すのも悪くない。

君には、そんな疑問が、どこかにあるかな。


（第Ⅱ巻・了）

［特典小説］

ラ・ボエーム

1

冴えた音がしていた。

都心からは離れた街にある、ビリヤード場である。プールの台だけが、五つ並んでいた。その台は、大抵は塞《ふさ》がっていて、予約を入れていても、数分はレジカウンターの前の椅子《いす》で待つことになる。

そこではコーヒーのほかに、ソフトドリンクの註文《ちゅうもん》もできた。そして、煙を吐くこともできるのだ。

私はコーヒーを頼み、シガリロに火をつけた。ここで待つ時間が、嫌いではない。常連の老人と会うことはあったが、会釈《えしゃく》を交《か》わすだけで、話をしたこともない。時々、孫のような少年と撞《つ》いていたが、ひとりの時も多く、ひたむきに羅紗《らしゃ》を見つめている姿が、印象に残っている。

そこで、大きな賭《か》け勝負をしている人間が、いるのかどうかは知らない。私の相手は二人いて、その日の飲み代を賭ける程度である。

二週に一度ぐらいの割合で撞いていれば、そこそこの腕にはなる。私が、ビイというキューをプレゼントされたのは、もう二十年も前で、それを本格的に遣いはじめて、四年というところだろうか。それまでキューは、私の家の押入れで眠っていた。

津村《つむら》が入ってきて、私の顔を見て片手を挙げた。

「降ってきてるぞ」

津村は言い、帽子の水滴を手で払った。ありふれたハンチングの下は、きれいに禿《は》げていて、ストロークの体勢に入った時の頭が、しばしば疎《うと》ましくなる。私より腕がいいので、まともな勝負はできず、ボール二つのハンディキャップを貰《もら》っている。それもブレイクショットのあと、盤上に散ったボールの中から、難しそうなものを二つ選んで、ポケットに落とす、というやり方だった。

もうひとりの相手である菅野《すがの》とは、スクラッチで勝ったり負けたりだった。

菅野もキューを持参するが、津村のものは、野球のバットを作る職人に頼んだ、ワンオフというやつだった。

私にキューをプレゼントした女は、ほかに葉巻をワンケース、誕生日にくれた。つまり、足掛け二年はつき合っていた、ということだ。そのころ、ビリヤードが好きだったが、一過性のものだった。

津村のコーヒーが、運ばれてきた。予約の時間まで、あと七、八分である。

「なんでまた、ブルースばかりかけているんだ」

三人の家からそれほど遠くない、このビリヤード場を使いはじめたのは、一年ほど前からで、それまでは都心の大きなところでやっていた。

はじめて来た時から、ブルースが気になっていた。古い、いわゆるデルタブルースで、レコードに針を乗せていることもしばしばだった。

レジカウンターにいる、まだ三十代だろうと思える男は、ブルースの時だけ、小刻《こきざ》みに躰《からだ》を揺らしていた。ほかには、ジャズやポップスなどもかかっているが、音楽が前に出すぎることはなく、球のぶつかり合う音に切り裂かれながら流れている。

私たちの台が空《あ》き、私は二本目になるシガリロを揉み消し、台の脇《わき》に立った。ゲーム前の儀式がある。私にとってはどうでもいいが、津村が、持参した布で、球を丁寧に拭《ぬぐ》うのである。その間、私はタップにチョークを擦《こす》りつけている。

ブレイクショットは、コインで決めて津村になった。盤上に三角の木枠に入れた球を十五個並べ、一撞《いっしょう》で突き崩すのである。津村のブレイクショットは、盤上にきれいに拡がった。私は、厄介そうな球を二つポケットに放りこんだ。ブレイクショットは十五個で行わなければならないというのは、決して動くことのない津村の考えで、こんなふうにハンディキャップを消化することになる。

エイトボールというゲームで、八番の黒球を撞く権利を争うものだった。昨今は、それを簡便にしたナインボールというゲームを好む者が多いが、そこにもやはり、津村の頑迷《がんめい》に近い考えが入り、エイトボール以外はやらない。

ビリヤード場の雰囲気が、嫌いではなかった。不規則に聞えてくる、球と球がぶつかる音が、不整脈のような、微妙な不安感を滲《し》み出させるし、それが緊張に繋《つな》がると、日頃はないような経験をさせてくれるのだ。たとえば、ひとつひとつの音がはっきりと聞える。人の歩く音も、音楽も、タップにチョークを擦りつける音さえ、聞えてくる。

そういう時、なにかが見えたと思える瞬間がある。見定める前に、それは過ぎてしまうのだが、私は日常にはない高揚の中にいるという気がしていた。

ゲームは、かなり一方的な展開で私が負け、次のゲームで取り返し、勢いに乗ったが、四ゲーム目を取られ、五ゲーム目の途中で、一時間が終了した。終ったゲームの勝敗だけが結果だから、引き分けである。どちらにも、飲み代を払う義務は生じない。

「腰を据《す》えて、飲むか」

津村が言う。このあたりはきわめて常識的で、勝った時は二杯だけ飲んで帰る。

このビリヤード場は三階にあり、一階と二階が居酒屋やバーで、四階は会社が入っている。

階段を使って、二階に降り、いつもの店へ行った。カウンターには、ひとりも客がいなかった。バーテンの背後に、酒が並んでいるだけで、なんの飾り気もない店だ。そこが、津村も私も気に入っていた。菅野と行くのは、女のいる店である。

「この間は、どこまで話をしたかな」

「俺の新作の話をしていたが、途中から津村家の内情の話になった」

「そうか、俺は負けたんだったな」

私が勝つのは、四度か五度に一度、という程度だった。自分が払う時、津村の酒量は多くなる。そして、愚痴が出はじめる。

「浮気を疑われる、とこぼしていたが、大抵は事実だろう?」

「半分ぐらいだな」

私のような自由業と違い、津村は会社の経営者だった。どれほどの会社かは知らないし、あまり関心もなかったが、世間的には私よりずっとまっとうな立場である。浮気ひとつも、さまざまな問題を引き起こすようだった。

「独身のおまえを、かわいそうだと思ったりもしたが、いまは羨《うらやま》しい」

私は、十五年前に離婚していた。息子がひとりだが、養育費はとうに払い終えている。別れたいと言い出したのは相手の方で、面倒な交渉を、私はすべて大学時代の同級生の弁護士に頼んだ。かなりの辣腕《らつわん》だったらしく、払った金額は高《たか》の知れたものだった。

津村の言葉には、冗談だけではない切実さがあったが、私は無視していた。相談に乗るつもりはもともとないし、愚痴の聞き役というのも、私の柄《がら》ではなかった。男と女がわかり合えると思うのが、そもそも誤解なのだ、という気もする。

離婚した相手について、私はこの十五年、気にしたことはほとんどなかった。別れたいと言われた時、多少は首を傾《かし》げるような思いが湧《わ》いてきたが、結局、大したことは言わず、頷《うなず》いていた。私のそういうところが問題だったのかもしれない、と何度か考えたが、いまとなってはどうでもいいことだった。

十歳だった息子のことは、しばしば思い出したりしたが、二十歳になった日に、一度会っただけである。いまは独立していて、年賀状だけが届いている。

「おまえのこの間の本な」

「もういいよ。同じことのくり返しは、聞いても仕方がないし」

「義理の感想など、ごめんだということか？」

「まあそうだ」

「正直なやつだ。じゃ、政治の話でもするか」

私たちは、オン・ザ・ロックを舐《な》めはじめていた。キープしてあるボトルの料金は、津村と折半《せっぱん》である。

「したくもないくせに」

「いや、政治がいかんというのは、オヤジらしくていいぞ」

「それより、おまえはビリヤードで、最近、賭けをやったか？」

「ひと月ばかり前も、おまえ、同じことを訊《き》いた」

「否定すりゃ、何度でも訊くさ」

「やったと思ってるんだな、やはり。いま時、ハスラーなんて流行《はや》らんよ」

「いや、勝敗があるところに、賭けがある、と俺は思っている。プロっぽくなくても」

「面倒だな。やったよ、確かに。ワンゲームで五十万円。それで五ゲーム勝負だ。相手は、指に刺青《いれずみ》をしたお兄さんでね」

「ほう、あちら方面の？」

「まさか。俺はそんなに無謀じゃない。結婚指輪みたいに、彫ってあっただけだ。躰には、なかったと思う」

五万円程度の、賭けはやったのだろう。この質問を、一年に一度はしているが、はじめは否定で、重ねて訊くと肯定だった。

「どんなもんなんだ、賭けてやるのは？」

これも、いつも訊いていることだった。最初の時は、痺《しび》れることの快感を語った。痺れが肌のヒリつきに変り、心臓の鼓動に変り、顔面の筋肉の硬直に変った。それなりに、私を納得させるものはあった。今度はなにが出てくるか、愉《たの》しみではある。

「自分が我慢できなくなって、なぜか小便を出しちまったって経験、おまえあるか？」

「なんだ、失禁《しっきん》の快感か」

「違う。自棄《やけ》とはいえないし、どうでもいい、というのとも違う。なにか、自己嫌悪に似たような気分で、ちょっとだけ出しちまう」

「しかし、なあ」

「それが、集中力に繋がる、という気が、この間はした」

「わからんな」

「俺しかわからんことだ、と思う」

「それで、勝ったのか？」

「負けた。二連勝したのに、三連敗だ。結局、五十万出す破目になった」

「小便を出したの、何ゲーム目だ？」

「最後さ。これで決まるというショットを、しくじった。次のストロークの時、俺は出したんだ」

「じゃ、失敗して負けたんじゃないか」

「そういうことになるが」

「これで決まりという時に、出すべきだったな」

自分がやるとは思えないが、気分としてどこかわかるようなところもあった。

津村も菅野も、大学時代の友人だった。津村が親父の会社を継いで社長になったのと較《くら》べ、菅野は大会社に入り、地方勤務なども経《へ》ながら、役員にまで出世した男だった。ただこの二人は、仕事に関係したことで、ずっと密接だったのだという。

三人で会うのは年に一度で、五十を過ぎれば、友人と会う回数としては多い方だろう。五年に一度ぐらいしか会わない旧友は、かなりいる。友人の葬儀でしばしば会う、という年齢には、まだ遠かった。

津村が片手を挙げ、バーテンが無言で近づいてきた。バーテンは、新しく氷を入れてオン・ザ・ロックを作り直し、津村の前に置いた。音楽はいつも、低い音量で流れている。それがどういう音楽かを、気にしたこともほとんどない。

「最近、昔のことを不意に思い出して、涙ぐみそうになる。そういうことないか、澤《さわ》。もっとも、小説家なんて、いつも昔ばかり見ている商売か」

二十歳のころ、恋人が死んだ。不意に私は、それを思い出した。私自身も意外だったので、口からは出せず、ただ心の中を覗《のぞ》きこんだ。

「昔の切なさなんかの方が、いまよりずっとつらかったな。つらさの質が、違うのかもしれんが。いまは、すべてが混濁している、という気がするよ。それが、歳を重ねるということか」

「鮮烈な悲しみもない、オヤジが二人か。月に一度、ビリヤードで勝負して、負けると結構、くやしかったりする」

「鮮烈な悲しみか。やはり、遠いね」

私も、二杯目を飲みはじめていた。

二十歳のころの恋人は同じ年齢で、だからあるはずもないことが起きたのだ。くも膜下出血で、つまるところ先天的に存在していた脳の動脈瘤《どうみゃくりゅう》が破裂したのだった。事故にも似た病《やまい》で、若い人間を襲うことも稀《まれ》ではないという。救急車に同乗してきた私に、関係性を確かめることもなく、医師はそう説明した。くも膜などという言葉を知ったのは、その時だ。

なぜ思い出したか考える前に、別のところへ流れた話題に紛《まぎ》れて、私はそれを忘れた。

その夜、かなり遅くまで津村と飲み、ビルの前で別れたが、私はそのまま別の店に飲みに行った。霧《きり》のような雨が降っているので、すぐ近くにある、小さな店にした。やはりカウンターだけで、中に女が二人いた。ひとりは老女で、ひとりは若い。

ウイスキーの銘柄と、飲み方を私は伝えた。くわえた煙草に、老女が火を差し出してくる。バーというより、スナックと呼んだ方がいいだろう。この街には、小劇場やライブハウスなどもあり、若者の街という呼び方をされたりするが、こういう店もしっかり生き残っている。

「御近所ですか?」

老女が、月並みな質問をしてきた。

「まあ、そうだよ。月に一度か二度は、ここらで飲んでる」

若い女は、爪を気にしていた。ほかに、客はいない。シャンソンが、低く流れている。それも古いやつだ。

「ママの趣味か、このBGM?」

「趣味は趣味なんだけど、有線よ、これ」

「ふむ、そういうものが、まだあるのか」

「決まってんじゃないの」

若い女が、顔をあげて笑った。

「なにか飲むか?」

「あら、じゃ、同じもの。こっちの子にも、いいかしら?」

私は頷いた。若い女がそばへ来て、冴子《さえこ》ですと名乗った。

「何時まで、やってる?」

「お客さんがいる間」

私は、二人とグラスを触れ合わせた。すでに、一時近い時間になっている。

老女と、しばらく話し続けた。話題を途切れさせないのが仕事だと思っているのか、老女は次々に質問を浴びせてくる。私は、いくらか辟易《へきえき》しはじめていた。

ドアが開き、客が入ってきた。傘を外にむけてたたんでいる。帰る機だと思い、勘定と言いかけた。入ってきて、スツールをひとつ空けて腰を降ろしたのは、ビリヤード場のレジカウンターにいる男だった。

「雨が好きじゃないんだよな、俺。とくに、小雨《こさめ》ってやつが嫌いだ」

男の口調は、職場とは違っていて、人の色も、見たことがないものだった。というより、職場では無彩色の印象なのが、ここでは色もあり雰囲気もあるのだ。

「もう終りか」

私が呟《つぶや》くと、はじめて男は私に気づき、意外に人懐っこい笑顔を浮かべて、頭を下げた。

「俺も雨が嫌いで、こんな時間まで飲み続けちまった」

「津村さんは、帰られたんですか？」

「やつは、社長だからな。朝は遅くないってわけさ」

「先生は、夜型なんですね」

それほど知られている名ではないが、私が作家であることは知っているようだった。

「酔うと、字が見えなくなる。だから、寝る時間まで飲むんだ」

「そりゃいいな。いつだって、天国みたいなものじゃないですか」

私は冴子に合図して、男にも同じものを出させた。

「こいつは、どうも。遠山《とおやま》と言います。澤先生に奢《おご》っていただいて、光栄ですよ」

「何時に、店を閉めるんだ？」

「十二時です。午前中からやってるもんですからね。昼めしも夕めしも、予約表を睨《にら》みながら、かっこむんです」

「朝っぱらから、球を撞いてる人種がいるのか？」

「学生さんですね、ほとんど。午後三時までは、四割引です」

「半額にしないところが、妙に商売っぽいじゃないか」

「そうですかね。まあ、従業員はいないんで、そこそこ儲《もう》かってはいるんですが」

遠山は、あのビリヤード場の経営者のようだ。いままでそういう眼で見たことはなかったので、いささか意外だった。

「ねえ、ハリー、ボウリング教えて」

冴子が、前に立って言った。

「いやだ。ボールは、小さい方がいい」

「じゃ、ゴルフ」

「それじゃ、小さすぎる」

遠山は、ひとつスツールを動いて、私の隣りに来た。

ごく自然な動作だった。

「ハリーか」

「晴之《はるゆき》というのが、俺の名前なんです。そいで、ハリー。ニューオリンズにいたころ、そう呼ばれていました」

「そうか。それでなのかな」

「なにがです?」

「店じゃ、変ったブルースを流している。あれ、デルタってやつだろう。日本人には、まるで受けない、と思うんだがな」

「耳障《みみざわ》りですか?」

「なぜだろう、と考えただけさ。ニューオリンズと聞いて、なんとなく納得できた」

「ニューオリンズじゃ、もうシティブルースです」

「こだわりが強いね」

カントリーブルースというのもある。私にはどうでもいいことだが、こだわればそういう区分になるのだろう。

「ミシシッピデルタ出身の、恋人がいたとか」

「当たりですね」

「黒人が、趣味か」

私は、ブルースに関する本を、数冊読んでいたが、もうほとんど忘れかけている。ジャズともどこか違うはずだが、それは思い出せない。

「趣味なんてもんじゃありませんよ。愛した女が、たまたま黒人だったっていうだけで」

二杯目を、遠山は註文した。今夜は、奢るよ、と私は言い、遠山は小さく頭を下げた。

「奴隷解放が生んだ音楽と、黒人霊歌を発祥とするものの違いですかね」

ブルースとジャズの違いを質問すると、そういう答が返ってきた。それから遠山は、詳《くわ》しく説明しはじめたが、酔った私の頭を、言葉はただ通りすぎていくだけだった。

「でも、あれがデルタだって、よくわかりましたね。津村さんですか?」

「津村?」

「違うんですか。俺は五枚ばかり、デルタのレコードを貰いましたよ。音は割れてるけど、多分、ミシシッピの田舎《いなか》の、マニアックな店に行かなきゃ、手に入らない代物《しろもの》でしょう。時々かけてくれって言って、くれたんです」

津村とブルースは、うまく結びつかなかった。歌謡曲でも好みそうだというのが、私が知っている津村である。遠山と津村は旧知なのかもしれず、私以外ともあそこで球を撞いているのかもしれないと思ったが、訊かなかった。

私が知っている津村だけで、充分だった。それ以外の友人の顔を知ることに、それほど意味はない。

2

冷蔵庫から、鍋を取り出した。

私の家の冷蔵庫は、かなりの大きさで、寸胴の鍋も入れておくことができる。

鍋の中身は白く見えるが、それは表面だけで、あとは淡い色がついた煮凍《にこご》りである。

オックステイルを煮こんだスープだが、香味野菜も数種類入れ、それは一時間ほどで取り出す。テイルを煮こむのは、三時間というところだろうか。

肉も上げて、容器に入れ、冷蔵庫にある。その肉は、ほぐしてカレーに入れるか、シチューか、その程度にしか遣えないが、スープの用途はいくらでもあった。量も多いので、容器に分けて入れ、冷凍庫で保存する。

その前の作業として、私は表面の白い色を取り除きはじめた。脂《あぶら》が、かたまって表面を覆《おお》っているのだ。スープと脂を分離させるために、私は鍋を冷蔵庫に入れていた。

　除いた脂の用途も、またある。チャーハンなどを作る時に遣えばいいのだ。

　料理をはじめたのは、離婚したころだったから、もうかなりの経験を積んだことになる。ただ、毎日やるわけではなかった。気が向いた時に、手早く作る。こうして時間をかけるのは、三ヵ月に一度ぐらいである。

　私はいま、野菜の水分を飛ばすことに凝《こ》っていて、それはすでにいくつもの容器に分けて冷凍してある。

　野菜室にあるものをすべて、思い立った時に煮る。鍋から出した野菜に白ワインを加え、ミキサーに入れて、ジュース状にし、それをフライパンに移し、熱を加えて水分を飛ばすのだ。そうすることで、なにか別の味に変る、と私は思っていた。水分は徹底的に飛ばすので、山ほどあった野菜は、粘土状に縮まり、容器ひとつに収《おさ》まる。それを、さまざまな料理に遣うのだ。

　私は別に冷凍庫も持っていて、要するに料理の前段階のものが、月日を書かれた容器に入って、溢《あふ》れそうなほどになっている。

　ある月日を過ぎると、廃棄する。壮大な無駄が、冷凍庫と冷蔵庫につまっている、と思うこともよくある。それでもやめられず、私はひたすら野菜の水分を飛ばす。

　なんのために料理をしているか、考えることはあまりなかった。自分の腹を満たすためだけでないことは、確かだ。私の食生活は、昼食は安直なものを作り、夜は外食ということが多かった。下ごしらえが終ってしまうと、私は料理にあまり関心がなくなってしまうのだ。なぜと自問しても、そのたびに出る答が違ってしまう。

　私は家事などはできず、掃除や洗濯やほかの雑用から、買物まで、平日の午後に通ってくる家政婦に任《まか》せている。いまの家政婦は、通いはじめて六年目に入っていた。

脂を除去したスープを、私はいくつかの容器に入れた。冷蔵庫についている冷凍庫の方は、まだいくらか余裕があった。

　鍋には水を入れ、あとはシンクに置きっ放しである。食器は勿論《もちろん》、調理用具の類《たぐ》いも、私は洗ったことがない。

　すでに、深夜である。私は風呂に入り、それからパジャマの上にガウンを羽織って、書斎で酒を飲みはじめた。

飲むのはブランデーの類いで、ペットボトルの水をチェイサーにする。いつも、三杯ぐらいでやめにした。

不眠症の傾向があるが、酒で解決できるわけではなかった。酒には催眠作用と同時に、覚醒作用もまたあり、たとえ眠れても、その眠りを浅くするだけだ。

眠るためには、医者に処方して貰った睡眠導入剤を服用するが、それは酒との併用が禁じられていた。私にとって、ブランデー三杯は、飲んでいない状態だ、と勝手に決めている。

音楽を聴いた。これも、ベッドに入る前の習慣である。ジャズが多いが、時にはファドということもあった。

関係している女が、三人いる。そのうちのひとりとは、もう四年になるが、一度もこの家に連れてきたことはない。あとの二人は、しばしば入れ替る。

長く関係している女とは、躰の相性がいいというだけで、そこに愛だの恋だのというものは、介在させていないつもりだった。

生きることの意味など、考えることはない。昔はよく考えたものだったが、ほんとうの意味などわかりはしない、というのが結論だった。

ブランデーを流しこんでも、酔いもせず、眠くもならなかった。

私は覚醒しているが、だからといってなにもかもが見通せるわけではなかった。ただ生きている自分の姿が、ぼんやりと見えているだけである。

ベッドに入る時間は決めていて、日が長い時は、外が明るくなっていたりする。その時間がきたので、私は睡眠導入剤を飲み、寝室へ移った。時には、薬が効《き》かないことがある。翌日は、ぼんやりした時間を過ごすことになるが、今夜はそういうことがないと、はっきりわかった。高揚も、興奮も、どこか自分とは遠いところにある、という気がする。

眠れた。

眼醒めるのも、毎日ほぼ同じ時間である。

私は庭に出て、木刀の素振りを決めた回数やり、それからコーヒーを淹《い》れてゆっくりと飲むことにしていた。コーヒーメーカーなどを洗うのは、家政婦の仕事の必須事項になっているので、汚れているのは、日曜と月曜の朝だけだった。

　なにをこわがっているのだ、とコーヒーを飲みながら、私は呟いた。五十歳を過ぎたころから、老《お》いるのが、理由もなくこわくなった。生まれた時から、死にむかって歩いているというのが、当然だと思っていたのは、七、八年前までだ。

　いまは、老いることがただこわい。六十歳、七十歳になるのが、こわい。生きているかぎり、六十になり七十になる。確実なことに、なぜ恐怖を感じるのか、心理的な解析をしてみようと思う自分も、また同時にいるのだった。

　その解析は、難しいものではなく、私は結論を出しては、放り出していた。結論が、出すたびに違っているのは、つまりは気分の問題にすぎない、ということだ。

　木刀には、握ったあとがついている。掌《てのひら》の脂が、長年の間にしみついたということだ。真剣も持っていて、それを振りたいという欲求はあるが、近所の眼があるのでできなかった。深夜に、構えてみるだけである。

　午前中は、いつも通り、読書で過ごした。


　それから、煮凍りをわずかと、水分を飛ばしきったトマトを混ぜ、ベーコンを焼き、香料で今日の味のアクセントを決めた。スパゲティが茹《ゆ》であがる間に、それだけのことをやり、ボウルの中で茹であがったスパゲティと混ぜ合わせた。水分が飛んだトマトは、麺によく絡《から》む。

　ブランチである。少量の野菜をサラダに仕立て、十分も経たずに食い終えてしまった。汚れた食器を、シンクに運ぶだけで、テーブルを拭うこともしない。

　一時に家政婦がやってきた時、私はすでに書斎で仕事にかかっていた。

　夕刻までに、煙草を十本ほど喫《す》い、かなりの量の仕事をした。

　インターホンを鳴らし、家政婦にタクシーを呼ぶように伝えると、私はジーンズの上にシルクのジャケットを羽織り、ポケットチーフを選んだ。タクシーが来たことを伝える、家政婦の声がした。

　都心へむかった。週に一度か二度、私は都心へ出かける。

　レストランに到着したのは、約束の十五分ほど前だった。女性の、理由も定かではない遅刻を私は許さないが、それは自分が遅れないという前提に立った話だ。

五席だけの、ウェイティングのバーがある。私はそこで、カンパリなどという酒を頼んだ。ビールは好きではない。ドライシェリーは、食卓に着いてからだ。ワインや日本酒は飲むが、大量ではない。

時間ぴったりに、私の携帯電話にメールが届いた。舌打ちするような気分で、私はメールを読み、入ってこい、と打ち返した。

「緊張しちゃった」

私のそばに立ち、強張《こわば》った笑みを浮かべ、美穂《みほ》が言った。

「ウェイティングのバーがあると、教えておいたのに」

美穂は、十分前から店の前に立っていたようだ。二十一歳の女子大生である。こういう店に、堂々と入ってくるには、かなりの思い切りが要《い》るだろう。

私の、いつものやり方だった。

美穂は、学生らしいというか、ありきたりというか、ワンピースに地味な紺のジャケットを羽織っていた。いささかミスマッチのその服装も、若いというだけで似合うものだ。

「かわいいやつだな、まったく」

ショートヘアだが、スポーティでもエレガントでもない。育ちのよさがそのまま出たような、凡庸《ぼんよう》な髪型である。眉は、少しだけいじっているが、睫《まつげ》はそのままで、かなり長い。瞳の色は、いくらか薄かった。鼻梁《びりょう》はきれいな線で、いわゆる美人顔である。爪のかたちはいいが、マニキュアは、頑張ってやってみました、という感じだ。

三度会い、二度目の食事になる。

前に会った時と較べるのは、多分、今回で最後だ。次に逢った時は、美容室とブティックへ連れていく。靴屋へも行くかもしれない。時計を贈ったりするころ、私は別れを考えはじめているだろう。

最初に会った時、私は美穂にちょっとした関心を抱き、美穂も私になにか感じたはずだ。それが好意に繋がるものでなかったにしろ、ひっかかりとひっかかりを絡み合わせるのは、それほど難しいことではない。

私が作家であることを、最初、美穂は知らず、書店で本を買った、とメールを送ってきた。私は、作品のことなど一切触れないメールを返した。携帯メールとは、便利で不実なものだ。会話を交わしたような気分だけはあり、作った私のイメージを、たやすく相手の心に定着させることができる。ただの不良のこの俺が、などと平然とやるので、逆に私は不良を気取っているだけの人、と思われたりするのだ。三度か四度のメールの交換で、かなり親しくなった、と思わせられる。

セックスの方は実際に交わってみなければわからないが、快感は作るものだ、というある意味での真実を、私はひたすら相手にわからせようとし続ける。

席に着いたころ、美穂の緊張はかなりほぐれていた。私は、喋《しゃべ》り続け、美穂が説明せざるを得ないような質問も、たびたび投げかける。

「ロストバージンは、何歳だった？」

話の流れの中で、それは唐突な質問にはならない。そういう巧《たく》みさは、年の功《こう》というやつだろう。何歳であろうと、どうでもいいことだが、美穂の口から聞くことで、この食事の席が、少しだけベッドに近くなる。

大学からふた駅離れたところにある、女性専用のマンションに住んでいる。そういうところに娘を住《すま》わせる両親は、私より若いのかもしれない。

料理を説明し、註文してやる。高価なワインは頼まないが、これはおいしくて安いから憶《おぼ》えておくといい、などとは言う。ワインは、一本だけである。

ワインリストをギャルソンに返しながら、私は美穂の胸もとの肌を見ていた。白く肌理《きめ》が細かいだけではなく、触れれば吸いつくような、しっとりした感じがある。熟《う》れた女とはまた違う、ある種の官能性を感じさせる肌だ。それがまだ開花していないこともわかり、私をそそる。

「ねえ、この間、あたしにお電話をくれた時、もしかすると運転中だったたんですか？」

「そうだよ」

「違反でしょう、それ？」

「違反しても、美穂の声が聞きたくなった」

美穂が、ちょっと頬を赤くした。呼び捨てにする機というものがあり、私はそれを逃さなくなっていた。美穂の場合、友人知人からいま呼び捨てにされることはないはずだ。

料理が出はじめても、私は会話を途切れさせなかった。美穂はまだ、違反のことを気にしている。

私は確かに運転中に電話をしたが、外からはわかりはしないのだ。サンバイザーの上にマイクがあり、それが声を拾う。両手でステアリングを握り、口だけ動いているというふうにしか見えない。

私は時折、二百キロほどのロングドライブをやる。ほとんどが高速道路上で、四年続いている女とは、長話しをよくやった。彼女はそれで、ひと月逢わなくても、不満をなんとか抑えるようだった。

ドライブは、車のためでもある。故障の多いイタリア車で、調子を整えるためには、時々エンジンを回してやった方がいいのだ。その車で、どこへ行くでもなく、ただ走っているだけだった。それでも私は、どうやら女よりも車を大事にしている。

「美穂がそんなに心配するなら、運転中の電話は、やめることにする」

「そうしてね、ほんとに」

歯もきれいな女だ。白いだけでなく、艶《つや》のある歯だった。もっとも、奥の方はわからない。

メインディッシュが出てくるころ、私は不意に、視界が暗くなるような感じに襲われた。錯覚だということは、はじめからわかっていた。思わず口から出そうになるほどの、心の呻《うめ》きがそうさせている。

既視感が、ありすぎる。なにもかもが、見えている。その思いが、苦さとともにこみあげ、呻きになっていた。

3

深夜、なんとなくビリヤード場の前で、タクシーを降りた。球を撞きたかったのかもしれない。キューは持っていなかったが、店に備えてあるものでも、私の腕では同じようなものだ。

遠山のビリヤード場の看板には、よく見ると『メリサ』と横文字で書いてある。

それが、ニューオリンズで一緒に暮していた、黒人女の名前だということは、この前、訊き出していた。捨てられた、と言っていたが、そこのところはよくわからない。多摩川《たまがわ》のそばに住んでいた父親が亡くなり、家を売った金の一部で、『メリサ』をはじめたのだという。日本に戻ってからは、翻訳の仕事をしていたが、名前が出るわけではなく、下訳という感じのものだったらしい。

勝負をする場所のオーナーで、店では表情を隠しているが、人懐っこい男だった。

閉店まで、あと十五分というところだった。予約はしていないので、台がなければ仕方がないと思いながら、私はタクシーを降りたのだ。

「よう、ハリー」

小声でそう言うと、遠山は笑みを浮かべ、頭を下げた。もう、二台は空いていた。

私は、端《はし》の台で、ひとりで撞きはじめた。

キューのバランスが私に合わず、思うように回転が決まらなかった。回転が決まらなければ、思った通りの手《て》球《だま》の位置にならない。私は、次第にむきになりはじめた。

「二、三十分なら、俺がお相手をしましょうか？」

気づくと、客はいなくなっていた。遠山は、返事を聞く前に、すでにキューを持っていた。ＢＧＭの音量も大きくなっている。

「頼むよ」

私の、ブレイクショットからはじめた。

遠山の撞き方を見ると、うまいのだということが、すぐにわかった。ただ、店の主人という立場は崩さず、客を立てている。

二ゲームは、私が取った。その間に一度、遠山はＣＤを替えに行った。いや、レコードに変えたのか。ひどい悪声が聴えていた。悪声だが、妙に迫力がある。

「チャーリー・パットンです。あっちでも、ＣＤは出ていません」

「ふん、アメリカで恋をしたような気分になっている小僧が」

私は、言葉で遠山の主人としての立場を崩そうとしていた。

「澤先生も、子供ですよ」

「女の名前を、店につけるか。おまえ、黒い肌を抱いてみたかっただけだろう」

「好きでした」

「思いこみさ。別れたあと、ここまで引《ひ》き摺《ず》っているのは、自己陶酔に近いな」

「もういやだと思うぐらい、好きでした」

「自分に、思いこませてどうする。どこかで、傷つきたくないと怯えている、というふうに俺には見える」

「愛とか恋を、信じないんですか、先生？」

「本物は、信じるよ。おまえのは、まがいものだな。ミシシッピの小さな街にありそうなビリヤード場を、東京でやってどうする。黒人女と恋をして、別れた。それだけのことだ。自分の恋に自信がないから、ミシシッピとデルタブルースを持ちこんでいるんだ」

私は、かなり酔っているようだ。言葉が、軽い響きを失って、羅紗に雨のように降りかかっている、という自覚があった。

その間も、球が弾き合う音が、チャーリー・パットンの悪声を切り裂いた。

「先生、このゲーム、俺が取ってもいいですか？」

微妙な球位置になっていた。私の最後の持ち球は、落ちきれずコーナーポケットの縁《へり》にへばりついているのだ。遠山は、自分の持ち球をすべて落としているが、最後に撞かなければならない八番の黒球は、私の球のそばにある。手球の位置から見ても、八番は私の球が落ちかかっているコーナーに落とすしかない。

「これで勝てるのか、ハリー。勝てば、今夜も酒を奢ってやるよ」

「わかりませんが、勝つつもりで撞きます」

反対側のコーナーポケットを、遠山は指定した。八番だけは、指定したポケットに落とさなければならない。どう考えても、無理だ。反対側から八番を押さなければ、指定のポケットに落ちる筋《すじ》はない。

「勝てなかったら、おまえが奢れ」

遠山は、無言で頷いた。

ストロークの体勢に入るまで、二分ほどかかった。チャーリー・パットンは続いている。遠山が息をつき、キューを縦に構えた。なにをやるのか考える前に、遠山のキューが一度上下した。

白い手球が、八番を嘘のように跳び越え、クッションに当たって戻ってくると、八番に当たった。頼りないような動きだったが、八番は転がり、遠山が指定したポケットに落ちた。

マッセーという、キューを縦に遣う撞き方だった。それで球が跳ねることは知っていたが、コントロールは私には不可能としか思えなかった。

「久しぶりだな」

「いや、ハリー、いいものを見た」

「ほんとうは、ルール違反ですよね。この店じゃ、マッセーを禁止しているんだから」

キューの先が、羅紗を突き破ることがあるので、大抵の店では禁止している撞き方だった。

「営業中の話だろう、それは?」

「料金を払わないつもりですね、先生」

「その代り、どんな店でも奢ってやる」

「いいですよ、あそこで」

「確かに、シャンソンって気分だ、俺は。酔いも醒めちまった。飲み直しだ」

私は先に店を出て、数軒先のバーへ行った。客はいなかった。この店はいつ客が入っているのだ、と思いたくなるほどだ。

いらっしゃいと言った冴子は、蓮《はす》っ葉《ぱ》に煙草を喫っていた。老女のママは、カウンターのスツールで、グラスを前にしている。

「まだ、潰《つぶ》れてないのか、ここは」

「さっきまで、満席だったのよ、先生」

「さっきまでうまくいっていた。失敗したやつの常套《じょうとう》句《く》だな」

「先生、うちのお客さんなら、もっと上品でいてくれなくちゃ」

「ボリュームを上げろ、冴子。それからオン・ザ・ロック」

「あたしたちもかい?」

カウンターの中に入ってきて、老女が言った。もう少し若ければ、関係してもいいと思ったかもしれない。それを表現する言葉を捜し、妖《あや》しいに行き着いた時、眼の前にはオン・ザ・ロックのグラスがあった。

「みんなだ。いま、ハリーも来る」

「当たり前じゃないの。先生、うちの店じゃ、ハリーとしか飲まない、と言ったよ」

シャンソンのボリュームをあげた冴子が、ふり返って言った。

「おまえ、ハリーに惚《ほ》れてるのか?」

「なんで?」

「そう感じただけだ。しかし、やめにしておけ」

「だから、なんで?」

「気がついてないだろうが、冴子は俺に惚れている」

かん高い笑い声をあげたのは、老女の方だった。

「あんた、直近で、いつ、どんな女を抱いた?」

「ショートヘアで、美人で、それなりのナイスバディ。女子大生さ」

「笑わせるなよ」

「肌が白いが、乳首もピンク色。感度は、これから。下の毛は薄く、小陰唇には色素沈着がほとんどない。突っこんでも、膣は無言で、無意識の収縮をくり返す」

店の中が、不意に静かになり、シャンソンだけが、いやになるほど耳に食いこんできた。老女が、煙草をくわえ、火をつけた。

「あんたね、そんなに詳しく言うと、ほんとだと思うでしょ」

「三日前に、抱いた。フェラが、教えた通りにできるようになった。その子の親指をくわえて、丁寧に教えてやったからな」

「まったく、この嘘つき野郎は」

「小説家には、それは褒《ほ》め言葉」

「黙って飲んでたら、まあまあいい男だと思うんだけどね。喋ると、軽すぎるね」

「当たり前だ。俺が書いてるのは、小説であって大説ではない」

「大切？」

冴子が、横から口を出した。

「大切なのは、財布。今夜の財布は俺だから、出せるものはなんでも出せ。チチも」

「あら、あたしの乳のこと言ったの？」

「冴子、世の中にママのチチをしゃぶりたいと思う男がいると言ってるのか？」

「それは」

「ほれ、地雷を踏んだな。ママの顔色が変ったぞ。冴子、馘《くび》になったら、俺が雇ってやるからな」

「先生の雇うというのは？」

「舌の遣い方、膣の締まり具合。それをテストしてから、雇うかどうか決める。それよりシャンパンだ。ありったけのシャンパンを、ここに並べろ」

「あるわけないだろう。予約くれなくっちゃ。それより先生、冴子のおっぱいに、ほんとに興味ある？」

「ない」

「はいはい、ボトル一本ね」

「ハリーの名札をつけておけ、冴子」

「三本にしてしまいますよ」

「五本でもいい。そうしてしまったあと、俺に惚れていることに気づくんだよ」

酒場の会話は軽妙であるべきだ、と私は思っているが、今夜は、軽くもなくひねりもなくなっていた。

音量をあげたＢＧＭが、また耳に食いこんでくる。二十歳のころ、私とあなたは愛し合っていた。有名な曲で、日本語の歌詞も私は知っていた。

「しんどいよな、冴子」

「なにがなの、先生？」

「おまえと俺が、この世にいることさ」

「先生、もしかすると、あたしを口説《くど》いてるの？」

「やっと、気がついたのか」

「駄目。絶対に駄目。先生のものを、あたし受け入れられないな。あとからにゆって出てきそうだよ。翌日とかさ。それで、あいつ、なんて思うの、絶対にいやだな」

「ゴムをつけさせなさい、冴子」

今度は、ママが話にからんできた。

私は、一度は醒めたはずの酔いを、また思い出していた。

ドアが開き、遠山が入ってくる。このカウンターで遠山と飲むのは、愉しい方の部類に入っていた。今夜で、飲むのは四度目になる。

「盛りあがっていますね」

遠山が腰を降ろすと、冴子が名前を書いたタグを三枚渡した。

「いろいろ言っちまったな、ハリー」

「俺の主人面《づら》を、ひっぱがしたかったんでしょう。でも、先生の言うこと、時々、心臓に刺さりますよね」

「そのおかげで、滅多に見られない技を見ることができた。それにどんなに辛辣《しんらつ》なことを言っても、寸止めのはずだ」

「辛辣ってんじゃありません。憎らしくなる。そんな言葉を、わざわざ選ぶんですよね」

「まあいい。あまり見せない技も見せる。そんな仲になった」

冴子が、オン・ザ・ロックを遠山の前に置いた。

「デルタブルースのために」

「シャンソンのために」

遠山がそう言い、グラスをあげた。前の酔いと、これからの酔いが混じり合い、私は妙な高揚をしそうだった。

「暴走したら、止めろよ、ハリー」

「了解です」

「殴って止めるのなんか、いかんぞ。それにしても、なぜシャンソンなんだ。おまえ、いまそう言ったろう?」

「先生、シャンソンになにかあって、この店に来ているんでしょう?」

「おまえと会った場所だから、来ている。そう思っていたがな」

シャンソンに、思い入れがあるわけではなかった。嫌いではないので、書斎のコーヒーブレイクの時は、聴くこともある。アダモの古いレコードは持っていて、『ブルー・ジーンと皮ジャンパー』が入っていた。革が、皮と記《しる》されていることに、私はなんとなく笑ったものだ。『ラ・ボエーム』が入っていたかどうか、憶えていない。私の家のレコードプレイヤーは、編集者がネットのオークションで落としてくれたもので、状態はとてもいい。レコードが死蔵されることを惜《お》しんで、そうしてくれたのだった。

愛し合った、あなたと私の二十歳のころ。

日本語の訳詞も、ほぼ正確に思い出しかけていた。私が二十歳の時、恋人が死んだ。

遠山が、冴子をからかいはじめた。重さの上に、軽さを載《の》せている。そういう男だということは、最近わかりはじめている。

「津村は、来ているか？」

「一週間ほど前だったかな。二日続けて」

私が津村を誘って、忙しいと断わられたのが、そのころだった。

私の方が断ることも、少なくない。忙しい時もそうだが、気が進まない日もある。

「二日目の勝負、朝の三時までかかりましたよ」

賭け勝負だったことを遠山は匂わせたが、それ以上は言わなかった。

賭け勝負をやる時の津村は、私と球を撞く時とはまるで違う顔をしているのかもしれない。友人の別の顔など、見たいとも思わなかったので、私はそれ以上訊かなかった。

津村がしばしば賭け勝負をしていることを、私は当然知っている。そんな口調だった。

「おい、ハリー。おまえのところ、なぜプールだけなんだ。スリークッションの台なんか、置く気はないのか？」

「好きなんですよ。盤面の球が、ポケットに落ちて消えていく。最後に残った白い手球は、人生においてはなにになるんだ、なんて考えたりするのが」

「なんとでも答えられることを、気にするなよ。それが愛だの恋だのだったら、笑えもしないぜ」

「笑えもしないものが、人生ですか」

「おまえ、酔ったのか？」

「酔ってるのは、先生です。俺は、飲みはじめたばかりなんだから」

老女が、ショットグラスにウイスキーをなみなみと注《つ》ぎ、しみの出た親指と人差し指でそっと持ちあげ、一気に飲んだ。静かな挙措の流れで、どこか妖艶なものが漂った。老女は眼を閉じ、それから開いたが、哀しい光があった。

この店のシャンソンに合うのは、この老女なのだ、と私は思った。

遠山が、私の小説について、冴子になにか語っている。

4

私は、日本人の歌手が唄う、『ラ・ボエーム』を聴いていた。遠くなった青春に対する、感傷。どうということはない。シャンソンにはありそうな歌詞だ。愛し合った、あなたと私の二十歳のころ。臆面もない感傷だった。だから、聴いていて、どこかに快いものもあるのだ。

私は、CDを止めた。自分が涙ぐみそうになっていることに気づき、いくらか動揺していた。

なにかの拍子だな。私は自分に言い聞かせ、CDを取り出すとケースに収《しま》った。

遠山の技を見たのは、何日前だったのか。私は仕事に追われ、CDやレコードの棚に手をのばすのを、自分に禁じていた。

今日、捜しはじめ、するとすぐに見つかった。フランス語のレコードを聴き、それから何枚かあった日本人歌手のCDをかけたのだ。

読もうと思って果していない本を、読んだ。それはもう腰ほどの高さまで積みあげられ、書斎の邪魔物になっている。

よほどつまらないものでないかぎり、本には没入できる。

携帯が鳴って、私は本から顔をあげた。外はもう、暗くなりはじめている。

「お宅の方にお電話を差しあげましたが、お出にならなかったもので」

音楽を聴こうとした時、設置電話の音は消してしまっていた。ふだんは留守電にしてあるが、なぜかそうしなかったのだ。

津村の息子からの電話だった。自殺です、とはっきり息子の声は言った。そして、通夜と葬儀の日取りが伝えられた。

死んだのは昨夜で、今朝発見されたのだという。心当たりはなにもない、と息子は言った。私は、津村の妻の容子《ようす》を、ちょっとだけ訊いた。二度、会ったことがある。

通夜は、明日の夕方六時だった。

その日、私は深夜まで本に没入していた。

翌日も、習慣を変えることはなかった。ただ、五時にタクシーを呼ぶよう家政婦に伝え、喪服を着て、香典を包んだ。

外に出た時、声をかけられた。二十代後半ぐらいの女で、喪服を着ている。

「津村家の通夜に、あたしを連れていっていただけないでしょうか」

束の間、私は考えた。タクシーは、すでにドアを開けている。寒い季節になっていた。

「乗りなさい」

女は一度頭を下げ、私よりも先に乗りこんだ。手に、数珠《じゅず》を握りしめている。

「共通の友人、ということにしておくか。いや、津村もよく知っていた、俺の恋人の方がいいかな」

「ありがとうございます、ほんとうに」

「じゃ、恋人だ。俺は、独身だからな。名前だけは、知っておいた方がいい」

「苗村《なえむら》佳織《かおり》です」

女は、左の掌を出し、そこに指で字を書いた。

「それで」

「あたし」

「いや、なにをしているとか、故郷はどこかとか。通夜の席で訊かれかねないから」

佳織は、津村の会社の取引先の社員で、青森の出身だと言った。それ以上のことを、私は訊かなかった。

「人前では、佳織と呼ぶぞ」

「はい」

手が、少し荒れている。顔が腫《は》れたように見えるのは、泣いたせいか。

「あたしが、悪いんです。あんなこと、言わなければ」

死ぬぞ、と言われ、じゃ死んだらと返してしまったという。ちょっとした、めずらしくもない口喧嘩だったようだ。

「あれ、あたしに助けを求めたんです。信号を送ったんです。自殺する人は、そうだと聞いています」

よく言われることだが、私たちの年齢では、そういうことはないような気がする。


コップに一滴ずつ溜るようなもので、コップが溢れさえしなければ、寿命は全うする。たった一滴で溢れるほど、溜っている人間もいる。最後の一滴は、空っぽのコップに最初に落ちる一滴と、まったく変りはしない。

多分、そんなものなのだ。自分のコップには、どれぐらい溜っているのだろう、と私はなんとなく考えた。

「二十歳のころ、なにしてた、佳織?」

「え?」

「いや、会話に慣れておこうと思ってな」

「青森から出てきて、いまの会社に入って二年目ぐらいで、やっと東京にも独り暮しにも、馴《な》れたところでした。友だちなんか、いなかったけど。恋人とは、東京に出てくる時に、別れてしまいました」

二十二歳の時に津村に会い、六年続いていたという。訊きもしないことまで、佳織は喋り続けていた。私が津村に頻繁に会いはじめたころ、佳織はすでにいたのだ。

私は、故郷の方に話題を持っていった。弘前《ひろさき》の出身だった。多少、その街を知っていて、話そうと思った時、車は葬儀場の入口に到着した。

人は多かった。現役の社長が、死んだのである。俺に寄り添っていろ。記帳もちゃんとやれ。私は、佳織の耳に、そう囁《ささや》きかけた。

菅野がいて、近づいてきた。

「撞球《どうきゅう》の相手が、いなくなった」

菅野は、ビリヤードのことを、ことさらそう言う。

どこかで、鬱《うつ》だろうという、太い声が聞えた。会社は、うまくいっていたようだ。葬儀社の社員が、走り回っている。泣きはじめた喪服の女が、どこかに連れていかれた。

「鬱ですよね、鬱。ほかに考えられないじゃないですか」

顔見知りの、津村の会社の社員が、そばへ来てそう言った。私は、小さく頷いた。

それほど単純なものではない、と思ったが口には出さない。社長の運転手をしていたようだが、この男も自分を納得させようと必死なのだ。コップの水は、人生の澱《おり》から一滴ずつ搾《しぼ》り出したものだろう。それを、言葉などで説明はできない。


参列客が、順番に席につきはじめた。私は、菅野と佳織に挟まれた恰好だ。

「あいつ、どこかで撞き方を間違ったな。手球の方を、ポケットに落としちまった」

菅野が、囁いた。私は、前に座った人間の、襟首《えりくび》を見ていた。

読経がはじまり、しばらく続き、焼香の案内があった。私たちは三番目の列だったので、すぐに順番が回ってきた。焼香を済ませ、親族に挨拶した。

清めの席に回ると、私はコップにビールを注いだ。なんとなく、菅野と見つめ合い、それからビールを呷《あお》った。佳織は、慎《つつま》しやかに私に寄り添っている。菅野は誰だか訊かず、佳織を見ようともしなかった。

「どうも、先生」

入ってきた遠山が、私たちの前に立って頭を下げた。

「そのうち、弔《とむら》いのゲームでもやろうか」

菅野が言っている。遠山は、何度か頷いた。黒いスーツもネクタイも、遠山には合っていなかった。

遠山は、ビールを二杯飲んで、入ってきた男たちの方へ行った。三人だった。その世界の人間ではないが、堅気でもなかった。どこか、荒《すさ》んだものをしのばせている。

「またな」

菅野が手を挙げたので、私も挙げ返した。清めの席が、混みはじめている。私と佳織は、ビールをもう一杯ずつ飲み、そこを出た。酒には強くないのか、すでに頬を紅潮させている。

「ありがとうございました」

「どこかで、飲んでいくか」

佳織は、いやだとは言わなかった。

私はタクシーを停め、知っている店の場所を告げた。それほど、遠くはない。カーナビを見ている運転手に、私は途中から道を説明した。二十分足らずで、店の前に着いた。

水商売は、不祝儀を嫌がらない。それでも私は、入口でネクタイを引き抜いた。

「オン・ザ・ロック。それから、寿司を二人前、取れるかな。この子には、とりあえずミネラルウォーター」

カウンターに腰を降ろすと、私は言った。

「いえ、あたしも同じもので大丈夫です」

「無理はするな。水割りにしておけよ」

「はい」

いつものバーテンが、水割りとオン・ザ・ロックを出してきた。客はふた組いたが、ボックス席の方だ。両方とも、真剣に話をしていて、酒場という雰囲気とは合っていない。ただ、話し声も、BGM代りにはなる。

私は、ぽつぽつと、仕事の話などを訊いた。ごくありふれた女だ。二杯目を飲んでいる時、出前の寿司が到着した。佳織は、一杯目を飲み干してしまっている。

「お代り、いただいてもいいですか?」

「いくら飲んでも構わんが、とにかく食べなさい」

「はい」

佳織は、素直に寿司に箸《はし》をのばした。私も、二つ三つ口に放りこんだ。

「先生、津村さんの写真を、一度も御覧にならなかったですよね」

見えてはいた。じっと見つめるということはせず、それは焼香の時も同じだった。遺影などとは、会いたくない。

「同級生なんですよね」

「だから、三十年以上のつき合いになる。さっきいた、菅野というやつも同じだ」

携帯電話が、ふるえた。バーテンが眼で頷いたので、私は出た。

「どこかで、お酒飲んでるんですか?」

美穂である。

「飲んでるよ」

「あたしも、お酒飲みたいです」

「勉強していた方がいいな」

「してます。頭がパニクっちゃうぐらい、勉強してるんだから。先生だけ、ずるい」

「弔い酒だ」

「え?」

「友だちが、死んだ。通夜の帰りだ。電話するまで、お利口にしてなさい」

「ごめんなさい、先生」

電話を切ると、佳織が二杯目を傾けていた。空腹だったのか、寿司も半分ほど食べている。

「写真見るの、いやだったんですね」

「なにが、いやなんだ?」

「自分が、あんなふうに写真になってしまうのが。でもあれ、津村さんらしくない写真だった」

背後の話は、議論にまで高まっている。バーテンがひとり、注意に行った。シングルモルトのウイスキーを集めてある店で、こういう客はめずらしかった。

バーテンは三人いて、オーナーが私の友人である。

「あたしが、悪いんですよね。あたしのせいですよね」

二杯目を飲み干し、佳織が言った。三杯目を、註文している。やめさせようとしかけたが、三杯ぐらいなら、と思い直した。

「絶対に泣かないでくれよ。俺が泣かしてるなんて、思われたくない」

「津村さんは、泣かせてくれたな」

「もうやめだ。違う話にしよう」

「先生、やっぱり写真になるのがいやなんですね」

先に、酔われてしまっている。黙りこんだ佳織を放っておいて、私は四杯目を飲み干した。バーテンが、素速く五杯目を出した。ラフロイグの二十五年。五十度を超えた酒であることを、私は思い出した。

「やっぱり、あたしのせいだ」

佳織が呟く。ここで切りあげる、という合図を、バーテンに出した。

「行くぞ、佳織」

急いでいる時は、勘定の端数《はすう》は切り落とされる。

立ちあがろうとした佳織が、ぐらりと揺れた。三杯目も、飲み干している。私は、腕を抱えるようにして、外に出た。

寒い夜である。佳織の躰が、小刻みにふるえていた。ほんとうは、あまり酔っていない、と私は思った。歩道に転がったペットボトルを、蹴飛ばすことなく避《よ》けたのだ。

裏通りに入ったところに、ラブホテルが三軒並んでいる。佳織の肩を抱いたまま私はその中の一軒に入った。抵抗はない。

部屋へ入っても、佳織はぼんやりと立ったままでいた。

「喪服なんて、脱いじまおうな」

私は、佳織のコートと上着を、一度に脱がせた。裸にするのは、造作もなかった。どちらかというと、貧相な躰つきだ。ベッドに押し倒し、明るいまま私は挿入した。佳織の局所は、哀しいほど濡れている。

すぐに、反応を示した。声も大きい。私はただ、体操のように動き続けた。佳織の躰が、硬直する。痙攣《けいれん》する。それをくり返しても、私は体操をやめなかった。高く澄んだ佳織の声が、喘《あえ》ぎに変り、動物の唸り声に似たものになり、それから沈黙した。白眼を剝き、全身を硬直させていた。それがやがて痙攣に変っても、私は体操を続けていた。

射精した時、佳織はひと声だけあげ、それからいままでとは違う身悶《みもだ》えをはじめた。

ひとしきり、それは続き、弛緩《しかん》した。

泣きじゃくる女を相手にする、と想像していたが、佳織はひと粒の涙も流さなかった。静止した状態から、最初に眼が開き、そして首が動いた。

私は、冷蔵庫の中のポケット瓶を開け、安物のウイスキーを胃に流しこんだ。

「嘘みたい」

佳織が呟いている。

射精されたあとに見せた身悶えは、性的な成熟にさしかかろうとしている女が、示す反応だった。大抵は、三十代以降にそうなる。

やるじゃないか。私は小声でそう言った。佳織には、聞えなかったようだ。

胃が灼《や》けていた。それでも私は、またウイスキーを流しこんだ。

「嘘みたい。全部、嘘みたい」

佳織が、また呟いた。

私は煙草に火をつけ、スツールに腰を降ろした。佳織の姿を、しばらく黙って眺めていた。貧相な躰の中で、黒々とした陰毛だけが、奇妙な生命力を放っている、という気がした。中央が、寝ずに立った毛だった。直毛に近い。それが、猛々《たけだけ》しいものに、私には感じられた。

「嘘みたい」

今度は、呟きではなく、はっきりした言葉になっていた。


佳織が、ゆっくりと上体を起こした。

私はそこで、眺めるのをやめた。ウイスキー。胃が灼けるような感じは、もうなくなった。

「ひどいことをするんですね」

「そうかな」

「そうでもないか。ショック療法というやつだったのかしら」

「療法なんて気はないさ」

佳織は服を着ようともせず、膝《ひざ》を抱えるような恰好で手を見つめていた。左の人差し指に、小さなささくれが見えた。

「あたし、イッちゃったんですよね？」

「浅ましいほどにな」

「先生、意地が悪いんですね」

「自分じゃ、そうでもないと思ってる」

「津村さんが言ってました。負けそうになると、言葉がぐさぐさ来るって」

「それは意地が悪いんじゃなく、作戦というやつだな。蛙《かえる》の面に小便だったぜ」

私は、新しい煙草に火をつけた。

「先生、二十歳のころに、なにをしていたかって訊きましたよね。先生は、なにをしていたんですか？」

私が二十歳の時に、恋人が死んだ。

「忘れたな。なぜ？」

「あたしの二十歳って、ほんとに最悪だったから」

「恋だったのか。津村から、金なんかは受け取っていなかったのか？」

「正直言って、お金は欲しかったけど。一銭も、現金はいただきませんでした。服とかバッグとか、いろいろ買って貰ったけど」

「もう、終った。こういう終り方も、めずらしくはないと思う」

恋ならば、最後の一滴になり得たかもしれない、と私は思った。

「終ったんですよね」

「夢から醒めた。まあ、そんなものだろう」

「つまんないのかな、人生はやっぱり」

それは、私にはわからなかった。津村には、なにかがわかったのだろうか。

「服を着ろよ」

「ティッシュください。ものすごく流れ出してきてる」

「枕もとだ」

私は、半分ほど残っているポケット瓶を、屑籠《くずかご》に放りこんだ。

「そうだ、失恋旅行なんかしちゃおうかな」

私は、服を着た。ネクタイも、きちんと結んだ。なんとなく、シャンソンが似合いそうな情況になってきた、と私は思い、それから苦笑した。

まだ、大して遅い時間ではなかった。

佳織が、数枚のティッシュを折って局所に当て、パンティを穿いた。

「旅行、どこがいいと思います？」

「弘前かな」

「そこ、もう両親はいないんです。どこにもいません」

そしてまた、父親のような存在を亡くした。人生に色があるとしたら、佳織はいま白くなったところだろう。

「九州か」

「あっ、それいい。九州に行こう」

佳織の顔が、一瞬だけ笑ったようだった。もう、喪服の女が眼の前に立っている。

「やり得でしたね」

「かな」

「あたし、九州に行きます」

決して旅行などしないだろう、と私は思った。

外へ出ると、タクシーを拾い、運転手に一万円札を渡した。そして、佳織だけを乗せた。

「さよなら、先生」

窓を降してそう言い、また上げた。タクシーが、走り去っていく。

球が撞きたくなった。私は空車を待ったが、なかなか来なかった。『メリサ』の台は、まだ一杯だろう。老女の店のシャンソンも悪くない、という気分になった。空車が近づいてきて、ハザードを点滅させた。

私が二十歳の時、恋人は死んだ。

タクシーに乗ると、行先を告げ、ヘッドレストに頭を押しつけた。

初出

第一部・第二部は『週刊新潮』二〇一六年二月一八日号―二〇一八年二月八日号。「ラ・ボエーム」は『小説現代』二〇一三年二月号。

本書収録にあたって加筆・修正をし、その際に『荒野に立てば』(新潮社、二〇一七年)、『生きるための辞書』(同、二〇二〇年)を適宜参照した。

北方謙三

1947年，佐賀県唐津市生まれ．中央大学法学部卒業．81年『弔鐘はるかなり』で単行本デビュー．83年『眠りなき夜』で第4回吉川英治文学新人賞，85年『渇きの街』で第38回日本推理作家協会賞長編部門，91年『破軍の星』で第4回柴田錬三郎賞を受賞．2004年『楊家将』で第38回吉川英治文学賞，05年『水滸伝』(全19巻)で第9回司馬遼太郎賞，07年『独り群せず』で第1回舟橋聖一文学賞，10年に第13回日本ミステリー文学大賞，11年『楊令伝』(全15巻)で第65回毎日出版文化賞特別賞を受賞．13年に紫綬褒章を受章．16年「大水滸伝」シリーズ(全51巻)で第64回菊池寛賞を受賞．20年旭日小綬章を受章．「ブラディ・ドール」シリーズ(全18巻)，『三国志』(全13巻)，『史記　武帝紀』(全7巻)ほか，著書多数．現在『小説すばる』誌上で「チンギス紀」を連載中．

完全版 十字路が見える　II
西陽の温もり

2023年1月19日　第1刷発行
2023年2月24日　第2刷発行

著　者　北方謙三《きたかたけんぞう》

発行者　坂本政謙

発行所　株式会社 岩波書店
〒101-8002 東京都千代田区一ツ橋2-5-5
電話案内 03-5210-4000
https://www.iwanami.co.jp/

印刷・三陽社　カバー・半七印刷　製本・牧製本

ISBN 978-4-00-026658-1　　Printed in Japan